아빠의 별

최문정 신작소설

당신은 나에게 가장 큰 별입니다.

당신은 나에게 가장 빛나는 별입니다.

당신은 나에게 꺼지지 않는 영원한 별입니다.

길을 잃고 헤매고 있어도

나의 앞길을 밝혀주는 당신이 있어 나는 두렵지 않습니다.

어둠 속을 헤매고 있어도

나의 등 뒤를 비추고 있는 당신이 있어 나는 불안하지 않습니다.

당신의 이름은 아버지입니다.

내 아버지 최오희 님께 이 글을 바칩니다.

아빠의 별

최문정 신작소설

다차원북스

차례

제1장

신데렐라 · 7

제2장

보통 사람 · 52

제3장

가을 하늘은 잔인하다 · 82

제4장

꿈의 정의 · 118

제5장

상처 입은 사람을 위로하는 방법 · 148

제6장

가족이라는 이름으로 묶인 사람들 · 200

제7장
사랑의 절대성 · 252

제8장
신데렐라 그 후···· · 293

제9장
감정의 무게에 짓눌리다 · 339

제10장
운명을 뿌리치다 · 335

제11장
별은 어둠속에서 더 빛난다 · 406

제12장
별의 아이 · 434

제 1 장
신데렐라

1

"캐스팅 공지 붙었대."

린다의 목소리에 단원들이 우르르 몰려갔다. 몸을 푸는 단원들로 북적이던 연습실이 순식간에 텅 비었다. 수민은 바를 붙잡고 있던 손을 놓고 심호흡을 한 뒤 단원들의 뒤를 따라나섰다.

오늘 공지는 발레 시즌의 하이라이트인 크리스마스 작품의 캐스팅이었다. 여느 발레단과 마찬가지로 NYCB(뉴욕시티 발레단)도 크리스마스 시즌은 〈호두까기 인형〉으로 시작해 〈호두까기 인형〉으로 마무리하는 게 전통이었다. 하지만 이번은 달랐다. 물론 천재 안무가였던 조지 발란신의 〈호두까기 인형〉도 공연하지만 대부분 평일 공연이었고, 골든 타임인 주말 저녁 시간은 제이슨이 새롭게 안무한 〈신데렐라〉 공연으로 꽉 차 있었다. '제2의 조지 발란신'이라는 별명을 은근히 자랑스러워하던 제이슨은 이제 조지 발란신의 그림자에서 벗어나기 위해 안간힘을 쓰고 있었다. 전 세계 발레단의 전통을 깨버릴 정도로.

캐스팅 공지를 보러 가는 수민의 발걸음이 무거웠다. 그래도 발걸음을 멈출 수는 없었다. 벽에 붙은 공지를 보느라 옹기종기 모여 있는 단원들이 점점 가까워졌다. 단원들의 반응은 다양했다. 실망으로 일그러진 얼굴, 눈물을 글썽이는 눈, 꽉 다문 어금니, 깊은 한숨……. 승급을 하지 않는 이상 수많은 반응의 결론은 하나였다.

승급할 게 없는 프린시펄 댄서의 반응도 다를 건 없었다. 프린시펄 댄서가 되었다 해도 모든 프로그램에서 주역을 따낼 수는 없었다. NYCB만 해도 여자 프린시펄 댄서가 열 명이었다. 경쟁에서 밀려나는 건 한순간이었다. 수민도 새로운 작품에서 연이어 주역을 놓치고 있었다. 정확히 말하면 수민보다 여덟 살이나 어린 까마득한 후배에게 빼앗긴 거였다. 다시 신경이 날카로워졌다.

하필이면 오늘 왼발부터 토슈즈를 신을 게 뭐람!

오랜 징크스였다. 왼발부터 토슈즈를 신은 날은 꼭 나쁜 일이 생겼다. 늦잠을 잔 게 화근이었다. 그 바람에 수민은 스트레칭도 제대로 못한 채 서둘러 발레단 연습실로 와야 했다. 연습실에 도착하자마자 잠이 덜 깨 멍한 채로 급하게 레오타드(상의와 하의가 결합된 형태의 몸에 착 달라붙는 발레 연습복)를 입는 동시에 토슈즈에 발을 끼워 넣었다. 왼발이라는 걸 안 순간 재빨리 발을 뺐지만 이미 늦었다. 혹시나 하는 마음으로 샤워까지 다시 하고 정확히 오른발부터 토슈즈를 신었지만 찜찜한 기분은 가시지 않았다.

아침 일을 생각하다보니 자신도 모르게 입술을 깨문 모양이었다. 입안에 비릿한 피가 고였다.

캐스팅에 대해 이야기를 나누던 단원들이 수민을 보더니 양쪽으로 갈라서며 물러났다. 좋지 않은 징조였다. 아무도 축하 인사를 하지 않았다. 어색한 침묵이 흐르는 가운데 수민은 공지가 붙은 벽으로 천천히 다가섰다.

신데렐라 : 엘렌 모건

갑자기 눈의 초점이 맞지 않았다. 다음 글자들은 눈에 들어오지 않았다. 그래도 수민은 아무렇지 않은 척 엘렌에게 다가가 축하 인사를 했다.

"고마워요, 수우."

그 짧은 대답에 왜 화가 나는지 모를 일이었다. 수민이 억지 웃음을 지으며 돌아서자마자 소곤거리던 목소리가 마치 들으라는 듯 커졌다.

"이제 수우의 시대도 가는 건가?"

"당연하지. 벌써 스물여덟 살이잖아. 자기가 카를라 프라치라도 되는 줄 아는지 그 나이에도 흰색, 분홍색 레오타드만 입는 거 꼴 보기 싫었는데 고소하네."

평소 수민을 못 잡아먹어 안달인 린다의 목소리에서 비웃음이 묻어났다.

"그래도 아직 실력은 최고잖아. 정말 제이슨이 수우를 감정적으로 배제하는 거 아냐? 수우가 연애하는 거 죽어라 반대했잖아."

"에이, 설마……"

"조지 발란신이 수잔 파렐한테 어떻게 했는지 잊었어? 자기가 좋아하던 수잔 파렐이 메지아랑 결혼했다는 이유만으로 두 사람한테 아무런 배역도 주지 않았잖아! 계속 주역만 하던 프린시펄 댄서한테 출근하지 않는 걸 전제로 월급을 준다는 게 말이 돼? 결국 둘 다 발레단을 나갈 수밖에 없었지. 이 바닥이 그래. 말도 안 되는 일이 천재가 했다는 이유로 용납되는 법이지. 솔직히 수우 정도로 실력 있는 프린시펄 댄서는 널렸지만 제이슨 켄드릭만한 천재 안무가는 드무니까."

어디로든 숨고 싶었지만, 숨어도 소용없다는 것은 처음 프리마 발레리나로 결정되었을 때 이미 겪은 일이었다. 흘끔거리는 시선과 수군거림은 어디를 가나 따라다녔다.

　처음 프리마 발레리나로 결정된 뒤 수민은 집 안에 틀어박혀 지냈다. 수많은 유명인이 자유롭게 거리를 쏘다닐 수 있는 곳이 뉴욕이었다. 하지만 수민은 걸음걸이만으로도 다른 사람과 구별되는 발레리나였고, 흑백의 세계에서 가장 먼저 눈에 띄는 노란 얼룩이었다. 그 얼룩을 지우라고 사람들은 입을 모아 소리쳤다.

　'제이슨 켄드릭! 제정신인가?'

　모든 신문의 문화 섹션이 수민의 기사로 도배되었다. 프리마 발레리나가 되었다는 기쁨은 한순간도 허락되지 않았다. 그나마 수민이 욕을 먹는 것은 견딜 수 있었지만 제이슨이 공격받는 것은 참을 수 없었다.

　'제이슨 켄드릭이 한국 출신의 스무 살 풋내기를 지젤로 결정했다. 감히! 제이슨 켄드릭을 천재라 칭하던 무용계는 이제 천재라는 말 앞에 '미친'이라는 수식어를 붙여야 할 것이다.'

　발레에 무관심한 사람일수록 스캔들에는 더 열광했다.

　'제이슨 켄드릭은 조지 발란신이 아니다. 수우 리는 수잔 파렐이 아니고 수잔 파렐이 될 수도 없다.'

　앙 바와 앙 오(앙 바en bas는 두 팔을 둥글게 만들어 아래로 내린 자세, 앙 오en haut는 두 팔을 둥글게 만들어 위로 올린 자세다)

가 뭔지도 모르는 사람들이 수민의 실력을 의심하는 글로 발레단 홈페이지 게시판을 가득 채웠다.

> 뉴욕시티 발레단은 제이슨 켄드릭의 것이 아니다. 제이슨 켄드릭의 독단에 맞서 우리 발레단을 되찾을 수 있는 방법을 모색해야 한다. 제이슨 켄드릭의 해임이 그 시발점이 될 것이다.

〈뉴욕타임스〉의 사설을 본 뒤 수민은 포기하기로 맘을 굳혔다. 자신의 욕심만 채울 수는 없었다. 수민이 사무실로 찾아가 다른 배역을 달라고 하자 제이슨은 코웃음을 쳤다.

"네가 복에 겨워 미쳤구나."

평소와는 달리 날카로운 말투였다. 그 신경질에 수민은 오히려 더 미안해졌다. 여기저기서 캐스팅 문제로 시달렸으니 그럴 만도 했다. 제이슨과 이사회는 이미 사이가 나빠질 대로 나빠져 있었다. 이사회는 이번 캐스팅을 빌미로 제이슨을 해고할 수도 있었다.

"정말 해임이라도 되면……."

"누가 감히 날 해임해!"

제이슨이 〈뉴욕타임스〉를 책상 위로 집어던졌다. 사설이 수민의 눈앞에 펼쳐졌다. 갑자기 눈물이 흘렀다. 제이슨이 해임

된다면 수민도 끝이었다. 실력이 아마추어 수준이라는 악평도 괜찮았다. 수민이 제이슨을 유혹해서 발레단에 들어올 수 있었다는 가십난도 웃을 수 있었다. 하지만 춤을 추지 못하게 되는 것만은 견딜 수 없었다.

"일어나. 주저앉아 있는 건 프리마 발레리나한테 안 어울려."

제이슨이 다가와 눈물을 닦아주며 수민을 일으켜 세웠다. 어느새 주저앉았던 모양이다. 춤을 출 수 없다는 상상만으로도 수민은 그렇게 무너져버렸다.

"네가 해임되면 나도 끝이야. 춤을 추지 못하면 난 끝이니까."

"나도 그래. 발레가 없으면 내 인생도 끝이야."

제이슨이 씩 웃으며 회색빛 도는 은발을 쓸어 올렸다.

"그런데 왜 고집을 부려? 그냥 노라 해먼드로 바꿔."

노라 해먼드라는 이름을 듣는 순간, 제이슨은 눈물을 닦아주던 손을 거두고 싸늘하게 돌아섰다.

"내 캐스팅이 불만이라며 지중해로 날아가버린 단원 따위는 필요 없어."

제이슨이 '단원 따위'라고 표현한 노라 해먼드는 지난 십 년 동안 세계 최고의 발레리나로 손꼽혀왔다.

"어차피 노라보다 네 실력이 나아서 널 발탁한 것도 아니니까 상관없어."

고여 있던 눈물이 뚝, 떨어졌다. 영어를 잘못 알아들었다고 생각했다.

모든 인간은 스스로를 이성적으로 판단하지 못한다. 타인에게 당연하게 들이밀던 잣대가 자신에게는 냉정하고 부당하게 느껴지기 마련이다. 노라는 수민이 감히 자신의 라이벌이라 부를 수도 없는 실력이라고 생각했다. 하지만 제이슨은 노라 대신 수민을 선택했다. 그래서 믿을 수 있었다. 자신보다는 타인의 기준이 더 합리적이고 타당해 보이니까. 더욱이 그 타인이 무용계 최고의 권력자라면 그 믿음은 절대성을 가질 만했다. 신문과 텔레비전에서 뭐라고 떠들든 제이슨의 결정이라는 사실을 바꿀 수는 없었다.

니들이 발레에 대해 뭘 알아? 난 제이슨의 인정을 받은 사람이야!

그래서 이유 없는 비난도, 어이없는 사생활 폭로도 견딜 수 있었다. 그런데 이제 와서 수민이 노라보다 못하다니, 수민이 잘못 알아들은 게 분명했다.

"언론에서 비난하는 내용이 맞아. 넌 노라를 따라잡으려면 아직 멀었어. 내가 노라라도 자존심 상해서 잠적해버렸을 거야. 괘씸하긴 하지만 이해할 만해."

제이슨은 수민의 맘을 눈치챈 듯 일부러 한 번 더 확인해주었다. 눈물이 말라버렸다. 수민은 멍한 시선을 들었다.

"그럼 왜 날 프리마 발레리나로 정한 거야?"

수민은 따지듯 물었다. 거짓말이라도 좋았다. 지금이라도 수민의 춤이 누구보다 나아서라고 말해주기를 바랐다. 하지만 제이슨은 잔인한 정직을 선택했다.

"발레도 장사니까. 발레단 적자를 메우려면 이슈가 필요했어. 그 이슈로 널 선택한 거고, 결과는 보다시피 성공했지. 네가 잘하든 못하든 상관없어. 사람들은 네가 못하면 예상이 맞았다며 널 짓밟느라 신이 날 거고, 네가 잘하면 예상에서 어긋난 너한테 열광할 거야. 어쨌든 나로서는 손해날 거 없는 장사지."

"그러니까 날 이용해 돈을 벌겠다고? 난 우리가 친구인 줄 알았는데……."

그 순간 제이슨의 눈빛이 잠시 흔들린 것도 같았다.

"친구 맞아. 우리가 왜 친구가 되었는지 잊었어?"

모든 걸 버리고서라도 발레를 선택할 수 있으니까. 그들이 매일 주고받던 말이었다.

"널 이용한다는 죄책감 따위를 가지길 바란다면 포기해. 발레단을 위해서라면 너 하나쯤 버리는 건 아무것도 아니야."

"난 너를 걱정하느라 잠 한숨 못 자고 고민했……."

수민은 차마 말을 잇지 못했다. 제이슨을 완벽하게 이해했으니까. 수민 역시 그와 같은 결정을 내렸을 테니까. 그래도 배반은 쓰렸다. 제이슨은 수민의 유일한 친구였다.

"내 눈 똑바로 봐."

수민은 오히려 고개를 숙였다. 제이슨이 다가와 수민의 머리채를 거세게 잡아당겼다. 수민은 억지로 고개를 들린 채 제이슨의 갈색 눈을 노려보았다. 그제야 제이슨은 혀를 차며 수민의 머리채를 놓았다.

"사람들 때문에 힘들고 아프다고? 그래서? 네 춤을 보기 위해 그 사람들이 얼마를 지불해야 하는지 알아? 너 같은 동양 계집애들이 하루 네 시간밖에 못 자면서 몇 달간 일해야 만질 수 있는 돈이야. 그 돈에는 유명세로 겪는 고통에 대한 위로금도 포함돼 있어. 다른 동양 계집애들처럼 식당에서 서빙을 하고 싶어? 그런 게 아니라면 비난 따위에 아프다고 징징대지 마. 동료들의 질투조차 감당할 수 없다면 프리마 발레리나가 될 자격이 없는 거니까. 춤만 출 수 있다면 뭐든 견딜 수 있다고 하지 않았어? 그런데 왜 울어? 춤을 춰야지!"

"네. 맞아요, 단장님. 어리광 부려서 죄송합니다."

얼마나 이를 꽉 물었는지 발음이 제대로 되지 않았다. 꾸벅 인사를 하고 뒤돌아서는데 눈물이 후드득 떨어졌다.

"잊지 마. 본때를 보여줘."

제이슨의 말이 등 뒤에서 울렸다. 그리고 수민은 본때를 보여주었다.

첫 공연이 끝나자 관객들은 준비해 온 계란 대신 인터미션 때 급하게 사온 꽃다발을 던졌다.

수우 리는 그저 가만히 무대에 서 있는 것만으로도 충분히 지젤이었다. 순수 동양인이라 믿기 힘들 정도로 뚜렷한 이목구비와 투명해 보이는 하얀 피부는 그 연약함을 더했다. 멀리서도 크고 새까만 눈에 담긴 슬픔과 환희가 손에 잡힐 듯 전해졌다. 수우 리는 발레를 위한 몸매를 타고났다. 가늘고 긴 팔과 다리, 곧게 아래로 뻗으며 가늘어지는 각선미, 작고 납작한 엉덩이, 윤곽이 뚜렷한 등은 발레 교본에서 꼽는 최적의 발레리나 체형이다. 특히 목에서 어깨를 거쳐 팔로 이어지는 지젤라인(Giselle Line)은 완벽하다. 이젠 지젤라인이 아니라 수우라인이라는 말로 대체해야 될 정도다.

연인 로이스가 실은 귀족이며 공주와 약혼했다는 사실을 안 지젤이 길고 검은 머리카락을 풀어헤치고 춤출 때, 무대에 수우 리는 없었다. 그저 사랑에 배반당하고 미쳐버린 지젤만 존재했을 뿐이다.

그날 인터넷 검색어 1위는 단연 '수우 리'였다. 인터넷에 올라온 몰래 찍은 공연 사진이 엄청난 조회수를 기록했다.

수우 리는 무게감이 전혀 없다. 내 눈으로 직접 보지 않았다면 뭔가 교묘한 속임수를 쓴다고 생각했을 것이다. 그녀는 완벽하게 날아올랐다. 수우 리만큼 완벽하게 앙트르샤(공중에서 양발을 부딪치며 교차하는 동작)를 하는 무용수는 보지 못했다.

제이슨을 해임해야 한다는 사설을 썼던 평론가는 극찬으로도 모자라 수민에게 발에 좋다는 연고까지 보내왔다.

객관적으로 지젤은 NYCB보다 ABT(아메리칸발레시어터)가 훨씬 나았다. NYCB는 모던발레에, ABT는 전통발레에 힘을 쏟으며 두 발레단은 세계 최고라는 명성을 함께 누려왔다. 하지만 수우 리의 〈지젤〉 이후 그 교묘한 동맹은 깨졌다.

공연 직전까지 수민을 흠집내기에 바빴던 기자들은 이제 수민을 신데렐라로 만드는 데 열을 올렸다. 하지만 그들의 의견은 수민에게 별로 중요하지 않았다.

"완벽해."

제이슨은 세 번의 커튼콜 끝에 무대를 내려온 수민을 보고 무심히 말했다. 제이슨의 그 한마디가 수민이 듣고 싶은 전부였다. 그제야 수민은 후들거리는 다리로 주저앉았다.

칭찬에 인색한 제이슨조차 흠잡을 데 없는 공연이었다. 수민은 완벽한 지젤이었다. 사랑에 상처 입고 미쳐서 죽고도 그 사랑을 위해 모든 걸 내던지는.

그리고 수민은 계속 상처 입고 버려져야 했다. 수민은 〈코펠리아〉의 스와닐다가 될 수 없었다. 수민은 연인과 함께 자살하는 〈메이얼링〉의 마리 베세라가 되어야 했다. 수민은 〈돈키호테〉의 둘시네아가 될 수 없었다. 수민은 로미오의 죽음에 오열하는 줄리엣이어야 했다. 수민에게 주어지는 역할은 모두 비련의 주인공이었다. 수민은 더 이상 비극 속에 남겨지고 싶지 않았다. 그 처절한 절망과 고통 속에 빠져 죽을 것만 같았다.

수민은 제이슨의 사무실로 향했다. 제이슨은 노크도 없이 문을 열어젖히는 수민을 보고도 전혀 놀라지 않았다.

"내가 뭐가 모자랐어?"

다짜고짜 따지고 드는 수민에게 제이슨은 어깨를 으쓱해 보였다.

"모자라다니? 모자란 건 전혀 없어. 넌 완벽한 지젤이야. 여리고, 슬프고, 아프지. 그런데 명랑하고 쾌활한 신데렐라는 아냐."

"그건 너의 편견 아니야?"

"이왕이면 판단이라고 불러주는 게 어때? 사람이 모두 다 가질 순 없는 법이지. 그냥 완벽한 지젤에 만족해."

"네가 그렇게 만들고 싶은 건 아니고? 사랑을 못 이루고 미쳐 죽어버린 여자로 만들고 싶은 건 아니냐고!"

한때 제이슨을 좋아한 적이 있었다. 제이슨은 발레를 사랑했고 발레 때문에 살아 움직였다. 마치 수민처럼……. 제이슨만큼 수민을 완벽히 이해해주는 사람은 없었다. 제이슨과 함께 있으면 열두 살이라는 나이 차이가 조금도 실감나지 않았다. 하지만 제이슨은 그런 수민의 감정을 완전히 무시했다.

"무슨 뜻이야?"

"혹시 태훈 씨와 사귀는 것 때문에 캐스팅에서 나를 계속 배제하는 건 아니지?"

"그런 인간이랑 어울리더니 생각하는 수준도 같아졌어?"

제이슨은 자신을 좋아하는 수민의 감정을 모른 체하면서도 수민이 다른 남자들과 어울리는 것을 노골적으로 싫어했다. 무용계에서 그 사실을 모르는 사람은 없었다. 발레리노들은 수민과 사적으로 이야기를 나누는 것조차 조심스러워할 정도였다.

어쩌다 수민에게 다가오려 하는 남자가 있으면 제이슨은 항상 이것저것 경고하기에 바빴다. 어떤 남자든 제이슨의 입에서는 최악의 남자가 되어버렸다. 태훈도 마찬가지였다.

　태훈과 만난 것은 광고 촬영장에서였다. 제이슨은 단원들의 다른 활동을 꺼렸다. 정확히 말하면 발레 외의 다른 활동은 모두 반대하고 금지했다. 하지만 발레단의 사정은 아슬아슬했다. 플레이빌(playbill, 공연 프로그램) 따위를 팔아 이익을 내지는 않겠다는 제이슨과 회계 담당 이사 사이의 싸움이 지루해질 무렵, 태훈의 그룹에서는 광고 모델비 외에 후원금까지 내놓겠다며 발레단에 광고 제의를 해왔다. 외부에 노출된 횟수가 적다는 희소성 때문인지 후원금도 광고 모델비도 엄청났다.

　순간 수민은 아버지를 떠올렸다. 아버지는 번듯한 집 한 채 없이 좁은 관사에 살고 있었고, 그마저 제대를 하면 나와야 할 판이었다. 수민과 회계 담당 이사의 합동 작전으로 결국 제이슨도 허락을 하고 말았다. 그룹 이미지를 높이려는 공익 광고라는 점도 제이슨의 반대를 누그러뜨렸다.

　광고 촬영은 별로 어렵지 않았다. 수민은 그저 춤을 추기만 하면 됐다. 한창 촬영을 하고 있는데 갑자기 스태프들의 움직임이 산만해졌다. 감독은 대놓고 투덜댔다.

　"하여간 맥을 딱딱 끊고 들어오는 데 뭐가 있는 인간이라니까. 감 좋았는데……."

어리둥절해하는 수민에게 조감독이 사정을 설명했다.

"뉴욕 지사장이 온다고 하네요. 어차피 잠깐 둘러보고만 갈 거니까 너무 신경 쓰지 마세요."

촬영장으로 걸어 들어오는 태훈을 처음 본 순간 수민의 심장이 먼저 반응했다. 단지 중년 남자일 거라는 예상이 빗나가서 떨리는 거라고 생각했다. 다행히 심장 박동은 금세 정상으로 돌아왔다. 태훈과 인사를 나누고 악수를 하면서도 아무렇지 않았다. 하지만 태훈이 수민을 향해 미소 짓는 순간, 심장이 멎는 것 같았다.

그리고 나서는 어떻게 촬영을 끝냈는지 기억이 나지 않았다. 그저 쿵쾅거리는 심장의 느낌만 떠오를 뿐이었다. 사주 아들, 재벌……. 스태프들이 낮은 목소리로 이야기하는 태훈에 대한 정보에 신경을 곤두세우느라 어이없는 실수가 이어졌다. 그 때문에 촬영이 예상보다 훨씬 늦게 끝났지만 태훈은 그때까지도 자리를 뜨지 않았다. 태훈이 뒤풀이 자리까지 따라오자 스태프들은 불편해했지만 태훈은 그런 분위기에는 아랑곳하지 않았다.

집까지 바래다주겠다는 태훈의 제의를 거절하기는 힘들었다. 수민은 미심쩍게 바라보는 스태프들의 눈길에 신경이 쓰였지만, 태훈은 모든 걸 무시했다. 수민의 끈질긴 거절까지도.

"네가 그런 놈과 어울릴 줄 알았다면 아무리 후원금을 많이 준다 해도 광고 촬영을 허락하지 않았을 거야. 몇 번이나 말하지만, 한태훈 그 자식 조심해. 바람둥이로 악명 높은 인간이니까."

처음 태훈이 연습실을 찾아왔을 때 제이슨은 그렇게 말했다.

오전 6시에 기상해 한 시간 스트레칭을 한 뒤 연습실에 출근하면 자정이 넘을 때까지 춤만 추었다. 발레단 사람들 외에는 아는 사람도 없었고, 사적으로 만나는 사람이라고는 제이슨뿐이었다. 외롭다는 생각을 하기에는 춤출 시간이 부족했고, 지루하다고 느끼기에는 춤추는 것이 너무나도 행복했다.

공연 후 열린 리셉션에서는 항상 데이트 신청이 쏟아졌다. 하지만 제이슨의 노골적인 방해와 수민의 끈질긴 거절에 모두 지쳤다. 태훈만 빼고…… 태훈은 매일 링컨센터 분수대 옆에서 수민이 연습을 끝내고 나올 때까지 기다렸다가 집까지 바래다주었다. 정확히 십 분 거리였다.

사랑에 목말랐던 적은 없다고 생각했다. 공연 뒤에는 팬들이 준 꽃다발과 선물로 대기실이 발 디딜 데가 없을 지경이었고, 매일 팬레터를 쓰는 광적인 팬도 많았다. 그러니까 가족도, 가족이 사는 나라도 잊어버려야 한다고 수민은 매일 되뇌었다. 태훈을 만나면서 그 작은 그리움이 정말 잊히기 시작했다. 언젠가부터 단순히 광고주로만 생각했던 태훈과의 만남을 손꼽아 기다리기 시작했다.

집으로 가는 길이 점점 멀어지기 시작했다. 수민도 태훈도 센트럴파크 서쪽의 어퍼웨스트에 살고 있었다. 하루는 존 레논과 오노 요코가 살았던 다코타 아파트 쪽으로, 다음 날 은 〈섹스 앤 더 시티〉의 캐리가 프러포즈를 받은 분수대가 있는 콜럼버스 서클 쪽으로 한참을 돌아 집으로 갔다. 딱히 사고 싶은 물건도 없으면서 콜럼버스 애비뉴의 고서점과 골 동품점에서 뭉그적거리기도 했다. 하루 십 분의 데이트가 한 시간, 두 시간이 되면서 제이슨의 경고 강도도 높아졌다.

"금요일 보스턴발 뉴욕행 비행기는 언제나 매진이지. 재벌 가 아들들은 보스턴에, 재벌가 딸들은 뉴욕에 있으니까 데이 트를 하러 오느라 그런 거야. 그런 인간들은 전부 끼리끼리 어 울려. 한태훈이 너랑 결혼이라도 해줄 것 같아? 그 자식은 그 냥 널 가지고 노는 거야. 너만 상처 입을 거라고."

절대로 발레에는 지장을 주지 않겠다고 수민이 아무리 다 짐을 해도 제이슨은 나쁜 소문만 물고 왔다.

"본처가 낳은 아이는 아니라더군."

수민도 이미 알고 있었다.

'사람들은 날 만나기도 전에 나에 대해 이미 판단을 내려버 려. 내가 아닌 내가 속한 가족이 날 판단하는 기준이지.'

사회의 편견에 상처받은 태훈이 자신과 비슷해서 더 애틋 했다.

"아이비리그 대학도 기부금으로 겨우 들어갔다고 하더라. 성적도 별로 안 좋고."

태훈은 경영학 공부를 싫어했다.

'난 어렸을 때 화초 키우는 걸 좋아했어. 한남동 어머님께 인사드리러 가는 건 죽어도 싫었지만 그 집의 온실은 좋았어. 내 유일한 위안이었지. 화원 주인이 되는 게 꿈이었어. 우습지? 난 내 꿈을 한 번도 소리 내서 말하지 못했어.'

수민도 그랬다. 춤을 추기 위해 아버지와 치러야 했던 전쟁은 떠올리고 싶지도 않았다. 그래서 이루지 못한 태훈의 꿈이 더 안타까웠다.

태훈은 그렇게 제이슨의 방해를 뚫고 수민에게 다가왔고, 이제는 수민이 태훈을 떠날 수 없었다. 하지만 제이슨은 아직도 태훈을 수민 곁에서 몰아낼 수 있다고 착각하는 모양이었다.

"꼭 그런 식으로 말해야 해? 엄연히 한태훈이라는 이름이 있어. 그런데도 꼭 '그런 인간'이라는 호칭을 쓰는 네가 훨씬 유치한 거 알아? 네가 계속 이런 식으로 나오니까 정말 의심스러워. 태훈 씨와 사귀는 것 때문에 날 캐스팅에서 배제하는 건 아닌지……."

"엉뚱한 소리 말고 정신 차려. 나중에 상처 입고 후회하지 말고. 지금이라도 만나는 거 그만둬. 넌 한태훈이 좋은 게 아니라 연애를 하는 게 좋은 거야. 너한테는 처음이니까."

제이슨은 발레리나들이 자신을 좋아하면 무슨 수를 쓰든 그 감정을 정리하게 만들어버렸다. 때로는 그 방법이나 과정이 너무 잔인해 소름이 끼칠 정도였다. 그런데 이상하게도 제이슨은 수민이 자신을 좋아하는 것은 그냥 내버려두었다. 그리고 수민에게 다가오는 남자들을 막았다. 수민은 제이슨의 그런 모순적인 태도가 자신을 좋아해서라고 생각했다. 하지만 아니었다.

"아니, 넌 내가 태훈 씨가 아니라 다른 누구를 사귀어도 말리고 방해할 거야. 넌 그냥 내가 연애하는 게 싫은 거니까."

순간 제이슨이 멈칫했다.

"내 말이 틀려? 대답해봐."

수민의 재촉에 제이슨이 마지못해 입을 열었다.

"그래! 난 네가 연애를 하는 게 싫어. 연애하면서 네 순수함이 깨지는 것도 싫고, 발레가 아닌 다른 무언가를 생각하는 것도 싫어. 당연한 거 아니야?"

"거짓말도 통할 사람한테나 해야지. 연애를 해서 순수함이 깨지는 게 싫다고? 연애 경험이 많아야 다양한 감정 표현이 가능하다면서 자유연애를 주장한 사람이 너였어. 발레가 아닌 다른 걸 생각하는 게 싫다고? 발레 외의 세상도 알아야 표현력이 넓어진다면서 프린시펄 댄서들을 러시아, 프랑스로 3

개월씩 연수를 보낸 사람이 너였어. 넌 그저 슬픔과 절망으로 가득한 프린시펄 댄서가 필요한 거야. 그래서 내가 너를 좋아하는 걸 알면서도 무시했겠지. 네가 원하는 건 완벽한 지젤이었으니까. 내가 짝사랑만 하다 실패하고 자살해서 윌리(결혼하지 않고 죽은 처녀의 영혼)가 되기를 바란 거야? 귀신이 되어서도 사랑하는 이를 위해 희생하기를 바랐어? 그런데 어쩌지? 이미 너무 늦어버린걸."

수민은 숨도 쉬지 않고 퍼부어댔다. 제이슨의 대답 따위는 듣고 싶지 않았다. 수민은 곧장 뒤돌아서 사무실을 나왔다. 그리고 태훈에게 전화를 걸었다.

"무슨 일이야?"

연습 시간에는 전화도 받지 않는 수민이 전화를 걸자 태훈이 놀라서 다짜고짜 물었다.

"지금 어디야? 보고 싶어."

수민을 따라 나온 제이슨의 목소리가 등 뒤에서 울렸다.

"수우, 당장 돌아와! 수우!"

수민은 제이슨의 부름을 그대로 무시해버렸다.

"누가 널 부르는 것 같은데?"

전화기 너머에서 태훈이 물었다.

수민을 뒤쫓는 제이슨의 발걸음 소리가 대리석 복도에 울려퍼졌다. 수민도 발걸음을 빨리 옮겼다. 기다란 복도 벽에 걸린 유명 무용수들의 커다란 사진들이 스쳐 지나갔다.

"어디냐니까? 내가 지금 그리로 갈게."

수민은 도망치듯 달리기 시작했다. 현실에서도 지젤이 되고 싶지는 않았다.

2

사랑하는 당신에게

오늘부터 사흘 동안 여름휴가야. 아직 7월 초지만 다들 성수기에 휴가를 가고 싶어 해서 내가 양보했어. 어차피 난 휴가 기간을 맞춰야 할 사람도 없으니까. 수지는 어디 가까운 데라도 놀러 가라고 하지만 그냥 집에 있으려고. 혼자서 어디 가는 것도 어색하고 불편해.

수민이 기사도 검색해서 스크랩하고, 바쁘다는 핑계로 멀리했던 책도 읽고…… 이것저것 해야지 계획했던 일은 많은데, 아무것도 제대로 한 것 없이 오늘 하루가 금세 가버렸어. 본격적인 여름은 시작되기도 전인데 얼마나 더운지 조금만 움직여도 지쳐. 참, 그래도 미뤄뒀던 이불 빨래는 했다. 햇살이 좋아서인지 아침에 널었는데 해질 무렵에는 보송보송하게 잘 말랐더라.

월요일 저녁 7시, 오늘도 어김없이 수민이한테 전화를 걸었어. 어렸을 때는 내가 듣지 않는 걸 알면서도 내 옆에서 이것저것 물어보고, 이런저런 얘기를 늘어놓는 아이였는데 요즘은 반대야. 나만 신나게 떠들어대지.

'어디 다친 데는 없니?'

'아침은 거르지 말고 먹어라.'

'여름인데 몸이 많이 힘들지는 않니? 보약이라도 지어서 부쳐줄까?'

그래봤자 매일 똑같은 레퍼토리지. 수민이 대답도 마찬가지고.

'다친 데는 없어요.'

'잘 먹고 다니니까 걱정 마세요.'

'연습실에만 있어서 더운 줄 몰라요. 아뇨, 보약은 됐어요.'

어떤 대답이 나올지 뻔히 알면서도 물어볼 수밖에 없어. 그렇게 질문이라도 해야 수민이 목소리를 조금이라도 더 들을 수 있으니까.

사실 더 물어보고 싶은 게 많았는데 참았어. 요즘 들어 수민이가 캐스팅에서 많이 배제되는 느낌이 들더라고. 부상을 입은 건지, 감독과 사이가 벌어진 건지, 단순한 슬럼프인 건지……. 많은 이유들이 순간순간 떠오르지만, 그 어떤 것도 물어볼 수가 없어. 수민이가 먼저 얘기를 해주면 좋을 텐데.

수민이는 오늘도 서둘러 전화를 끊으려고 하더라. 방금 잠에서 깨서 그런 거라고, 원래 아침잠이 많은 아이였다고, 출근 준비를 하느라 바빠서 그런다고… 이런저런 변명을 대신하며 서운함을 달랬어.

수민이는 알까? 수민이한테 건넨 질문 몇 개가 내가 오늘 입 밖에 꺼낸 말의 전부라는 걸. 출근하지 않는 날에는 하루 종일 말을 할 일이 없어. 적막감이 아무도 없이 혼자인 나를 상기시키는 게 소름끼치도록 싫어서 하루 종일 텔레비전을 켜놓고 지내. 나도 늙나봐. 젊었을 때는 지방으로 발령 나서 혼자 떨어져 지내도 아무렇지 않았는데, 요즘은 유난히 외로움을 타네.

가끔 신문에 기러기 아빠들의 힘들고 외로운 생활에 관한 기사가 나오면 사내새끼들이 나약하다고 비웃었어. 원조 기러기 아빠들은 우리 군인들이라고. 지방 군부대는 기러기 군인이 절반이 넘는다고. 예전엔 출동 나가면 한 달이 넘도록 마누라랑 자식 목소리 한 번 듣지 못했다고. 그래도 우린 군인 정신으로 무장하고 견뎠다고……. 그렇게 기러기 아빠들이 털어놓는 쓸쓸함을 비웃었어. 군기가 빠져서 그렇다고 욕했지.

하지만 이젠 내가 그 꼴이네. 그렇다고 사내새끼가 계집애처럼 수다 떨자고 친구한테 전화를 걸 수도 없는 노릇이고. 집안의 적막감이 너무 싫어. 가끔은 위층 꼬마가 뛰어다니는 소리가 반가울 정도야.

독거노인들이 외로움에 자살하는 이유를 어렴풋이 이해할 수 있을 것 같아. 그래도 난 괜찮아. 나한테는 수민이, 수지가 있으니까. 수민이는 무뚝뚝하기는 하지만 짧게라도 꼬박꼬박 대답은 해주고, 수지는 시댁 욕이 절반이긴 하지만 자주 안부 전화를 걸어주니까 이 정도면 괜찮지. 보통 사람들은 다 그렇게 사니까. 나도 보통 사람이니까.

3

태훈을 찾기는 어렵지 않았다. 최근에 뉴욕에 불기 시작한 한식 열풍을 타고 개업한 한식 레스토랑은 전면이 유리창이었다. 초여름 태양빛이 강해서 다른 사람들은 모두 햇빛이 들지 않는 안쪽에 앉아 있는데도 태훈은 굳이 밖에서 환히 들여다보이는 창가에 앉아 있었다. 게다가 태훈이 쓰고 있는 뉴욕 양키스 모자는 새빨간색이었다. 태훈은 다른 사람들을 바라보는 것도 다른 사람들의 시선을 대하는 것도 좋아했다.

레스토랑에서 나오던 한 무리의 여자들이 계산대 옆에서 태훈을 보고 수군거렸다. 태훈은 의자에 앉아 긴 다리를 꼰 채 보고 있던 잡지에서 눈을 떼지 않았다. 하지만 분명 여자들의 시선을 의식하고 있었다. 갸름한 턱선을 돋보이게 하려고 얼굴을 약간 비스듬히 기울이고 있다는 게 그 증거였다.

태훈은 여자들에게 인기가 많은 편이었다. 수민이 함께 있는데도 노골적으로 눈웃음을 치는 여자도 있었다. 오밀조밀한 동양적 얼굴과 180cm가 넘는 훤칠한 키의 조합은 콧대 높은 뉴욕 여자들을 사로잡을 만했다. 게다가 미소를 지을 때면 쌍꺼풀 없는 길고 가는 눈이 아래로 처지며 선해 보였다. 태훈의 선한 미소는 여자들이 접근할 여지를 주기에 충분했다. 그 미소 때문에 여러 번 말다툼을 했다. 유치했지만 수민은 태훈이 다른 여자들에게 웃어주는 게 싫었다. 하지만 태훈은 억울하다며 항변했다.

"눈웃음을 치는 게 아니라니까. 웃으면 그렇게 보이는 걸 어떡해? 나도 그런 오해 받는 거 싫어. 그렇다고 미소 지으며 인사하는 사람한테 얼굴을 찌푸릴 수는 없잖아."

수민이 가장 좋아하는 태훈의 미소가 가끔은 몸서리칠 정도로 신경에 거슬리고 싫었다. 그래도 그 미소가 수민을 향할 때면 가슴속이 꽉 차고 포근해졌다. 아무리 화가 나고 짜증이 나도 태훈이 미소를 지으면 스르르 녹아내렸다.

마침내 수군거리던 무리 중에서 늘씬한 금발 미인 하나가 태훈에게 다가가 뭐라고 말을 걸었다. 수민은 레스토랑에 들어가지 않고 멀찌감치 서서 지켜보았다. 지금 끼어들어 어색한 상황을 연출하고 싶지는 않았다. 태훈이 미소를 지으며 고개를 저었다. 태훈의 긴 눈이 반달 모양을 그리며 가늘어졌다. 여자는 아쉽다는 표정으로 태훈에게 명함을 건네고 자리를 떴다. 태훈은 명함을 지갑 안에 챙겨 넣었다.

순간 보도블록에서 올라오는 뜨거운 열기를 참기 힘들었다. 숨이 턱턱 막혔다. 수민은 레스토랑을 향해 돌진하다 태훈에게 명함을 건넨 여자와 어깨를 부딪쳤다. 여자의 예의바른 사과를 뒤로한 채 레스토랑 문을 열자 서늘한 공기가 몸속으로 들어오며 짜증을 밀어냈다. 수민은 심호흡을 하며 열기를 식혔다. 의부증 걸린 마누라처럼 굴고 싶지는 않았다. 받은 명함을 구기거나 버리는 건 좋은 매너가 아니었다. 지갑에 명함을 넣었다는 사실만으로 오해를 하고 말다툼을 하는 것도 자존심 상하는 일이었다. 잊어버리자고 결심하며 태훈에게 향했다.

수민은 자리에 앉지도 않고 웨이터에게 물었다.

"눈에 띄지 않는 구석 자리 없어요?"

태훈이 눈살을 찌푸렸지만 웨이터의 안내에 따라 외진 자리로 옮겨 앉았다. 다행히 레스토랑의 의자 등받이는 높은 편이었다. 의자 등받이가 탁자를 둘러싸고 벽 역할을 해 남의 눈에 띄지 않을 터였다.

"정말 이해가 안 가. 눈에 띄는 걸 그렇게 싫어하는 사람이 어떻게 프리마 발레리나를 할 수 있지? 무대라는 것 자체가 주목을 받는 거고, 그중에서도 프리마 발레리나는 최고로 주목을 받잖아."

"그건 달라."

뭐라고 설명해야 할지 알 수 없었다. 무대 위에서의 수민은 수민이 아니었고, 또 수민이 아니어야만 했다. 완벽한 타인이 되었을 때의 희열과 감격은 그 무엇과도 바꿀 수 없었다. 수민이 자신이 아닐 수 있는 순간, 타인의 시선은 완전히 수민에게만 향해야 했다. 하지만 무대 위가 아닌 곳에서는 누군가의 눈에 띄고 싶지 않았다.

사람들의 시선을 대하는 일은 껄끄러웠다. 단순한 호기심도 동경심도 부담스러웠다. 게다가 유명인이라는 이유만으로 더 엄격해지는 사람들의 잣대도 두려웠다.

'남의 눈에 띄는 행동을 하면 안 돼.'

사람들의 시선을 대하면 어린 시절 하루에도 몇 번은 들었을 엄마의 가르침이 울렸다. 그리고 자신도 모르게 움츠러들었다.

'사람들 입에 오르내리는 일은 절대 하지 마.'

사람들의 시선을 끄는 것은 좋든 나쁘든 아버지에게 해가 되는 일이었다. 좁은 군인 사회에서는 모든 것이 사람들의 입방아에 올랐다. 어떤 옷을 입는지, 어떻게 인사를 하는지……. 그들은 보지 않고도 본 것처럼 이야기하는 재주가 있었다.

아파트 앞에서 조그만 소리라도 나면 아줌마들은 베란다로 몰려나와 두리번거렸다. 직접 보고 들은 사건도, 누군가에게 전해 들은 사고도 아줌마에서 아줌마로 몇 다리를 건너가는 동안 풍선처럼 부풀었다.

군인 아파트에서 비밀은 허락되지 않았다. 같은 통로에 사는 열 가구의 아이들이 같은 학교에 다녔고, 같은 반인 경우도 있었다. 성적표를 숨기는 일, 오락실에 가는 일… 그 모든 정보가 아파트 전체에 공유되기 마련이었다.

어린아이들은 친구의 약점을 폭로함으로써 자신이 괜찮은 자식이라는 걸 보여주고 싶어 했다. 하지만 조금만 자라면 입을 다무는 게 자신에게 유리하다는 사실을 완벽하게 깨달았다. 군인의 아이들은 무언의 약속으로 동맹을 맺고 연합 전선을 펼쳤다. 서로의 약점을 숨겨주고, 알리바이를 만들어주고……. 하지만 배반에 대한 불안이 언제나 그들 사이에 똬리를 틀고 있었다. 멀어질 수도 가까워질 수도 없는 사이였다.

항상 보이는 시선들, 그리고 보이지 않는 시선들까지 주의해야 했다. 그곳을 떠나면 그 시선의 감옥에서 벗어날 수 있을 것으로 기대했다. 하지만 수민이 향한 곳은 더 견고하고 좁은 또 다른 시선의 감옥이었다. 자신이 선택했기에 빠져나갈 수도 없는······.

　웨이터는 주문한 메뉴를 내려놓으며 수민의 얼굴을 흘낏거
렸다. 한식 레스토랑인 만큼 동양인이 많았다. 그래도 수민은
고개를 숙였다. 다행히 눈치 빠른 웨이터는 아무 말 없이 수민
을 모른 척했다. 태훈은 그런 수민이 이해가지 않는다는 듯 고
개를 설레설레 저었다.

　"일단 먹어. 너 갈치 좋아하잖아. 배가 부르면 우울한 감정
도 날아가버릴 거야."

　태훈이 갈치를 발라서 밥그릇 위에 놓아주며 말했다. 저절
로 입안에 침이 고였다.

　뉴욕에 온 이후로는 억지로 한식을 멀리했다. 뒷말하는 인
간들에게 마늘 냄새 난다는 이야깃거리까지 보태주고 싶지는
않았다. 모락모락 김이 나는 밥이 눈앞에 어른거리고, 어디선
가 고소한 참기름 냄새가 나는 듯한 착각까지 들 때도 있었다.
그래도 참고 견뎠다.

　한식을 먹는 자유는 특별한 이유가 있을 때만 허락했다. 생
일, 성공적으로 공연을 마친 날, 그리고 엄마가 떠난 날, 한식
은 수민이 자신에게 주는 축하 선물이자 위로 선물이었다. 그
런 날까지 참으면 미쳐버릴 테니까.

　하지만 태훈과 만난 뒤로는 그 원칙이 깨져버렸다. 태훈은

한식만 고집했다.

"한국인은 밥을 먹고 살아야지."

태훈의 고집이 감사할 정도로 수민의 인내심은 바닥이 난 상태였다. 호밀빵 야채샌드위치나 해산물샐러드는 생각만 해도 구역질이 났다.

수민이 밥을 삼키면 태훈은 재빨리 다른 반찬을 수민의 밥그릇 위에 놓아주었다. 수민의 시중을 드느라 태훈은 거의 먹지도 못했다. 아직 그대로 남아 있는 태훈의 밥그릇을 보며 여자의 명함을 챙겼다고 태훈을 오해한 일이 미안해졌다.

"좀 더 먹어."

태훈이 권했지만 수민은 수저를 놓았다. 벌써 반 공기나 비운 뒤였다.

발레를 시작한 이후 한 번도 먹고 싶은 것을 맘껏 먹어본 적이 없었다. 체중 유지를 위해서는 다이어트가 필수였으니까. 어떤 발레리나는 아침에 일어나 사과 한 개를 정확히 3등분해서 한 끼에 한 쪽씩 먹는다고 했다. 그 정도는 아니지만 수민도 언제나 식사량 조절에 신경을 곤두세워야 했다. 불행히도 수민은 살이 쉽게 찌는 체질이었다. 100g이라도 살이 찌면 수민을 자신의 머리 위로 들어 올려야 하는 파트너가 살을 빼라고 닦달했다.

"그렇게 참고만 사니까 폭발하는 거야. 먹는 건 인간의 가장 큰 욕구인데 그것조차 제대로 채우지 못하니까 스트레스가 안 쌓이면 그게 더 이상한 거지."

언제나 하는 실랑이였다.

"발레도 체력이 따라줘야 하는 거야. 겨우 그거 먹고 어떻게 하루 종일 춤을 춰? 그러지 말고 한 숟가락만 더 먹어. 자, 착하지?"

태훈은 밥을 한 숟가락 떠서 수민 앞에 내밀며 설득했다. 그 장난스런 미소에 수민이 졌다. 수민이 입을 벌리고 숟가락을 물자마자 태훈은 호들갑을 떨며 수민의 머리를 쓰다듬었다.

"아이고, 착해."

킥킥, 웃음이 났다.

"그래. 그렇게 웃어. 넌 웃는 게 예쁘니까 좀 자주 웃어."

"마치 내가 잘 웃지 않는다는 것 같네?"

"그래. 너 잘 안 웃어. 특히 요즘 들어서는 정말 웃음에 인색해. 제발 긴장 좀 풀고 즐기며 살면 안 돼? 이렇게 신경 곤두세우고 있으면 발레 연습에 무단으로 빠진 보람이 없잖아. 이왕 반항할 거면 제대로 해야지."

"미안. 나 때문에 너까지 스트레스 받는 거 같네."

수민은 태훈의 손을 잡고 토닥였다.

"맞아. 네가 아니라 내가 스트레스 받아서 미칠 거 같아. 이런 스트레스를 받으면서까지 발레를 하는 이유를 도통 모르겠어. 밥 한 끼 제대로 못 먹으면서 하루 종일 녹초가 되도록 연습해야 하고, 주역 따내느라 경쟁의 연속이고, 부상 걱정에 생명까지 짧고……."

수민도 아직 그 이유를 몰랐다. 꿈이란 자기 맘대로 꿀 수 있는 게 아니었다. 꿈속에서는 이성적인 판단이 불가능했다. 꿈을 꾸는 동안에는 냉정하고 합리적인 결정 따위는 소용이 없었다.

"그러게. 가끔은 나도 이해가 안 돼."

"그래. 그러니까 다 관두고 내가 MBA(Master of Business Administration, 경영대학원에서 경영학 이론을 습득해 실제 상황에 적응하는 훈련을 하는 과정) 마치면 같이 한국에 들어가자니까."

또 그 이야기였다.

"몇 번이나 말했지만 난 싫어."

"한국에서도 발레는 할 수 있잖아. 오히려 한국에서는 이렇게 피 말리는 경쟁 없이 좀 더 쉽게 프리마 발레리나로 살아갈 수 있을 텐데 왜 고집인지 모르겠다."

"피 말리는 경쟁이 없으면 자기 발전도 없잖아."

"꼭 제이슨 그 자식처럼 말하네."

태훈이 비꼬았다. 태훈도 제이슨도 서로 죽어라 싫어하는 건 마찬가지였다.

"난 제이슨인지 뭔지 그 자식 맘에 안 들어. 그 자식도 나 싫어하겠지만. 그래서 네가 NYCB에 매달리는 게 싫은지도 모르겠다. 꼭 NYCB가 아니라 제이슨한테 매달리는 것 같은 느낌이 든단 말이야.”

수민도 가끔은 헷갈렸다. 제이슨은 늘 NYCB가 곧 자신이라고 말하곤 했다. 사람에 대한 감정은 쉽게 변하거나 사라지지 않는다. 태훈을 사랑한다고 해서 제이슨에 대한 감정이 깨끗이 정리된 것은 아니었다. 아주 가끔은 제이슨을 사랑했다는 사실조차 의문스러웠다.

내가 정말 제이슨을 사랑하긴 한 걸까? 발레에 대한 집착이 제이슨에 대한 사랑으로 변질된 건 아니었을까?

모든 것이 혼란스러웠다. 수민의 인생에서 확실하고 변치 않는 건 하나밖에 없었다. 발레! 그래서 발레를 놓을 수 없었다.

“언젠가는 NYCB가 아닌 발레까지도 그만두겠지만 지금은 아냐.”

아직은 꿈속이 좋았다. 결국은 깨게 될지 몰라도.

식사를 마치고 나오니 거리가 낯설게 다가왔다. 십 년이나 뉴욕에 살았으면서도 대낮에 뉴욕 거리를 여유롭게 산책해본 적이 없었다. 어쩌다 낮에 외출할 때가 있었지만 그럴 때도 항상 연습을 해야 한다는 조바심에 서둘러 용무를 마치곤 했다. 연습실이 아닌 다른 곳은 어색하고 낯설었다. 연습을 해야 한다는 강박관념 때문이라기보다 왠지 세상에서 따돌려지는 느낌이 들었다. 딱히 발레 단원들과 친분이 있는 것도 아니었고, 게다가 텅 빈 연습실은 포근하기보다는 차가운 느낌이었다. 그런데도 이상하게 연습실에 있으면 마음이 차분하게 가라앉아 숨쉬기가 편했다.

태훈은 십 년 넘게 뉴욕에 살고 있는 수민보다 오히려 뉴욕에 대해 더 잘 알았다. 수민은 그런 태훈이 신기한데 태훈은 스팟(Spot)에 처음 와봤다는 수민이 더 신기한 모양이었다.

"어떻게 뉴욕에 살면서 이 유명한 디저트 가게를 모를 수 있지? 이왕 온 김에 먹고 싶은 거 골라봐. 다 사줄 테니까."

지하에 있는 그 가게는 태훈이 데려가지 않았다면 그런 곳이 있는지조차 몰랐을 터였다. 철제 계단을 내려가자 쑥 들어간 지하 공간에 하늘색 창틀의 가게가 보였다.

동화에나 나올 법한 케이크, 아이스크림, 음료수로 가득한 진열장이 환한 조명 아래 빛나고 있었다. 보는 것만으로도 감탄사가 저절로 나왔다.

"그냥 네가 하나 골라와. 난 자리에 앉아 있을 테니."

수민은 원목 의자에 앉아 태훈이 진열대 앞에서 주문하는 것을 물끄러미 바라보았다. 카페는 그리 크지 않았다. 태훈은 이것저것을 손가락으로 가리키고 있었다. 종업원은 주문량이 너무 많다는 듯 의아한 얼굴로 수민을 바라보았다.

"일행이 더 있으신가요?"

종업원의 말에 한숨이 저절로 나왔다. 태훈은 카페 안의 디저트를 모두 살 모양이었다. 수민은 짐짓 모른 체하며 한쪽 벽면을 장식하고 있는 그 카페 관련 기사를 보고 있었다.

"이 많은 걸 어떻게 먹으려고 그래?"

종업원과 태훈이 함께 가져온 디저트는 탁자를 가득 채우고도 남았다. 다른 사람들이 흘낏거렸다.

"다 못 먹으면 남기면 되지 뭐."

태훈은 아무렇지 않게 말했다.

태훈은 물건을 살 때 가격표를 보는 일이 없었다. 필요한지 아닌지도 별로 상관하지 않았다. 처음 만날 때는 그런 행동이 과시욕이라고 생각했지만, 태훈은 그저 그렇게 사는 데 익숙할 뿐이었다.

"뭐부터 먹을까? 이럴 줄 알았으면 밥을 안 먹고 오는 건데."

태훈은 어린아이처럼 앞에 가득 놓인 디저트를 두고 고민했다.

"다음에 또 오면 되지. 여기서 회식 자주 한다면서?"

스팟이 있는 세인트 마크 플레이스(St. Mark's Place)는 리틀 도쿄라 불릴 만큼 일본 음식점이 많은 곳이라 이곳에서 회식을 자주 한다고 들었다.

"너랑 오는 건 아니잖아."

"뭐?"

"같은 음식이라도 누구와 먹느냐에 따라 맛이 달라지는 거잖아. 장소도 마찬가지야. 어떤 사람과 함께 갔느냐에 따라 느낌이 달라져. 난 내 인생에서 가장 좋은 건 너와 함께하고 싶어. 가장 맛있는 음식도, 가장 아름다운 곳도, 가장 감명 깊은 공연도……. 최고의 순간에는 늘 너와 함께였으면 좋겠어."

수민은 눈을 어디에 둬야 할지 몰라 디저트만 뒤적거렸다. 태훈은 말을 돌려서 하는 법이 없었다. 사랑 표현도 직설적이고 적극적이었다. 하지만 수민은 그런 상황이 어색하고, 어떤 반응을 보여야 할지 몰라 당황스러웠다. 게다가 수민은 말을 잘하는 편이 아니었다. 대화도 많이 해야 느는 법인데, 몸을 쓰는 직업이라서인지 많은 무용수들이 대화법에는 서툴렀다. 수민도 마찬가지여서 말보다는 몸짓이 더 익숙하고 편했다. 그래서 매번 모른 척하며 그런 순간들을 대충 넘기곤 했다.

"제이슨이 아니었으면 네가 이렇게 내 눈 피하는 게 날 무시하거나 싫어하는 거라고 생각했을 거야."

"뭐?"

"처음에 너 쫓아다니기 시작했을 때 제이슨이 그랬거든. 너 연애 한 번 못하고 발레만 하고 산 순진한 아이니까 함부로 데리고 놀면 가만두지 않을 거라고. 처음엔 단순히 나를 떼어내려고 하는 말인 줄 알았어. 스물일곱 살이나 된 여자가 연애 한 번 안 해봤다는 게 믿기지 않았으니까."

수민은 어딘가 이상하거나 모자라는 사람이라는 뜻인 것 같아 기분이 별로 좋지 않았다.

"그런데? 이제는 믿어? 내가 아니라고 해도? 제이슨 몰래 내가 연애했을 수도 있잖아."

태훈은 수민의 말을 간단히 웃어넘겼다.

"네가 연애했다고 하면 믿어주는 척은 할 수 있어."

"뭐? 나 진짜 연애해봤어. 나한테 데이트를 신청한 남자가 얼마나 많은데 연애 한 번 못했을까?"

"그래, 믿어."

전혀 못 믿겠다는 말투에 수민은 오기가 생겼다.

"믿는다는 눈빛이 전혀 아닌데? 어린애 달래듯 믿는다고 말만 하는 거지."

"아니 다행이네. 그러게 뭐 하러 그런 거짓말을 해?"

"도대체 왜 못 믿는 건데?"

"그냥 사소한 것들 때문에. 지금 이런 행동도 그렇고. 다른 여자들은 만나는 남자에게 처음이라고 말하거든. 그런데 넌 아니잖아. 처음에는 나도 그런 네가 어색했어. 내가 만나본 여자들은 두 종류였거든. 나를 자신의 인생을 바꿔줄 왕자로 보고 나한테 모든 걸 거는 여자들, 아니면 내가 과연 자신의 상대로 적당한지 계산기를 두드리는 로열 프린세스

들. 물론 그 여자들 중에도 연애 경험 없는 사람이 있을 수는 있어. 하지만 너같이 자신을 다 드러내는 여자는 없었지. 그래서 네가 좋아. 넌 그저 있는 그대로의 나만 보니까. 내 돈이 아니라."

"왜 내가 네 돈을 보고 좋아하는 게 아니라고 생각하는데?"

"그냥 알아. 세상엔 꾸밀 수 없는 것도 있거든."

"내가 완벽히 속이는 걸 수도 있지."

완벽한 거짓말은 아니었다. 솔직히 한 인간을 좋아한다는 것은 그가 지닌 모든 것과 떼어놓고 생각할 수는 없었다. 돈이 많아서 좋아하는 것은 아니었지만, 만약 가난한 집안에서 태어났다면 태훈은 지금의 태훈일 수 없었다.

"그럴 수도 있다는 생각 안 해본 건 아냐. 그런데 문득 상관없다는 생각이 들더라. 너라면 그냥 속는 것도 나쁘지 않겠더라고."

갑자기 태훈에게 미안했다. 태훈이 하는 말을 모두 믿는 것은 아니었지만, 가끔 그에게 받는 사랑이 버거울 때가 있었다. 수민에게는 항상 발레가 최우선이었다. 만난 지 100일, 200일, 300일 같은 커플만의 기념일보다는 공연 일정이 더 중요했고, 태훈과의 즐거운 추억보다는 성공적인 공연에 대한 기억이 더 아련했다. 어쩌다 연습이 길어지는 날이면 몇 시간 넘게 기다린 태훈의 약속을 취소하는 걸 당연시했다. 하지만 태훈은 수민의 이기적인 행동도 가볍게 용서했다.

"미안해, 항상 나한테 맞추라고만 해서."

"쓸데없는 소리. 내가 좋아서 하는 건데 뭘. 심각한 얘기 그만하고 이거나 먹자."

태훈은 긴 유리컵에 담긴 월너트, 블루베리가 장식된 부드러운 크림치즈 케이크를 시작으로 이것저것 맛보기 시작했다. 천연 재료로 만든 건강식 디저트라고 하지만 디저트는 디저트였다. 수민은 생딸기와 로즈베리 셔벗에 오레오를 곁들인 유즈 에스키모(Yuzu Eskimo)를 딱 한 입만 먹고 내려놓았다.

"정말 대단한 자제력이다. 어떻게 이걸 한 입만 먹고 포기할 수 있어?"

태훈은 초콜릿과 과일잼이 섞인 컵케이크를 종류별로 맛보며 고개를 저었다. 수민은 더 이상 디저트의 유혹을 참기 힘들어 가게 밖으로 도망쳐 나왔다. 하지만 가게 밖에서도 달콤한 설탕과 새콤한 과일향은 넘쳐났다. 태훈은 한참 뒤에야 나왔다. 수민은 태훈에게 눈을 흘겼다.

"어쩜 그걸 혼자서 다 먹고 나와? 기다리는 나는 생각도 안하고."

"그럼 남기고 나오란 거야? 뉴욕 최고의 디저트인데?"

"야! 한태훈!"

수민이 약이 올라 발까지 구르자 태훈은 소리 내서 웃으며 수민을 껴안았다.

"내가 늘 말하잖아. 인생은 즐기며 사는 거라고. 넌 좀 즐기며 살 필요가 있어. 그런 의미에서 오늘은 이 몸이 직접 뉴욕 명소 관광을 맡겠나이다. 가실까요, 프리마 발레리나 아가씨?"

수민은 하루 종일 태훈과 함께 뉴욕을 쏘다녔다. 소호의 스프링 스트리트를 시작으로 브로드웨이를 지나 타임스퀘어의 야경을 보고 나니 자정이 훌쩍 넘어 있었다.

태훈과 수민이 들고 있는 쇼핑백을 보더니 택시 기사의 눈이 휘둥그레졌다. 모두 수민의 것이었지만 무슨 물건인지 가늠조차 할 수 없었다. 수민이 조금만 관심을 보이면 태훈이 어느새 물건값을 계산했기 때문이다.

"나도 돈 있어. 사고 싶으면 내 돈으로 살 거야."

"그냥 선물이야."

태훈은 수민의 말을 간단히 무시해버렸다.

"원래 쇼핑을 좋아하긴 하지만 오늘은 정말 쇼핑하는 재미가 쏠쏠하네. 내가 아니라 남을 위해 하는 쇼핑도 괜찮은 거 같아."

태훈이 너무 신나 보여 더 말리지 못했지만, 원래 귀찮아하던 쇼핑이 더 재미가 없어졌다. 마음에 드는 물건의 가격을 보고 살까 말까 망설이는 일도, 비싼 가격에 안달하며 가격을 흥정하는 일도 할 수 없었다. 돈이 많으면 더 신날 것 같았던 쇼핑이 지루하기만 했다. 게다가 태훈이 계산해주는 것도 꺼림칙했다.

택시에서 내려 아파트 현관을 마주하니 슬슬 내일 일이 걱정되기 시작했다. 성격이 불같은 제이슨이 오늘의 무단이탈을 그냥 넘어갈 리 없었다.

"표정이 별로 안 좋네. 내일 일이 걱정돼서 그래? 제발 내일 일은 내일 걱정하면 안 돼?"

"그냥 좀 지쳐서 그래. 너무 힘들어서 집에 올라가지도 못할 것 같아."

"어깨가 축 처졌는데?"

"원래 발레리나들은 어깨가 내려앉는 법이야."

"내가 집까지 업어줄까?"

수민이 고개를 젓자 태훈은 과장스럽게 한숨을 쉬었다.

"그저 집 구경 한번 시켜주는 게 그렇게 힘드나? 만난 지 일 년이 넘었는데 아직 집 구경도 못했다면 내 친구들이 웃을 거야."

"다음에 해. 오늘은 너무 늦었잖아."

"그럼 여기 좀 앉았다 가자."

태훈은 아파트 앞 계단에 주저앉으며 두 손 가득 들고 있던 쇼핑백을 내려놓았다. 수민도 태훈 옆에 앉아 다리를 두드렸다.

"관광이 발레보다 힘드네."

태훈도 수민의 다리를 주무르기 시작했다. 태훈의 손길에 몸이 노곤해졌다.

"우와, 이렇게 마른 거에 비하면 종아리는 정말 두껍구나."

수민은 태훈에게 눈을 흘겼다. 발레리나들은 항상 종아리에 알이 배겨 있다. 종아리가 너무 두꺼워 부츠를 신지 못하는 발레리나들도 많다.

"그만해. 너도 힘들잖아. 이제 그만 들어갈래. 지금 잠들어도 네 시간밖에 못 자겠다."

수민이 태훈의 손을 떼어내며 일어서려는데, 태훈이 수민의 다리를 붙잡더니 다짜고짜 신발을 벗기기 시작했다. 수민은 놀라서 바동거렸다.

"지금 뭐 하는 거야?"

태훈은 수민의 반항에도 아랑곳없이 나머지 신발도 벗겼다.

"선녀와 나무꾼 몰라? 이렇게 내가 신발을 가져가버리면 넌 집에 못 가겠지?"

"야! 정말 이렇게 장난칠 거야?"

수민은 눈살을 찌푸리며 태훈의 손에 들린 신발로 손을 뻗었다. 하지만 태훈이 훨씬 빨랐다. 태훈은 수민의 신발을 등 뒤로 감추며 옆에 쌓아두었던 쇼핑백을 뒤적였다.

"잠깐만 기다려봐."

어리둥절한 표정으로 앉아 있는 수민에게 태훈이 내민 것은 투명하게 빛나는 유리 구두였다. 앞부분에는 여러 가지 보석이 꽃다발 모양으로 장식되어 있었고, 구두 전체에 골고루 박힌 다이아몬드 가루가 희미한 가로등 불빛에 반짝였다.

"무대 위에서는 신데렐라가 될 수 없다 해도 나한테 넌 영원한 신데렐라야. 그러니까 울지 마."

순간 눈물이 흘렀다.

"얼마 전 미리 주문해두었던 거야. 신데렐라로 캐스팅되면 축하 선물로 주려고 했는데 위로 선물이 돼버렸네."

태훈이 수민의 발에 유리 구두를 신겨주었다. 발에 꼭 맞았다. 수민은 가로등 불빛에 빛나는 유리 구두를 멍하니 바라보고 있었다. 눈물이 멈추지 않았다. 지난 몇 년간 꾹꾹 눌러온 서러움이 복받쳤다.

발레는 수민이 사랑해서 선택한 길이었다. 그래도 부상, 외로움, 캐스팅에 대한 압박은 언제나 쓰리고 아팠다. 눈물이 유리 구두 위에 떨어져 빛을 내며 흘러내렸다.

"울지 마. 그리고 이거 하나만은 꼭 기억해. 언젠가 토슈즈를 신는 게 너무 힘들어지거든 이 유리 구두를 신고 나한테 달려오면 돼."

태훈이 수민의 눈물을 닦아주며 속삭였다.

"달리다가는 유리 구두가 부서질 것 같은데? 걷기도 힘들 것 같고."

수민이 걷는 시늉을 해보이며 덧붙였다.

"그래서 말인데, 아까 업어서 집까지 데려다주겠다는 말 아직 유효해?"

그러자 태훈이 환히 웃으며 수민을 향해 등을 내밀었다.

제 2 장

보통 사람

1

태훈이 자동차로 데려다준 덕분에 늦잠을 잤는데도 연습 시간에 여유롭게 도착할 수 있었다. 링컨센터의 분수대가 환한 햇살에 무지갯빛 물줄기를 내뿜고 있었다. 이른 시간에도 관광객들이 분수대를 배경으로 사진을 찍느라 바빴다.

링컨센터는 분수대를 둘러싼 세 개의 건물로 이루어져 있다. 메트로폴리탄 오페라하우스를 중심으로 오른쪽에는 뉴욕 필하모닉 오케스트라가 사용하는 에브리피셔홀, 왼쪽에는 뉴욕시티 오페라단과 뉴욕시티 발레단이 번갈아 사용하는 데이비드 H. 코흐 극장이 자리잡고 있다.

매일 아침 출근할 때마다 수민은 이 공간에 자신이 속해 있다는 사실에 가슴이 뻐근했다. 오늘따라 단테 공원의 나무들이 더 푸르고 싱그럽게 보였다. 발레복이 걸려 있는 데이비드

H. 코흐 극장으로 들어서는 발걸음도 가벼웠다.

극장 곳곳에는 발레에 관한 예술품들이 가득했다. 신화, 숫자, 인체 등 발레와 관련된 모든 주제가 대리석, 청동, 나무 같은 세상의 모든 재료로 만들어졌다. 심지어 세계대전 폭격기의 잔해로 만든 작품도 있었다.

대기실 문을 열자 장미꽃 향기가 수민을 맞았다. 화장대 위에 장미꽃이 가득 놓여 있었다. 화장실과 욕실까지 갖춰진 대기실은 수민 혼자 사용했다.

혹시 태훈이 보낸 건가?

태훈은 깜짝 이벤트를 좋아했다. 빙긋 웃으며 장미 한 송이를 집어 들던 수민은 이를 악물었다. 눈앞에 펼쳐진 광경을 믿을 수가 없었다. 장미꽃 한가운데에 수민의 토슈즈가 놓여 있었다.

발레리나가 은퇴를 하게 되면 동료들이 그 발레리나의 토슈즈 앞에 장미꽃을 바치는 게 전통이었다. 자신도 모르게 장미 줄기를 움켜쥐었는지 가시에 찔린 손에서 피가 흘렀다. 수민은 피가 흐르는 것도 개의치 않고 토슈즈를 신었다.

수민은 고개를 빳빳이 들고 연습실로 들어갔다. 단원들의 눈길이 순식간에 수민을 향해 쏠렸다. 어제 무단으로 연습실을 이탈했으니 어느 정도는 각오했다. 저 눈들 속에 대기실에 장미를 가져다놓은 사람의 눈도 있다는 생각에 소름이 끼쳤다. 수민이 굳은 표정으로 단원들을 훑어보자 이내 모두 고개를 돌렸다. 단원들은 아무 일 없었다는 듯 다시 바를 잡고 몸을 풀기 시작했다. 하지만 수민은 그들의 눈길이 자신을 따라 움직이고 있다는 것을 느낄 수 있었다. 수민은 연습실 정중앙에 놓인 바의 앞자리로 향했다.

발레단에도 계급이 있었다. 프리마 발레리나라고도 불리는 프린시펄 댄서, 솔리스트, 드미 솔리스트, 코리페, 코르 드 발레의 서열은 군대 계급보다 더 엄격하게 적용되었다. 가운데 앞자리는 당연히 프리마 발레리나나 경력이 많은 솔리스트 차지였다. 수민은 그런 악습은 고쳐야 한다고 생각해 항상 빈자리로 가서 몸을 풀곤 했다. 하지만 오늘은 맨 앞줄의 정중앙에 이미 자리잡은 린다 앞에 서서 움직이지 않았다.

린다는 발레단에서 가장 경력이 많은 단원으로 군무들의 리더 역할을 하는 코리페였다. 그리고 수민이 처음 주역으로 발탁되었을 때 수민을 가장 심하게 따돌린 단원이기도 했다. 지젤은 군무가 많은 편이다. 2막에서 24명의 윌리들이 추는 군무는 발레 역사상 가장 아름다운 장면으로 손꼽힌다. 수민은 코리페인 린다와 사이가 나쁜 바람에 몇 번이나 어려움을 겪었다.

처음에는 이해하려고 했다. 린다도 당연히 승급해서 솔리스트가 되기를 바라고 있었을 것이다. 그런데 솔리스트도 못된 마당에 코르 드 발레였던 수민이 갑자기 프린시펄 댄서가 되었으니 화가 날 만도 했다. 어느 정도 시간이 흐르면 괜찮아질 거라고 기대했지만, 린다의 교묘한 따돌림은 점점 심해졌다. 원어민이 아니면 알아듣지 못하는 속어를 쓴다든가 말을 빠르게 하는 것은 물론, 일부러 연습 시간을 변경하고 알려주지 않은 적도 많았다. 또 공연 중에는 절대 말을 하지 말라고 아무리 당부해도 기어이 숫자를 세면서 군무의 박자를 맞췄다. 물론 다른 코리페들도 종종 그러기는 했지만 린다는 정도가 지나쳤다.

그래도 시간이 흐르면서 관계가 좀 나아졌다고 믿었다. 하지만 몇 달 전 수민이 처음 주역 경쟁에서 밀려났을 때 린다는 충고랍시고 이렇게 말했다.

"내가 충고 하나 할까? 조지 발란신이 수잔 파렐에 대한 사랑으로 식음을 전폐하고 말라갈 때 다른 단원들이 파렐에게 했다는 충고, 나도 너한테 하고 싶네. 제이슨이랑 같이 자. 섹스가 꼭 무슨 의미가 있어야 하는 건 아니잖아. 그게 그렇게 대단한 거야? 이런 긴장 상태, 단원들 모두 불편하다고."

너무 황당하고 기가 막혀 화조차 낼 수 없었다. 매번 그런 식이었다. 수민은 순식간에 당한 일에 멍해져 맞대응 한 번 제대로 못했다. 하지만 이제는 더 이상 멍청하게 당하고 싶지 않았다.

린다는 자기 앞에 서 있는 수민을 계속 모른 척했다. 하지만 단원들이 하나둘 동작을 멈추고 두 사람을 바라보자 수민을 향해 홱 돌아서며 말했다.

"네가 태어나지도 않았을 때 난 이미 무대 위에서 벌론(공중 도약)을 하고 있었어."

"그래서?"

"난 못 비켜."

수민은 아무 대꾸 없이 팔짱만 꼈다.

"야! 너 정말……."

"지금 뭐 하는 거야?"

제이슨의 목소리가 연습실을 울렸다.

"설마 지금 싸우는 건 아니겠지?"

린다가 당황해서 우물쭈물했다. 모두 숨 죽이고 그들을 지켜보고 있었다.

"린다, 넌 뒤쪽으로 옮겨."

제이슨은 순식간에 상황을 정리했다.

"단장님!"

린다가 울먹였지만 제이슨은 못 들은 척 돌아섰다. 린다는 수민을 노려보며 신경질적으로 발걸음을 뗐다.

"린다, 뭐 잊은 거 없어?"

제이슨의 말에 린다가 이를 악물었다.

"우아하지 못하면 발레리나가 아니다! 잊었어?"

제이슨의 닦달에 결국 린다가 입을 열었다.

"미안, 이 자리에서 연습해."

린다가 자리를 잡자마자 제이슨이 소리쳤다.

"음악!"

우아한 음악이 흐르고 클래스가 시작되었다.

"넌 끝나고 사무실로 와."

제이슨은 수민의 귀에 속삭이고는 연습실을 나갔다. 클래스는 긴 바를 붙잡고 기본 동작을 연습하는 바 워크(bar work)와 연습실 중앙에서 이루어지는 센터 워크(center work)로 구성된다. 일종의 스트레칭이라 해도 거의 두 시간 넘게 옷이 흠뻑 젖을 때까지 움직여야 끝났다.

제이슨과 마주할 생각을 하니 정신이 흐트러져서 수민은 몇 번이나 연습 감독에게 지적을 받았다. 어차피 마주해야 할 거라면 빨리 해치우는 게 나았다. 수민은 샤워도 생략하고 제이슨의 사무실로 향했다.

"네가 무슨 말을 할지 알아. 코리페가 프리마 발레리나보다 못하다고 생각해본 적 한 번도 없어. 프린시펄 댄서나 솔리스트는 자기 춤만 연습하면 되지만, 코리페는 군무의 박자와 호흡까지 챙기면서 자기 춤까지 연습해야 하니까 오히려 더 힘들다는 것도 알아. 게다가 코리페와 사이가 나빠져서 나한테 도움되는 것도 없고. 유치한 짓이었고, 충분히 반성하고 있어.

린다한테는 따로 사과할게."

수민은 문을 열자마자 고개를 숙인 채 제이슨이 할 말을 따 발총처럼 내뱉었다.

"이런, 내가 시간을 잘못 맞췄나봐요?"

뜻밖의 한국어에 놀라 고개를 번쩍 들었다. 지미추 구두, 에 르메스 핸드백, 카르티에 액세서리……. 머리끝부터 발끝까 지 잡지 속에서 방금 빠져나온 듯한 잇걸이 수민을 바라보며 환히 웃고 있었다.

"손님이 계신 줄 몰랐어. 나중에 다시 올게."

수민은 당황해서 한국어로 말하다 다시 영어로 바꿔 말하며 제이슨을 바라보았다. 제이슨은 수민보다 더 당황한 듯했다.

"아니, 이 사람은 널 보러 왔어. 그러니까 이 사람은……."

제이슨이 소개를 하다 말고 머뭇거렸다. 그런 제이슨을 보 고 피식 웃더니 여자가 손을 내밀었다.

"제 소개는 제가 하죠. 제이슨 단장도 방금 저와 만났는데 어떻게 절 소개하겠어요? 안녕하세요, 정연주예요."

수민은 연주가 내민 손을 맞잡으며 제이슨을 흘낏 보았다. 큰 후원자 앞에서도 당황하는 법 없던 제이슨이 어쩔 줄 몰라 하는 게 이상해서 쳐다보느라 수민은 연주의 소개를 제대로 듣지 못했다.

"방금 뭐라고 하셨죠?"

수민의 질문에 연주가 입꼬리를 올리며 웃었다.

"충격이 크신가보네. 태훈 오빠 약혼녀라고요. 약혼한 지는……."

연주가 손목을 들어 파텍 필립 시계를 보았다.

"오빠 대학 다닐 때 약혼식을 했으니 5년하고도 20일이 지났네요."

수민은 아무 할 말이 없었다. 연주는 그런 수민의 몫까지 열심히 떠들었다.

"사소한 바람 따위까지 상관하고 싶지는 않아요. 하지만 이렇게 신문 지상에 오르내리는 건 좀……."

연주가 제이슨의 책상 위에 놓인 옐로페이퍼의 가십난을 톡톡 쳤다. 태훈과 함께 간 뮤지컬 공연에서 찍힌 사진이었다. 활짝 웃는 수민의 얼굴이 연주의 빨간 손톱에 긁혔다.

"꽤 오래 모른 척하고 있었어요. 나도 태훈 오빠도 사랑해서 하는 결혼은 아니니까. 우리 세계에서 결혼은 M&A고, 스캔들 하나로 협상이 결렬되지는 않아요. 다만 우리 쪽에 유리한 협상이 될 뿐이죠. 그러니까 조심해줬으면 좋겠어요. 본인을 위해서도 태훈 오빠를 위해서도."

연주가 '태훈'이라는 이름을 들먹일 때마다 그에 대한 생각이 머릿속에서 사라져갔다. 그저 제이슨이 한국어를 못하는 게 다행이라는 생각, 땀에 젖은 낡은 레오타드에 슬리퍼 차림의 자신이 초라하다는 생각, 연주의 약혼반지가 너무 빛나 눈이 아프다는 생각…이 들었다.

연주는 빙긋 웃으며 사라졌다. 마치 연주가 수민의 웃음을 다 가져가기라도 한 듯 그날 이후로는 웃을 수가 없었다. 춤을 추다가도 갑자기 눈물이 흘렀다. 춤을 추기만 하면 행복할 줄 알았는데, 불행한 자신이 견딜 수가 없었다. 발레가 아닌 다른 것에 신경을 빼앗기는 자신이 초라하고, 한심하고, 낯설었다.

며칠간의 망설임 끝에 수민은 태훈에게 이별을 통보했다. 아무것도 모르는 태훈은 지겹다는 듯 냅킨을 던졌다. 그리고 무작정 제이슨 욕을 해댔다.

"그런 줄다리기 그만할 때도 되지 않았어? 이제는 정말 지겹다. 왜? 제이슨이 또 내 욕을 지껄이기라도 한 거야?"

태훈이 제이슨을 싫어하는 만큼 제이슨도 태훈을 못 견뎌 했다. 하지만 제이슨은 연주가 다녀간 뒤로 오히려 태훈에 대해 말하는 것을 삼갔다.

"제이슨은 아무 상관 없어. 내가 내린 결정이야."

"정말 다른 사람과는 아무 상관 없다고?"

순간 연주의 얼굴이 스쳐 지나갔다. 과연 연주가 나타나지 않았어도 태훈과의 이별을 결심했을까? 자신이 없었다. 어떤 인간관계도 둘만 존재할 수는 없다. 가족, 친구, 동료……. 한 인간이 아무것도 없이 존재할 수 없듯 연인 관계도 마찬가지다. 사랑은 두 삶의 모든 것들을 엮는다. 두 삶이 잘 어울리면 아름다운 뭔가가 탄생하지만, 서로 꼬여 풀 수 없을 정도로 헝클어지면 결국 그 사랑을 끊어내는 수밖에 없다.

"어떤 이유로든 이별은 이별일 뿐이야."

수민은 와인을 벌컥벌컥 들이켜는 태훈을 남겨둔 채 자리를 떴다.

다음 날부터 태훈은 수민을 어르고 달래기 시작했다. 매일 꽃다발이 배달되었다. 꽃다발을 연습실 구석에 던져둔 채 밖으로 나오면 태훈이 달려왔다.

"수민아, 우리 이러지 말자."

하지만 태훈도 지쳐갔다. 태훈이 오지 않는 날이 점점 늘어갔다. 수민은 그런 날이면 태훈을 찾아 이리저리 두리번거리는 자신의 모습이 싫었고, 그렇게 쉽게 지쳐버린 태훈도 미웠다. 그래서 다시 연습실로 올라가 지칠 때까지 춤을 추다 대기실에서 잠들곤 했다.

일주일이나 보이지 않던 태훈과 다시 링컨센터 분수대 앞에서 마주했을 때, 수민은 반가움을 숨긴 채 모른 척 지나쳤다.

"나 한국으로 발령 났어. 아직 MBA도 못 끝냈는데 갑자기 들어오라고 하시네. 할머니가 많이 아프신가봐. 내일 아침 비행기야."

수민은 걸음을 멈추지 않았다. 수민과 떼어놓기 위해서인

게 분명했다. 약혼녀가 안다는 건 모든 사람이 아는 것이나 마찬가지였다.

"이번에 같이 들어가자. 한국에서도 춤은 출 수 있잖아."

집까지 가는 십 분, 태훈은 수민을 설득하기 바빴다. 수민은 현관문을 열고 나서야 입을 열었다.

"아직도 할 말이 남았어?"

"너 정말 왜 이래?"

"너야말로 왜 이래? 헤어지자고 했잖아. 그런데 왜 이래?"

그 말에 결국 태훈이 폭발했다.

"멍청한 짓 그만해. 네가 어디 가서 나 정도 되는 남자를 만날 수 있을 것 같아? 프리마 발레리나, 그까짓 거 얼마나 더 할 수 있을 거 같아? 그냥 최고 위치일 때 그만둬. 발레리나 연봉쯤은 한 달 용돈으로 줄 수 있으니까. 그러잖아도 리허설이니 공연이니 스케줄 맞추는 거 나도 짜증나던 참이었어."

수민은 현관문을 닫고 안으로 들어와버렸다. 가슴 밑바닥에 남아 있던 작은 미련까지도 쓸려 내려가버린 느낌이었다. 태훈은 발레가 수민에게 어떤 의미인지 이해하지 못했다. 자신의 꿈은 안타까워하면서도 수민의 꿈에는 무심했다. 그것이 태훈과 헤어지기로 결심한 진짜 이유였다. 발레와 태훈, 둘 중 하나를 택하라면 수민에게 망설임 따위는 없었다.

나의 유일한 빽인 당신에게

오늘 퇴근하고 왔더니 수지가 집에서 자고 있더라. 기말고사 기간이라서 일찍 퇴근했는데 쉬고 싶어서 왔다고 하더군.

"집에서는 쉴 수가 있어야지. 당장 눈앞에 해야 할 집안일이 산더미처럼 버티고 있잖우. 남들은 시어머니가 살림 도와주니까 편하겠다고 하는데, 몰라서 하는 소리라고요. 시집살이가 괜히 힘들다고 하는 줄 알아요?"

평소 같으면 시댁 욕 하지 말라고 야단쳤겠지만 오늘은 가만히 들어주기만 했어. 눈이 퉁퉁 부어 있더라고. 또 임신에 실패했나봐. 이번에는 나도 기대를 많이 했는데……. 지난달에 묘한 꿈을 꿨거든. 당신도 기억하지? 용이 하늘로 날아오르는 꿈을 꿨다고 했잖아. 당연히 태몽이라고 생각했는데. 드디어 우리 수지가 아이를 가지게 되는 거라고 기대했는데.

엄 서방도 수지도 아무 이상이 없는데 아기가 생기지 않는 이유를 모르겠어. 산부인과에서 치료받으며 배란일까지 받아서 임신을 시도하는데도 안되니까, 이젠 시어머니도 드러내놓고 초조해하는 모양이야. 물론 결혼한 지 3년째이긴 하지만 그래도 두 사람 다 아직 20대잖아. 요즘은 결혼이 많이 늦어져서 서른 넘어 아기 가지는 사람들도 많다는데, 사부인은 뭐가 그리 급하신지 어쩌다 내가 안부 전화라도 하면 임신 얘기 밖에 안 해. 나한테도 그러니 수지한테는 오죽하겠어? 그렇게 스트레스 주면 임신이 더 힘들다는데 걱정이야.

"내 비장의 무기는 아직 손 안에 있다. 그것은 희망이다."

집에 간다고 일어서는 수지한테 그렇게 말했더니 수지가 헛웃음을 짓더라.

"하여간 아빠는 못 말려. 그건 또 어느 군바리가 남긴 명언이유?"

"나폴레옹."

"알았어, 기억해둘게요. 근데 아빠가 만든 명언은 없수? 허구한 날 남의 명언만 외우지 말고 하나 만들어봐요."

그러게. 아무리 위인들의 명언을 외워도 말주변이 늘지 않네. 그래도 위인들이 내가 하고 싶은 말을 미리 해줘서 다행이지 뭐야? 그거라도 외워서 써먹을 수 있으니.

수민이가 새 공연에 주역으로 발탁되었다고 해서 한시름 놓았더니, 이번에는 또 수지 걱정으로 밤을 새우게 생겼어. 게다가 수민이는 공연 연습이 힘든지 전화 목소리에 힘이 하나도 없어. 어떤 의사가 그러는데 발레 전막을 공연하는 게 축구한 경기를 뛰는 것보다 에너지 소모가 더 크대. 발레 전막을 공연하고 나면 1.5kg이 빠진다니 말 다했지 뭐. 보약이라도 보내주고 싶은데, 세관 검역이 강화돼서 그것도 못하니 답답해. 몸이 힘들면 기분도 나빠지잖아.

얼마 전까지만 해도 기분이 좋아 방방 뜨더니, 요즘에는 목소리에서 우울함이 뚝뚝 떨어져. 예술가들은 감정 기복이 심하다더니 수민이도 그래.

자식이 겨우 둘인데도 이 모양이니 자식 많은 사람들은 도대체 어떻게 견디나 모르겠어. 그래도 당신이 도와줄 거라고 생각하면 좀 든든해. 당신이 도와줄 거지? 우리 모두 행복할 수 있도록……

3

"좀 더 자유롭게! 그만, 그만! 수우 너, 그렇게 딱딱하게밖에 안 돼? 왜 방금 한 얘기를 또 하게 만들지?"

제이슨의 짜증에 수민과 함께 호흡을 맞추던 발레리노 찰스가 한숨을 내쉬었다. 아침 9시에 시작한 연습은 하루 종일 진전이 없었다.

"미안해."

수민의 사과에도 찰스는 예의상의 대꾸조차 하지 않았다.

"저녁 먹고 나서 다시 하죠!"

제이슨의 말이 떨어지기 무섭게 모두 그 자리에 주저앉았다. 시계는 벌써 저녁 7시를 훌쩍 지나 있었다. 쉴 틈 없이 열 시간을 넘게 시달린 단원들의 입에서 한숨이 나왔다. 특히 피아노 연주자를 비롯한 스태프들은 제이슨더러 들으란 듯이 투덜거렸다.

"자기들이 점심을 안 먹는다고 우리까지 굶겨야겠어?"

보통 발레리나들은 점심을 먹지 않았다. 먹는다고 해도 야채샌드위치 정도였다. 그러니 점심시간이 없는 게 당연했다. 노동조합이 생긴 이후 연습 도중 휴식이 의무화되었지만 제이슨은 그 규정을 자주 어겼다. 하지만 정규 시간에서 1분이라도 초과되면 과외 수당을 지급하고 스튜디오나 극장으로 이동하는 시간까지 근무 시간에 포함시켰기 때문에 스태프들의 반발이 덜한 편이었다.

"넌 나랑 얘기 좀 해!"

제이슨이 다가오자 수민은 본능적으로 움츠러들었다.

"너 도대체 요즘 왜 그래? 뭐가 문제야? 새 배역 달라고 징징거려서 줬으면 더 열심히 할 생각을 해야지, 어디에 정신을 팔고 있는 거야? 공연이 장난 같아?"

수민도 노력하고 있었다. 하지만 죽어라 노력하는데 안되는 이유를 알 수가 없었다. 그 이유 없는 고통이 싫어서 처음으로 발레가 싫어지기까지 했다. 죽어라 하기 싫은데 해야만 하는 상황이었다.

발레는 느렸다. 하루하루가 쌓여 한 동작이 겨우 만들어지지만 조금이라도 연습을 게을리하면 모든 것이 무너져버렸다. 한 동작이 완성될 때까지의 기다림이 견딜 수 없이 길었다. 하루하루 죽음이 반복되는 것 같았다. 안나 파블로바처럼 튀튀(발레리나가 착용하는 스커트)를 입은 채 죽고 싶었는데, 안나 파블로바처럼 떠돌기만 하다 죽을까봐 무서웠다. 발레가 싫어지니 연습실도 싫어졌다. 자신이 어디에도 속하지 못하는 사람 같았다. 이렇게 영원히 떠돌다 죽어버릴까봐 무서웠다.

　처음으로 두려웠다. 발레가 끔찍하게 싫어 그만두고 싶다가도 발레를 그만둬야 할지 모른다는 불안감에 또 미칠 것 같았다. 처음으로 외로웠다. 그래서 누군가의 손을 붙잡고 싶었다. 자신의 손을 감싸주던 태훈의 손이 그리웠다.

　태훈은 한국으로 돌아가서도 전화를 걸어왔다. '여보세요'라는 태훈의 목소리만 들어도 눈물이 흘렀다. 수민은 대꾸조차 하지 않고 전화를 끊었다. 그리고 혼자 울었다. 아무도 없는 집이 수민의 울음소리로 채워졌다. 태훈이 떠난 지 32일 6시간……. 잠이 오지 않으면 시간을 쟀다. 태훈이 떠난 지 774시간 54분……. 태훈의 전화는 점점 뜸해졌다. 태훈이 떠난 지 46,494분 14초……. 오지 않는 태훈의 전화를 기다리며 시계만 바라보았다. 태훈이 떠난 지 2,789,654초…….

　태훈과 헤어지면 그냥 예전으로 돌아갈 수 있으리라 생각했다. 발레만으로도 행복할 수 있으리라 믿었다. 춤과 함께라면 외롭지 않으리라 여겼다.

외로워서 다른 누군가를 찾는 것은 어리석은 일이었다. 결핍을 채우기 위해 사랑이라는 이름을 사용한다고 해서 달라지는 건 없었다. 홀로 설 수 없다면 다른 누구의 손을 붙잡고서도 지탱하기 힘들었다. 그래도 태훈과 함께라면 이 끔찍한 상황을 견딜 수 있을 것 같았다. 태훈의 싱거운 농담 한마디면 무거운 슬럼프의 고통도 가볍게 날려버릴 것 같았다.

태훈의 전화 대신 한국에 있는 대학의 인사 담당자에게서 매일 전화가 걸려왔다. 교수 임용 제의였다. 전에는 단칼에 거절했던 제의에 마음이 흔들렸다. 수민의 흔들림이 태평양 너머까지 전해진 듯 갑자기 몇몇 대학에서 번갈아 전화가 왔다. 게다가 한국의 발레단에서까지 스카우트 제의가 들어왔다. 수민의 휴대폰 번호가 어떻게 알려졌는지 알 수 없었다. 휴대폰 번호를 바꾸고 싶었지만 혹시 태훈이 전화를 할까봐 바꾸지도 못했다. 꼭 NYCB일 필요는 없었다. 한국에서도 춤은 얼마든지 출 수 있었다.

언제든 태훈이 주고 간 비행기표를 사용하면 되었다. 떠나기 전날 한참 동안 아파트 현관문을 두드리던 태훈은 현관문 밑으로 한국행 비행기표를 밀어넣고 떠났다. 유효기간이 1년인 오픈티켓이었다.

"지금 내 말 듣고 있는 거야?"

제이슨이 수민의 어깨를 붙잡고 흔들었다. 그제야 수민은 정신을 차렸다.

"너 요즘 몸무게도 늘었지?"

"아냐."

속이 좋지 않아 며칠째 식사 한 번 제대로 하지 못했다.

"보디라인이 흐트러졌는데?"

"몸무게는 줄었어. 확인시켜줘?"

생각보다 말투에 날이 섰다. 결국 제이슨이 먼저 물러났다.

"알았어. 일단 저녁부터 먹자."

"방금 나보고 살쪘다며?"

"먹어야 연습을 버텨내지. 피오렐로에 가자. 거기 음식 좋아하잖아."

먹고 싶은 것도 없고 먹는 것도 귀찮았지만 제이슨의 성의를 무시할 수는 없었다. 옷을 갈아입고 제이슨의 뒤를 따라나섰다. 피오렐로는 링컨센터 근처에 있는 이탈리안 레스토랑이었다. 링컨센터의 저녁 공연이 보통 8시 무렵 시작하기 때문에 이 시간이면 공연 전에 식사하는 사람들로 항상 붐볐다. 오늘도 마찬가지였다. 링컨센터의 야경을 보며 식사하는 사람들로 오픈 테라스가 꽉 차 있었다.

'제발 빈자리가 없었으면…….'

수민의 바람과는 달리 웨이터는 제이슨의 얼굴을 보자마자 재빨리 빈 테이블로 안내했다. 사방에서 음식 냄새가 몰려왔다. 목구멍에 신물이 차올랐다. 입구에 있는 안티파스티 바를 지나치기도 힘들었다.

"해산물샐러드로 먹어. 아무래도 체력 보강이 필요한 것 같으니까."

제이슨은 메뉴판을 보지도 않고 안티파스티 콤비네이션 플레이트를 주문했다. 치즈도 빼고, 튀김도 빼고…… 제이슨이 누구인지 아는 웨이터는 어이없을 정도로 까다로운 주문을 열심히 받아 적었다. 모두 파스타나 피자를 먹고 있었다. 이탈리안 레스토랑이었으니까. 안티파스티 콤비네이션 플레이트는 말 그대로 전채 요리였다. 하지만 고소한 치즈로 덮인 음식은 수민에게 허락되지 않았다. 푸릇한 채소를 생각하는 것만으로도 구역질이 올라왔다.

후우, 후우…….

구역질을 참으려고 심호흡을 했지만 아무 소용 없었다.

가끔 다이어트 부작용으로 나타나는 가벼운 거식증 증상이었다. 그래도 폭식증 증상보다는 낫다고 생각하며 수민은 마음을 다잡았다. 제이슨 앞에서 약점을 드러내고 싶지는 않았다. 이윽고 웨이터가 음식을 들고 왔다.

역한 훈제연어 비린내가 온몸을 파고들었다. 순간, 이마에 맺힌 식은땀이 뚝 떨어졌다. 목구멍 끝까지 차올랐던 신물이 넘어왔다. 수민은 얼른 입을 틀어막으며 화장실로 뛰어갔다.

웩! 웩!

구역질에 놀란 웨이터가 따라오며 외쳤다.

"손님, 괜찮으십니까?"

음식 냄새는 화장실까지 밀려 들어왔고 구역질은 계속되었다.

"괜, 괜찮아요."

신물을 삼키며 간신히 대답하고 화장실 문을 잠갔다. 먹은 것이 없어 누런 신물만 토해내고 나니 목이 까칠했다. 안에 너무 오래 있었는지 웨이터가 화장실 문을 두드렸다.

"괜찮으십니까, 손님?"

수민은 입을 헹구고 문을 열었다.

"어디 몸이 안 좋으시면 저희가 비상약을 구비하고 있으니……."

"아뇨, 괜찮아요."

자리로 돌아오는데 옆자리에 앉은 손님들이 흘끔거렸다. 드러내놓고 쳐다보지는 않았지만 신경에 거슬렸다. 수민의 뒤를 따르던 웨이터는 수민이 자리에 앉자 더 묻지 않고 다른 식사 서빙을 시작했다. 제이슨은 아무 일 없었다는 듯 혼자 식사에 열중하고 있었다.

"그냥 가벼운 거식증이야."

수민은 기가 죽어 변명했다. 제이슨은 연약함을 경멸했다. 어떤 질병이든 약한 정신의 산물이라 여겼다.

"가지가지 하는군."

"모두 겪는 일이잖아."

"그러니까 하는 말이야. 모두 겪는 거라고 너도 꼭 해야겠어? 그 모두 안에 포함되고 싶어? 좀 특별한 사람이 될 수는 없는 거야? 식욕 조절도 제대로 못해서 거식증이나 폭식증 따위에 휘둘리고, 감정 하나 추스르지 못해서 우울증이나 조울증 따위에 징징거려야겠어?"

"내, 내가 언제? 그저 가벼운……."

"요즘 매일 울다 잠들지? 아침마다 눈은 퉁퉁 부어 있고, 피부는 푸석푸석하고, 눈빛은 멍해. 얼마나 초라하고 한심한지 알아? 빛나는 프리마 발레리나가 아니라 실연당한 멍청한 보통 여자 같다고!"

순간 소리를 지르고 싶었다. 수민도 보통 사람이 되고 싶었다. 지긋지긋한 다이어트를 집어치우고 피자도 먹고 술도 마시고 싶었다. 수민도 모두 안에 속하고 싶었다. 다른 여자들처럼 사랑하고 사랑받으며 결혼도 하고 아이도 낳으며 살고 싶었다. 특별해야만 한다는 강박관념 속에 자신을 가둬두기 싫었다.

하지만 수민은 이미 태훈 대신 발레를 선택했다. 꼭 둘 중 하나를 포기해야 하는 문제가 아니었는데도 바보처럼 태훈의 사랑을 보내버렸다. 이제 수민에게 남은 건 발레밖에 없었다.

"꼭 그렇게 잔인하고 냉정하게 말해야겠어? 위로의 말은 못 해줄망정……."

"위로? 내가 왜 위로를 해야 하는데? 수없이 했던 충고를 모조리 무시당했는데, 그 충고를 듣지 않아 생긴 일까지 위로해야 해?"

수민은 자리에서 벌떡 일어섰다.

"도로 앉아. 억지로 앉히기 전에."

제이슨이 낮은 목소리로 위협했다.

"밥 먹을 기분 아냐. 속도 안 좋고."

"연습하려면 식사는 제대로 해야 할 거 아냐! 남김없이 다 먹기 전에는 절대 못 일어나. 만약 일어나면 캐스팅을 바꿀 테니 알아서 해."

어쩔 수 없이 자리에 앉았지만 연어 비린내에 다시 신물이 올라왔다. 제이슨은 한숨을 내쉬더니 손짓으로 웨이터를 불렀다.

"메뉴판 가져다줘요. 해산물샐러드는 치워버리고."

제이슨은 시즈널 메뉴인 무화과샐러드를 추가 지시 없이 주문했다. 얇은 프로슈토와 고트치즈 튀김을 보자 군침이 돌았다. 수민은 제이슨을 바라보았다.

"그냥 먹어. 그만큼 더 움직이면 되지."

발사믹과 꿀에 버무려진 채소를 시작으로 눈 깜짝할 사이에 접시를 비웠다. 말린 베리와 호두 부스러기까지 싹싹 긁어먹었다. 제이슨은 그런 수민을 바라볼 뿐 이상하게 말이 없었다. 그저 와인만 마셔댔다.

오래간만에 배가 불러서인지 기분이 한결 나아졌다. 레스토랑에서 나와 링컨센터로 향하는 발걸음도 가벼웠다. 오늘따라 링컨센터로 올라가는 계단의 LED 조명은 선명했고 광고판은 환하게 빛났다. 데이비드 H. 코흐 극장 앞의 분수가 시원하게 물줄기를 내뿜고 있었다.

그제야 제이슨이 자기 나름의 방법으로 수민을 위로하고 있다는 생각이 들었다. 연주가 다녀간 뒤 갑자기 공지된 새 공연의 캐스팅, 숨 쉴 틈조차 없이 빼곡한 연습 일정, 안무에 대한 끊임없는 요구와 신랄한 비판까지도……

제이슨의 행동을 이해하고 나니 조금은 연습이 수월해졌다. 새로운 공연은 제이슨이 창작한 〈환상(Illusion)〉이라는 작품이었다. 수민과 찰스의 그랑파드되(grand pas de deux, 이인무)가 주를 이루었다.

강철봉을 주소재로 한 무대장치가 허공으로 떠오르면서 느린 템포의 음악이 흐르면 수민과 찰스의 아다지오가 시작되었다. 춤에 집중할 수 있도록 장치와 의상은 최대한 배제되었다. 타이즈와 소매 없는 레오타드를 입은 수민과 찰스는 바이올린 선율이 중심인 세레나데에 맞추어 느리고 우아한 춤을 추었다. 아름다운 춤이 끝나면 수민과 찰스의 바리에이션이었다.

찰스의 무대가 끝나자마자 수민이 새처럼 발끝으로 선 채 총총걸음으로 무대 위에 등장해 혼자 춤을 췄다. 음악의 리듬과 음절에 정확히 맞춘 수민의 경쾌한 춤이 끝날 무렵 음악이 점점 빨라졌다. 화려한 테크닉의 알레그로 코다는 찰스가 왼손만으로 수민의 몸 전체를 옆구리에 끼면서 들어 올리는 것으로 시작해 수민의 32회전 푸에테(fouetté, 한 다리를 축으로 몸을 연속으로 회전시키는 발레 동작)로 마무리되었다. 간결하고 깨끗한 느낌의 안무는 미니멀리즘 발레의 특징이었다.

"몇 번이나 말해야 알아들어? 좀 더 가볍고 발랄하게 착지할 수 없어?"

수민이 앙트리샤를 하고 찰스에게 다가가려는데 제이슨이 소리를 질렀다. 제이슨을 이해했지만 더 이상 그의 고함을 참기는 힘들어 수민도 맞받아쳤다.

"밤을 새워서라도 해낼 테니 걱정하지 마!"

"느낌이, 감정이 밤새운다고 나오니?"

제이슨의 신랄한 비판에 눈물이 핑 돌았다. 눈앞이 흐려진다고 생각하는 순간 다리가 꺾였다. 제이슨의 비명이 귓가에서 멀어져갔다.

4

눈을 떴을 때 수민은 엘리스의 병원에 누워 있었다. 한국 교포 2세인 엘리스는 발레단의 주치의로 수민이 발레단에 들어왔을 때 가장 반겨준 사람이었다.

"플레이빌에 이젠 한국인 이름이 두 명이네요."

엘리스는 누가 봐도 알 수 있게 '영란 엘리스 김'이라는 풀네임을 플레이빌에 새기는 것을 자랑스러워했다. 하지만 수민은 국적을 알 수 없는 '수우 리'라는 이름을 써서 엘리스를 실망시켰다.

"중절 수술 예약해놨어."

눈을 뜬 수민에게 들려온 제이슨의 첫마디였다. 다른 선택은 없다고 생각했는지 수민의 의견 따위는 묻지도 않았다.

"일단 이번 주는 쉬고 다음 주부터 출근해."

제이슨은 무뚝뚝하게 통보하고는 병실을 나가버렸다.

수민은 놀라서 멍하니 배만 어루만졌다. 아기라는 단어조차 낯설었다. 결혼도 아기도 자신의 삶과 연결해서 생각해본 적이 없었다. 수민의 인생 계획에는 발레 연습과 공연이 번갈아 있었을 뿐이다. 그저 먹먹했다.

진료를 하러 온 엘리스는 이것저것 체크하며 말했다.

"제이슨이 아니었다면 임신 검사는 해볼 생각도 안 했을 거예요. 제이슨 덕에 일이 수월해졌네요."

보디라인이 흐트러졌다던 제이슨의 말이 귓가에 울렸다. 제이슨이 괜히 트집을 잡는 거라고 생각했는데, 오히려 날카로운 판단이었다.

"수술은 내일 오전 10시예요."

"마치 당연한 일처럼 말씀하시네요."

엘리스는 어깨를 으쓱했다.

"대부분이 그 방법을 택했으니까요. 일 년 정도 연습을 못한 건 노력으로 극복할 수 있어요. 가끔 출산 후에도 발레를 계속하는 사람들이 있으니까요. 하지만 임신은 신체에 치명적이죠. 보디라인이 망가지는 건 문제도 아니에요. 몸 전체가 뒤틀리면서 중심도 흐트러지고 체형 자체가 변해버리죠. 그건 발레가 삶의 전부였던 사람에게는 죽음과도 같죠."

엘리스는 말간 눈으로 수민을 바라봤다.

"수우는 다른 선택을 하고 싶어요?"

알 수 없었다. 다른 사람들이 간다고 해서 그 길을 따를 필요는 없었다. 그 길이 옳거나 쉬운 선택이라는 법도 없었다. 발레를 선택한 순간부터 수민은 이미 다른 사람들이 가지 않는 길에 들어선 것이다.

"한쪽 난소가 발육 부진이라는 거 알아요?"

수민은 고개를 저었다.

"생리 주기가 불규칙하고 길지 않았어요?"

모든 발레리나들이 그랬다. 다이어트 후유증으로 20대에 폐경을 맞는 경우도 있었다.

"평균적인 배란 주기는 28일이에요. 생리 주기와 같죠. 하지만 수우의 경우에는 난소 하나가 배란을 제대로 못하니 주기가 56일쯤 되겠죠. 그런데 그것도 정확하지는 않아요. 보통 난소 두 개가 교대로 배란을 하지만 꼭 그런 것만은 아니거든요. 난소 하나가 연달아 배란하는 경우도 있죠. 운이 나쁘면 100일이 훌쩍 지나서야 배란이 되는 경우도 생기겠죠."

임신의 충격에, 중절이라는 큰 선택 앞에 수민의 머릿속은 이미 꽉 차 있었다. 엘리스의 말이 들어올 틈이 전혀 없었다.

"그, 그게 무슨 뜻이에요?"

"기적에 가까운 임신이라고요. 수우는 배란일까지 계산해서 임신 시도를 해도 임신 확률이 희박해요. 이런 경우 보통은 포기하고 시험관 시술을 택하죠. 시험관 시술도 호르몬 주사 때문에 몸이 망가져서 세 번 이상은 힘들고요."

"왜 그런 얘길 해주는 거죠?"

"수우가 맘을 못 정한 거 같아서요. 계속 배를 만지고 있잖아요. 어쩌면 다시는 아기를 가지지 못할 수도 있어요. 그래도 수술을 하겠어요? 난 발레리나로서의 수우를 아주 좋아해요, 중절 수술을 권하고 싶을 만큼. 무대 위에서의 수우는… 빛나요. 하지만 수우가 엄마로 빛날 수 있는 기회도 줘야 할 거 같아요."

엘리스는 갈아입으라며 병원복과 슬리퍼를 의자 위에 놓아두고 나갔다. 그때까지도 수민은 발레복에 토슈즈를 신고 있었다. 간단한 검사만 하면 될 거라 생각했다. 검사가 끝나면 당장 연습을 하러 달려가려고 했다.

수민은 토슈즈의 부드러운 천을 쓸어보았다. 하루 더 연습하면 바꿔야 할 만큼 해어져 있었다. 수민은 발레단에서 오버타임 수당을 가장 많이 받았다. 토슈즈도 일주일에 허용되는 최대 개수인 열 개를 모두 닳아 없앤 뒤 더 받아 신고는 했다. 프리마 발레리나가 되고 나서 계약 갱신을 할 때는 토슈즈를 무한정 제공한다는 조건을 달기까지 했다.

첫 공연까지 석 달의 연습 기간, 수민은 단원 전체가 신은 토슈즈보다 많은 수의 토슈즈를 너덜너덜하게 만들었다. 발레리나의 발은 자기 체중의 네 배의 힘을 받는다고 한다. 대부분의 무용수들이 발이나 발목의 부상으로 은퇴했다. 발 생김새에 따라 고통이나 변형의 정도도 달랐다. 수민은 엄지발가락보다 둘째 발가락이 조금 더 길었다. 고통이 훨씬 심하고 물집도 잘 잡히는 최악의 조건이었다.

엄지발톱이 빠진 자리는 피가 마르지 않아 짓물렀다. 자고 일어나면 딱지가 생겼다가도 연습을 시작한 지 십 분 뒤면 바닥 위에 핏자국이 번졌다. 토슈즈 안에 생고기나 라텍스 조각을 넣어보기도 했지만 몇 시간이면 짓이겨졌다. 수민의 무지막지한 연습량을 지켜본 단원들의 불만이 수그러들면서 연습도 수월해졌다.

발레는 수민의 유일한 사랑이었다. 그 사랑을 위해서라면 모든 것을 바치는 게 당연했고, 그 사랑을 지키기 위해서라면 무엇이든 할 준비가 되어 있었다. 그 사랑에 권태기 따위는 없었다. 단순하고 지루한 삶이었지만 항상 새롭고 가슴 떨렸다. 모든 사람들이 놀랄 정도로 흉터투성이가 된 발은 오히려 수민의 자랑이었다. 수민의 사랑만큼 아름다운 사랑의 증거였다.

수민은 낡은 토슈즈를 신은 채 하염없이 울었다. 그리고 다음 날 새벽 토슈즈를 벗었다. 뒤틀리고 어그러진 발이 처음으로 추해 보였다.

수민의 수술 거부에 제이슨은 화가 나서 펄쩍 뛰었다.

"미쳤어? 새 공연이 다음 달이야. 내년 공연 스케줄이 이미 잡혀 있고. 널 쫓아오는 발레리나들이 얼마나 많은데… 돌았어?"

"다음 달 공연은 소화할 수 있어. 티도 별로 안 날 거고. ABT의 줄리 켄트도 임신해서 무대에 섰잖아."

"그래서 임신한 채로 무대에 서겠다고? 내 무대에? 내가 허락할 것 같아? 발란신도 디아길레프도 임신한 발레리나 따윈 쓰지 않았어. 아니, 내가 이번 공연을 허락한다 해도 아이를 낳고 나서는 어떻게 할 건데? 출산해서 망가진 몸매로는 다시 무대에 설 수 없어. 적어도 내 무대에는 안 돼. 발레가 전부라더니 그걸 잊었어?"

잊지 않았다. 여전히 수민에게 발레는 세상의 전부였다. 하지만 그 세상을 지키기 위해서라고 해도 살인자는 되고 싶지 않았다.

제 3 장
가을 하늘은 잔인하다

1

다음 날, 출근하는 수민을 데이비드 H. 코흐 극장의 수위가 막아섰다. 두 시간이나 기다려서야 간신히 제이슨과 통화할 수 있었다. 하지만 제이슨은 끝내 수민을 이해하려 하지 않았다.

"네 작은 문제를 해결하기 전까지는 발레단에 출근할 생각도 하지 마."

'임신'이나 '아기'라는 단어는 제이슨의 인생에 존재하지 않았다. 제이슨이 일방적으로 전화를 끊어버리고 몇 분 뒤에 엘렌이 수민의 짐을 챙겨 들고 로비로 내려왔다.

"제이슨은 화가 머리끝까지 나 있어요. 벌써 발레리나를 세 명째 올리고 있다고요. 정말 임신한 거예요? 그 재벌이라는 남자의 아기예요? 그 남자와 결혼할 거예요? 발레는 그만둘 거예요?"

엘렌은 끊임없이 질문을 해댔다. 하지만 수민이 대답할 수 있는 질문은 많지 않았다. 수민은 긍정도 부정도 아닌 애매한 답변을 했고, 호기심을 채우지 못한 엘렌은 입을 비죽대며 연습을 하러 올라갔다.

수민은 하드케이스의 여행 가방에 담긴 짐과 함께 남겨졌다. 멀찌감치 서서 수민을 지켜보는 수위의 눈빛에 경계심이 가득했다. 그 눈빛에 비로소 자신의 처지가 실감나기 시작했다. 수민은 더 이상 NYCB의 자랑스러운 프리마 발레리나가 아니었다. 갑작스런 해고로 무슨 일을 저지를지 모르는 불청객일 뿐이었다. 그런 눈빛을 견딜 인내심도 이유도 없었다.

집으로 돌아오자마자 항공사에 전화를 걸었다. 태훈이 주고 간 비행기표는 1등석이었다. 당장이라도 탑승할 수 있는 여유 좌석이 많다는 말에 수민은 바쁘게 움직였다. 집주인에게 연락해 이사 소식을 알리고, 이삿짐센터에 연락하고……. 수민은 이삿짐을 실은 트럭이 떠나는 것을 보자마자 공항으로 출발해 한국행 비행기에 몸을 실었다.

비행기에 타고 나서야 성급한 결정에 대한 후회가 밀려들었다. 태훈이 어떻게 반응할지도 알 수 없었다. 그제야 일 년 남짓 사귀는 기간 동안 태훈이 한 번도 '결혼'이나 '미래'에 대해 언급한 적이 없다는 사실이 떠올랐다. 태훈은 항상 '같이 한국에 들어가자'고만 했다. 연주라는 약혼녀가 있으면서 수민을 속였다는 것도 마음에 걸렸다.

어느새 식사 시간이 되었는지 승무원들이 기내식을 서빙하기 시작했다. 수민은 혹시나 있을 구역질에 대비해 기내에 준비된 비닐봉지를 찾았다. 하지만 희미한 음식 냄새에도 구역질을 하게 했던 아기는 코를 찌르는 김치 냄새에는 아무 반응도 없었다. 오히려 입안에 군침이 돌았다. 비행기가 출발하기 전 갓 담갔다는 김치는 깨물면 아삭아삭 소리가 날 것처럼 신선해 보였지만, 젓가락이 가지는 않았다.

언제부터 김치를 안 먹었는지 기억도 나지 않았다. 그런 수민을 태훈은 이상하게 여겼다.

"어떻게 김치를 싫어할 수 있지? 난 김치 없이는 하루도 못 사는데."

굳이 태훈을 이해시키려 하지 않았다. 몇 마디의 설명으로 이해시킬 수 있는 일도 아니었다. 언제부터인지 수민은 김치만 보면 치가 떨렸다.

어린 시절, 수민의 집에는 김치가 넘쳤다. 김장철과는 상관없이 엄마는 김치를 자주 담갔다. 몇십 포기나 되는 김치를 담그고 나면 엄마는 며칠을 끙끙 앓아누웠다. 그리고 일어나면 또 꾸역꾸역 김치를 담갔다.

엄마의 김치는 장교 부인들에게 인기가 많았다. 어쩌다 김치가 떨어졌다며 장교 부인들이 찾아오면 엄마는 오히려 미안해했다.

"죄송해요, 사모님. 제가 미리 챙겼어야 하는데. 다음부터는 수고스럽게 오시지 말고 전화만 하세요."

가족들이 먹을 김치까지 싹싹 긁어 챙겨주며 엄마는 덧붙였다.

"이 무거운 걸 어떻게 들고 가신다고 그러세요? 그냥 제가 들고 따라갈게요."

가끔은 겉치레 감사 인사조차 없는 사모님도 있었다. 그래도 엄마는 낑낑대며 무거운 김치통을 날랐다. 그리고 돌아와서는 또 배추를 절였다.

어린 수민도 엄마를 도우려 애썼다. 기껏해야 담당은 마늘이었지만. 두꺼운 목장갑을 껴도 매운 마늘즙이 장갑을 뚫고 여린 피부에 스며들어 쓰라렸다. 엄마는 그만하라고 말렸다. 하지만 마늘 진액이 손톱 틈새까지 배어 짓물러도 수민은 계속 마늘을 까고 마늘을 찧었다. 아직도 김치만 보면 손톱 안에 마늘즙이 들어간 것처럼 손끝이 아렸다. 그래서 수민은 김치를 먹지 않았다.

그런데 아기는 태훈을 닮은 모양이었다. 빨리 김치를 먹으라고 닦달이라도 하듯 뱃속에서 꼬르륵 소리가 났다. 수민은 겉으로 보아서는 아무 티가 나지 않는 배를 문질러보았다. 눈에 띄지도 않는 작은 존재가 뚜렷한 입맛을 고집한다는 게 우습기도 신기하기도 했다. 순간 한 가지는 분명히 깨달았다. 이 아기를 지키기로 한 것은 옳은 결정이었다. 태훈이 임신에 어떤 반응을 보이든, 앞으로 인생에서 어떤 변화를 겪게 되든 아기의 삶은 수민이 마음대로 판단할 수 있는 영역이 아니었다. 수민의 삶과의 교집합이 얼마나 크든 아기는 이미 또 하나의 인간이었다. 한 인간의 삶과 죽음을 결정할 권한을 가진 존재는 신밖에 없다.

수민은 김치를 더 달라고 해서 밥 한 공기를 모두 먹어치웠다. 승객들의 기내식 접시를 회수하던 승무원의 표정이 수민을 보고 천천히 변했다.

"저, 혹시 이수민 씨 아니세요?"

식사를 하느라 모자를 벗었다는 걸 잠깐 잊고 있었다. 수민은 재빨리 모자를 집어 눌러썼다.

"발레리나 이수민 씨 맞죠? 저 진짜 열성 팬이에요. 이수민 씨 공연 보려고 아프다고 거짓말하고 뉴욕에 며칠 더 머무른 적도 있어요. 사인 한 장만 해주시면……."

흥분한 승무원의 목소리가 눈치 없이 커졌다. 기내식 접시를 회수하느라 바빠서인지 1등석과 2등석을 구분하는 통로의 양쪽 커튼이 모두 열려 있었다. 통로 너머의 승객들이 웅성이며 일어나는 것이 보였다. 통로 이쪽에 있는 승객들의 고개도 하나둘 수민을 향하기 시작했다.

"감사합니다!"

승무원은 사인을 받아 들고 꾸벅 인사를 했다. 2등석과 1등석을 구분 짓는 좁은 통로는 종이와 펜을 들고 모여든 사람들로 북새통이었다. 한숨이 새어나왔다. 조용히 입국하기는 그른 것 같았다.

"비행기는 이제 한국 영공에 진입했습니다. 승객 여러분께서는 안전벨트를……."

때마침 기장의 안내 방송이 나오자 사람들은 모두 자리로 돌아갔다. 수민은 사람들의 시선을 피하려고 창문 쪽으로 고개를 돌렸다. 한국의 가을 하늘은 여전히 선명하고 짙었다.

가을 하늘의 아름다움을 즐길 여유 따위는 수민에게 허락되지 않았다. 엄마의 경고는 가을이 깊어갈수록 심각해졌다. 가을에는 군 진급 심사가 있었다.

"조심해. 군대 전화는 물론이고 일반 전화도 도청당할 수 있으니까."

친구와 영화를 보기로 약속하는 것조차 떨렸다. 혼자 있을 때는 혹시라도 실수를 할까봐 아예 전화를 받지 않았다.

생각해보면 우스운 일이었다. 한정된 보안대 인원이 수많은 진급 대상자들을 개별적으로 모조리 도청한다는 건 논리적으로 불가능했다. 게다가 아버지는 보안대가 주의를 기울일 만큼 주요 직책에 있는 인물도 아니었다. 하지만 수민의 가족은 논리적 사고를 할 수 없을 만큼 긴장하고 이성이 마비될 만큼 기대했다. 수민은 그 불안과 초조가 싫었다. 그리고 그 모든 감정들이 허무하게 끝나버리는 게 더욱 싫었다. 그래서 가을 하늘조차 구역질나게 싫었다.

2

공항에서부터 끈질기게 따라붙는 기자들을 따돌리느라 진을 빼서인지 비행기에서 저녁을 먹은 지 몇 시간도 안 지났는데 또 배가 고팠다. 수민은 호텔에 도착하자마자 닥치는 대로 음식을 골라 룸서비스를 부탁했다.

룸서비스로 배달된 음식을 먹으며 텔레비전을 켰다.

"내일의 날씨를 말씀드리겠습니다."

일기예보관의 목소리가 호텔방을 울렸다. 수민은 반사적으로 채널을 돌렸다. 일기예보는 어릴 적에 본 것만으로도 충분히 지겨웠다.

채널이 별로 다양하지 않던 시절에도 아버지는 수민이 보고 싶은 프로그램은 싫어하고 수민이 지루해하는 프로그램만 좋아했다. 엄마도 수민과 마찬가지였는지 채널 선택을 두고 부부 싸움을 한 적도 있었다. 그런 아버지가 출동을 나가면 리모컨은 수민의 차지였다.

하지만 뉴스는 예외였다. 수민만큼 뉴스를 지겨워하던 엄마는 아버지의 출동 때는 돌변해 뉴스 시간을 챙겼다. 그리고 정작 뉴스는 보지 않았다. 텔레비전을 켜놓은 채 엄마는 빨래를 하고 설거지를 했다. 그러다 '내일의 날씨를 알려드리겠습니다' 라는 멘트가 나오면 재빨리 달려와서 볼륨을 높였다.

'내일은 맑고 화창하겠습니다' 만 반복되던 일기예보는 아버지가 배를 타고 출동을 나가는 날이면 돌변했다.

'동해에 파랑주의보가 내려졌습니다.'

'서해로 진입하는 태풍 때문에 폭우가 예상됩니다.'

그러면 엄마는 빨래 개는 것도 잊은 채 왔다 갔다 하며 아버지 걱정을 했고, 덩달아 수민도 초조해졌다. 태풍이 심하면 학교를 안 가도 될지 모른다며 수지만 신나했다.

배를 탄 지 십 년이 넘은 사람도 뱃멀미를 한다고 했다. 특히 군함은 폭이 좁아서 양옆으로 흔들림이 심하다고 했다. 엄마는 아버지의 뱃멀미 걱정에 매번 안달했다.

차라리 모르면 마음이라도 편할 텐데, 엄마가 일기예보를 본다고 해서 날씨가 바뀌는 것도 아닌데, 날씨는 뉴스의 맨 마지막에 나오는데도 엄마는 매일 9시가 되기도 전에 뉴스로 채

널을 돌렸다.

한국에 돌아오자 잊고 싶었던 과거가 자꾸 되살아났다. 음식을 모두 먹어치웠는데도 잠이 오지 않았다. 지금 뉴욕은 한낮일 것이다. 수민은 아직 시차 적응이 덜 된 모양이라고 변명하며 몰려드는 과거를 밀어냈다.

쾅! 쾅! 문 두드리는 소리에 수민은 눈살을 찌푸렸다. 결국 기자들이 호텔을 알아낸 모양이었다.

호텔 측에서 알아서 쫓아주겠지.

수민은 귀를 막고 베개에 얼굴을 파묻었다.

"이수민! 안에 있는 거 아니까 문 열어!"

태훈의 목소리였다. 벌떡 일어나 문을 열고는 태훈의 품으로 뛰어들었다. 태훈이 움찔하며 뒤로 물러서더니 재빨리 사방을 살폈다. 순간 거절당한 기분에 싸늘해졌다.

"언제든 전화만 해. 내가 기다리고 있다 달려올 테니까."

한 달 전만 해도 태훈은 그렇게 말했다.

설마 그사이에 마음이 바뀐 걸까.

불안감에 수민은 입술을 물어뜯었다. 태훈은 주위에 누가 있는지 살피느라 수민은 안중에도 없었다. 그 모습에 토라져서 수민은 혼자 안으로 들어와버렸다.

"무슨 일 있어?"

태훈이 따라 들어오며 이상하다는 듯 물었다.

"무슨 일이라니?"

"너 감정 표현 서투르잖아. 게다가 일방적으로 날 찬 게 한 달 전이야. 그런데 이렇게 환대를 해?"

"그래서 못마땅해? 그럴 거면 호텔까지 알아내서 찾아오는 수고는 왜 했어?"

"네가 여기 있으니까."

유럽 공연까지 쫓아왔을 때 한 말이었다. 그때처럼 태훈이 수민을 보며 씩 웃었다.

"갑자기 한국에는 왜 온 거야?"

기자들이 수민에게 줄기차게 던진 질문이었다. 고국 공연을 손꼽아 기다리는 발레리나들과는 달리 수민은 공연 때조차 한국에 오고 싶지 않았다. 다른 발레리나들이 그리워하는 가족이, 나라가 수민에게는 상처였다. 다행히 NYCB의 경우는 해외 공연이 드물었다.

"설마 나 보고 싶어서? 나랑 헤어진 게 후회돼서 나랑 다시 잘해보려고 왔구나. 그렇지?"

수민의 침묵을 긍정으로 받아들였는지 태훈의 목소리가 높아졌다. 수민이 끝내자고 했던 그 순간처럼……

"말해봐. 진짜 나 때문에 한국 들어온 거야?"

오랜 침묵이 답답했는지 닦달하는 태훈의 목소리가 희미한 설렘으로 떨려왔다. 태훈은 아직 수민을 사랑하고 있었다. 다행이라고 안심하는 가운데서도 어디선가 제이슨의 경고가 들리는 것 같았다.

"지금 한국으로 돌아가면 끝이야. 춤추는 게 유일한 꿈이라며? 그런데 이제 와서 뭐? 사랑? 과연 그 남자가 너와 결혼을 해줄까? 인간이 모든 걸 가질 수는 없는 거야. 그만둬!"

모든 걸 가지기를 바라지는 않았다. 그저……. 수민은 한숨만 내쉬었다.

"쑥스러워서 대답 못하는 거지? 고마워, 이렇게 돌아와줘서."

태훈은 수민을 끌어안고 기특하다는 듯 어깨를 토닥였다. 수민이 태훈의 품에서 속삭였다.

"나 임신했어."

3

세계 최고 발레리나의 어머니에게

오늘 수민이가 한국에 왔어. 지난주에 통화했을 때만 해도 그런 얘기가 없었는데, 한국에 왔다네. 나도 뉴스를 보고서야 알았어. 미리 알려줬으면 마중 나갔을 텐데. 텔레비전에서가 아니라 직접 얼굴을 볼 수 있었을 텐데…….

아마 기자들한테 시달릴까봐 말 안 했나봐. 뉴스 보니까 기자들이 엄청나더라. 하긴 우리 딸이 보통 딸이야? 뉴욕시티 발레단 프리마 발레리나잖아. 공연도 없는데 왜 왔는지에 대해 추측 기사가 쏟아졌어. 무슨 일 있는 건 아닌가 걱정이야.

나쁜 일 생겼을까봐 걱정되다가도 가슴이 설레. 3년 전 수지가 결혼할 때 얼굴 본 게 마지막이었으니까. 그때도 수민이를 만난다는 설렘으로 며칠 동안 잠을 설쳤지. 그나마 일주일 전에 비행기 시간 알려줘서 다행이었지, 더 일찍 알려줬으면 잠을 너무 오래 못 자서 쓰러졌을지도 몰라. 우리 수민이 참 효녀야, 그렇지? 이번에도 귀국한다고 알려줬으면 난 또 설레서 며칠을 잠도 못 자고 지냈을 테니까.

사실 요 며칠 좀 우울했어. 이번 주에 월드컵 조 추첨이 있거든. 벌써부터 축제 분위기야. 다들 들떠서 난리인데, 나만 그 분위기에 물들지 못하고 이 모양이네.

월드컵 얘기만 나오면 그 녀석이 생각나. 겨우 스물한 살이었지. 우리 막내 신이도 살아 있었다면 저렇겠지 싶어서 그 녀석한테는 내가 유난히 약했어. 남동생이 대학에 입학하자 부모님 부담을 덜어드리려고 휴학하고 입대했다는 효자였어. 좀 편한 보직으로 옮겨주겠다고 하는데도 거절했던 기특한 녀석이었지. 자기도 다 토해내고 빈속인 주제에 뱃멀미로 고생하는 동료 몫까지 몰래 해내던 속 깊은 놈이었어.

하필이면 한일 월드컵 때 출동을 나가게 돼 응원은커녕 경기도 제대로 못 보게 생겼다며, 그 녀석이 처음으로 투덜거렸어. 난 야단쳤지. 전부 다 축구장에 가 있으면 나라는 누가 지키냐고.

출동 나가기 전, 녀석이 차려 자세로 선 채 말했어.

"전 우리나라를 지킬 테니 저 대신 우리나라를 응원해주시기 바랍니다. 필승!"

녀석은 나에게 붉은 악마 티셔츠를 건네주고는 승함 준비를 해야 한다며 달려갔지. 돌아오면 데리고 나가서 한잔 사줘야겠다고 생각했어. 하지만 녀석이 돌아왔을 때, 난 그 녀석을 모른 척했지.

그 녀석을 다시 본 순간 도망치고 싶었어. 그리고 도망쳤어. 그 처참하고 끔찍한 모습에 녀석의 고통을 내 손으로 없애주고 싶을 것 같았으니까.

22개의 링거 병에 둘러싸인 채 파편으로 누더기가 된 그 녀석을 난 도저히 마주할 수가 없었어. 왼쪽 다리는 잘렸고 수술을 하면서 헤집었던 복부는 꿰매지도 못한 채 열려 있었지. 의식을 찾으면 극심한 고통으로 쇼크사할 위험이 있어 계속 투여되는 수면제 때문에 잠들어 있는 녀석을 뒤로하고 도망칠 수밖에 없었어.

어떻게 그렇게 비겁하게 도망쳤을까? 살아남아줘서 고맙다고, 기특하다고 토닥여줬어야 하는데…… 한심하게 도망친

스스로에게 화가 났어. 그 녀석은 셀 수 없이 총탄을 맞으면서도 도망치지 않고 싸웠는데……. 녀석이 살아온 세월보다 더 오랫동안 도망치지 않는 법만 배웠던 난 그만 도망쳐버렸어.

그 녀석의 모습이 잊히지 않아서, 내 비겁함에 화가 나서 마시지도 못하는 술을 마셔야만 했어. 매일 술에 취해 잠들고 술에 취한 채 깨고… 그런 생활의 반복이었어.

그런데 사람들은 신나서, 들떠서 축제를 벌이더라. 높으신 양반들은 빨간 넥타이를 매고 축구 구경 하느라 바빠서 장례식장에도 안 오더군. 축구 선수한테는 상여금이 모자란다고 아우성이면서 나라 지키다 죽은 군인한테는 보상금 몇 푼이나 먹고 떨어지라더라. 축구 선수들에게는 뭐라도 더 해주고 싶어 법까지 고치며 안달하면서도 축구 선수들이 면제받은 군복무를 수행하다 죽은 군인에게는 망할 놈의 법이 어쩌고 저쩌고 하면서 '전사자' 대우도 못해준다더라.

모두들 모른 척하더군. 아무도 아는 척하지 않더군. 월드컵 4강에 신나서 춤추고 노래하고 노는 데 방해된다고 맘껏 울지도 못하게 하더라. 얼마나 보잘것없으면 죽음조차 무시되고 그냥 묻히고 마는 걸까? 그저 그런 생각만 들었어.

내가 끔찍하게 초라한 사람이라는 생각에 배반감조차 들지 않더군. 우린 총알을 맞고 쓰러져야만 총을 쏠 수 있는 소모품이었잖아. 승리를 하면 평화와 통일의 방해물이 되어버렸잖

아. 살아 있는 목숨도 죽은 목숨도 사소했던 우리였어. 개발하느라 막대한 돈을 투자할 필요도 없고, 수입하느라 다른 나라의 눈치를 볼 필요도 없는, 언제든지 구할 수 있고 어디에나 널려 있는 싸구려 전쟁 도구가 바로 군인인 거지.

아직도 가끔 내가 가치 있는 사람인가 하는 의문이 들어. 군인은 명령에 따라 움직일 뿐이야. 그 명령이 옳은지 그른지 판단할 자격도, 그릇된 명령을 거부할 권리도 없지. 난 정치도 모르고 공작도 몰라. 그래서 과연 내가 하는 일이 나라를 지키는 게 맞기는 한지 궁금한 적도 있었어.

언제든 목숨 걸고 싸워야 한다고 나 자신을 세뇌하며 가족과 떨어져 좁은 배 안에 갇힌 인생이었어. 세상이 내 희생을 알아주길 바라는 게 아냐. 그저 내가 이 세상을 위해 뭔가를 하고 있다고 믿고 싶었을 뿐이야.

만약 수민이가 없었다면 계속 술에 절어 살았을지도 몰라. 그즈음 수민이가 무용수에게 주는 유명한 상을 받았었지. 브누아 드 라 당스! 그 순간 믿게 되더라. 나는 비록 세상 모두가 무시하는 인간이라도 우리 수민이는 그 누구도 무시할 수 없는 인간이잖아. 그런 수민이를 낳은 것만으로도 충분히 이 세상을 위해 뭔가를 한 것이라는 생각에 살 수 있었어. 언제나 그랬어. 내가 낭떠러지에서 떨어지려 할 때면 늘 수민이가 나를 끌어당겼어.

수민이의 귀국 소식에 우울하던 기분이 싹 가셨어. 저녁 내내 수민이가 좋아하는 반찬 만드느라 우울할 틈도 없었지. 오후 비행기로 도착했다는데 아직 전화가 없네. 아마 바빠서 전화를 못 거나봐. 아니면 시차 적응이 힘들어 곧장 잠들었는지도……. 집에서 같이 지내면 좋을 텐데 이번에도 기어이 호텔로 갔나봐.

수지 결혼식 때도 결혼식만 보고 곧장 미국으로 돌아갔는데, 이번에는 하루라도 집에서 지내면 좋겠다. 내 욕심이겠지? 나 혼자 차지하기에는 우리 딸이 아주 대단한 사람이잖아. 수민이 전화를 기다리다보니 벌써 새벽 3시네. 내일 아침에 전화할 모양이야. 이젠 잘게. 잠이 올지 모르지만…….

4

태훈은 임신 소식에 당황한 듯 한참을 멍하니 있었다.

"별로 반갑지 않나봐?"

수민의 불안한 질문을 받고서야 태훈은 억지로 웃었다. 싫어서가 아니라 당황해서였다. 그래서 수민도 좋다며 펄쩍펄쩍 뛰는 태훈의 과도한 리액션에 속아주는 척했다.

"넌 아무 걱정 말고 태교나 잘해. 내가 다 알아서 할게."

자신하면서 돌아간 태훈은 다음 날 아무 연락도 없었다. 간단한 안부 전화 정도의 배려도 태훈에게는 무리였다. 워낙 세심한 성격도 아닐뿐더러 특별한 용건 없이 전화로 수다 떠는 걸 싫어했다.

수민은 태훈이 했던 말을 되새기며 하루를 보냈다.

'내가 다 알아서 할게.'

두루뭉술한 말이 마음에 걸렸다. 모든 것을 약속하는 말인 것 같기도, 아무것도 약속할 수 없다는 말인 것 같기도 했다. 바보처럼 태훈이 당장이라도 수민을 위해 모든 것을 포기하겠다고 선언하며 무릎을 꿇고 청혼해주기를 바랐다. 어리석고 비현실적인 기대였지만 허풍이라도 좋으니 그렇게 해주었으면 했다. 한숨이 절로 나왔다.

과연 태훈과 결혼하려는 게 옳은 결정일까? 태훈의 부모님이 받아들여줄까? 약혼자인 연주가 그냥 물러설까?

답을 알 수 없는 질문이 꼬리에 꼬리를 물고 이어졌다.

임신 사실을 안 순간부터 두렵고 외로웠다. 한국에 돌아오면 태훈이 가까이에 있으니 그런 감정이 사라질 거라 생각했다. 하지만 수민은 여전히 혼자였다.

5

연락도 없이 찾아온 태훈은 자고 있던 수민을 깨워 다짜고짜 호텔 식당으로 데려갔다. 시차 적응이 되지 않아 멍한 상태로 따라간 룸 안에는 태훈 어머니가 기다리고 있었다.

"우리 아들 왔어?"

태훈을 보고 짓던 환한 웃음이 수민을 본 순간 싸늘하게 식었다. 눈꺼풀에 내려앉아 있던 잠이 싹 달아났다. 태훈은 어머니의 노골적인 거부에 당황한 듯 수민을 소개하지 못하고 우물쭈물했다. 결국 수민이 나설 수밖에 없었다. 수민은 허리를 깊이 숙였다.

"안녕하세요, 이수민이라고 합니다."

태훈이 그제야 수민의 등을 감싸며 입을 열었다.

"내가 어제 얘기한, 뉴욕에서 만난……."

태훈 어머니는 말을 잘랐다.

"누군지는 나도 알아. 그런데 같이 온다는 얘기 없었잖아!"

못마땅한 기색이 역력했다. 태훈은 엉거주춤한 자세로 의자를 빼고 수민을 자리에 앉혔다.

"엄마, 아직 주문 안 했죠? 뭐 드실래요?"

태훈이 메뉴판을 내밀었지만 태훈 어머니는 쳐다보지도 않았다.

"무슨 일인지 알기 전에는 입맛이 날 것 같지 않네. 지금 무슨 일이 벌어지고 있는 건지 좀 설명해줄래?"

"엄마, 우선……."

"나 일어설까, 아니면 무슨 일인지 설명할래?"

어머니가 핸드백까지 챙겨 들자 태훈이 불쑥 내뱉었다.

"어제 하루 종일 얘기했잖아요. 나 얘랑 결혼할 거예요. 엄마가 허락하지 않아도 결혼은 할 수 있지만, 그래도 허락받고 당당히 결혼하고 싶어요."

태훈 어머니는 핸드백을 내려놓고 팔짱을 꼈다.

"그 헛소리 아직도 안 끝났니?"

"엄마도 나보고 빨리 결혼하라고 했잖아요."

태훈의 볼멘소리에 태훈 어머니가 코웃음을 쳤다.

"내가 결혼하라고 한 건 연주였다."

태훈이 움찔하며 수민의 손을 잡았다. 태훈이 끝까지 자신의 약혼을 숨기고 싶어 했기 때문에 수민도 모른 척하고 있었다.

"엄마! 지금 연주 얘기가 왜 나와요?"

"왜냐고? 당연히 지금 네 약혼녀 얘기가 나와야 하는 거 아니냐?"

"수민아, 있잖아, 약혼녀라기보다는……."

태훈의 변명을 태훈 어머니가 잘랐다.

"너, 얘가 연주를 모른다고 생각하니?"

"네?"

이번에는 태훈이 당황해서 수민을 바라봤다. 태훈 어머니가 코웃음을 치며 수민을 노려보았다.

"너 생각보다 맹랑하구나. 뉴욕에서 연주가 너를 만났다고 들었는데."

수민은 고개를 끄덕이고는 태훈을 바라보았다.

"맞아요. 나, 연주 씨 만났어요."

"그런데 왜 나한테 그 얘길 안 했어? 그럼 연주 때문에 헤어지자고 한 거였어?"

수민은 뭐라고 대답해야 할지 몰라 망설였다. 연주 때문에 태훈과의 관계를 다시 생각하게 되었지만, 그것이 이별의 유일한 이유는 아니었다.

"그랬구나. 미안해. 난 네가 그런 마음고생 한 줄도 모르고……"

태훈은 수민의 침묵을 마음대로 해석했고, 그것은 태훈 어머니도 마찬가지였다.

"정말 정리할 마음이 있었다면 다시 찾아오지도 않았겠지. 연주를 만났다는 사실을 숨기지도 않았을 거고."

"엄마, 제대로 알지도 못하면서 그렇게 말씀하지 마세요. 어쨌든 저 연주가 아니라 수민이랑 결혼해요. 사랑도 없이 기업합병 하듯 결혼하고 싶지는 않아요."

"사랑? 그럼 애를 사랑한다는 거니?"

태훈 어머니가 가당찮다는 듯 물었다. 마치 수민을 사랑하는 게 불가능한 일인 것처럼.

"얘가 어디가 어때서요? 연애 한 번 못해봤을 정도로 순진하고 발레리나로 성공도 했어요. 게다가 막무가내인 내 성격을 받아줄 정도로 착해요."

"그런 애들은 널렸어. 어느 정도 되는 애였으면 기가 막히긴 해도 화가 나지는 않았겠지. 가난해서 군대에 말뚝 박은 아버지와 집에서 쫓겨나면서까지 결혼한 어머니 사이에서 태어난 애가 괜찮으면 얼마나 괜찮겠어? 어렸을 때는 아버지가 출동 나가서 집 비우고, 나중에는 아예 발령을 핑계 삼아 별거까지 하고, 그나마 같이 지내던 어머니는 애 낳다 죽고… 그러니 부모 없이 큰 거나 마찬가지잖아. 매년 전학시키면서 학교 교육도 제대로 못 시킨 부모가 가정교육은 제대로 시켰겠니?"

"엄마!"

"그래, 맞아. 내가 네 엄마다. 그러니 내 아들이 만나는 여자가 어떤 사람인지 정도는 조사할 권리가 있다고 생각하는데?"

"함부로 말씀하시지 말아요. 수민이 지금 임신 중이라고요."

"그래, 임신 중이었지? 근데 그게 누구 아이인지 알 게 뭐니? 또 설사 네 자식이라고 해도 그깟 걸로 발목 잡으려고? 도대체 가정교육을 어떻게 받았기에 결혼도 안 한 여자애가 몸을 그렇게 함부로 굴려?"

수민은 울컥 치미는 입덧을 겨우 참으며 일어섰다.

"죄송합니다, 더 이상 앉아 있을 수가 없네요."

"주제 파악도 못하고 어디서 감히 발끈해 일어서? 쯧쯧, 이러니 모두 가정교육이 중요하다고 하는 거야."

수민은 태훈 어머니의 말을 끊었다.

"제가 이런 상황에서도 끝까지 존댓말을 쓸 수 있는 이유, 모두 제 가정교육 덕분입니다. 자기보다 나이 많은 사람에게는 어떤 상황에서도 예의를 갖춰야 한다고 배웠거든요. 그리고 제가 몸을 함부로 굴렸다면 태훈 씨도 마찬가지겠지요. 남의 자식 가정교육 걱정하시기 전에 태훈 씨 가정교육부터 생각하셔야겠어요."

"너, 너, 감히……."

태훈 어머니는 화가 나서 말도 제대로 못하고 파르르 떨기만 했다. 수민은 고개 숙여 인사한 뒤 나와버렸다. 태훈이 뒤쫓아 나왔다.

"미쳤어? 아무리 화가 나도 그렇지, 그렇게 말하고 나가버리면 어떡해?"

"그냥 안 가면? 계속 그 소리를 듣고 있어야 했단 말이야?"

"너 기분 나쁘고 자존심 상하는 거 충분히 이해해. 하지만 우리 엄마도 당황해서 그래. 우리 엄마 입장 좀 생각해주면 안 돼? 꼭 이렇게 엄마한테 맞서야겠어? 그깟 자존심 잠깐 굽힐 수도 있잖아. 설마 엄마가 널 보자마자 반기면서 결혼을 허락할 줄 알았어? 이 정도는 당연히 예상했을 거 아냐?"

태훈과의 결혼이 순탄하리라고 기대할 만큼 순진하거나 어리석지는 않았다. 이 정도는 당연히 예상했다. 하지만 예상과 실제로 겪는 것은 많이 달랐다. 훨씬 더 쓰리고 아팠다. 상상 속에서는 수민 편을 들던 태훈이 어머니 편에 서서 수민을 몰아붙이는 것도 분통이 터졌다.

수민은 한숨을 내쉬며 고개를 저었다.

"아무래도 안 되겠다. 너도 다시 잘 생각해봐. 어머니가 나를 맘에 들어 하시지 않는 이유도 일리 있어. 계급이 완전히 다르다 이거겠지."

"너 또 그딴 식으로 말할래?"

"군인 자식들이 가장 먼저 배우는 게 뭔지 알아? 계급이야. 한글은 못 읽어도 계급장은 읽을 줄 알지. 어느 세상이든 마찬가지야. 보이지 않을 뿐 실제로는 다 계급이 있지. 너랑 결혼할 수 있다고 생각하다니 내가 잠깐 미쳤었나봐. 바보같이. 어렸을 때부터 배운 건데. 계급이 다른 사람하고는 어울리지 말라고……"

일곱 살 무렵, 놀이터에서 그네를 타던 수지를 밀어 떨어뜨리고 그네를 빼앗아 타려던 민기를 신나게 두들겨 팬 적이 있었다. 민기는 평소에도 다른 아이들을 괴롭히기로 유명한 아이였다. 수민보다 덩치가 큰 남자아이였지만 누구에게든 지고는 못 사는 수민이 결국 이겼다. 울면서 돌아가는 민기를 뒤로한 채 수민은 수지를 그네에 태우고 달래주었다.

그날 오후, 민기 엄마가 민기와 함께 집으로 들이닥쳤다. 문을 열어준 엄마는 화색을 띠었다.

"어쩐 일이세요, 사모님?"

하지만 그 사모님은 엄마를 밀치고는 신발을 신은 채 집 안으로 들어섰다.

"쟤 맞아?"

민기 엄마의 손가락이 수민을 가리켰고, 엄마의 손을 잡고 있던 민기가 고개를 끄덕였다. 수지는 재빨리 수민의 등 뒤에 숨었다.

"무슨 일이세요, 사모님? 우리 수민이가 무슨 잘못이라도 했어요?"

"세상에! 얘가 우리 아들을 어떻게 했는지 좀 보라고. 얼마나 꼬집어댔는지 성한 데가 없어. 이거 나중에 흉 지면 책임질 거야?"

엄마보다 훨씬 어려 보이는 민기 엄마는 다짜고짜 반말이었다. 그리고 엄마는 무조건 사과부터 했다.

"죄송해요, 사모님. 이걸 어떡하지? 많이 아프니, 민기야?"

그러자 민기는 보란 듯 울음을 터뜨렸고, 엄마는 수민의 등짝을 때렸다.

"정말 네가 그랬어? 너 정말 왜 그래? 친구끼리 사이좋게 지내야지, 친구한테 이게 뭐 하는 짓이야?"

엄마는 수민의 말은 들어보지도 않고 무작정 야단쳤다.

"무슨 여자애가 이렇게 독해빠졌는지 원. 어려서 이 정도면 나중에는 아예 사람 잡겠어."

민기 엄마는 사정도 모르면서 수민의 미래까지 싸잡아 욕했다. 수민은 너무 억울해서 엄마에게, 민기 엄마에게 대들었다.

"수지가 그네 타고 있는데 쟤가 먼저 밀었단 말이에요. 이것 보세요. 수지도 무릎 다 까졌어요."

수민은 등 뒤에 숨은 수지를 끌어내 수지의 바지를 걷어 올렸다. 하지만 엄마는 오히려 수민의 입을 막으며 야단쳤다.

"너 정말 맞을래? 내가 어른이 야단치는데 대들라고 가르쳤어?"

수지는 피딱지가 앉은 무릎이 드러나자 훌쩍이기 시작했다. 하지만 엄마는 수지는 쳐다보지도 않고 사과를 하느라 바빴다.

"죄송합니다, 사모님. 죄송해요. 지금 같이 병원 가세요."

"병원 간다고 흉 질 게 안 지니? 됐어. 대신 자식 교육 좀 똑바로 시키라고! 어떻게 된 여자애가 그 모양이야?"

민기 엄마는 현관문을 부서져라 닫고 가버렸다. 분이 덜 풀렸는지 씩씩거리는 민기 엄마의 목소리가 복도에 메아리쳤다.

"아무리 하사관이라지만 애 교육은 똑바로 시켜야 할 거 아냐! 이러니까 하사관 관사랑 장교 관사 사이에 담장을 치는 거야. 놀이터는 괜히 따로 만들었어? 따로 놀라고 따로 만든 거잖아."

하사관, 장교, 장군……. 그런 계급이 있다는 것을 그때 처음 알았다. 수민이 사는 아파트보다 약간 높은 언덕의 낮은 담장으로 구분된 아파트에는 장교들이 산다는 것도, 그리고 아예 담장으로 분리되어 헌병들이 지키는 장군 관사가 따로 있다는 것도 그때 처음 알았다. 충무 아파트라는 하나의 이름으로 불리는 관사였지만, 같을 수 없는 계급들이 모여 사는 또 다른 군대이기도 했다.

민기 엄마가 가고 난 뒤 수지는 수민을 변호하느라 바빴다.

"쟤 아주 나쁜 애야. 매일 욕하고 못되게 굴어서 애들이 다 따돌려. 오늘도 일부러 나 밀어서 여기 무릎 깨졌단 말이야."

엄마는 수지의 무릎에 반창고를 붙여주고 수민을 바라보았다.

"다음부터는 그러지 마. 알았어?"

"난 잘못한 거 없어."

수민은 이를 악물었다. 억울함이 목구멍에서 튀어나올 것 같았다.

"왜 잘못한 게 없어? 걔가 먼저 그랬다고 막 덤벼들면 되니?"

"아니, 난 잘못한 거 없어. 그런데 왜 엄마는 나보고만 뭐라고 해? 내 말은 하나도 안 듣고 무조건 저 아줌마한테 잘못했다고 하고, 나만 야단치고. 엄마 나빠!"

무슨 오기였을까? 엄마가 나쁘다고, 자신은 잘못한 게 없다고 어린 수민은 고래고래 소리를 질렀다. 엄마가 그만하라는데도 발까지 구르며 고함을 질렀다. 결국 수민은 엄마에게 두들겨 맞고 방으로 쫓겨났다. 텔레비전 만화도 못 보고 방 안에 갇힌 게 억울하고 분해서 아버지가 퇴근했는데도 인사하러 나가지 않았다.

밖에서 부모님이 이야기하는 소리가 드문드문 들렸다.

"수민이한테 뭐라고 했단 말이야? 그래서 나오지도 않고 저렇게 처박혀 있는 거야?"

"그럼 어떡해? 부장님이 뭐라고 안 하셔?"

"뭐라고 하면 어쩔 거야? 걔가 먼저 잘못했다며?"

"그 부장 쪼잔하다면서? 저번에도 민기랑 인경이랑 싸웠다고 인경이 아빠를 몇 달이나 괴롭혔다더라. 마흔 넘어 낳은 늦둥이라 아예 상전처럼 떠받들고 산다는데……."

"됐어. 그런 얘기 그만해."

아버지는 엄마의 말을 자르고는 수민의 방문을 열었다.

"넌 아버지가 들어왔는데 인사도 안 하냐?"

갑자기 눈물이 왈칵 쏟아졌다. 엄마한테 맞을 때도 흘리지 않은 눈물이었다. 훌쩍대는 수민의 머리를 쓰다듬어주며 아버지는 한숨을 내쉬었다.

"아버지가 다 알아. 다 아니까 괜찮아. 그만 울고, 밥 먹자."

그 몇 마디에도 수민은 아버지가 자신의 편이라는 생각에 든든했고, 자신이 잘못하지 않았다는 확신에 마음이 놓였다. 하지만 아버지의 한숨에 뭔가 잘못한 듯한 느낌이 들기도 했다. 수민은 자신의 눈물이 아버지가 한숨을 쉬는 이유라 생각했다. 그래서 억지로 눈물을 삼켰다.

아버지는 눈물을 그친 데 대한 상이라며 짜장면과 탕수육을 시켜주었다. 우느라 배가 고팠던 수민도, 짜장면이라면 자다가도 벌떡 일어나는 수지도 배가 터지게 먹었다. 하지만 아버지는 짜장면을 절반이나 남기고 베란다로 나가 담배를 피워 물었다.

다음 날, 수민이 하사관 아파트의 놀이터에서 놀자고 했지만 수지는 또 고집을 부렸다.

"싫어! 여기는 그네밖에 없잖아. 시소도 타고, 정글짐도 타고 싶단 말이야."

수지를 혼자 보낼 수 없어 결국 수민도 따라나섰다. 소꿉장난을 하던 수민과 수지 앞에 다시 나타난 민기는 어린애가 무슨 욕을 그리 많이 아는지 수민과 수지를 향해 계속 욕을 해댔다. 바보, 똥개, 멍청이……. 수지가 왜 혼내주지 않느냐고 칭얼댔다.

"그냥 모른 척해. 그러면 재미없어서 그만둘 거야."

수민이 계속 무시하자 민기는 짜증을 내며 모래를 집어 던졌다. 모래알이 눈에 들어가자 수지가 아프다며 울기 시작했다. 아무리 수민이 후후, 불어주어도 아프다며 엉엉 울었다. 수민도 엉엉 울면서 수지의 눈을 불어주었다. 겨우 모래알이 빠지고 나서도 수지의 눈은 빨갛게 충혈되어 있었다.

"너 우리 엄마한테 일러줄 거야."

수지가 민기를 노려보며 소리를 질렀다.

"일러봐, 일러봐. 그래도 아무 소용 없을걸. 너희 아빠는 우리 아빠 졸병이야. 약 오르지롱. 아무 말도 못한대요. 바보래요, 바보래요."

민기는 신이 나서 계속 모래를 던지며 놀렸다.

"아냐, 난 바보 아냐. 언니, 왜 아무 말도 안 해? 쟤 좀 혼내줘."

입이 떨어지지 않았다. 수민은 모래바람을 맞으며 가만히 서 있었다. 결국 수지가 직접 혼내주겠다며 민기에게 덤벼들었다. 수민은 민기에게서 수지를 억지로 떼어내 집으로 데려왔다.

"바보래요, 바보래요……."

민기의 목소리가 계속 등 뒤에서 울렸다. 발걸음을 빨리했다. 멀어지는 민기의 목소리 대신 운동화 속 모래가 저벅저벅 소리를 냈다.

"엄마한테 이를 거야."

수지가 씩씩거렸다.

"그러지 마. 너도 나처럼 혼나고 싶어?"

"혼나면 되지, 뭐. 그러면 아빠가 또 짜장면 시켜줄 거야. 그치?"

그 말에 아버지의 불어터진 짜장면이 눈앞을 스쳐갔다.

"엄마한테 안 이르면 네가 갖고 싶어 하던 양배추인형 줄게."

"정말?"

다행히 수지는 짜장면보다 인형에 더 마음이 쏠렸다. 양배추인형은 수민이 가장 아끼던 인형이었다. 그 뒤로 수지가 장교 아파트 놀이터에 가자고 조를 때면 수민은 수지가 탐내는 무언가를 내주었다. 그렇게 다시는 그곳에 가지 않았다. 하지만 운동화 속의 모래는 아무리 털어내도 다 빠지지 않아 걸을 때마다 버석거렸고, 옷에 묻은 모래는 빨래를 한 뒤에도 남아 움직일 때마다 까칠하게 살갗을 긁었다.

"잘하는 짓이다. 여기 우리 그룹 호텔이라는 거 잊었어? 보는 눈이 얼마나 많은데 여기서 추태야?"

태훈 어머니의 목소리가 쨍, 하며 수민의 기억을 깨고 들어왔다. 태훈은 수민을 잡고 있던 손을 황급히 놓았다. 태훈 어머니가 수민을 위아래로 훑어보았다. 무조건적인 경멸에 수민은 자신도 모르게 움츠러들었다. 한 번도 아버지를 그리워한 적 없었는데, 갑자기 머리를 쓰다듬어주던 아버지의 손길이 그리웠다.

"참모총장 딸이라도 싫다고 할 판에 겨우 중령 딸? 그것도 사관학교를 나온 것도 아니고 하사관 출신? 나 원 참, 기가 막혀서."

쯧쯧, 혀를 차며 태훈 어머니는 자리를 떴다.

"수민아, 엄마 말 오해하지 말고……."

태훈의 말이 더 이상 들리지 않았다. 어린 시절 그날처럼 모래바람이 불었다. 수민은 이를 악물었다.

언젠가 원정 공연을 하기 위해 사막을 지난 적이 있었다. 버섯바위, 삼릉석……. 모래바람도 오랜 시간이 지나면 바위를 깎는다. 모래 때문에 생긴 보이지도 않는 작은 상처가 커다란 바위의 몸을 통째로 갈아 먹는다. 보이지 않는 작은 상처라도 자꾸만 헤집으면, 보이는 무언가를 사라지게 만든다.

못난 남편을 둔 당신에게

오늘 강남에 있는 비싼 술집을 구경했어. 상호 녀석 덕분이었지. 바쁜데 귀찮을까봐 꽤 오랫동안 안부 전화조차 못했는데, 오늘은 드디어 그 자식이 먼저 전화를 걸어왔거든. 게다가 나보다 먼저 와서 기다리기까지 했어.

"필승!"

내 경례에 상호가 놀라서 주위를 둘러보더라.

"너 미쳤냐?"

"중령 주제에 참모총장님한테 경례를 안 하면 그게 미친놈이지."

난 우스갯소리로 넘기려고 했지만 상호의 굳은 표정은 풀리지 않더라. 깊숙이 숨겨둔 열등감을 들킨 것 같아 부끄러웠어. 능력도 없는 인간이 어쩌면 이렇게 속까지 좁은 걸까 싶어 나 자신이 진짜 한심하더라.

"미친놈. 진짜 그딴 식으로 말할래? 총장은 2년만 하면 끝이지만 우리는 50년 친구야. 너 한 번만 더 그러면……."

"불알친구가 아니라 불알원수가 될 거라고? 어쨌든 축하한다. 정치 상황이 안 좋아서 걱정 많이 했는데 다행이야. 내가 어렸을 때부터 너 한자리할 줄 알았다. 진짜 대단해, 김상호. 내 친구가 대한민국 해군 참모총장이라니 정말 믿기지가 않는다."

이미 전화로 했던 축하 인사를 다시 줄줄이 내뱉었어. 그러면 내 안의 열등감이, 시기심이 조금이라도 없어질까 해서. 상호만 보면 이상하게 분하고 억울할 때가 있어. 처음 만난 일곱 살 때처럼……

모내기철에 상호네 머슴이었던 아버지가 일손이 달린다고 날 데려갔어. 상호는 대청마루에 드러누워 동화책을 보고 있었지. 가난한 집 장남인 나와 달리 부잣집 막내로 태어난 상호가 어찌나 부러운지 울음을 터뜨렸다가 아버지한테 얻어맞았어. 상호가 쪼르르 달려와 말리지 않았다면 아마 어디 한 군데 부러졌을 거야. 그 아버지마저 내가 열 살 때 돌아가시는 바람에 나는 아버지 대신 상호네 집에서 머슴살이를 해야 했지.

동정심이라고 생각했어. 내 나이를 핑계로 품삯을 반만 주겠다는 상호 할아버지께 상호가 바락바락 대들었을 때도, 학교도 그만두고 혼자 공부하는 나를 위해 상호가 참고서를 빌려주었을 때도…….

이젠 그게 우정이라는 걸 알아. 그런데도 속 좁고 못난 나라는 인간은 상호만 보면 가슴속에 뭔가가 뭉쳐 굴러다니는 것 같아.

"네가 정말 자랑스럽다. 솔직히 난 사관학교 갔어도 장군은 못 됐을 거야."

내 어색한 칭찬만큼 상호도 어설픈 웃음을 지었어.

"대신 넌 자식이 있잖아."

상호 녀석, 그 말을 내뱉고는 한번에 술잔을 비우더라.

"내가 취하긴 취한 모양이다. 쓸데없는 말까지 지껄이고."

난 말없이 술잔을 다시 채워줬어. 상호의 한숨을 이해할 수 있을 것도, 없을 것도 같아 애매했거든.

"인간이란 게 다 그런 모양이다. 못 가진 게 가지고 싶지. 난 정말… 참모총장 따위는 필요 없어. 그저 우리 수민이 같은 딸 하나만 있으면 소원이 없겠다. 아니다, 수민이 같은 딸은 너무 욕심이 과하지? 그냥 말썽 피우고 속 썩이는 아이라도 좋으니 자식 하나만 있었으면 좋겠다."

오늘따라 상호는 더 작아 보였어. 나폴레옹도 그렇고 위대한 장군은 모두 당신이라며 항상 당당했는데, 오늘은 이상하게 키가 작은 상호가 초라해 보였어.

우리 수민이. 상호는 항상 그렇게 말하지. 그렇게 말하면 정말 수민이가 자신의 딸이 되기라도 하는 것처럼. 애정 어린 표현인 줄 알면서도 조금은 거슬렸는데, 오늘은 아니었어. 오히려 더 측은했지. 군인은 특진이라면 국립묘지에 묻혀서도 춤을 춘다고 했는데, 그 꼭대기까지 올라 남들 눈에는 다 가진 것 같은 사람도 아쉬운 게 있는 모양이야.

"어쩌면 신은 이렇게 불공평한 거지? 태어날 때 뛰어난 외모나 두뇌를 주시지 않았으면 살아가는 동안에라도 하나쯤 주셔야지. 권력, 부, 명예 중에 단 한 가지라도 주셔야지. 어떤 인간들한테는 넘칠 정도로 퍼주면서 왜 나한테만 이렇게 인색하냐고! 신이 있기는 한 거야?"

또 진급에서 떨어진 내가 투덜댈 때 당신이 말했지.

"맞아. 어떤 인간은 빼어난 외모로, 어떤 인간은 천재로 태어나. 어떤 인간은 별로 노력을 하지 않았는데도 돈이나 권력을 금세 손에 쥐는 것처럼 보이고. 타인의 기준으로 보면 신이 불공평해 보일 수도 있어. 하지만 신은 모든 인간에게 '행복'과 '불행'의 느낌은 공정하게 주시는 것 같아. 엄청난 재벌에게 1억만 남으면 그 사람은 불행해서 미칠 거야. 하지만 우린 1억만 있어도 정말 행복할 테지. 당신은 자신을 보잘것없게 생각해도 어떤 하사관의 꿈은 당신처럼 장교가 되는 거야. 우리가 부러워하는 사람들도 자살을 해. 사람들은 그렇게 많은 걸 가졌으면서도 배가 불러, 철이 없어 자살했다고 욕하지. 하지만 그건 아냐. 불행하다는 느낌은 그 사람들한테도 공평한 거니까. 개개인이 느끼는 행복과 불행의 무게는 모든 인간에게 공평해."

그래, 당신 말이 맞는 것 같아. 나한테도 상호가 부러워하는 게 있었네. 우리 수민이, 누구나 부러워하는 내 보물.

"지금이라도 입양을 해보는 건 어때?"

나는 조심스레 말을 꺼냈어. 입양을 반대했던 상호댁이 좀 누그러졌을지도 모른다고 기대했지만, 상호는 단번에 고개를 젓더군.

"집사람은 여전히 싫어해. 하긴 이제 곧 환갑인데 아기를 데려와 기르는 것도 우습고, 아기한테도 못할 짓이고……. 난 네가 진짜 부럽다, 그렇게 예쁜 딸을 뒀으니."

그 말에 나는 아무 대답도 할 수 없었어. 상호가 그렇게 부러워하는 딸이 언젠가부터 내 시선을 피하려고만 한다고, 귀국한 지 며칠이 지났는데 연락조차 없다고, 아무래도 날 싫어하는 것 같다고…….

내 보물에 내가 흠집을 낼 수는 없잖아. 당신 말이 맞나봐. 불행과 행복의 무게는 모든 사람에게 똑같은 모양이야.

제 4 장

꿈의 정의

1

태훈 어머니는 시간 낭비를 하지 않았다. 다음 날 아침, 수민은 태훈 어머니의 비서라는 사람을 따라 태훈 어머니가 운영하는 미술관으로 향했다.

"괜히 다른 사람들 눈에 띄는 것보다는 여기로 부르는 게 나을 것 같아 불렀다. 임신했으니 커피는 안 되겠고, 레몬 티로 할까?"

과장된 친절이 어색해 수민은 고개만 주억거렸다.

"태훈이 고집이 장난이 아니네. 지금까지 이렇게 고집 피운 적이 없는데, 회장님이 회사에서 쫓아내겠다고 하시는데도 요지부동이야."

"죄송합니다."

죄송한 마음이 없는데도 수민은 그렇게 말했다.

"태훈이가 내 이야기 자세히 한 적 없지?"

당연했다. 태훈의 출생은 태훈의 트라우마였다. 굳이 그 상처를 들추고 싶지는 않았다. 누구에게나 상처는 있었다.

"다들 내가 돈에 환장해서 유부남인 회장님을 꾀었다고 생각하지. 첩이라는 게 자세한 내막을 몰라도 욕할 수 있는 존재니까. 하지만 아냐. 나는 대학교 1학년 때 대학원 조교였던 회장님을 처음 만났어. 처음에는 어떤 분인지도 몰랐고, 한참 후에야 알았어. 아들이 자신이 점찍어놓은 신붓감과 결혼하지 않고 계속 미루는 게 수상했던지 시어머니가 뒷조사를 시켰거든. 그분을 처음 만난 자리에서 온갖 모욕을 다 당했지. 내가 너한테 했던 것과는 비교도 안 될 정도였어. 그분이 단식 투쟁을 하며 협박하자 회장님은 결국 유학을 가버렸어.

정신없이 돌아가는 상황에 미칠 지경이어서 임신 사실을 한참 뒤에야 알았어. 졸업을 한 학기 남겨둔 상황에서 학교도 그만두고 혼자 태훈이를 낳았어. 회장님이 돌아오면 상황이 나아질 거라고 기대하면서. 그런데 회장님은 태훈이를 보고도 어머니가 점찍어놓은 신붓감과 결혼해버렸지. 차남인 자신이 회사를 물려받으려면 더한 것도 할 수 있다면서, 태훈이와 태희를 호적에 올려주는 것으로 만족하라면서. 참 당당하게도 굴더라.

혹시나 회장님께 누가 될까 싶어 난 시아버지가 돌아가실

때까지 숨어 지내야 했어. 회장님 부인은 내 존재를 알고는 하루가 멀다 하고 찾아와 내 머리채를 휘어잡았어. 하지만 회장님 부인도 그룹 경영권을 물려받는 데 해가 될까봐 시아버지에게 내 존재를 알릴 수는 없었지. 그저 날 괴롭히는 걸로 화를 풀면서 살 수밖에. 그렇게 견뎌온 세월이야. 사랑? 그래, 나도 한때 회장님을 사랑한다고 생각한 적이 있었지. 하지만 이 세계에서 사랑은 돈에, 권력에 짓밟히고 너덜너덜해지고 말아.

그래도 내가 이 세계에 남은 건 우리 태훈이와 태희를 위해서야. 그 아이들이 그룹 경영권을 물려받는 데 네가 방해가 된다면 내가 겪은 일 고스란히 퍼부어줄 수 있어. 원래 시집살이 고약하게 한 사람이 며느리에게 더 심하게 시집살이를 시킨다잖니? 가끔 임신 사실을 알고 시어머니가 내밀었던 돈을 받고 새 인생을 살았다면 어땠을까 생각해. 평범한 주부로 남편이 벌어다주는 돈 아껴 쓰고 바가지 긁으며 사는 것도 나쁘지 않았을 것 같아. 그러니까 너도 잘 생각해보렴. 내 친절은 딱 여기까지니까."

태훈 어머니는 긴 인생 이야기를 경고로 끝맺었다.

호텔로 돌아오는 차 안에서 가방을 열어보니 수민 명의로 된 거액의 통장과 도장이 들어 있었다. 곧바로 차를 돌려달라고 말했지만, 태훈 어머니의 비서는 수민의 부탁 따위는 듣지 않았다. 수민은 차에서 내리자마자 휴대폰 대리점으로 가 휴대폰을 사서 태훈에게 전화를 걸었다.

"당장 와서 이 통장 가져가!"

다짜고짜 하는 말에 담긴 뜻을 눈치로 알아들은 태훈은 대수롭지 않다는 듯 웃으며 말했다.

"그냥 그 돈으로 쇼핑이나 하고 잊어버려."

"지금 그런 농담이 나와?"

"농담 아냐. 그래도 엄마가 많이 참으셨네. 네 얼굴에 대놓고 돈을 던지실 줄 알았는데."

왠지 태훈의 말이 그 정도는 했어야 한다는 투로 들려 수민은 참을 수가 없었다. 도대체 태훈의 진심이 뭔지 알 수가 없었다. 수민은 전화를 끊어버렸다. 휴대폰이 계속 울렸다. 휴대폰의 전원을 꺼버리듯 머릿속의 복잡한 생각도 꺼버리고 싶었다.

터덜터덜 호텔로 돌아온 수민은 객실 앞에 쭈그리고 앉아 있는 여자를 보고 고개를 갸웃했다. 수지였다.

"여긴 어떻게 알았어?"

"3년 만에 얼굴 보고 하는 첫인사치고는 참 황송하네. 하나밖에 없는 동생 잊어버리지 않고 기억해주시는 것도 감사하고."

"보자마자 그렇게 비꼬아야 직성이 풀리겠어?"

태훈과 태훈 어머니를 상대하느라 신경이 날카로워질 대로 날카로워져 있었다. 수민은 수지와 또다시 말싸움을 벌이고 싶지 않았다. 게다가 수지와의 말싸움은 항상 수민의 패배로 끝났다. 수민이 방문을 열자 수지가 따라 들어오며 문을 쾅 닫았다.

"지금 못하면 또 3년 기다려야 하잖아. 언니가 한국에 머무르면 신혼여행도 포기하겠다고까지 했는데, 결혼식 전날 와서 호텔에서 자고 결혼식 끝나자마자 가버렸잖아. 3년 만에 다시 와서도 전화 한 통 없었고. 내가 언제 언니 얼굴 마주하고 하고 싶은 말을 해보겠어? 이렇게 영광스럽게 볼 수 있을 때 빨리 해야지."

일일이 변명하기도 귀찮았다. 오랜 비행은 신체 리듬을 깨기 때문에 꺼려졌다. 게다가 공연 2주일 전이어서 수지 결혼식 전날도 호텔에서 밤새 연습을 해야만 했다. 차라리 곧장 뉴욕으로 돌아가버리면 시차 적응도 빨라 괜찮을 것 같아 그렇게 했던 것이다.

"어떻게 언니 있는 호텔을 신문사 다니는 친구까지 동원해서 알아내게 만들어? 아빠 며칠 동안 잠도 못 주무시고 언니 전화만 기다렸어. 아무리 사정이 있었다고 해도 정말 너무한 거 아냐?"

수민에게 아버지인 사람이 수지에게는 아빠였다. 그래서인지 수민은 묘하게 따돌려지는 느낌이 들곤 했다.

"그동안 벙어리라도 됐어? 왜 아무 말이 없니?"

태훈 어머니를 만난 일로 아직도 머리가 아팠다. 이 복잡한 상황에서 또 다른 두통거리를 만들고 싶지 않았다.

"연락하려고 했는데 좀 바빴어."

"바빠? 그것도 변명이라고 해? 거짓말이라도 좋으니까 조금이라도 이해되는 변명을 해주면 안 되니? 아니면 아빠를 위해서는 그것도 귀찮니?"

수지는 코웃음을 치며 벌떡 일어나 냉장고에서 술병을 꺼냈다.

"언니 너 돈 많으니까 이 정도는 감당할 수 있지?"

수지는 양주를 병째로 벌컥벌컥 들이켜고는 수민 앞에 와 앉았다. 수지의 독설도 싫었지만 수지의 침묵 역시 무거웠다.

"미안해. 지금은 다 말해줄 수 없지만 정말 바빴어."

수민의 변명에도 수지는 입을 다물고 가만있었다. 오랜 침묵 끝에 한숨을 시작으로 수지가 입을 열었다.

"설마 아직도 엄마 돌아가신 게 아빠 때문이라고 생각하는 거니? 언니도 이젠 이해할 때가 됐잖아."

수민은 움찔했다. 수지의 말이 맞아서가 아니었다. 수지가 풍기는 술냄새에 머리가 어찔했을 뿐이다.

"엄마 돌아가신 게 아버지 탓이라고 원망한 적 없어."

죽음이란 건 인간의 의지를 벗어난 일이었다. 그런 일에 다른 인간을 원망할 만큼 비이성적인 인간은 아니었다.

"누굴 속이려고 그래? 나 귀머거리 아냐. 그때 언니가 아빠한테 퍼부었던 말 똑똑히 들었어. 그 소동 잊어버릴 정도로 바보도 아니고, 무슨 일인지 모를 정도로 어리지도 않았어. 그런 소동 벌일 정도로 멍청하고 어렸던 건 오히려 언니였지."

몸 안의 피가 서서히 빠져나가 차갑게 식는 게 느껴졌다. 수지가 너무 심했다 싶었는지 입을 다물었지만, 수민을 바라보는 눈은 여전히 차가웠다.

내가 틀린 말 했니?

수지의 눈은 그렇게 말하고 있었다. 수민은 수지의 눈을 피했다.

'아버지가 엄마를 죽였어!'

어디선가 자신의 고함소리가 들리는 것 같았다.

그날은 예고 실기 시험이 있던 날이었다. 엄마는 기어이 시험장까지 수민을 따라나섰다. 그리고 자가용이 없어 택시를 타고 가는 걸 내내 미안해했다. 교문 앞에서 자신을 보고 환히 웃던 엄마에게 수민은 마주 웃어주지 못했다. 억지웃음을 짓기에는 시험에 대한 긴장이 너무 심했다.

"걱정 마. 긴장하지 말고. 네가 안 되면 누가 되겠니? 엄마가 시험 끝날 때까지 여기서 기다리고 있을 테니까……."

엄마는 추위와 긴장으로 딱딱하게 굳은 수민의 몸을 여기저기 주무르고 문질러주었다.

"됐어. 그 몸으로 추운 데서 어떻게 기다려? 엄마가 기다린다고 내가 붙을 것도 아니고."

만삭인 엄마가 따라오겠다고 한 것도 수민에게는 부담이었다.

"그래도 엄마가 가까운 데 있다고 생각하면 좀 힘이 될 거 아냐."

"엄마가 추운 데서 기다린다고 생각하면 더 초조해서 실수할 것 같아. 그러니까 집에 가서 기다리고 있어."

"어떻게 집에 혼자 오니?"

"내가 어린애야? 여기서 집도 못 찾아가게?"

"맞아. 우리 수민이 이제 다 컸지."

엄마는 수민의 머리를 쓰다듬었고, 수민은 엄마의 부른 배를 쓰다듬었다.

"맞아. 이제 다 컸으니까 걱정 말고 집에 가서 잠이나 푹 자. 괜히 우리 막둥이까지 추운 데서 고생시키지 말고. 근데 얘는 대체 언제 나오는 거야?"

"곧 나오겠지. 걱정 말고 들어가."

대답하는 엄마의 얼굴이 창백했다.

"엄마 가는 거 보고 갈래."

"이러다 늦겠다. 빨리 가!"

"알았어. 엄마도 빨리 집에 가! 버스 타지 말고 꼭 택시 타. 꼭! 알겠지?"

수민은 뒤돌아서 달리기 시작했다. 날씨가 너무 추워 몸이 굳어 있었다. 한 번쯤 뒤돌아 엄마가 갔는지 확인하기에는 마음이 너무 급했다. 빨리 실내에 들어가 몸을 녹여야만 춤을 출 수 있었다.

5시간 뒤, 수민은 합격을 확신하며 실기 시험을 치른 교실에서 나왔다. 옷을 갈아입기 위해 대기실로 향하는 발걸음도 가벼웠다. 그런데 대기실에 들어서자마자 대기실 감독관이 다가와 물었다.

"네가 이수민이지? 네 어머니가……."

정신없이 달려간 장례식장은 완전히 난장판이었다. 소식을 듣고 달려온 외갓집 식구들이 돌아가면서 아버지의 멱살을 잡았다.

"네놈이 남편이랍시고 해준 게 뭐가 있어? 손에 물 한 방울 안 묻히고 곱게 키운 내 딸 데려다 온갖 고생시킨 것도 모자라서……."

외할머니는 바닥을 치며 통곡했다. 지친 외할머니의 통곡이 잦아든다 싶으면 이번에는 외할아버지가 삿대질을 했다.

"이 나쁜 놈! 쳐 죽여도 시원찮을 놈!"

이모도 소리를 질렀다.

"부잣집 막내딸로 아쉬운 소리 한 번 안 하고 자란 애였어. 그런 애를 데려다 여기저기 굽실거리게 한 걸로도 모자랐어?"

목이 쉬어 쇳소리가 나는데도 외갓집 식구들은 고함을 멈추지 않았다. 아버지는 멱살을 잡힌 채 멍하니 있었다. 누가 무슨 짓을 하든 뭐라고 하든 꼼짝도 하지 않았다.

큰외삼촌이 오고 나서야 장례식장은 진정이 되었다.

"이게 무슨 짓이에요? 우리 막내가 이 꼴을 보면 참 좋아하겠습니다."

외삼촌은 외갓집 식구들을 상주 대기실로 끌고 갔다.

수민은 멀찌감치 서서 지켜보고만 있었다. 엄마의 죽음이 믿기지 않아 눈물도 나지 않았다. 믿고 싶지 않아 장례식장 안으로 들어가고 싶지 않았다. 이른 시간이어서 문상객도 없었다. 군복 차림의 아버지와 발레복 차림의 수민 사이로 상복을 입은 사람들이 지나갔다.

침묵을 깬 건 수지의 울음소리였다.

"엄마! 엄마!"

알아듣지도 못할 비명 같은 소리를 지르며 수지가 아버지에게 달려갔다. 아버지는 눈물로 범벅이 된 수지가 품을 파고 들어도 멍하게 서 있었다. 안아주는 시늉조차 하지 못했다.

"소식 듣자마자 왔어. 괜찮아?"

상호 아저씨가 아버지에게 다가가 말했지만, 아버지는 여전히 멍한 채 대답이 없었다. 수민은 상호 아저씨가 들고 온 엄마의 영정 사진을 바라보았다. 바로 어제 엄마와 함께 보던 사진이었다.

"시험장에 엄마 사진을 갖고 가면 떨리지 않을 것 같아."

수민의 말에 엄마는 앨범을 뒤졌고, 겨우 찾아낸 게 초등학교 졸업식 날 수민과 함께 찍은 사진이었다. 수민은 꽃다발과 졸업장을 든 채 잔뜩 긴장한 자신의 모습이 마음에 들지 않아 툴툴거렸다.

"최근에 찍은 건 없어? 이건 너무 오래돼서 색도 바랬잖아."

"그래도 이게 가장 최근 거야. 집에서 살림만 하니 사진 찍을 일도 없네. 넌 나중에 유명한 발레리나 돼서 매일 사진 찍히면서 살아."

"싫어. 안 가져가. 내가 너무 촌스럽게 나왔잖아."

수민은 사진을 던져버렸다.

수민을 오려낸 자리는 아무 티도 나지 않았다. 사진을 확대해서인지 엄마의 얼굴이 희미했다. 그렇게 희미해지다가 영원히 사라져버릴 것만 같았다. 수민을 여기에 오려 내버린 채 엄마 혼자 가버릴 것만 같았다. 그래서 수민은 아버지에게 달려들었다.

"아버지가 죽인 거야!"

그렇게 소리 질렀다.

"아버지가 우리 엄마 죽인 거야!"

수민은 넋이 빠져버린 아버지에게 주먹질을 했다.

"그놈의 아들이 그렇게 갖고 싶었어? 엄마 나이에 아기 낳는 거 위험하다고 의사가 그렇게 말렸는데 왜 낳으라고 했어? 왜? 엄마 몸 약해서 잘못될지도 모른다고 다들 말렸는데 왜 낳으라고 했어? 왜!"

그저 누군가 원망할 사람이 필요했다. 뭔가 때려 부술 것이 필요했다. 그리고 그곳에는 아버지밖에 없었다.

수민은 아버지의 옷을 잡아 뜯으며 소리를 질러댔다. 그 바람에 아버지의 품에서 울다 지쳐 잠들었던 수지가 놀라 깨어났다. 엄마의 영정 사진에 절하던 사람들이 당황해서 굳어버렸다. 하지만 아버지는 멍하니 영정 사진만 바라보고 있었다.

"아버지가 죽인 거야!"

수지가 울음을 터뜨렸다.

"언니, 왜 그래? 그러지 마."

수민은 아버지의 품에 안긴 수지를 잡아챘다.

"너도 이리 나와. 아버지가 엄마 죽였단 말이야."

"아냐! 아냐! 아니지, 아빠?"

수지가 고개를 저으며 아버지의 품에서 버텼다. 하지만 아버지는 아무 대답도 하지 않았다. 수지는 그런 아버지를 감싸 안으며 수민의 주먹질을 막았다. 수민의 주먹질에 수지의 울음소리가 더 커졌다.

"앙, 엄마, 엄마!"

이제는 세상에 없는 엄마를 부르는 수지의 울음소리에 아버지가 갑자기 벌떡 일어서더니 수민을 밀치며 잇새로 내뱉었다.

"아니! 내가 아니고 네가 죽인 거야! 예고 입시 준비한답시고 날카로워져서 엄마까지 힘들게 했잖아. 아기 죽은 것도 모를 만큼 엄마를 긴장하게 만들었잖아. 너 때문에 추운 데서 떨지만 않았어도 수술이 실패하진 않았어. 네가 죽인 거야!"

작고 가는 목소리였지만, 바로 귓가에서 소리를 지른 것처럼 또렷이 들렸다. 아버지의 차가운 눈빛에 온몸이 바들바들 떨렸다.

"아냐! 거짓말하지 마! 아버지가 죽였잖아! 왜 나더러 죽였대? 아버지가 우리 엄마 죽여놓고 왜 나한테 덮어씌워?"

수민은 악에 받쳐 소리를 질렀다. 그렇게 고함을 질러 아버지의 작은 목소리를 덮어버리고 싶었다. 수민의 귀에 아버지의 목소리가 들리지 않게……

"수민아! 너 대체 왜 이래!"

장례식 절차를 의논하던 상호 아저씨가 달려왔다. 하지만 악에 받친 수민을 떼어내기에는 역부족이었다. 수민의 고함에 놀란 외삼촌이 달려왔지만, 수민은 모두의 손을 뿌리쳤다. 어디서 그런 힘이 나오는지 몰랐다.

"이거 놔! 죽여버릴 거야! 다 죽여버릴 거야!"

그렇게 고함을 질렀던 게 기억의 끝이었다. 깨어나보니 장례식장이 있는 병원의 입원실이었다.

"장례식 끝날 때까지 넌 여기 있어라."

침상 옆에서 지키고 있던 고모가 말했다. 고모는 혹시 수민이 장례식장에 가서 또 난동을 피울까봐 화장실까지 따라왔다. 하지만 수민은 장례식장에 가고 싶지 않았다. 그곳에 가면 엄마가 죽었다는 게 실감날 것 같아 두려웠다.

아버지가 굳이 확인시키지 않아도 알고 있었다. 그 추운 날씨에 수민의 합격을 기원하며 교문 앞을 서성이다 엄마가 쓰러졌으니까. 엄마는 앰뷸런스에 실려 가면서도 수민이 무사히 시험을 치를 때까지 알리지 말라고 수위 아저씨에게 당부했다고 한다. 자신 때문에 엄마가 그렇게 되었을지도 모른다는 생각에 수민도 미칠 것 같았다.

하지만 수민의 잘못이 아니었다. 아버지 탓도 아니었다. 다만 그들에게는 서로 말고는 아무도 없었다. 원망하고 화낼 대상은······.

수민은 아직도 가끔 아버지의 작고 가는 목소리가 귓가에 울리는 듯했다. 소곤소곤, 사각사각 아버지의 원망이 수민의 심장을 갉아먹는 소리가 들렸다.

그때부터 수민에게 '가족'은 싸우고 갈등하는 집단이었다. 가장 가까이에 있는 적이 가장 위험한 적이었다. 서로의 약점과 강점을 정확히 알고 있어 남보다 작은 무기로도 더 크게 상처를 입힐 수 있었다. 수민이 아버지에게, 아버지가 수민에게 그랬던 것처럼······.

"내일 떠나더라도 오늘은 집에 가서 자."

수지는 수민이 미처 대답도 하기 전에 수민의 짐을 싸기 시작했다.

2

말하지 않아도 내 마음을 눈치챘던 당신에게

드디어 수민이가 왔어.

"전화를 했으면 차라도 빌려서 마중 나갔을 텐데 그랬구나."

그 말에 수민이가 피식 웃더라.

"뭐 대단한 사람 온다고 차까지 빌려서 마중을 나와요?"

수민이는 아직도 모르나봐, 자기가 나한테 얼마나 대단한 딸인지.

너무 오래 떨어져 있어서일까? 참 서먹서먹했어. 아니, 항상 수민이가 낯설었던 것 같아. 어릴 때도 수민이한테는 가까이 다가갈 수 없는 뭔가가 있었어.

안마를 해달라는 내 말에 수지가 싫다고 도망치면 수민이가 대신 나서곤 했어. 그러면 오히려 내가 수민이를 억지로 밀어내며 도망쳤지. 자식인데도 수민이한테는 사소한 심부름조차 시킬 수가 없었어. 뭔가 잘못한다는 느낌이 들었거든. 무의식 중에도 나같이 평범한 사람과는 다른 대단한 사람이라는 생각이 들었나봐. 그래서 불편하고, 그 불편함이 미안해서 수민이한테는 주눅이 드는 것 같아.

당신 떠나고 나서는 더 힘들어. 수민이 녀석, 당신이 그렇게 간 걸 아직도 내 탓으로 생각하고 있을까? 아직도 변명 못했어. 사실은 어머니가 아들 타령하는 걸 오히려 내가 말리고 나섰다고. 아들과 같이 목욕탕에 온 남자들이 부러운 적도 있었어. 그래도 당신한테는 티내지 않았던 것 같은데, 당신은 내가 말하지 않아도 다 알고 있었던 거야? 그래서 아들 낳겠다고 우긴 거였어?

하긴 당신은 벌레나 지렁이를 보면 징그럽고 소름끼친다고 비명을 지르면서도 땅속 벌레나 지렁이를 죽이기 싫다고 뜨거운 물도 꼭 식혀서 버리는 사람이었지. 난 그저 어쩌다 생긴 아기를 없앤다는 게 조금 찜찜한 정도였어. 그 이상의 생각은 없었어. 내가 몇 번이나 말했잖아, 의사가 위험하다고 하니 그만두자고. 그럴 때면 당신은 나한테 화를 냈지.

"내 몸속에 있다고 해서 내 맘대로 할 수 있는 게 아냐. 생명을 맘대로 할 수 있는 건 신뿐이야."

그래서 신은 맘대로 그 생명을, 당신을 도로 빼앗아갔지. 당신이 우길 때 맞서야 했는데 그러지 못했어. 어쩌면 무의식중에 당신이 아기를 낳아주기를 바랐나봐. 이왕이면 아들이기를 마음속으로 빌기도 했으니까.

"뱃속에서 죽은 지 사흘은 됐을 겁니다. 태동이 전혀 없었을 텐데 어떻게 모르고 지나쳤는지 모르겠네요."

의사가 하라는 대로 긴급 수술 동의서에 서명하면서도 당신이 살아 있으니까 다행이라고 생각했어.

"죄송합니다."

3시간 뒤 나온 의사는 그 말만 하고 급하게 자리를 피했지. 나는 도저히 믿을 수가 없었어.

수지 낳을 무렵 가족계획운동이 한창이었잖아. 하나 낳아 잘 기르자. 군대에서 정관수술도 무료로 해줬는데 이 핑계, 저 핑계 대면서 안 했지. 그때 수술만 했어도… 후회가 밀려왔어. 후회는 언제나 늦고, 늦은 만큼 간절하지. 그 간절함 때문에 나 자신을 원망했어.

그런데 수민이가 나한테 달려들면서 소리치니까 그 죄책감이 없어지더라. 오히려 나도 발악하면서 소리치고 싶었어.

"아냐. 내가 죽인 게 아냐. 네가 죽인 거야. 네 합격 기원한다고 교문 앞에서 이 추운 날씨에 떨지만 않았어도 수술이 실패하진 않았어."

얼어붙은 수민이를 보고서야 그 말이 입 밖으로 나왔다는 것을 깨달았어. 수민이가 쓰러지는 순간에도 나는 내가 저지른 짓을 믿을 수가 없었어. 그러지 말았어야 했는데 그만 바보처럼……. 날 찌른다고 해서 그 사람을 상처 입히는 거 멍청한 일이잖아. 내 딸이 상처를 입으면 결국 그 상처에 더 쓰라리고 아픈 사람은 내가 된다는 사실을 잊고 있었어.

게다가 시간이 흐르면 아물 거라는 어리석은 착각에 그 상처를 그냥 내버려뒀지. 그때는 상처를 건드리지 않는 게 최선이라고 생각했어. 잘못 건드리면 간신히 아물던 상처가 툭, 터져서 피를 토해낼 것만 같아 무서웠어.

그때 상처를 터뜨리는 게 더 낫지 않았을까 하는 생각이 가끔 들어. 덧나더라도 그 상처를 헤집어서 서로의 상처를 안타까워하며 얼싸안고 울고불고해야 했어. 하지만 수민이도 나도 아프면 남몰래 혼자 우는 성격이잖아. 불행히도.

당신이 수민이를 가졌을 때, 나보다는 당신을 많이 닮기를 바랐지. 하지만 아이는 나를 닮아 예민하고, 무뚝뚝하고, 고집도 강했어. 처음에는 몰랐어. 아기를 가까이서 대하는 것도 처음이었으니까 그저 아기들은 그런가보다 했지. 수지가 태어나고 난 뒤에 알았어. 수지는 당신을 닮아 애교도 많고, 무던하고, 말도 잘 들었으니까.

참 이상하지? 왜 내 단점이 남에게서 보이면 더 싫어지는 걸까? 내 단점이기도 하니까 더 잘 이해하고 감싸줄 수 있을 것 같은데 말이지. 이상하게도 그게 잘 안 돼.

오늘따라 당신이 정말 보고 싶다. 빛 한 번 못 보고 죽은 우리 아기도. 그 아기가 미치도록 안타까워서 안고 울다 쓰러지고, 당신을 보내야만 한다는 사실을 믿을 수가 없어 당신 안고 울다 실신했지. 두 사람을 마음껏 껴안아주기에는 사흘이 참 짧았어.

그래도 당신과 같이 있으니 우리 신이한테는 다행이야. 우리 신이 많이 컸어? 당신도 우리 신이도 외롭지 않은 거지? 그런데 난 왜 이렇게 외로운 걸까? 수민이와 수지가 한집에 있는데도 왜 난 혼자인 거 같을까?

3

아버지는 여전히 군 관사에서 살고 있었다. 몇 년 전에 지었다는 관사는 겉으로 보기에는 일반 아파트 단지처럼 보였다. 바다마을이라고 쓰여 있는 아파트 벽만 제외하고는.

"충무 아파트라는 이름보다는 낫네."

수민이 중얼거리는 소리를 듣고 운전 중인 수지가 말했다.

"그래도 공군이 이름은 더 잘 지었어. 공군 관사는 하늘마루거든. 관사 티가 덜 나잖아."

아버지는 예전 그대로였다. 새까맣게 염색한 올이 굵은 머리카락은 군인답게 짧고 단정하게 손질되어 있었고, 엄마가 한눈에 반했다는 서글서글한 외모는 나이보다 몇 살쯤 어려 보였다. 다만 뱃살이 조금 나와 날이 서게 다림질한 옷의 맵시를 망치고 있었다.

"언니 도망칠까봐 나도 아예 눌러앉으려고. 시어머니가 일본 시이모네 가셨으니 이렇게 좋은 기회가 어디 있어? 나도 친정에서 호강 좀 하자."

수지가 그렇게 말하며 거실에 드러눕는 걸 보고 농담으로 받아들였는데, 수지는 정말 집에 돌아가지 않았다. 덕분에 수지의 남편 재용까지 처갓집으로 퇴근을 했다. 차라리 잘된 일이었다. 수지가 조잘거리면 그나마 어설픈 대화가 이어졌기 때문이다. 이제 가족이 어색했다. 특히 아버지와는 어색함이 더했다.

어렸을 때부터 아버지는 수민 자매와 시간을 보내는 일이 거의 없었다. 아버지는 일 년 중 절반은 출동을 나가 바다에서 보냈고, 집에 와서도 공부하느라 바빴다. 그래서 다른 아이들이 아버지와 어디를 놀러갔다거나 숙제를 도와주었다고 자랑하면 신기하기까지 했다. 수민에게 아버지는 항상 어딘가 멀리 있는 사람, 같이 있기에는 어색하고 낯선 사람이었다.

"그런데 대체 무슨 일로 오신 거예요? 공연도 없는데 갑자기 한국에 오셨다고 뉴스에서도 난리던데요?"

모두의 눈이 수민에게 향했다. 궁금하면서도 꾹 참고 있었을 텐데 재용이 총대를 메기로 한 모양이었다. 사실을 말하기도 거짓을 말하기도 꺼려졌다.

"몇몇 대학에서 교수 자리를 제안받았어요. 그래서 해볼까 생각 중이에요."

"교수에 임용되려면 돈 많이 든다고 하던데, 언니야 워낙 유명하니까 그런 일은 없겠지?"

수지는 당장 현실적 문제를 따져 물었다.

"걱정 마."

수민이 확인을 해주자 수지의 얼굴이 환해졌다.

"잘됐다! 그럼 우리나라에서 사는 거네. 진작 그럴 것이지.

아빠 소원 풀어서 좋겠네. 그렇지?"

아버지의 표정은 알 수 없었다. 한국 발레단이나 대학의 스카우트 제의는 끊이지 않았다. 수민의 거절에도 막무가내였다. 아버지를 찾아가 수민을 설득해달라고 부탁한 발레단 단장도 있다고 했다. 수지가 전해준 이야기였다.

"아빠는 괜히 언니한테 부담주지 말라고 하지만, 그래도 기대하시는 눈치였어. 언니가 우리나라에서 살았으면 좋겠다고 하더라."

처음에는 그렇게 둘러 이야기하던 수지도 수민이 몇 년이나 한국에 발길을 끊자 노골적으로 졸랐다.

"이제 나까지 결혼하면 아버지는 정말 혼자되시는 거라고. 이쪽 발레단 얘길 들으니 뉴욕시티 발레단보다 좋은 조건이라고 하던데……"

하지만 수민은 이 핑계 저 핑계를 대며 수지의 부탁을 잘랐고, 결국 수지도 포기해버렸다. 그런데 이제 와서 한국으로 돌아온다고 말하는 게 쑥스럽기도 했다. 눈치 빠른 수지가 일부러 설레발을 쳤다.

"정말 대단하다. 교수직을 얻는 게 별따기보다 어렵다고 하던데, 몇 군데나 스카우트 제의를 받았다니. 어디, 어디야? 조건은……"

그때 아버지가 수지의 장광설을 끊었다.

"왜 갑자기?"

당황했다. 한국으로 돌아온다고 하면 아버지가 좋아할 줄만 알았다. 아버지는 수민을 빤히 바라보았다. 짙은 쌍꺼풀의 커다란 눈이 부담스러웠다.

"교수 따위는 하고 싶지 않다고 했잖아. 발레리나로 남고 싶다고. 한국 발레단에서 아무리 돈을 많이 줘도 싫다고 했잖아. 발레하기에 훨씬 더 좋은 환경에 있고 싶다고."

아버지는 수민의 변명들을 정확히 되풀이했다.

"그냥 생각이 바뀌었어요."

"아빠는 그런 걸 뭘 따져? 언니가 그러고 싶으니까 한국에 왔겠지."

수지가 끼어들었지만, 아버지는 수민에게서 눈을 떼지 않았다.

"정말이냐? 정말 교수가 하고 싶은 거야?"

아버지의 눈빛이 날카로웠다. 혹시 자기 맘을 꿰뚫어볼까 무서워 수민은 그 눈을 피했다.

"언니가 돌아온다고 하니까 좋아서 안 믿겨 그래? 꿈 아니니까 걱정 마셔."

수지가 수민을 거들고 나섰지만 아버지는 수민의 대답을 기다렸다. 계속 따져 묻게 둘 수는 없었다.

"교수, 하고 싶어요."

"네가 정말 원한다면 그래라."

그제야 아버지는 마지못해 말했다. 하지만 미심쩍다는 눈빛은 그대로였다. 수민은 슬그머니 짜증이 치밀었다. 아버지가 원하는 대로 한국에 들어와 자리잡고 살겠다는데 따져 묻는 것도, 인심 쓰듯 허락을 해주는 것도 분통이 터졌다. 도대체 뭐가 맘에 안 드는 건지……

그 순간 문득 깨닫고 씁쓸해졌다. 발레가 싫은 거였다.

아버지의 고지식함을 싫어하면서도 그것을 쏙 빼닮은 아이가 수민이었다. 수민은 부모님과 선생님의 말씀을 철석같이 지켰다. 어른들이 안 된다고 했기에 싸구려 불량 식품이나 길거리 음식은 꿈도 꾸지 못했다. 물론 용돈도 없었지만 어른들을 거역하는 건 상상조차 할 수 없었다.

처음으로 먹은 불량 식품은 분홍색 쫄쫄이였다. 방과 후 교문 앞에서 수민을 기다리던 수지가 들고 있던 거였다.

"너 그거 어디서 났어?"

"학교 앞 문방구에서 샀지."

수지가 입가에 설탕을 잔뜩 묻히고 자랑스럽게 말했다.

"돈이 어디서 났는데?"

"저번에 할머니가 주신 용돈 남았거든."

할머니는 수민 자매를 볼 때마다 꼬깃꼬깃 숨겨두었던 돈을 꺼냈다. 수민에게 만 원을 주면 수지의 몫은 천 원이었다. 수지는 확연히 드러나는 차별에 입을 삐죽거리면서도 돈을 받아 챙겼다.

"엄마가 맡아 가지고 있다가 나중에 줄게."

엄마의 그 한마디에 수민은 고스란히 용돈을 내밀었지만 수지는 달랐다. 엄마가 아무리 달래도 수지는 고개를 도리도 리 저었다. 결국 엄마도 포기했다. 입금은 가능해도 출금은 불 가능한 엄마라는 은행의 신용을 수민도 믿지 않았다. 그래도 어김없이 엄마에게 용돈을 내주었다. 반항보다는 투항이 편 했다. 결국 수지보다 열 배나 많은 돈을 받아도 수민은 언제나 빈털터리였다.

수민은 억울하기도 하고 수지가 얄밉기도 해서 '엄마'라는 무기를 꺼내 들었다.

"너, 엄마가 알면 어떡하려고?"

"언니 너, 엄마한테 이를 거야?"

수지가 분홍색 쫄쫄이를 등 뒤로 감추며 실눈을 떴다. 입가 에 묻은 설탕이 햇빛에 반짝거렸다. 수민은 자신도 모르게 침 을 꿀꺽 삼켰다.

"이거 줄 테니까 이르면 안 돼."

욕심꾸러기 수지가 인심을 썼다. 수민은 동생의 맘이 바뀌 기라도 할까봐 허겁지겁 쫄쫄이를 입에 넣었다. 달콤하고 쫀

득쫀득한 느낌이 최고였다.

"또 사줄까?"

수지는 안됐다는 듯 물었고, 언니 체면을 차리기엔 달콤한 유혹이 너무 강했다.

"너 돈 있어?"

"응. 그러니까 언니도 엄마한테 돈 주지 말라니까."

수지는 뻐기면서 호주머니에서 동전을 꺼냈다. 수지의 용돈을 몽땅 털어 갖가지 종류의 불량 식품을 사먹을 때는 참 신났다. 하지만 어둠과 함께 후회와 죄책감이 밀려왔다. 수민은 다시는 어른들 말씀을 어기지 않겠다고 밤새 다짐했다.

그 밤의 맹세를 한 번에 깰 수는 없었다. 그래서 수민은 일찌감치 예중을 포기했다. 아버지의 권유대로 발레를 취미로 삼는 데 만족할 수 있으리라 생각했고, 아버지의 판단대로 자신의 미래를 다른 꿈으로 채우는 게 옳다고 믿었다. 하지만 수민이 틀렸다.

다행히 엄마는 수민의 꿈을 이해했다. 없는 살림에 발레 학원에 보내면서도 더 비싸고 좋은 발레 용품을 못 사준다고 미안해했다. 새 토슈즈를 사면 방문에 대고 문지르고 망치로 두드리고 물에 담가 수민의 발에 길들여주고, 낡고 헌 토슈즈를 꿰매주는 것도 엄마였다.

하지만 아버지는 발레 학원을 다니기 시작한 것조차 싫어했다. 중학생이 된 뒤로는 더했다. 취미 때문에 공부할 시간을 낭비한다며 못마땅하게 여겼다. 성적이 떨어지면 발레 학원 대신 국영수 학원에 보내겠다는 아버지의 협박으로 시험 때면 밤새워 공부를 해야만 했다. 공부가 아니라 발레를 하고 싶다는 꿈은 꺼낼 수조차 없었다. 아슬아슬한 시간이었다.

마침내 예고에 진학하겠다는 말을 꺼냈을 때 아버지는 몹시 화를 냈다.

"춤을 추겠다고? 그걸 해서 나중에 어떻게 먹고살려고?"

"아버지한테 먹여 살리라고 안 할 거예요. 무용한다고 돈 들까봐 그래요? 아버지한테 돈 대달라고 안 할 테니 걱정 마세요."

입에서 그 말이 나가는 순간 주워 담고 싶었지만, 그저 자신의 꿈을 방해하는 것은 무찔러야 한다는 생각밖에 없었다. 전쟁은 그래야 하니까.

아버지의 손이 수민의 뺨을 스치고 지나갔다.

"여보!"

엄마가 비명을 지르며 수민을 감싸 안았다.

"여보, 진정해. 애가 지금 제정신이 아니라서 그래. 그러니까 당신이 이해해. 수민아, 잘못했다고 빌어. 빨리!"

하지만 수민은 멍하니 뺨을 잡은 채 서 있었다. 그 모습에 아버지는 더 화가 나서 펄펄 뛰었다.

"그래. 나, 비싼 무용 학원비 대기 싫어서 그런다. 내가 언제 공부한다는 데 돈 아낀 적 있었냐? 난 아무리 공부하고 싶어도 돈이 없어서 국민학교도 졸업 못했어. 그게 평생 한이 돼 무슨 수를 써서라도 자식 공부 뒷바라지는 할 거라고 결심했고, 그렇게 할 거야. 그런데 공부 대신 발레를 하겠다고?"

으박질러도 수민이 고집을 꺾지 않자 아버지는 설득으로 넘어갔다.

"네 머리가 그렇게 좋은 건 공부하라고 그런 거야. 그 좋은 머리를 썩힌다는 게 말이 되냐?"

좋은 두뇌 덕에 남보다 쉽게 좋은 성적을 냈다. 하지만 그뿐이었다. 수민에게 좋은 두뇌는 오히려 걸림돌이었다. 어떤 인간이 가장 잘하는 것을 하고 싶어 하지 않는다면, 결국 그건 더 큰 불행을 가져올 뿐이다.

수민은 언젠가부터 학교에 제출하는 기초조사서의 장래희망란에 '교사'라고 적어냈다. '발레리나'라고 적어내면 이래저래 담임이 귀찮게 굴었기 때문이다.

"발레?"

선생들은 고개를 갸웃하며 수민을 한 번 쳐다보고, 다시 기초조사서를 살펴보고, 또다시 고개를 갸웃했다. 다음에 이어질 말은 뻔했다.

"발레가 좋으면 취미로 할 수도 있지 않니? 지금은 발레리나가 화려해 보이고 좋을 수 있겠지. 하지만 직업으로 삼기도 힘들고, 운 좋게 직업으로 삼는다 해도 그리 안정적이지도 않고……."

선생들은 아버지의 말을 듣기라도 한 것처럼 똑같이 되풀이했다. 국립발레단원이었다는 체육 선생님조차 수민을 말렸다.

"국립발레단 입단 경쟁률이 얼마인 줄 알아? 100 대 1이 넘어. 그 어마어마한 경쟁률을 뚫으면 화려한 발레리나의 삶이 열릴 것 같아? 아니, 절대 아니지. 너희 집 부자니? 국립발레단원의 평균 연봉이 얼마인지 알아? 2천만 원이야. 대기업 초봉이 4천만 원인데, 프리마 발레리나의 연봉이 5천만 원 정도야. 그 돈으로 토슈즈도 사야 해. 너 토슈즈 값이 얼마인 줄 알지? 직업 발레리나면 일 년에 토슈즈 값만 3천만 원이 넘게 들어. 게다가 인대가 늘어나거나 발목을 삐는 건 사소한 부상이니까 알아서 자기 돈으로 치료해야 해. 예술을 한다는 자긍심? 발레리나라는 명예? 발레리나도 사람인데 밥은 먹고 살아야 하지 않겠니? 그래, 어쩌면 네가 발레리나가 될 즈음에는 상황이 나아질 수도 있겠지. 하지만 그렇게 죽어라 버텨도 서른 넘으면 폐기 처분이야. 대학의 무용과 교수? 아무리 실력이 좋아도 석사, 박사 학력 없으면 못해."

생활기록부의 진로지도란에는 '현실적인 진로 탐색을 권유함', '좀 더 다양한 진로 탐색을 권함', '진로에 대해 학부모와 깊은 대화가 필요함'이라는 내용만 반복되었다. 비공식적 언어로 번역하자면 헛꿈 꾸지 말고 성적에 맞는 대학과 학과 중에서 부모님이 원하는 데를 골라서 가라는 소리였다. 그래서 고른 게 교사라는 직업이었다. 교사는 가장 무난하고 눈에 띄지 않는 직업이었고, 선생들은 본인이 선택했던 그 꿈을 쉽게 이해하고 받아들였다.

가끔은 궁금했다. 그들에게 꿈의 정의는 무엇이었을까?

비현실적인 꿈이라도 꿈꿀 자유는 있었다. 불가능한 꿈이라도 꿈꾸는 것마저 무시할 권리는 누구에게도 없었다. 부모든 선생이든······.

수민은 아버지를, 아버지는 수민을 절대 이해할 수 없었다. 서로 이해하는 게 불가능하다는 사실이 그들이 이해한 유일한 점이었다. 그나마 수민은 아버지를 사랑하지 않는다는 것을 인정했지만, 아버지는 수민을 사랑한다고 아직 착각하고 있었다. 어떻게 이해할 수도 없는 사람을 사랑할 수 있을까?

나쁜 감정은, 서운한 기억은 쌓이기만 할 뿐 날아가지 않는다. 수민과 아버지 사이에 쌓인 오랜 감정은 이제 단단한 벽이 되어 둘 사이를 가로막고 있었다.

제 5 장
상처 입은 사람을 위로하는 방법

1

수위가 인사를 하며 차단 레버를 올려주었다. 남주는 간단히 목례를 하고 교정 안으로 차를 몰았다.

"우리 학교에는 처음이지?"

나이 어린 수민을 모시고 온다는 느낌이 싫어서인지 내내 말이 없던 남주가 처음으로 먼저 입을 열었다.

"아닌가? 우리 학교 입학시험 쳤다고 들은 것도 같고……."

입학시험에서 떨어지지 않았느냐는 뜻이었다. 게다가 은근히 말꼬리를 흐리며 무시하는 말투였다.

"선배는 기억력이 별로 안 좋으신가봐요. 전 한국에서 대학입시 치른 적 없어요. 워낙 실력보다는 다른 것들이 중요시되는 경우가 많아서요."

남주는 입을 꾹 다문 채 유명 건축가가 설계했다는 건물 지

하로 들어가 차를 주차시켰다. 수민이 입학하고 싶었던 대학이었다. 무용 하는 사람들이 모두 최고로 여기는 학교였으니까. 하지만 실력이 최고라고 해서 최고의 학교에 들어갈 수 있는 것은 아니라는 사실을 깨닫고 나서는 포기해버렸다.

대학입시가 있기 얼마 전 학원 원장은 아버지와 상담을 하고 싶다고 했다.

"그냥 저한테 말씀하시면 안 될까요?"

곤란해하는 원장의 표정을 보니 쉬는 시간에 아이들이 속닥거리던 말이 스쳤다.

"원장이 너희 엄마한테도 그랬대? 그래서 너희 엄마는 줬대?"

아이들의 목소리가 더 작아졌지만, 비밀일수록 소곤댈수록 청각은 더 또렷이 살아나기 마련이다.

"그럼 어떻게 하냐? 원장이 달라고 하는데?"

"겨우 한 시간 지도받는다고 뭐가 달라지겠어? 아무리 대학교수라도 한 시간에 500만 원은 너무 비싸."

"으이그, 이 멍청아! 그게 교습비인 줄 알아? 그냥 눈도장 찍어두려는 거지. 원장이 그러는데, 남주 선배는 열 번도 넘게 받았다던데?"

남주는 수민이 다니는 예술 고등학교의 1년 선배였다. 늦게 무용을 시작한 학생들은 신체의 유연성이 덜 필요한 한국무용을 택하는 경우가 많은데, 중 3때 무용을 시작한 남주도 마찬가지였다. 남주는 고등학교 졸업 때까지 기본기도 갖추지 못한 상태였다. 그래서 공부를 못해 무용을 시작했고, 그마저도 실력이 안 돼 고등학교에 부정 입학을 했다는 의심의 눈초리를 받았다. 게다가 먹성이 좋아서 학기 중에는 피둥피둥 살이 쪘다가 방학 동안 신기할 정도로 날씬해져 돌아와 지방제거 수술을 받았다는 의심까지 일었다. 남주는 이래저래 무성한 소문의 제공자였다.

"정말? 그럼 돈이 얼마야? 아휴, 아까워라."

"넌 애가 덜떨어진 거니, 아님 순진한 거니? 솔직히 남주 선배 실력으로 그 대학이 가당키나 해? 제일 잘 추는 윤주 선배도 떨어졌는데."

무난하게 합격하리라 예상되던 윤주 선배 대신 남주 선배가 합격한 대학입시 이야기는 아이들 사이에서 금기였다. 그 이후 윤주 선배는 학교에 나오지 않았다. 사각턱 성형수술로 인한 부기가 가시지 않은 상태로 졸업식에 참석해 공로상을 받은 남주 선배와는 대조적이었다.

우연히 길에서 만난 윤주 선배는 씁쓸한 웃음을 지었다. 선배의 얼굴에 아버지의 얼굴이 겹쳐 보였다. 그리고 수민 자신의 얼굴도…….

무용계에서는 콩쿠르가 중요했다. 수민은 해외 콩쿠르 참가는 엄청난 비용 때문에 엄두도 내지 못하고 국내 콩쿠르에만 참가해야 했다. 그나마 국내 콩쿠르에 다 참가할 수도 없었다. 참가비, 발레 의상을 비롯한 준비에만 아버지의 몇 달치 월급이 들었기 때문이다. 보통 학생부와 일반부로 나뉘어 열리는 콩쿠르는 전통, 창작, 현대, 발레로 다시 나뉘기도 했다. 그런데 다른 분야는 모두 심사평까지 공개하는데 발레만은 절대 심사평을 공개하지 않았다. 수민은 세상을 믿기에는 너무 자주 배반을 당했고, 너무 많은 운명을 겪었다. 마침 그때 제이슨이 한국에 온 것도 운명이었을까.

제이슨은 조지 발란신 이후의 최고 안무가로 꼽혔다. 수민은 실력 외의 것들을 더 많이 따지는 콩쿠르나 대학입시 따위를 믿고 있을 수만은 없었다. 한국계 입양아인 어머니를 위해 외할머니를 찾으러 온 제이슨을 만나는 일은 어렵지 않았다. 제이슨의 외할머니에 대해 안다는 거짓말로 수민은 당당히 초대를 받았다. 제이슨은 여고생의 거짓말에 속은 것에 화가 나서 펄펄 뛰었다. 그리고 무작정 춤을 추는 수민을 보고 황당해하며 입을 다물지 못했다. 다음 날도 그다음 날도 수민은 제이슨을 찾아갔다.

거짓말을 했다는 죄책감도, 호텔 직원에게 쫓겨나는 수모도, 지루한 기다림도, 제이슨의 무관심도 수민을 멈출 수는 없었다. 춤을 출 수만 있다면 무엇이든 할 수 있었다. 열흘째 되는 날, 제이슨이 계약서를 내밀었고 수민은 읽지도 않고 계약서에 서명했다.

그런데 오늘은 그때와 달랐다. 학과장은 수민을 보자마자 계약서를 꺼냈다.

"규정상 즉시 정교수로 임용해드리기는 힘들어요. 부교수로 1년 정도는 근무하셔야 할 것 같아요. 다른 조건은 파격적일 정도로 최고랍니다."

수민은 군이 계약을 미뤘다. 급할 것은 없었다. 실력이 아니라 조건이 모자라 포기했던 대학이었다. 하지만 이제 입장이 바뀌었고, 수민은 조건을 따질 수 있는 자신을 조금 더 즐기고 싶었다.

남주는 군이 차 한잔 마시고 가라며 수민을 붙잡았다.

"우와, 정말 부럽다. 난 아직 전임 강사 신세인데."

강사가 쓰는 사무실치고는 꽤 화려했다.

"집은 구했어?"

"아뇨. 일단 아버지 집에 있기로 했어요."

"아버님이 군인이었던 걸로 기억하는데, 좀 안 맞겠다. 그렇지?"

타인에 대해 추측하기를 좋아하는 사람들은 뭉뚱그려 말하는 버릇이 있었다.

"네?"

"교육계도 썩을 만큼 썩어서 실력으로는 교수하기가 힘들 것 같아 요즘 정치 쪽에도 관여하고 있거든. 춤만 추고 사느라 몰랐는데 군사정권 때 벌어졌던 일들, 정말 이해 안 가더라. 무식하게 그저 지 밥 먹고 살자고 하라는 대로 하는 인간들, 정말 용서할 가치도 없어."

남주는 소름 끼친다는 듯 몸을 부르르 떨었다. 그 모습에 부르르 떨던 태훈 어머니의 모습이 겹쳤다.

"군인 자식이라 그런가, 정말 말이 안 통하는구나."

통장을 돌려주러 간 날, 태훈 어머니는 과장된 친절을 접고 본연의 모습으로 돌아와 비꼬았다.

"무식한 군인 정신으로 밀어붙이면 결혼할 수 있을 것 같니? 네가 아이를 낳는다고 해도 달라질 건 없어. 네가 올라갈 수 있는 최고의 위치는 딱 내 자리까지야. 더 이상은 안 돼. 회장님도 무식한 군인 새끼들한테는 더 이상 돈을 뜯기고 싶지 않으시다는구나."

수민을 반대하는 것까지는 이해할 수 있었다. 잘난 당신 아들 신붓감으로 모두 다 갖춘 여자를 찾는 것도 이해했다. 하지만 아버지를 모욕하는 것만은 견딜 수 없었다. 아버지가 저지르지도 않은 죄까지 아버지에게 덮어씌우는 것은 참을 수 없었다.

중 1 중간고사 기간에 수민은 밤을 새우며 벼락치기 공부를 하고 있었다. 집중력이 떨어지면서 좁은 아파트를 울리는 아버지의 코 고는 소리에 신경이 곤두섰다. 성적이 나쁘면 발레 학원 대신 국영수 학원에 보내겠다고 협박을 하면서도 코를 골며 공부를 방해하는 아버지 때문에 화가 났다. 여자아이는 함부로 밖에서 밤을 지새울 수 없다고 부스럭거리는 소리도 다 들리는 좁은 관사에서 공부하라는 아버지 때문에 부아가 치밀어올랐다.

그런데 아버지의 코 고는 소리를 덮을 만큼 크게 전화벨 소리가 울렸다. 놀란 수민이 문을 여는 순간 아버지는 이미 수화기를 들고 있었다. 새벽 4시, 전화벨은 세 번도 울리지 않았다. 비상 대비 훈련이었다. 깊은 꿈속에서도 늘 긴장해야 하는 아버지가 안타깝고 그렇게 세뇌당한 아버지가 불쌍했다. 그 후로는 아버지의 코 고는 소리에도 짜증이 나지 않았다.

수민은 태훈 어머니에게 하지 못했던 말을 남주에게 쏟아부었다.

"몇몇 나쁜 놈들이 벌인 일로 일반화의 오류 범하는 거 좀 우습네요. 나라를 지키기 위해서라는 말에 속았던 사람도, 그 일을 막으려 했던 사람도 있었어요."

수민의 날카로운 반응에 남주는 당황해서 입을 떡 벌렸다. 하지만 금세 맞받아쳤다.

"미안, 맘 상했니? 군인 가족들은 그런 얘기만 나오면 민감하게 굴더라."

사과 아닌 사과에 더 분통이 터졌다.

"그래요, 민감해요. 전 솔직히 아버지가 그 당시에 진실을 알고 있었다고 해도 이해해요. 그 꼬장꼬장한 성격에 줄줄이 딸린 가족들 때문에 불의를 모른 척했을 아버지를 생각하면 안타까워요. 그러는 선배 아버지는 어두운 시대 모른 척하지 않으셔도 됐으니 좋았겠네요. 죄 없는 아기들 죽이고 번 돈으로 강남에 종합병원까지 지으셨으니 대단하시네요. 우리 아버지는 명령을 받으면 무조건 해야 하는 군인이었어요. 군인이라는 사명감이라도 지킨 우리 아버지가 몰래 낙태 수술이나 해서 떼돈 번 선배네 아버지보다 훨씬 자랑스러운 거 아세요?"

수민은 벌어진 입을 다물지 못하는 남주를 뒤로하고 나와버렸다. 이해할 수도 없는 사람을 본능적으로 편드는 자신이 당황스러웠다. 그래서 그런 자신의 모습도 그 자리에 남겨두고 나와버렸다.

우쭐한 남편을 둔 당신에게

다른 사람들은 돈까지 갖다 바치면서 자식을 교수 만들려고 야단인데, 우리 수민이는 서로 오라고 난리야. 나한테까지 부탁 전화가 온다니까. 정교수로 종신 계약을 해준다, 무용연구소를 설립해준다… 조건도 가지가지야. 남들한테 아쉬운 소리 할 일은 있어도 남들이 나한테 아쉬운 소리 하는 일은 없었는데, 수민이 덕에 내가 요즘 우쭐했어.

수민이는 학기가 벌써 시작되었다며 계약을 미루고 있었는데, 그 대학에서 학기 중에 특강 형식으로 교과목을 신설하면서 기어이 수민이를 붙잡았나봐. 어영부영하다 다른 대학에 빼앗기는 것보다는 커리큘럼을 뒤엎는 게 낫다고 생각한 거지. 우리 딸이 그렇게 대단한 사람이라니까!

이젠 영어 공부를 더 안 해도 되겠다 싶어 다행이야. 눈도 나쁜데 쓸 데도 없는 영어 공부는 왜 하느냐고 수지가 매일 야단이었거든. 혹시라도 수민이가 공연에 날 초대하면 영어 한마디 못해서 딸 망신시킬까봐 공부하는 거라고는 차마 얘기 못했어.

수지 녀석, 성질 급하잖아. 수민이한테 날 초대하라고 닦달

할까봐 무서워서 얘기를 못하겠더라. 바쁜 애가 어떻게 그런 것까지 신경 쓰겠어? 수민이라고 날 공연에 초대하고 싶은 마음이 없었겠어? 비행기 값도 비싸고, 내 휴가 일정도 따져봐야 하고, 이것저것 문제가 많으니까 초대 못한 거지.

그래도 수지가 그런 걸 이해하겠어? 수지는 하고 싶은 말은 꼭 해야 직성이 풀리는 애잖아. 어릴 때도 그랬지. 수지는 갖고 싶은 게 있으면 길바닥에 드러누워 사줄 때까지 생떼를 썼잖아. 수지가 떼를 쓸 때는 형편이 안 돼 못해주면 마음은 안 좋아도 견딜 만했거든. 그런데 수민이가 떼를 쓰지 않는 건 오히려 참기 힘들었어.

하루는 내가 물어봤어.

"뭐 갖고 싶은 거 있니? 아무리 비싸도 사줄 테니 말해봐."

그런데 빤히 쳐다보더라. 다 안다는 눈빛으로. 열 살짜리 어린아이가 인생 다 산 늙은이의 눈빛을 하고 있더라고. 그래서 오기로 말했지.

"하고 싶은 거 있으면 다 말해. 내가 다 들어줄 테니까."

그 눈빛이 내 무능력을 탓하는 것 같아서, 내 허풍을 다 아는 것 같아서 일부러 큰 소리로 말했어. 그런데 속으로는 겁이 나더라. 혹시나 수민이가 내 능력에 부치는 걸 해달라고 하면 어떡하지? 너무 비싼 걸 사달라고 하면 어떡하지? 참 우습지? 열 살짜리가 해달라고 해봤자일 텐데, 그런데도 겁이 나더라고.

결국 수민이가 사달라고 한 게 뭔지 알아? 발레리나가 주인공인 동화책이었어.

"너 이거 가지고 있잖아?"

수민이가 그 동화책을 읽는 걸 몇 번이나 봤거든.

"학교 도서관에서 빌린 책이었어요. 그림이 정말 예뻐서 열 번도 넘게 빌렸어요. 선생님이 자꾸 같은 책만 빌려간다고 뭐라고 하셔서서 이젠 못 빌려요."

책값이 내 일주일치 담뱃값이었어. 내가 연기로 날려버린 돈으로 수민이를 행복하게 해줄 수 있었는데 그걸 미리 해주지 못한 게 어찌나 안타깝던지, 어찌나 화가 나던지.

인생이란 게 참 우습지? 그때 발레를 시키자고 한 게 나였잖아. 얼마나 좋으면 읽은 책을 읽고 또 읽었겠냐고. 발레 학원은 비싸서 보낼 수 없다는 당신을 오히려 내가 설득했잖아. 내 용돈을 줄이는 한이 있더라도 보내주고 싶다고 우기는 나한테 결국 당신이 졌지.

솔직히 난 수민이가 발레를 그렇게 좋아할 줄은, 그렇게 잘할 줄은 상상도 못했어. 발레도 운동과 비슷하다고 생각했거든. 수민이 녀석이 어렸을 때부터 운동이라면 끔찍하게 싫어했잖아. 못하기도 했고. 그래서 운동을 더 싫어했는지도 모르겠다. 남한테 지고는 못 배기는 성격이니까.

수민이가 예고에 진학하겠다고 했을 때 반대한 게 아직도 맘에 걸려. 한번은 머리카락도 잘라버렸지. 삐죽삐죽 짧게 자른 머리카락을 다듬자고 당신이 그렇게 달래도 나한테 시위라도 하듯 머리카락이 다 자랄 때까지 그러고 다녔잖아.

그냥 말로 설득할 수도 있었는데 그렇게 무지막지한 방법을 쓴 게 지금도 후회가 돼. 군인에게 설득이란 무의미한 거잖아. 그저 명령하거나 명령에 따르는 것만 존재하지. 직업이란 게 참 무서워. 어느새 일상생활에서도 그런 습관이 들어버리다니……

왜 굳이 그렇게 힘든 길을 가려고 하는지 이해되지 않았어. 발레를 괜히 시켰다고 후회도 많이 했고. 의사나 판검사가 되라고 하는 내가 속물인 걸까, 매일 고민했지. 예술은 다른 분야와는 다르잖아. 최고가 아니면 아무것도 아니니까. 의사, 변호사는 최고가 아니어도 돈, 명예, 권력, 세상이 꿈꾸는 것들을 한꺼번에 쥘 수 있는데 말이지.

그날도 싸우려고 수민이 방에 들어갔어. 수민이가 다리를 일자로 쫙 벌려서 벽에 붙이고 자고 있더라. 왜 그렇게 불편하게 자느냐고, 편하게 자라고 깨웠어. 그런데 수민이가 일어나자마자 이렇게 말하더라.

"이렇게 자도 이젠 하나도 안 불편해. 나 이제는 정말 발레리나의 몸이 되었나봐."

수민이가 방긋 웃는 순간 내가 졌다는 걸 깨달았어. 그래서 수민이를 위해 시작한 전쟁을 수민이를 위해 끝냈지. 당신도 수민이도 내가 더 이상 반대하지 않는 걸 다행이라 여기며 이유도 묻지 않더라.

늦게라도 깨달았다는 게 그나마 다행이지? 만일 내가 끝까지 우겼으면 지금 세계 최고의 발레리나는 없을 테니까. 수민이가 고집이 센 것처럼 보여도 끝내는 바보처럼 지고 말잖아. 있는 대로 성질부리고 짜증내고 발악을 하다가도 결국 우리한테 한순간에 져주는 아이잖아.

생각해보니 수민이한테 최고의 발레리나가 돼주어 자랑스럽다고, 그때는 미안했다고 말했어야 하는데 말을 못했네. 말하지 않아도 알고 있겠지? 그렇다고 해줘. 아직도 수민이가 날 오해하고 있다면 속상할 것 같아. 텔레비전 드라마에 나오는 아버지들처럼 다정다감하고 싶었는데, 말을 잘해서 조곤조곤 대화로 모두 이해시킬 수 있었으면 좋겠는데 항상 무뚝뚝하고 용건만 말하는 아버지밖에 못 되네.

그래서 대신 자동차를 덜컥 계약해버렸어. 24개월 할부인데도 조금 빠듯할 것 같아. 대학교수가 학생들과 같이 버스, 지하철 타면 체면 구기잖아. 박박 우겨서 다른 사람 차를 새치기해 인계받았는데, 우리 수민이랑 잘 어울릴 것 같아.

이제 결혼만 하면 되는데, 걱정이네. 요즘은 골드미스니 뭐니 해서 혼자 사는 여자들도 많은 모양이지만, 난 우리 수민이가 결혼하고 아기도 낳고 평범한 행복도 누리며 살았으면 좋겠어. 걱정 마. 결혼정보회사에 등록시키는 한이 있어도 내가 내년에는 꼭 결혼시킬 테니까.

내일은 새벽에 일어나 세차를 해야겠어. 수민이를 깜짝 놀라게 해줘야지. 수민이가 기뻐할 걸 생각만 해도 좋아서 잠이 오지 않을 것 같아.

3

대학이라는 낯선 환경과 학생과 교수라는 낯선 사람들을 대하는 일은 별로 어렵지 않았다. '낯선' 것들은 수민에게 언제나 익숙한 것이기도 했다. 아버지의 발령지를 따라 1년마다 전학을 다녀야 했고, 친구들의 이름을 외울 때쯤이면 또 전학을 갔다.

인간은 누구나 본능적으로 낯선 것을 두려워한다. 익숙한 것이 좋든 싫든 변화를 겁내기 마련이다. 미운 정도 정이었다. 그래서 수민은 항상 친구들과 거리를 두고 지냈다. 언젠가 떠날 때를 대비해 그렇게 외로움에, 헤어짐에 익숙해져갔다. 어마어마하게 큰 이삿짐 트럭의 운전석 뒤편에서 지루해 잠들었다가 깰 무렵이면 마중 나왔던 친구를 보며 흘렸던 눈물 자국도 사라졌다.

하지만 학생들을 가르치는 낯선 일은 생각보다 어려웠다. 수민이 맡은 교과목은 '체형 교정과 발레', '무대 매너의 기술'이었다. 1학년생을 대상으로 하는 전공 기초과목이었지만 수민이 강의한다는 소식에 다른 전공 학생들도 수강 신청을 꽤 많이 했다. 비전공자까지 섞여 강의 수준을 맞추기가 힘든데, 입시 위주의 교육에 익숙해진 전공 학생들은 어느 방향, 몇 도의 각도로 시선을 처리해야 하는지까지 수학 공식처럼 알려주기를 바랐다.

강의 준비를 하다보면 연습할 시간이 턱없이 모자랐다. ABT의 줄리 켄트는 임신한 몸으로도 무대에 올랐고, 출산 후에는 감정 표현이 더 깊어졌다는 평가지 들었다. 수민도 미리 포기하고 싶지는 않았다. 근육이 굳어지는 것을 방지하기 위해 매일 아무도 없는 연습실에 남아 지칠 때까지 춤을 추었다. 춤을 추고 있으면 매일 반복되는 태훈과의 말다툼도 잊을 수 있었다.

"왜 전화를 안 받아?"

다짜고짜 따지는 태훈의 목소리에 수민이 고개를 들었다. 생각할 시간이 필요하다며 연락을 끊은 지 사흘 만이었다. 통화를 한다고 해서 달라질 것은 없었다. 태훈 어머니는 여전히 결혼에 반대했고, 태훈은 그 반대를 무릅쓸 만큼 결혼을 절실하게 원하지 않았다. 수민은 그런 태훈의 미적지근한 태도에 화가 나서 전화도 받지 않았다.

"사람들 눈에 띄면 어쩌려고 여기를 찾아와?"

수민은 열려 있던 연습실 문을 급히 닫았다.

"남들이 보면 어때서? 우리가 불륜이라도 돼? 남들한테 숨겨야 하는?"

우스웠다. 호텔에서는 다른 사람들 눈에 띌까봐 주의했던 태훈은 입장이 바뀌자 수민을 전혀 이해하지 못했다.

"무슨 일로 왔어?"

"아직 저녁 전이지? 우리 호텔 식당에 예약해놨어. 시간 맞추려면 서둘러야 해."

"왜? 이번엔 또 어떤 분을 만나 어이없는 일을 당해야 하는 건데?"

"너 계속 이런 식으로 나올 거야?"

"내가 뭘 어쨌다고? 반응을 보아하니 정말 대단하신 분이 나오기로 한 모양이지? 이번엔 또 누군데?"

"태희, 내 여동생."

태희는 파슨스 디자인스쿨 출신으로 뉴욕에 있을 때는 VIP로 발레 공연 후의 리셉션에 참석하곤 했다. 수민의 팬이라면서 갖은 아양을 떨던 태희가 입장이 바뀐 지금 어떻게 나올지 감도 잡히지 않았다.

"싫어!"

"그럼 계속 이렇게 비꼬고 짜증만 내며 지낼 거야? 피한다고 해서 상황이 달라지는 건 아니잖아."

"여동생을 만나면 뭐가 달라지는데?"

"내가 너무 쉽게 생각했나봐. 조금 있으면 배도 불러서 눈에 띈다고 생각하니 마음이 급해서 실수를 했어. 엄마보다는 태희를 먼저 설득하는 게 나을 것 같아. 엄마가 태희한테는 약하시거든. 아버지는 엄마한테 약하시고. 그러니까 태희만 우리 편으로 만들면 그다음은 좀 쉬워질 거야."

수민이 대답을 하지 않자 태훈은 손을 모으고 비는 시늉을 했다.

"제발, 수민아."

결국 수민이 졌다. 다른 방법이 없었다. 수민은 서둘러 샤워를 하고 옷을 갈아입은 뒤 태훈의 차에 탔다. 그제야 문득 궁금해졌다.

"태희도 내가 나온다는 걸 알고 있는 거지?"

"아마도."

"아마도?"

"말하지는 않았지만 눈치를 챘겠지."

순간 짜증이 치밀었다. 수민은 괜스레 태훈의 운전 매너를 물고 늘어졌다.

"깜빡이도 켜지 않고 그렇게 갑자기 끼어들면 어떡해? 상대

운전자한테 실례잖아."

"어차피 비켜주게 돼 있어. 사고 나면 자기만 손해거든. 이 차가 얼마짜린데."

태훈이 몰고 온 차는 애스턴마틴으로 007 영화에서 제임스 본드가 몰고 나왔다고 했다. 영국산 수제차로 국내에는 몇 대 되지 않는다고 태훈은 자랑했다. 하지만 수민은 액셀러레이터보다는 브레이크를 더 많이 밟아야 하는 서울 시내에서 스포츠카의 뛰어난 성능이 왜 필요한지 이해가 되지 않았다.

"약속 시간에 늦으면 안 되는데 큰일이네. 태희가 약속 시간 어기는 걸 굉장히 싫어하거든. 안 되겠다, 지름길로 가야지."

태훈이 불법으로 유턴을 하자 반대 차선에서 직진하던 차가 급히 브레이크를 밟으며 파열음을 냈다.

"요즘은 어딜 가나 길이 너무 막혀. 기름값이 너무 싼 게 문제야. 개나 소나 차를 끌고 다닌다니까. 기름값을 열 배쯤 올려버리면 좋을 텐데."

태훈이 투덜거렸지만, 수민은 아무 대꾸도 하지 않았다. 바로 옆에 앉아 있는데도 태훈이 멀리 있는 것처럼 느껴졌다. 태훈은 서민층의 고달픔 따위는 이해할 수도 없었고 이해하려 들지도 않았다. 성격이 모질거나 잔인해서가 아니라 그럴 필요가 없었기 때문이다.

오히려 태훈은 동정심이 많은 편이었다. NYCB 산하 러시

프로그램에 참여하던 열다섯 살 소녀가 백혈병에 걸렸다는 소식을 듣고는 수민의 이름으로 치료비를 전액 후원하기도 했다. 비록 제이슨이 '바람둥이들이 원래 사랑이 풍부한 편이지' 하면서 비꼬긴 했지만.

태훈의 입장이 이해되지 않는 건 아니었다. 인간은 환경의 지배를 받아 성장하니까. 그렇다고는 해도 가끔 태훈이 무심코 중얼거린 말이 신경에 거슬리는 건 어쩔 수 없었다.

뉴욕에서는 사람들과 시선 마주하기를 즐기던 태훈은 한국에 돌아온 뒤로는 사람들의 시선이 차단된 곳만 고집했다. 이번에도 호텔의 프랑스 식당 룸이었다. 태훈의 짐작대로 수민이 나오리라 예상했는지 태희는 수민을 보고도 전혀 놀라지 않았다. 수민도 예전과는 확연히 다른 태희의 차가운 태도에 당황하지 않았다.

"오랜만이네요. 그런데 반갑지는 않네요."

"예전에 만났을 때 사귄다고 말하지 않은 건 미안해요. 그때는 사귄 지 얼마 안 되었을 때라……."

"오빠가 수민 씨한테 광고 몰아줄 때 이미 눈치챘어요. 그래도 결혼까지 한다고 할 줄은 몰랐죠. 그냥 그러다 말겠지, 했어요. 처음 겪는 일도 아니니까."

"야! 너 말조심해. 수민이 오해하겠다."

태훈이 어쩔 줄 모르며 수민의 눈치를 살폈다. 그 모습을 물끄러미 바라보던 태희의 입술 끝이 말려 올라갔다.

"정말이었네. 우리 오라버니께서 진짜 사랑에 빠지셨어."

태희는 말을 하고도 믿기지 않는다는 듯 고개를 설레설레 저었다.

"그럼, 진짜 사랑에 빠졌지."

태훈이 수민의 손을 잡으며 빙그레 웃었다.

"이런 상황에서도 웃음이 나와?"

"그럼. 수민이만 옆에 있으면 행복하거든. 그러니까 네가 이 오빠 좀 도와줘라. 계속 행복할 수 있게."

"수민 씨만 옆에 있으면 행복하다? 그럼 계속 옆에 둬. 안 말려. 단, 결혼은 안 돼. 꼭 결혼해야 같이 있는 건 아니잖아."

"한태희!"

"내 말 틀려? 정말 이렇게 나올래? 오빠만 행복하면 되는 거야? 어떻게 엄마한테 이렇게 잔인하게 굴어? 엄마가 어떻게 살아왔는지 잊었어? 할머니한테 첩이라고 온갖 구박 받으면서도 참은 건 다 우리 때문이었어. 그런데 어떻게 오빠가 엄마 뒤통수를 치니?"

"엄마가 어떻게 살았는지 안 잊었어. 안 잊었으니까 이러는 거야. 우리 엄마같이 사는 사람 또 만들지 않으려고. 집안 반대로 결혼도 못하고 첩이라고 손가락질 받으면서 살아야 하는 비참함을 잘 아니까, 아버지의 부인한테 수모 겪으며 사는 거 바로 옆에서 봤으니까. 수민이는 그렇게 만들고 싶지 않아. 그러니까 네가 좀 도와줘."

"내가 왜 오빠를 도와줘야 하는데? 오빠 죄책감 덜자고 이 결혼을 밀어줄 수는 없어. 솔직히 우리 입장 몰라서 이래? 비록 호적에 올라 있다고는 해도 우리가 다른 형제자매랑 같아? 정확히 말하자면 한남동 어머니가 우리 엄마랑 같아? 저쪽 형제자매들은 아버지가 아니라도 한남동 어머니의 자식이라는 사실만으로도 충분히 기댈 구석이 있어. 한남동 어머니도 재계 서열 30위권에 드는 집안의 장녀니까. 하지만 우린 아니잖아. 오빠가 제대로 결혼을 안 하면 나까지 피해를 입는다는 거 몰라? 나까지 같은 급으로 추락해서 서열 떨어지는 결혼을 하게 만들고 싶어?"

"제대로 된 결혼? 피해? 너 꼭 그렇게 계산하면서 살아야겠니?"

"응. 난 그렇게 살래. 오빠는 인생이 핑크빛이었어? 난 아냐. 남자들은 어떤지 몰라도 여자들은 소곤거리길 좋아하지. 모두 나를 끼워주는 척은 하지만 묘하게 따돌릴 때도 많았어. 재벌과 결혼하겠다고 목매던 여자 연예인들이 왜 몇 년 못 살고 이혼하겠어? 솔직히 수민 씨한테도 파혼이 나아. 수민 씨한테는 더할 테니까."

"그러니까 도와달라는 거잖아."

"아니, 싫어. 우리 아버지가 어떤 사람인지 몰라서 그래? 세금 때문에 어쩔 수 없이 주식이나 채권을 이 방법 저 방법 써서 자식들 명의로 물려주긴 하지만, 혹시 자식들이 딴생각을 할까봐 관련 서류나 인감도장까지 직접 보관, 관리하는 사람이야. 괜히 오빠 결혼에 끼어들었다가 아버지 미움을 사고 싶지는 않아. 그러잖아도 새로 시작하는 외식 사업에 투자금이 너무 많이 들어간다고 아버지한테 주의 받았어."

"그러니까 결국은 다 네 이익때문이구나. 네 결혼, 네 사업……."

"그래. 그러니까 이기적이라고 욕해도 좋아."

태희는 수민을 향해 덧붙였다.

"수민 씨, 오해하지 말았으면 좋겠어요. 나, 수민 씨를 싫어해서 결혼 반대하는 거 아니에요. 오히려 발레리나로도 한 인간으로도 마음에 들어요. 내가 했던 말 기억하죠? 공연 후 파티에서 처음 수민 씨를 만났을 때 언니 삼았으면 좋겠다고 했잖아요. 사업상 이득이 되는 것도 아닌데 누군가에게 먼저 다가간 거 처음이었어요. 그 정도로 수민 씨한테 호감이 있었어요. 하지만 이 상황은… 유감이네요."

태희의 말에 용기를 얻은 수민이 입을 열었다.

"내가 싫은 게 아니라면 조금만 양보해주면 안 될까요? 가족이란 게 그런 거잖아요. 자기가 조금 손해를 보더라도 희생하는 거."

가족이라는 말에 태희의 한쪽 눈썹이 올라갔다.

"가족의 정확한 정의가 뭔지는 잘 모르겠지만, 우리에게 가족이란 동업자와 동의어예요. 동업자가 나한테 손해를 끼칠 때는 동업을 파기해야 하는 거죠."

태희는 한숨을 내쉬며 말을 이었다.

"재벌을 그냥 돈만 많은 사람이라고 생각했어요? 모든 게 똑같은데 돈은 펑펑 쓸 수 있는 신나는 인생이라고 부러워했어요? 아뇨. 우리는 달라요, 머리부터 발끝까지. 수민 씨와는 완전히 다른 세상에 살아요. 단어 하나의 정의도 다르고, 개념 하나의 의미도 달라요. 그러니까 지금이라도 정신 차리고 다시 생각해봐요. 오빠랑 결혼한다는 건 다른 세상에서 살아야 한다는 뜻이니까요. 오빠의 허영심에 놀아나지 말고."

"허영심이요?"

"오빠는 세상에 보여주고 싶은 것뿐이에요. 아무것도 없는 보잘것없는 여자와 사랑해서 결혼했다고."

순간 수민은 발끈했다.

"보잘것없는 여자요? 돈이 없으면 보잘것없는 사람이 되는 건가요? 솔직히 재벌 2세니 3세니 하는 사람들 그저 운이 좋았던 거 아닌가요? 저는 아무것도 없는 상황에서 제 능력만으로, 제 노력만으로 세계 최고의 프리마 발레리나가 되었어요."

"기분 나빴다면 사과할게요. 보잘것없다는 말은 취소하죠. 최선을 다해 최고의 위치에 오르는 사람들, 나도 대단하다고 생각해요. 그런데 아무리 재능을 타고나도 아무리 죽을 만큼 노력해도 될 수 없는 게 있어요. 그게 뭔지 알아요?"

수민은 고개를 저었다.

"재벌 2세, 바로 우리 같은 사람들이죠. 최고의 위치에 올라 재벌이 될 수는 있지만 재벌 2세가 될 수는 없어요. 우린 그렇게 태어난 사람들이니까요. 선택받은 사람만이 될 수 있는 게 바로 우리예요."

태희는 말을 마치고 우아하게 일어나 가버렸다.

"와, 정말 말 잘한다. 내 동생이 저렇게 똑똑했었나?"

태훈이 박수를 치며 말했다. 수민은 황당해서 태훈을 노려보았다.

"솔직히 너 재벌 자식들 무시하는 경향 있잖아. 그저 운 좋게 돈 많은 집에서 태어나 능력이나 노력 없이도 대접받고 산다고 생각하잖아. 아냐?"

"그래서?"

"물론 자기 능력보다 더 높은 위치에서 더 많은 걸 누리긴 하지. 하지만 대부분은 보통 사람보다 훨씬 많이 노력하고 희생하며 살아. 오너의 자식이라는 이유만으로 경영권을 거저 승계하는 건 아냐. 어릴 때부터 가혹한 경영자 수업을 받으면서 살지. 끊임없이 경쟁하고 끊임없이 시험받으면서."

"하고 싶은 말의 요점이 뭐야?"

"네가 힘들다는 거 알아. 자의식 강한 네게 지금 상황이 자존심 상할 거라는 것도 이해해. 하지만 우리 가족을 좀 이해해줬으면 좋겠어. 더불어 나도. 우리한테는 결혼도 사업의 연장이니까."

"이해해."

수민이 의외로 쉽게 대답하자 태훈은 싱긋 웃으며 수민을 감싸 안았다.

"고마워."

수민은 그 품에서 빠져나오며 태훈의 눈을 서글프게 바라보았다.

"그래서 너와 헤어지는 게 맞는 거 아닐까 하는 생각이 들어."

"뭐?"

태훈이 가족의 반대에 결혼을 주저하는 것처럼 수민 역시 태훈과의 결혼이 망설여졌다.

"너 정말 이렇게 나올래? 이해한다며? 난 우리 부모님이 너와 결혼하면 의절하겠다고 하시는데도 죽어라 결혼하겠다고 우기고 있는데 이런 식으로 나오면 어떡해?"

태훈이 화가 나서 소리를 질렀다. 하지만 말과 달리 태훈은 부모님을 설득하기 전까지는 수민과 결혼할 마음이 없어 보였다. 그런 태훈을 보며 수민도 결혼에 대해 계속 의문을 느끼고 있었다.

"정말 나랑 헤어진다고? 그럼 아기는 지울 거야?"

수민은 세차게 고개를 저었다. 아기를 지운다는 생각은 단 한 번도 해본 적이 없었다.

"그럼 결혼도 안 하고 아기를 낳겠단 말이야? 네가 미혼모가 되는 건 네 선택이라고 쳐. 하지만 우리 아이는 무슨 죄가 있어서 사생아라는 오명을 쓰고 태어나야 해?"

수민은 한숨을 내쉬었다. 이사도라 던컨은 결혼하지 않고 두 아이를 낳았다. 수민도 충분히 그럴 수 있었지만 그 삶에 자신은 없었다.

"넌 뭔가 가지고 싶은 걸 못 사본 적 있어?"

수민의 물음에 태훈은 고개를 저었다.

"그럼 하고 싶은데 돈이 없어서 못해본 적은?"

태훈이 굳은 표정으로 다시 고개를 저었다.

"난 자신 없어. 네 부모님, 나랑 결혼하면 의절한다고 하셨다면서? 최악의 경우지만 정말 그렇게 되면 어떨까? 난 상관없어. 달라질 건 아무것도 없으니까. 하지만 네 생활은 완전히 바뀔 거야. 적성에 맞지도 않는 직장에서 쥐꼬리만 한 월급 받으며 살아야 할 거고……."

"요점만 말해."

"점점 내가 원망스러워질 거야. 내가 아니었다면 네 생활은 변함이 없었을 테니까. 그렇게 변해가는 널 봐야 하는 나도 힘들어지겠지. 그러다 결국 이혼으로 끝날 거고. 이혼녀의 자식이든 미혼모의 자식이든 어차피 아이가 받을 상처를 막을 순 없어."

처음에는 아기에게 좋은 가정을 만들어주기 위해 당연히 결혼해야 한다고 생각했다. 하지만 그것도 편견이었다. 싸우는 부모 밑에서 크는 것보다는 아버지가 없는 편이 더 행복할지도 모른다.

"넌 왜 일어나지도 않은 일을 미리 걱정하니?"

"내 세상에선 그렇거든. 이랬으면 좋았을걸, 저랬으면 좋았을걸 하고 과거의 선택에 대해 후회만 하지. 이러면 어떡하지, 저러면 어떡하지 하고 미래에 대해선 나쁜 가정만 하고. 그래야 상처를 받지 않거든."

좋은 일이 생기리라는 기대는 애초에 하지 않아야 했다. 기대가 클수록 상처도 커지기 때문이다.

진급 심사가 있는 10월이 되면 집 안은 항상 초긴장 상태였다. 아버지가 서해안으로 침투한 간첩을 잡은 해에는 더 그랬다. 감정을 잘 드러내지 않는 아버지가 초조해하는 것이 눈에 보일 정도였다. 아버지는 텔레비전을 켜놓고도 보는 둥 마는 둥 서성대다 담배를 피우러 베란다로 나갔다. 좁은 베란다를 빠져나가지 못한 매캐한 담배 연기가 집 안 가득 스며들었다. 평소에는 아버지가 베란다로 나갈 때마다 한마디씩 하던 엄마도 10월에는 아버지에게 잔소리를 하지 못했다.

아버지와 달리 엄마는 진급 발표가 다가올수록 오히려 들떴다.

"당연히 되겠지. 당신 아니면 누가 되겠어? 하사관들도 다 1계급 특진했잖아."

엄마는 당연하다는 듯 말했다. 진급 심사 발표 전날, 엄마는 한 소대를 먹이고도 남을 분량의 음식을 준비하느라 바빴다.

학원에 가지 말고 일찍 집에 와서 가족끼리 파티하자는 엄마의 말에 아침부터 발걸음이 가벼웠다. 게다가 중간고사 성적도 오래간만에 전교 1등이었다.

하지만 문을 여는 엄마의 눈이 퉁퉁 부어 있었다. 수민은 아무것도 묻지 않았다. 익숙한 일이었으니까. 아버지는 잔뜩 움츠린 어깨로 퇴근했다. 가족 모두 저녁상 앞에 앉아 꾸역꾸역 밥을 먹었다.

베란다에서 담배만 피우는 아버지에게 성적표를 내밀었다. 조금이라도 기분이 나아지길 바라는 마음에서였다. 하지만 아버지는 오히려 고개를 떨구었다.

"우리 딸은 이렇게 잘났는데 아버지가 이렇게 못나서 너무 미안하다."

그 순간 꽉꽉 눌러놓았던 무언가가 폭발했다.

"이렇게 기죽어 있는 모습이 더 보기 싫어. 그깟 게 뭐라고 난리야? 아버지가 참모총장 할 수 있는 것도 아니잖아. 어차피 하사관 출신 장교가 올라가는 데는 한계가 있는 거 아냐?"

아버지의 상처를 헤집고도 분이 풀리지 않아 수민은 방에 들어와 밤새 울었다. 소리가 새어나가지 않게 이불을 뒤집어 쓰고 입을 틀어막은 채 맘껏 울었다. 상처 입은 사람을 어떻게 위로해야 하는지 수민은 알지 못했다.

4

나와 결혼해준 고마운 당신에게

오늘 수민이와 결혼하고 싶다는 남자가 찾아왔어. 멀끔하게 생긴 데다 학벌도 좋고 재벌 3세래. 다행이야. 딸은 엄마 팔자 닮는다고 해서 걱정했거든. 당신 팔자 닮아서 나처럼 아무것도 없는 놈 좋다고 하면 어쩌나 미리 걱정했어. 그런데 재벌집 아들이라니까 좋았어. 첩의 아들이라고 해도 상관없고.

속물이라고 욕해도 어쩔 수 없지.

지난주에 진아 결혼식에 갔어. 기억나? 동기생 딸 중에 나중에 크면 나랑 결혼하겠다고 했던 애 있잖아. 그때 진아 아빠가 많이 섭섭해했지. 자기 아빠는 늙어서 싫다면서 아빠와 동갑인 나랑 결혼하겠다는 게 말이 되냐고.

딸들은 나중에 크면 아빠랑 결혼하겠다는 말을 많이 하잖아. 수지도 그랬고. 그런데 우리 수민이는 한 번도 그런 적이 없었지. 딸이 아버지랑 결혼한다고 하면 그게 콩가루 집안이지 뭐냐고, 나랑 결혼하겠다고 하면 눈 낮다고 야단칠 거라고. 그렇게 혼자 섭섭함을 달래곤 했어.

태훈이 말을 들으니 수민이가 결혼을 하지 않겠다고 하는 모양이야.

"내 딸이 싫다는 결혼을 내가 무슨 수로 시키겠나?"

다른 여자애들 같으면 납작 엎드려 결혼해달라고 조르는 조건의 남자한테 우리 딸이 싫다고 튕기기까지 하는 게 얼마나 대단하던지… 얼마나 기분이 좋던지…….

태훈이란 놈, 내 말에 기가 죽었는지 고개를 푹 숙이더군. 그리고 한숨만 내쉬더라.

"수민이, 지금 임신했습니다."

순간 믿을 수가 없었어. 내 딸이 결혼도 안 했는데 임신을 했다고? 그런데도 결혼하기 싫다고 한다고? 내 딸의 도덕성이 그것밖에 안 된다는 게 믿을 수 없었어.

가끔 연예인들이 혼전 임신을 떳떳하게 밝혔다는 기사를 보면 황당했어. 죄를 짓고 자수한 놈한테 당당하다고 칭찬해 주는 건 더 어이없었고. 요즘 세상에는 그게 흉도 아니라면서? 아무리 시대가 변했다 해도 기본적인 윤리나 도덕은 변할 수 없는 거잖아. 그렇게 자기 맘대로 윤리 기준을 끌어내리는 인간들 때문에 세상이 타락하는 거라고, 정말 혐오스럽다고 욕했는데…….

첫아이라서 설렘보다는 두려움이 컸지. 내가 부모 노릇을 잘못해서 그런 건 아닐까 두려워 수민이가 잘못하면 더 야단을 쳤어. 첫아이라 기대감도 컸지. 그래서 어떻게 자랐으면 좋겠다는 바람도 더 많았어. 이래라저래라 항상 명령만 하고, 이러지 마라 저러지 마라 야단만 쳤어. 그 때문에 부녀 사이가 멀어진다 해도 바르게 키울 수 있다면 상관없다고 생각했지. 그런데 그게 다 헛짓이었네. 허탈하더라. 그나마 지금이라도 알아서 바로잡을 수 있으니 다행이야.

"당장 예식장 잡고 상견례 날짜도 잡게."

내 말에 태훈이가 벌떡 일어나 인사하더군.

"감사합니다, 어르신!"

어르신이라는 호칭이 거슬려서 야단을 치고 싶었지만, 초면에 그러는 것도 우스운 것 같아 참았어.

"그런데 수민이는 계속 결혼을 안 하겠다고 고집인데 어떡하죠?"

다 알아서 하겠다는 내 말에 태훈이는 신이 나서 돌아갔어. 난 놀라서 멍한 상태로 한참을 있었어. 몇 시간 지나니까 마음이 좀 진정되더라. 수민이는 미국에서 살았잖아. 나라마다 가치관이 다르고, 요즘은 우리나라도 성문화가 자유스럽다고 하잖아. 그건 윤리가 아니라 문화로 봐야 할 거야. 문화는 나라에 따라, 시대에 따라 변할 수도 있잖아. 그러니까 우리 수민이가 타락한 건 아니야. 그렇지? 그리고 설사 잘못이라 해도 반성하면 되는 거잖아. 이제라도 결혼하면 되는 거지. 그렇게 몇 시간 동안 혼자 수민이를 위한 변명을 하고 있었어.

이렇게라도 결혼하는 게 어디야? 발레만 하느라 연애도 못하고 결혼도 못하면 어쩌나, 외국인과 결혼한다고 하면 어쩌나 하고 별별 걱정을 다했는데…… 게다가 요즘은 불임도 많잖아. 수지처럼 결혼하고도 임신이 안돼 마음고생 하는 일도 없을 거고. 그렇게 몇 시간이나 나를 달래고 나니 좀 나아지더라고.

그렇게 좀 나아지고 나니 이번에는 섭섭함이 밀려오더라. 나와 수민이 사이에는 이별수가 있나봐. 수민이가 어렸을 때는 출동 나가 있느라 못 보고, 중학교에 들어가면서는 내 발령지 따라 전학시키는 게 싫어서 떨어져 사느라 못 보고, 미국 간 후로는 그나마도 못 봤지. 이젠 같이 살 수 있을 거라 기대했는데 결혼을 한다니 그것도 글렀지.

어렸을 때 아이들과 시간을 못 보낸 게 가장 미안해. 다행히 초중고 검정고시는 결혼 전에 치렀지만, 야간대학 입시에 대학원, 사관후보생 전형 준비까지(사관후보생은 장교로 임관하기 위해 정규 사관학교에서 일정한 단기 군사 교육을 받는 사람을 말한다. 일반인들에게 장교가 될 수 있는 문호를 개방하기 위해 만들어진 사관후보생 전형 지원자는 4년제 대학 졸업자여야 하기 때문에 학사 장교라고도 한다. 자격을 갖춘 현역 복무자도 지원할 수 있어 우수한 현역 부사관 등이 장교로 신분을 전환할 수 있는 유일한 교육 과정이기도 하다.) 늘 바쁜 아버지였지. 일하면서 공부하는 게 너무 힘들고 짜증날 때면 아이들에게 좋은 아버지가 되기 위한 거라고 맘을 다잡았어. 대학도 제대로 졸업 못한 못난 아버지가 되고 싶지 않다고, 잘난 장교 아버지가 되어주고 싶다고… 그렇게 날 채찍질했어. 그런데 요즘 들어 내가 잘못한 것일지도 모른다는 생각이 들어. 계급이 높은 아버지보다는 항상 곁에 있어주는 아버지가 더 좋지 않았을까 가끔 후회가 돼.

솔직히 여가 시간이 많았어도 아이들과 시간을 보냈을 거라는 확신은 없어. 난 우리 아버지랑 같이 뭔가를 했던 기억이 별로 없어. 기껏해야 한여름 밤에 냇가에서 같이 멱 감은 일 정도였지. 아버지는 집에 오시면 딱 두 가지밖에 안 하셨어. 밥 먹는 거랑 자는 거. 그래서인지 나도 아이들과 어떻게 시간을 보내야 하는지 몰랐던 것 같아.

나랑 놀아주지 않은 아버지한테 섭섭함 같은 건 없어. 남의 집 머슴살이가 녹록했을 리 없으니까. 그런데 아버지와 함께한 추억이 너무 없는 건 가끔 서운해. 아마 우리 아이들도 그렇겠지?

시간을 되돌릴 수 있다면 아이들과 놀이공원도 같이 가고 숙제도 도와주고 싶어. 지금이라도 같이 있고 싶지만 이젠 아이들이 늙은이랑 노는 걸 싫어하겠지? 하지만 수민이가 아이를 낳으면 꼭 붙어서 뭐든 같이할 거야.

수민이가 왜 결혼을 안 하겠다고 우기는지는 몰라도 아마 태훈이와 결혼을 하려고 한국에 들어온 모양이야. 자기가 그렇게 좋아하는 발레까지 때려치우고 말이지.

며칠 전에 갑자기 딸기가 먹고 싶다고 하기에 사다줬더니 한 박스를 그 자리에서 다 먹어치우더라. 그거 입덧인 거지? 어쩌면 입덧까지 당신이랑 똑같이 할까? 당신도 수민이 가졌을 때 딸기 먹고 싶어 했는데, 그때만 해도 제철이 아니면 과일을 구하기가 힘들었지. 대도시도 아닌 진해에서는 더더욱. 당신은 나한테 말도 못하고 딸기맛 아이스크림, 딸기맛 과자만 집어 들곤 했지.

출동 나갔다가 백화점에서 딸기를 사왔다고 당신한테 얼마나 혼났던지 아직도 기억이 선하다. 여기저기서 돈까지 꿔서 사온 거였는데, 당신은 애먼 데 돈 썼다고 화냈잖아. 냉장고에 넣어두고는 잠도 못 자고 뒤척뒤척하다 결국 새벽에 나가 정신없이 딸기를 먹는 당신을 보면서 내가 얼마나 미안했던지…….

이래저래 싱숭생숭해서 상호랑 한잔했어. 당연히 해야 하는 결혼인데도 왠지 좀 걸려. 태훈이가 너무 철이 없는 것 같아. 상호는 재벌 사위 보면서 무슨 불평이 그렇게 많으냐고 내 불평을 한마디로 자르더라. 수민이가 워낙 조숙하니 오히려 괜찮은 커플이 될 수도 있다면서.

친구들도 친척들도 수민이가 일찍 철들어서 좋겠다고 부러워했지만, 난 그럴 수밖에 없는 수민이가 안타까웠어. 어렵고 힘든 환경일수록 아이들이 빨리 철이 드는 법이니까. 그래서 수민이가 일찍 철들었다는 칭찬이 아비가 못나서 그렇다는 비웃음으로 들렸지.

집에 들어오는 길에 마트를 몇 군데나 들러 겨우 딸기를 사왔어. 그런데 수민이는 벌써 자더라고. 내일 아침에 먹여야겠어.

5

배가 고파서인지 잠이 오지 않았다. 먹을 것을 찾아 부엌 여기저귀를 뒤졌지만 딱히 먹을 만한 게 없었다. 딸기 하나만 먹으면 딱 좋겠다 싶었다.

"뭐 찾니?"

아버지의 목소리에 수민은 냉장고 문을 닫았다. 이미 열어 봤는데 혹시나 해서 다시 열어 살펴보던 중이었다.

"배고파서?"

"아뇨, 그런 건 아니고……."

수민이 말끝을 흐리자 아버지는 주방 쪽 베란다로 나가더니 딸기 한 상자를 들고 들어왔다.

"웬 딸기예요?"

"그냥 탐스러워 보여서 한 박스 샀다."

아버지는 개수대에서 딸기를 씻기 시작했다.

"제가 할게요."

"됐으니까 가서 앉아 있어."

수민은 거실 소파에 앉아 기다렸다. 아버지는 낭비라면 질색하는 사람이었다. 가을이라 계절 과일도 풍부한데 딸기를 사 온 건 분명 수민 때문이었다. 며칠 전 아버지가 사 온 딸기를 허겁지겁 먹었던 게 마음에 걸렸다.

혹시 눈치채신 건 아닐까?

아직 결정된 게 아무것도 없는데 괜히 임신 사실을 알려 아버지와 실랑이하고 싶지는 않았다.

아버지는 딸기 접시를 들고 와 포크로 딸기를 찍어 내밀었다.

"아버지도 드세요."

혼자 먹기가 어색해 권했지만 아버지는 고개를 저었다.

"오늘 한태훈이란 사람이 찾아왔다."

딸기가 목에 걸렸다.

"도대체 왜 결혼이 하기 싫다는 거냐?"

"그냥 하기 싫어요."

이 상황에 아버지를 끌어들인 태훈에게 화가 나 말이 곱게 나오지 않았다.

"결혼하겠다고 발레고 뭐고 포기하고 들어온 거 아니었어? 그런데 하기 싫다고? 그냥?"

"네, 그냥이요. 몇십 년씩 살다가도 맘 안 맞으면 헤어지는 세상인데, 연애하다 헤어지는 게 뭐 그리 대수예요?"

자신도 모르게 목소리가 커졌는지 수지가 거실로 나왔다.

"대체 무슨 일이야? 왜 한밤중에 일어나서 싸우는데?"

"아무것도 아니니까 들어가."

아버지와 수민이 동시에 말했지만 수지는 둘 사이에 끼어 앉았다.

"내가 매일 하는 일이 뭔지 알아? 싸운 학생들 불러다놓고 전후 사정 들어주고 잘잘못을 따져 판결하고 화해시키는 거야. 그러니까 말해봐. 이 선생님이 판단해줄게."

아버지도 수민도 기가 막혀 헛웃음을 지었다.

"네 언니 결혼 때문에 그런다."

"뭐? 언니 결혼해? 발레만 하는 줄 알았더니 연애도 했어? 그런데 누구야? 한국인이야? 설마 미국인은 아니겠지? 나 영어도 못하는데."

어찌나 말이 빠른지 누가 끼어들 틈도 없었다.

"걱정 마라, 한국인이니까. 한태훈이라고……."

아버지는 수지가 같은 편이 되어줄 거라고 판단했는지 친절하게 설명했다.

"정말? 언니 정말 한태훈이랑 결혼하는 거야? 스캔들 났던 그 재벌 3세?"

"아니, 스캔들이라니? 그런 게 났어? 그런데 왜 나한테는 아무 말 안 했어?"

아버지가 놀라서 수지를 닦달했다.

"미용실에서 읽은 여성 잡지에 난 기사였어요. 난 당연히 루머라고 생각했지. 언니 성격 아니까. 언니가 발레 말고 다른 거에 관심 있는 사람이유?"

수지의 변명에 그제야 아버지의 굳은 얼굴이 풀렸다.

"그런데 왜 싸우는 거야? 경사 났다고 춤을 춰도 모자랄 판에,"

"네 언니가 결혼을 안 하겠다고 하니까."

"뭐? 언니 미쳤니?"

수민이 뭐라고 말할 틈도 없이 아버지와 수지는 수민의 결혼에 대해 짐작하고 판단하기에 바빴다.

"그쪽에서 싫다고 해도 매달려야 할 판에 왜 안 해?"

수지가 물으면 아버지가 대신 대답했다.

"그건 아니지. 수민이가 뭐가 모자라서 남자한테 매달리니?"

"어쨌든 왜 하기 싫은데? 아직까지 사귀는 건 맞아?"

수지가 닦달하면 아버지가 또 대신 나섰다.

"그 남자가 찾아왔다니까. 나한테 사정사정하면서……."

수민은 참다못해 결국 소리를 지르며 일어섰다.

"하여간 전부 못 말린다니까! 나 결혼 못하면 죽어? 아니잖아. 그런데 왜 그래요? 내일 출근해야 해. 자야 하니까 그만해, 다들."

수민이 방문을 닫기도 전에 수지가 쪼르르 따라 들어왔다.

"완전히 신데렐라 되는 거네. 좋겠다! 부러워!"

수지가 꿈꾸듯 몽롱한 표정을 지으며 앉았다.

수민은 한 번도 신데렐라를 꿈꿔본 적이 없었다. 그래서 신데렐라 역할에서 미끄러졌는지도 모른다. 엄마가 죽자마자 재혼을 하고 딸이 구박을 받든 말든 무관심한 아버지를 보고 자란 신데렐라가 한 번 본 왕자를 사랑했다고 믿기는 어려웠다. 단지 그 상황에서 왕자와의 결혼이 가장 괜찮은 선택이라 판단했을 것이다.

나도 그런 건 아닐까? 그나마 나은 선택이라 결혼에 대한 미련을 버리지 못하는 건 아닐까?

신데렐라는 집을 나올 수도 있었다. 어차피 그 집에서도 하녀나 마찬가지였으니 다른 곳에서 하녀 일을 하면 구박을 받지 않았을 테니까. 가출 소녀라는 사람들의 손가락질 따위는 무시해야 했다. 새엄마의 학대를 아버지에게 알릴 수도 있었다. 그 고자질로 가족 간에 분란이 일어난다 해도 감수해야 했다.

신데렐라는 자신의 인생에 철저히 무책임했다. 그저 누군가가 인생을 바꾸어주길 기다리고만 있었다. 요술쟁이 할머니가 나타나길, 왕자가 유리 구두를 들고 찾아오길 기다렸다. 수민의 눈에는 유리 구두를 신기 위해 발가락을 잘랐다는 신데렐라의 언니가 차라리 나아 보였다. 적어도 그녀는 자신의 인생을 위해 뭔가를 하기는 했으니까.

"정말 신데렐라가 행복했을까? 단지 왕자와 결혼했다는 이유만으로?"

수민이 무심결에 말하자 수지가 놀라서 쳐다보았다.

"나한테는 솔직하게 털어놓아도 되잖아. 왜 안 한다고 하는 건데?"

"그쪽에서 반대해."

"왜?"

수민은 대답하지 않았고, 수지도 더 이상 캐묻지 않았다. 눈치가 빠르니 상황을 금세 이해한 모양이었다.

"무조건 언니가 숙이고 들어가. 버텨봤자 언니만 손해야. 사람이 좀 유들유들하게 살아야지."

엄마가 매일 부르던 노래였다.

"그렇게 무뚝뚝하게 있으면 누가 진급을 시켜준대? 사람이 좀 유들유들하게 살아야지. 그렇게 원칙만 지켜서 어떻게 살아남아? 누가 당신보고 큰 거 바랐어? 우리가 돈이 있어, 배경이 있어? 최단 시간에 사장이 됐다는 사람 얘기 몰라? 그 사람은 회장님이 골프공을 벙커에 빠뜨리면 일부러 똑같이 벙커에 빠뜨렸다고 하더라. 그렇게 했으니 그 정도의 위치에 올랐지. 아무리 능력 있으면 뭘 해? 세상이 그렇게 정직해? 아니잖아."

발레 학원 교습비를 내는 날이 다가오면 엄마의 노랫소리는 더 커졌다. 엄마의 잔소리에도 아버지는 묵묵부답이었다. 그 침묵이 너무 무거웠다.

"신데렐라가 행복했겠느냐고? 나도 모르겠다. 난 신데렐라가 아니잖아. 원래 결혼 전에는 별별 생각이 다 드는 법이야. 모든 여자들이 한 번쯤은 결혼 안 하고 도망쳐버릴까 하는 생각을 할걸? 그래도 이왕 하는 거라면 평민보다는 왕자랑 하는 게 낫지 않을까?'

하지만 수민은 아버지에게 말한 대로 '그냥' 결혼하고 싶지는 않았다.

발가락을 잘라내서라도 유리 구두를 신고 싶을 만큼 태훈을 사랑하는 걸까?

자꾸 태훈과 헤어졌던 이유들이 떠올랐다. 태훈을 사랑한다는 확신도, 태훈과 행복하리라는 기대도 옅어져갔다.

6

부담스러운 남편을 둔 당신에게

수민이 녀석이랑 아침부터 싸웠어. 한 번만 더 결혼 얘기를 꺼내면 집을 나가겠다고 하더라. 맘 같아서는 머리 박박 밀어서 집에 가두고 싶었지만 출근을 해야 하니 참았어. 아기 얘기를 꺼낼까도 싶었지만, 민망해할까봐 그만뒀어.

태훈이한테 전화해서 예식장을 알아봤냐고 물었더니 오늘 하겠다고 하더군. 도대체 어제는 뭘 한 거지? 무슨 사내 녀석이 그렇게 일처리가 느려터지고 깔끔하지 못한지 원⋯⋯. 내가 못마땅해하는 걸 느꼈는지 아버지가 해외에 계셔서 날짜를 잡기 힘들다면서 상견례는 조금만 기다려달라고 하더라.

그래서 내가 직접 태훈 어머니가 한다는 미술관으로 찾아갔어. 태훈이가 하는 꼴을 보고 있다가는 내 속이 터질 것 같더라고. 아무리 수민이 녀석이 안 한다고 버텨도 날짜까지 잡으면 별수 없겠지 싶었어. 배가 점점 불러올 텐데 한시라도 서두르는 게 좋을 것 같았지.

때마침 사무실에서 나오던 태훈 어머니와 마주쳤어. 대학 졸업반 때 태훈이를 낳았다는데, 아직 30대라고 우겨도 될 만큼 젊어 보였어. 비서가 관장님이라고 부르지 않았다면 알아보지 못했을 거야. 내 소개를 하니 말없이 사무실로 다시 들어가더군. 나도 사무실로 따라 들어갔어.

그런데 다짜고짜 재벌 집안에서는 그런 결혼은 안 한다고 말하더라. 프리마 발레리나면 뭐 하냐고, 남들이 어떤 집 자식이냐고 물으면 대답하기 곤란하다는 거야.

그 집에서 반대한다는 생각은 미처 하지 못했어. 내 딸이 얼마나 잘났는데 감히 반대를 해? 그런데 아버지라는 사람이 못나서 반대를 한다는 거야. 하사관 출신의 중령 아버지가 참 부담스럽다고 하더군. '부담스럽다'는 말이 '부끄럽다'는 뜻이 될 수도 있다는 걸 그때 처음 알았어. 딸은 엄마 팔자 닮는다고 하던데, 우리 수민이는 내 팔자를 닮은 모양이야.

우리 결혼을 끝까지 반대하는 장인어른 앞에서 내가 무릎 꿇었을 때 당신이 얼마나 화냈는지 아직도 생생하게 기억난다. 다시는 누구 앞에서도 무릎 꿇지 말라고, 남자란 함부로 무릎 꿇는 게 아니라고 발을 구르며 화를 냈지. 난 당신한테 당당하게 말했어. 살아오면서 단 한 번도 무릎 꿇은 적 없었지만, 내가 사랑하는 여자의 행복을 위해서라면 백 번이라도 꿇을 수 있다고.

오늘도 화났어? 아니지?

모르겠어. 부끄러움도 수치심도 없었어. 그저 수민이를 위해 뭔가를 해줘야 하는데, 내가 할 수 있는 게 그것밖에 없다는 게 부끄럽고 수치스러웠어. 태훈 어머니는 무릎 꿇은 나를 벌레 보듯 하더라.

"이러지 마세요. 이런다고 달라질 거 없습니다."

"사부인, 제가 이렇게 부탁드립니다."

"사부인이라뇨? 결혼도 안 했는데 무슨 그런 말씀을 하세요? 남들이 들을까봐 겁나네요."

"우리 아이 임신했습니다."

"그래서요? 참모총장이라면 모를까, 하사관 출신 중령이라니……. 임신이 아니라 애가 열이라도 어림없습니다."

태훈 어머니는 그 자리에 나를 남겨둔 채 그냥 나가버렸어.

아침에 나올 때 왼발부터 신발을 신는 게 아니었는데 그랬어. 오늘은 오른발부터 신을걸. 언젠가 인터뷰에서 수민이 녀석이 토슈즈 콤플렉스가 있다고 고백했지. 순간 수민이가 내딸이 맞구나 하는 생각에 반가웠어. 나도 군화 콤플렉스가 있었거든. 왼발부터 군화를 신는 날은 꼭 얼차려를 받거나 비상에 걸렸지. 그래서 반드시 오른발부터 신발을 신었는데, 수민이 녀석의 무의식 속에 그 버릇이 박혀 있었나봐.

수민이 기사를 보고 난 뒤로 나는 일부러 왼발부터 군화를 신었어. 불행이 있다면 수민이 몫까지 내가 가져오고 싶어서. 바보 같은 미신이라도 수민이를 위해서라면 꼬박꼬박 지킬 수 있었어. 그래도 오늘은 오른발부터 신는 건데……

도저히 그냥 집에 올 자신이 없었어. 수민이 얼굴을 보면 무슨 말을 해야 할지 모르겠더라고. 수민이는 절대 아기를 포기하지 않을 거야. 어릴 때부터 생명이라면 무조건 소중하다고 생각하는 아이였으니까. 당신을 닮았지. 그렇다고 미혼모가 되게 내버려둘 수도 없잖아. 그깟 집안의 반대 따위가 뭐? 태훈이가 결혼하겠다고 하잖아. 그러면 되는 거 아닌가? 둘 다 성인인데. 이래저래 맘이 복잡했어.

그래서 상호 자식을 불러냈지. 만나서 한잔하려고. 상호는 무슨 회의가 있다면서 좀 늦겠다고 하더군. 결국 혼자 소주를 마시기 시작해서 상호가 도착했을 때는 이미 취한 상태였지.

태훈 어머니가 했던 말이 계속 머릿속을 맴돌았어. 참모총장
이라면 모를까… 참모총장, 참모총장, 참모총장……

그런데 내 눈앞에 진짜 참모총장이 나타났지. 상호를 보자
마자 다짜고짜 물었어.

"너 전에 한 말 기억나? 수민이랑 네 계급장을 바꾸자고 했
잖아."

"너 전작이 상당하구나."

상호는 두 번째인지 세 번째인지 모를 소주병을 들어 이리
저리 흔들어보더라. 눈앞에서 소주병이 춤을 추더군. 취했는
지 속이 울렁거려서 견딜 수가 없었어.

"기억하냐고 물었잖아. 수민이 같은 딸 하나만 있으면 소원
이 없겠다며?"

상호는 웃으며 술을 따르더라.

"왜? 내 소원이라도 들어주려고?"

"그래."

"뭐?"

상호가 놀라서 술잔을 놓쳐버렸어. 소주잔이 구르다가 테
이블 아래로 떨어졌어. 쨍, 하고 소주잔이 깨지는 걸 보는데,
정말 그러면 되겠구나 하는 생각이 들더라. 우습고 기가 막힌
일이지만 그냥 그러면 되겠구나. 우리 수민이가 상호 딸 하면
되겠구나.

"수민이 데려가서 네 딸 해라."

"너 벌써 취했냐?"

"걱정 마. 계급장은 달라고 안 할 테니. 그냥 수민이만 데리고 가. 언젠가 텔레비전에서 봤는데 성인도 입양이 가능하다고 하더라."

"무슨 그런 헛소리를 해?"

"헛소리 아냐. 그 집에서 그러더라. 참모총장이라면 모를까 겨우 중령밖에 안 되는 사람 딸이라서 쪽팔린다고."

"뭐가 어쩌고 어째? 대체 누가 그래? 그런 소리를 듣고 가만있었어?"

"가만있지 않으면? 내 딸 결혼을 깨냐?"

"그래서 내 딸을 만들어서라도 결혼을 시키겠다고? 그런 결혼이 정상이야? 그런 결혼이 잘될 것 같아?"

"그럼 어떡하냐? 이미 아기까지 있는데……."

상호 녀석, 놀랐는지 소주잔을 찾다가 소주잔이 깨졌다는 걸 깨닫고는 병째 벌컥벌컥 들이켜더라.

"정말 임신했대?"

"그래. 수민이 녀석 지 엄마 닮아 죽어도 낳겠다고 할 거야."

"아무리 그래도 부모 자식의 인연을 그딴 식으로 바꿀 수는 없는 거야."

"네 말이 맞아. 부모 자식의 인연이 그딴 식으로 끊어지는 건 아니지. 그래서 부탁할 수 있는 거야. 어차피 넌 우리 수민이를 친딸처럼 생각하고 돌봤잖아. 예고 3학년 말에 내가 동해로 발령이 났을 때는 거의 같이 살다시피 했고. 그러니까 부탁 좀 하자."

상호 녀석, 어쩔 줄 몰라 하더군.

"어떻게 결혼도 안 하고 아기를 가져? 어떻게 우리 수민이가……."

상호 녀석은 황당하고 화가 나는지 부르르 떨면서 그 말만 되풀이하더군. '우리 수민이'라는 말이 오늘따라 더 신경에 거슬렸어. 예전에는 상호가 '우리 수민이'라고 하면 수민이를 아껴준다는 생각에 든든하기도 했는데, '우리 수민이'라고 하면서도 혼전 임신 사실만으로 수민이를 비난하는 상호가 우스웠어. 역시 피는 물보다 진한 건가?

옛날에 수민이가 발레를 하겠다고 했을 때 상호가 나보다 더 반대하면서 길길이 날뛰었잖아. 괜히 딴따라들이랑 어울려서 애 날라리 만들 일 있냐고. 발레를 시키느니 차라리 고등학교를 보내지 말라고.

뉴욕시티 발레단에 들어가는 게 결정되고 나서도 상호는 영 못마땅해했지.

"예술한답시고 담배나 피우고 술이나 마시고 마약까지 하는 인간들 많다더라. 미국에서는 더할 거야. 수민이 단속 잘

해라."

때마침 출국 며칠 전에 수민이가 담배를 피우다 나한테 딱 걸렸잖아. 상호 말이 생각나서 더 화를 내고 닦달했는데, 수민이 그 녀석이 얼마나 당당하던지.

"나도 이제 성인인데 피울 수 있지 않아요? 아버지도 피우잖아요."

그 말에 화가 나서 담배 세 갑을 그 자리에서 다 태워버렸지. 그리고 다음 날부터 딱 끊었어. 당신이 그렇게 끊으라고 잔소리를 해도, 금연 보조제니 뭐니 별별 수를 다 써도 못 끊던 담배를 말이야. 자식이 참 무섭더라. 사람이 그렇게 독해질 수도 있더라고. 그래, 나 참 독해. 내 딸을 위해서라면 무슨 짓이든 할 수 있어.

"우리 수민이 어쩌면 네 딸이 될 수도 있었다. 그러니 부탁 좀 하자."

상호 녀석, 날 싸늘하게 노려보다가 자리를 박차고 나가버리더라. 술집 안의 손님들이 모두 나를 바라보는데도 난 아무렇지 않게 술만 마셨어.

내가 틀린 말을 했니? 한 번도 물어보지 못했지만, 당신은 상호가 아닌 나와 결혼한 걸 후회해본 적 없었니? 상호에게 급한 약속이 생기는 바람에 대신 내가 맞선에 나간 그 운명을 원망해본 적 없었어?

국민학교도 졸업 못하고 검정고시로 겨우 고등학교를 마친 나같이 못 배운 놈, 줄줄이 딸린 동생들만은 공부를 시켜야겠다는 생각에 군대에 말뚝 박은 나같이 가난한 놈은 대타가 아니었으면 당신 같은 부잣집 여대생이랑 단둘이 앉을 기회조차 못 얻었겠지. 항상 상호가 부러웠지만, 당신과 만난 그 순간만큼 상호가 되고 싶었던 적은 없었어. 그래서 처음으로 했던 거짓말을 한 달이나 끌고 갔던 거고. 내가 사실을 고백했을 때 당신은 사기꾼이라며 날 원망했지. 당신이 내 뺨을 때리던 그 순간에도 난 그저 당신이 눈앞에 있는 걸 감사했어.

공부를 다시 시작한 것도 당신에게 어울리는 남자가 되고 싶어서였어. 없는 살림에도 난 굳이 대학원까지 가겠다고 고집을 부렸지. 당신에게 자랑스러운 남편이고 싶어 시작한 공부였고, 아이들에게 자랑스러운 아버지이고 싶어 끝낼 수 있었던 공부였어.

그래도 상호를 따라잡을 수는 없었지. 태어날 때부터 벌어진 간격은 살면서 점점 벌어지더군. 가끔 상호와 부부 동반으로 만날 때면 얼마나 신경이 쓰이던지. 상호의 진급 소식이 들릴 때마다 내가 얼마나 당신 눈치를 봤던지.

평생 나를 짓눌렀던 그 열등감을 수민이한테는 물려주고 싶지 않았어. 내가 우기면 상호 녀석은 어쩔 수 없이 내 부탁을 들어줄 거야. 수민이를 딸 삼고 싶다고 노래 부르던 놈이니까.

술기운에 용기가 나서 이왕 밀어붙이는 거 한꺼번에 끝내자고 생각했어. 그래서 집에 오자마자 수민이의 방문을 열어젖혔지.

"정말 임신한 거 맞니?"

마치 모르고 있었던 것처럼 물었어. 그래도 혹시 놀라서 아기가 잘못될까봐 큰 소리는 내지 않으려고 조심했어. 수민이는 자다 깨서 눈살을 찌푸리면서도 당당하게 대답하더라.

"네, 임신했어요."

"어떻게 여자애가 결혼도 하기 전에 임신을 해? 내가 그렇게 살라고 가르쳤어? 그러고도 뻔뻔스럽게 고개를 들고 다니냐? 난 남들 보기 창피해서 못 살겠다. 너 같은 딸 두고 싶지 않으니 호적 파서 나가라."

갑자기 커진 목소리가 내가 듣기에도 어색했지만, 수민이는 황당한 나머지 내 어색한 연기를 눈치채지 못하더군.

"네?"

"호적에서 파내겠다고 했다. 넌 오늘부터 내 딸이 아니다. 그러니 당장 나가."

"아빠, 이 밤에 어딜 나가라고 그래요?"

수지가 나와서 날 붙잡더군.

"당장 나가라. 난 그런 딸 두고 싶지 않으니 당장 나가."

"좋아요. 나가죠."

"언니, 왜 이래? 아빠가 술 좀 하신 모양인데 언니가 그냥 이해해."

수지가 말렸지만 수민이는 간단히 짐을 챙겨 나가버렸어. 그 자존심에 그럴 거라 예상했지. 날 닮았잖아, 그 자존심. 그 자존심이 나 때문에 상처 입는 걸 더는 보고 싶지 않았어. 그 러려면 이게 최선이야. 그렇지, 여보? 내가 잘한 거 맞지?

당신이 나한테 매일 그랬지. 난 고양이 같은 인간이라고. 고 양이는 자존심 때문에 친구보다는 적을 더 많이 만든다고, 결 국 스스로에게 상처를 입힌다고. 그러니 그 고양이 자존심 좀 버리라고. 당신 말대로 그 자존심 이제 버리려고 해. 그깟 거 버려도 괜찮아. 이제는 수민이가 내 자존심이니까.

제 6 장

가족이라는 이름으로 묶인 사람들

1

"하여간 둘 다 못 말려. 아무리 아빠가 화나서 집을 나가 란다고 그 한밤중에 집을 나오고 싶어? 아빠도 그래. 요즘 혼전 임신이 무슨 얘깃거리나 된다고 그걸 갖고 그 난리를 피우냐?"

수지는 그렇게 말하면서도 호텔로 가겠다는 수민을 기어이 자기 집으로 끌고 갔다. 어젯밤 잠을 설쳐서인지 수민은 정오 가 되어서야 일어났다. 거실로 나가니 수지가 부엌에서 소리 를 질렀다.

"나 여기 있어."

부엌으로 들어서던 수민은 식탁에 앉아 차를 마시고 있는 낯선 남자를 보고 멈칫했다.

"아, 언니는 모르겠구나. 우리 외사촌이야. 외삼촌 아들 수혁이. 나랑 동갑이고 서울지검 검사야."

수민은 수혁의 인사에 어색하게 고개를 숙였다. 외갓집 식구들을 본 건 엄마의 장례식장이 처음이자 마지막이었다.

아버지는 명절 때면 어김없이 외갓집에 수민 자매를 데리고 갔다. 하지만 외갓집 문은 한 번도 열리지 않았다. 추석은 그나마 나았지만, 설날은 정말 견디기 힘들었다. 날씨가 추워서 수지가 징징거려도 아버지는 몇 시간을 외갓집 대문 앞에서 버텼다. 수민 자매의 얼굴이 파랗게 질릴 즈음에야 아버지는 자리를 떴다.

"수민이, 수지! 내가 아까 뭐라고 했지?"

집으로 돌아가는 길에 자매에게 먹을 걸 사주며 아버지는 다시 한 번 확인했다.

"엄마한테는 외갓집에 왔던 거 비밀이라고요."

대답은 언제나 수지 몫이었다.

"왜?"

"엄마가 알면 슬퍼하니까요."

수백 번쯤 들어서 세뇌된 말이었다. 엄마를 위해 추운 날씨에 몇 시간 서 있는 것쯤은 견딜 수 있었지만 그 상황이 이해되지는 않았다. 반대하는 결혼을 했다고 어떻게 딸과의 인연을 끊을 수 있을까? 잘못이라 생각되는 선택과 결정을 해도 그것을 존중해줄 수 있는 게 가족이었다. 수민은 외갓집 식구들의 가족에 대한 개념을 도무지 이해할 수 없었다. 이해할 수 없다는 생각은 서서히 미움이라는 감정으로 대체되었다.

가족이란 삶을 함께하는 사람들이다. 이미 삶이 갈린 사람들에게 가족을 기대할 수는 없다. 지금 아버지와 수민이 그렇듯이……

"너희 둘 만나는 거 외갓집에서도 알고 있니? 아버지도 알고 계셔?"

수지는 워낙 겁이 없는 아이였다. 누구와도 쉽게 친해지고 스스럼없이 잘 지냈다. 하지만 수지가 어린 시절처럼 외갓집 식구들에게 무시를 당하는 건 싫었다.

"우리 외갓집이랑 연락하고 지낸 지 꽤 됐어. 외할아버지 부도났을 때 아빠가 도와주셨거든. 있는 재산 다 털어넣고도 모자란다고 대출까지 받아서 도와줬지."

수지의 말에 수민이 발끈했다.

"무슨 염치로 아버지한테 손을 벌려?"

"엄마 돌아가시고 난 뒤에도 아빠는 명절 때랑 어버이날이면 꼬박꼬박 외갓집을 찾아갔나봐. 그러다 부도난 거 알게 돼서 외갓집 몰래 도와주시려고 했는데 들통 났다고 하더라."

"도대체 왜 도와줘야 하는데? 그것도 나쁜 짓이라도 하는 것처럼 몰래?"

"나한테 따지지 마. 나도 말릴 만큼 말렸으니까. 엄마 죽을 때까지 얼굴 한 번 안 보여준 사람들이라고, 엄마 장례식장을 개판으로 만든 사람들이라고. 그런데 아빠가 그러더라. 엄마를 낳아주셨으니 그것만으로 이유는 충분하다고."

"낳았다고 해서 모두 부모는 아냐. 부모 노릇을 못하는 부모까지 책임질 수는 없는 거 아냐?"

"와, 언니랑 내가 피를 나눈 게 맞긴 맞네. 나도 그렇게 말했거든. 그때 아빠 대답이 뭐였는지 알아? 자식 노릇을 못한다고 자식을 포기해서는 안 되듯 부모가 좀 잘못했다고 해서 자식 노릇을 포기해서도 안 되는 거래. 그런 사람이 우리 아빠야. 한 치라도 어긋나는 거 못 보시지. 그래서 언니 임신에도 그렇게 격하게 반응하는 거고. 결혼하면 화도 풀리실 테니 언니가 이해해."

"내가 도대체 뭘 어떻게 이해해야 하는데? 자식 노릇 못한다고 자식을 포기해서는 안 된다고 했다면서 이제 와서 나를 포기하겠다는 아버지를 내가 어떻게 이해해야 하는 거냐고!"

"자, 이젠 네가 역할을 할 때다."

수지가 수혁의 등을 떠밀었다.

"오늘 아침 일찍 고모부가 저를 찾아오셨어요. 누나를 호적에서 파낼 수 있냐고 물어보시러."

"그래? 그러라면 그래야지 별수 있겠어?"

별로 놀랍지 않았다. 아버지는 어떤 일을 결정하면 반드시 곧바로 해야 직성이 풀리는 사람이었다. 수민은 오히려 수혁의 입에서 나온 누나라는 호칭이 더 당황스러웠다.

"그게 끝이 아니었어요. 참모총장 하시는 친구분 딸로 입양시킬 수 있느냐고 물으시더라고요. 이미 알아볼 만큼 알아보신 모양이에요. 친부모의 동의가 있으면 호적, 주민등록은 물론 성도 변경이 가능하다고 민법 870조에 나와 있다고……."

순간 멍해졌다.

언젠가 상호 아저씨가 농담처럼 수지와 수민에게 물은 적이 있었다.

"너, 내 딸 할래?"

수민 자매는 평소에는 보기도 힘든 외국 과자를 실컷 먹고 있었다. 상호 아저씨가 해외여행을 다녀오며 사온 과자였다. 아저씨는 아이들을 예뻐했지만, 또래 아이가 없는 집에 아이들이 드나들 일은 별로 없었다. 그래서 아저씨는 다양한 과자로 아이들을 꾀었다. 다른 아이들은 과자를 먹기 위해 아저씨 집에 드나들었지만 수민은 아니었다. 과자를 얻으려고 아저씨를 이용한다는 느낌이 어린 마음에도 내키지 않았다.

그래도 어쩌다 부모님이 상호 아저씨 집에 가기로 하면 전

날부터 설레었다. 넓은 집, 고급스러워 보이는 가구, 동화책 속에서 빠져나온 듯한 주인 없는 아이 방까지……. 그 집에는 수민이 바라는 것들이 모두 있었다.

아저씨는 언제나 그랬듯 수민 자매와 놀아주기 바빴다. 수민은 동화책을 읽고, 수지는 장난감 기차를 가지고 놀며 점심도 거른 채 과자만 먹었다. 수지가 무심결에 중얼거렸다.

"매일매일 이런 거 먹고 살았으면 좋겠다."

수민이 수지를 면박 주기도 전에 아저씨가 끼어들었다.

"그래? 그럼 여기서 살면 되지."

"정말요?"

수지가 눈이 휘둥그레져 물었다가 금세 풀이 죽어 말했다.

"그랬다간 아빠한테 혼날 거예요. 자꾸 말 안 들으면 고아원에 갖다 버린다고 했어요."

"그러면 어때? 그냥 여기서 살면 되지. 아저씨가 매일매일 이런 과자도 사주고, 공주옷도 사주고, 수지가 해달라는 건 다 해줄 텐데."

농담이라기에는 아주 진지한 말투였다.

"수지 너, 그냥 내 딸 할래?"

수지는 조금도 망설이지 않고 대답했다.

"정말요? 정말 나, 아저씨 딸 해도 돼요?"

"이수지!"

수민은 황당해서 소리를 질렀다. 수지를 노려보는 수민의 시선을 아저씨가 가로막았다.

"참, 수민이를 잊고 있었네. 그럼 수민이가 내 딸 할래?"

싫다고 대답하려는데 아버지가 들어와 수민은 대답할 기회를 놓쳤다. 아버지는 분위기가 이상한지 고개를 갸웃했다.

"무슨 얘기 하고 있었어?"

아저씨가 가볍게 한 농담이었다고 해도 왠지 말하면 안 될 것 같았다.

"아무것도 아냐."

아저씨는 얼버무리며 아버지를 끌고 나갔다.

아저씨의 질문에 순간, 망설였다. 방금 전 수지의 대답에 그렇게 화를 내놓고도 잠깐이나마 대답을 망설였다. 그 망설임이 아버지에게 죄스러웠다. 아저씨에게 그런 마음을 들킨 것 같아 부끄러웠다. 아저씨가 그 사실을 아버지에게 말할까봐 무서웠다. 그리고 무엇보다 못된 자신에게 화가 났다.

수민은 다음 날까지도 화가 풀리지 않았다. 그래서 별것 아닌 일로 트집을 잡아 수지를 실컷 때려주었다. 자신에게 가해야 할 벌을 수지에게 대신 준 것이다. 아이들은 잔인한 법이다. 수지의 시커먼 멍이 무서워 수민은 며칠 동안 잠을 설쳤다.

가끔 다른 누군가의 딸이기를 바란 적도 있었다. 재벌이나 유명인을 부모로 둔다면 멋있을 것 같았다. 하지만 그 사람들이 부모였다면 수민은 지금의 수민이 아니었을 것이다. 가끔 부모님이 멀게 느껴질 때가 있었다. 동화에서처럼 부모님이 자신을 주워온 건 아닐까, 뉴스 보도처럼 아기가 바뀐 건 아닐까 별별 상상을 하곤 했다. 하지만 상상 속의 또 다른 부모님 역시 수민 부모님의 얼굴을 하고 있었다.

그래서 더 용서할 수 없었다. 아무리 순간이었다고 해도, 아무리 어렸다고 해도 망설였던 자신을 아직도 용서할 수 없었다.

"그, 그게 말이 돼? 호적 파가라는 것도 우스운데 입양이라니? 내 나이가 몇인데? 도대체 아버지가 제정신인 거야?"

그 시절의 망설임을 무마하려는 듯 수민이 소리를 지르자 수지가 나섰다.

"솔직히 언니나 아빠나 제정신 아닌 건 똑같아. 정 결혼하기 싫으면 아기 지워."

수민이 놀라서 수지를 바라보았다.

"넌 어떻게 그런 얘기를 아무렇지도 않게 하니?"

"언니가 아무렇지도 않게 미혼모가 되겠다고 하는 거랑 뭐가 다른데?"

달랐다. 결혼은 선택의 문제지만 아기는 선택의 문제가 아니라 이미 존재하는 생명이었다. 이미 일어난 일을 되돌리기 위해서는 많은 상처와 고통이 필요했다. 그래서 태훈과의 결혼이 더 망설여졌다. 또다시 되돌리기 힘든 뭔가를 저지르고 싶지 않았다.

"그냥 누나가 져드리는 수밖에 없어요. 고모부 고집 잘 아시잖아요."

수민은 그냥 입을 닫았다. 더 이상 말할 가치도 없었다.

"저도 누나처럼 반항해봤는데 안되더라고요. 그냥 일찍 손드는 게 나아요. 지금은 나라 위해 일하는 공무원이지만, 저도 대학 시절엔 나라 비판하느라 바빴어요. 사회 개혁 한답시고 돌아다니느라 유치장 신세도 몇 번 졌어요. 한번은 부모님 대신 고모부가 오셔서 유치장에서 꺼내주셨죠. 고모부랑 우리 집이 연락하고 지낸 지 일주일도 안 됐을 때였어요. 야단맞을 각오를 하고 있었는데, 엉뚱하게 라식 수술을 하러 가자는 거예요. 그냥 좋아서 따라갔죠. 시력이 너무 나빠 수술 결과를 장담할 수 없다는 바람에 병원을 몇 군데나 가야 했어요.

결국 수술비를 가장 높게 부른 병원에서 수술을 받게 되었고, 고모부한테 정말 고마웠어요. 그리고 다음 달에 현역으로 군대에 갔죠. 다 고모부가 꾸민 일이었어요. 시력이 많이 나빠서 공익이었거든요. 그때는 고모부가 얼마나 원망스럽던지……. 군바리들은 다 그렇게 하는 짓도 재수 없다고 내내 욕했어요. 나라꼴을 이렇게 만든 군대에서 세뇌당하고 싶지 않아 첫 휴가를 나가자마자 탈영해야겠다고 결심했죠. 그런데 부대 앞에서 고모부한테 붙잡혔어요. 그때 고모부가 말해줘서 알았어요. 아버지는 회사가 부도나서 도망 다니고, 어머니는 남의 집 가정부를 하다 쓰러져 입원해 있다는 걸요. 고모부와 새삼 연락을 했던 것도 돈을 빌리려고 그랬다는 걸요.

저는 아무것도 모르고 있었어요. 아버지는 회사일이 바빠서 못 들어올 수도 있고, 어머니는 예전처럼 가정부한테 집안일 시키고 쇼핑이나 다니는 줄 알았어요. 우리 집이 어떻게 돌아가는지도 모르고 사회정의가 어쩌고저쩌고 부르짖고 다녔던 거죠. 그때 고모부가 충고해주시더군요. 내 기준을 분명히 세우라고. 가족보다 내가 추구하는 뭔가가 더 중요하다고 생각한다면 내가 어떤 행동을 하든 말리지 않겠다고. 결국 그 꼴통 군대로 다시 돌아갔어요. 제대 후 데모 같은 건 때려치웠어요. 친구들은 변절자라고 욕하면서 인간 취급도 안 하더라고요. 덕분에 왕따가 돼서 고시 공부만 했어요. 다행히 졸업하기 전 고시에 붙었고.”

머릿속이 복잡해 수혁의 이야기가 수민의 귀에는 들어오지도 않았다.

“그래서 하고 싶은 말이 도대체 뭐야? 우리 아버지 참 고맙다고? 존경스럽다고? 너, 그거 알아? 남들이 보면 아주 존경스러울지 몰라도 그걸 바로 옆에서 지켜봐야 하는 딸한테는 별로라는 거."

존경스러운 삶은 제대로 사는 게 아니었다. 적당히 원칙을 어기기도 하고 슬그머니 윗분한테 아부 떨면서 사는 게 제대로 사는 거였다. 자신들의 기준에 맞지 않는다는 이유로 인간 취급도 하지 않던 사람들의 빚을 갚아주려 빚을 내고, 그들의 집안일에 끼어들어 간섭하는 아버지는 제대로 사는 게 아니었다.

"사람마다 기준이 다른 거예요. 어떤 사람들한테는 사회정의가 먼저고 어떤 사람들한테는 자아실현이 가장 중요하겠지만, 어떤 사람들한테는 가족이 최우선인 거죠. 비록 방법이 잘못이라 해도 고모부는 누나를 위해서 그러는 거예요. 예전에 저한테 그랬듯이."

"다 큰 딸을 입양시킨다는 게 가족을 최우선으로 생각하는 사람이 할 수 있는 행동이구나."

수혁의 설득에도 수민은 코웃음만 쳤다.

"아빠도 쉽게 물러설 것 같지 않아. 아빠 때문에 결혼을 반대한다는데 당연히 그런 생각 할 수 있는 거 아냐? 자식이 미혼모가 되는 것보다는 낫다고 생각하셨겠지. 아빠가 못나서 할 수 있는 게 아무것도 없다고 하시는데 나도 아무 말 못했어."

"못나서 그것밖에 못해준다고? 그러는 게 더 못난 거야."

그 말에 수지의 얼굴이 싸늘해졌다.

"언니는 다른 사람들이 다 한심하고 멍청해 보이지? 어떻게 저것밖에 못할까, 어떻게 저것밖에 안 될까 너무 답답하고 짜증나지?"

순간 움찔했다. 어느 정도는 사실이었다. 실패의 원인은 결국 그 사람에게 있었다.

"언니한테는 모든 게 쉽고 간단했을 테니까. 실패라곤 해본 적 없는 사람이니까."

수민에게도 쉽고 간단하지는 않았다. 매일 죽을 것처럼 춤을 춰야만 했으니까. 수민이 그 말을 하기도 전에 수지가 선수를 쳤다.

"왜? 죽을 만큼 힘겹게 노력해서 얻은 거라고 말하고 싶어? 아니, 아니야! 죽어라 노력해도 안 되는 사람도 있어. 다른 사람들은 언니만큼 노력 안 하고 대충 사는 것 같지? 언니보다 훨씬 더 노력한 사람도 실패하고 좌절하면서 살아. 그런데 언니는 그걸 안 해봐서 다른 사람을 이해 못하는 거겠지. 다른 사람들은 다 그러고 살아. 죽어라 노력해도 안 되는 일 때문에 자기가 그것밖에 안 되는 못난 사람이라고 자책하고 절망하면서."

수지가 자리를 박차고 일어나며 덧붙였다.

"언니 인생이니까 맘대로 해. 그런데 이거 하나만 말할게. 나중에 언니가 뭔가 실패를 겪고도 그렇게 자신 있게 아빠한테 못났다고 할 수 있는지 보자."

알 수도 이해할 수도 없었다. 가족이라는 이름으로 묶인 사람들을. 서로를 알지도 못하면서, 이해할 수도 없으면서 그저 가족이라는 이름으로 묶여 서로의 편이 되어주는 사람들이 이상했다. 하지만 도저히 이해되지 않는 그들의 바람을 무시할 수 없는 수민도 그들의 가족이었다.

2

아빠가 되고 싶은 남편을 둔 당신에게

아침에 깨자마자 태훈이에게 전화를 했어.

"수민이가 참모총장 딸이 되면 아무 문제 없이 결혼할 수 있겠나?"

영문을 몰라 당황하는 태훈이에게 내 계획을 알려줬지. 간결하고 명료하게. 그런데 말귀를 못 알아들은 건지, 어떤 반응을 보여야 할지 몰라서인지 우물쭈물 대답을 미루더군. 태훈이는 매사가 불분명한 것 같아.

"대답만 하게. 그럴 수 있어, 없어?"

"그, 그렇겠죠."

난 그 대답만 듣고 전화를 끊어버렸어. 이래서 남자는 군대를 다녀와야 한다니까. 태훈이 녀석이 한 가지 못마땅한 게 있다면 군대 면제라는 거야. 면제받은 놈들은 어떤 식으로든 티가 나게 되어 있다니까. 한시가 급한 상황에서도 판단을 망설이고, 결정을 내리고 나서도 수행은 느리지.

출근도 안 하고 수혁이가 근무하는 서울지검에 갔어. 군대에 들어온 뒤 처음으로 계획에도 없는 연가를 썼지. 개인적인 일로 공적인 업무에 지장을 주는 게 싫었지만 어쩔 수 없잖아. 쇠뿔도 단김에 빼랬다고, 어영부영하다간 못할 것 같아서, 반대하는 사람들 설득에 내가 넘어갈 거 같아서 서둘렀어.

수혁이가 황당해하더라.

"성급히 결정하셨다가 나중에 후회하실지도 몰라요. 며칠 더 생각할 여유를 가지시는 게……."

하지만 난 고개를 저었어. 전쟁에서 승리하려면 신속한 상황 판단이 중요하지. 신중하게 생각하는 동안 적들이 이미 내 뒤통수에 총을 겨눌 수도 있으니까.

"서류 준비에 일주일 정도 걸리니까 그동안 다시 생각해보세요."

"누굴 바보로 아냐? 내일까지 해놔."

시간을 끌려는 수작이 너무 뻔해서 그렇게 잘라 말해놓고는 점심을 대접하겠다는 걸 간신히 뿌리치고 나왔어. 밥 먹는 내내 무슨 말을 할지 뻔하고, 그런 소리 들으며 먹다간 체할 테니까. 게다가 판단을 내렸으면 지체 없이 실행에 옮겨야 하는 거잖아?

대전으로 내려가는 버스 안에서 내내 전화벨이 울리더군. 수혁이 녀석, 그새 수지한테 쪼르르 달려가 내 작전을 일러바친 모양이야. 수지가 어찌나 고함을 질러대며 펄펄 뛰는지, 아마 버스 안에 있던 사람들도 다 들었을 거야. 전원을 꺼버리고 싶었지만 부대에서 연락이 올지도 모르니 그럴 수도 없었어. 두 시간 내내 수지 대신 휴대폰이 부르르 성질을 부리면서 울었어. 휴대폰 진동음을 참고 있으려니 머리까지 아파오더라.

상호를 만나는 과정은 복잡했어. 신분증을 확인하고, 부속실에서 수석부관에게 용무를 말하고……. 다행히 상호는 사무실에 있었는데, 회의 중이라며 접견실로 안내해주더라. 접견실에는 당신이 싫어하던 물건들이 가득했어. 이순신 장군이 쓰던 칼의 모조품, 거북선 모형, 군함 사진……. 당신은 인테리어를 망친다고 투덜대면서도 만든 사람의 정성을 생각해 버리지도 못하겠다고 짜증을 냈지. 해군 발전사가 담긴 액자를 살피고 있는데 당번병이 날 데리러 왔어.

참모총장 사무실은 으리으리할 줄 알았는데 그렇지도 않더라. 대통령 사진이나 태극기까지 내가 매일 보는 사무실과 똑같았어. 단지 상호는 혼자 쓰는 거고 나는 여러 사람과 함께 쓴다는 게 다를 뿐이지. 상호 녀석은 아직 화가 덜 풀렸는지 떨떠름한 표정이더군.

"군대에서 우리 사이 알면 불편하다고 한 번도 안 오던 놈이 웬일이냐?"

"넌 친구가 네 사무실에 처음 왔는데 차도 안 권하고 구박이냐? 내가 이럴까봐 안 왔다."

상호 녀석이 인터폰을 하니 당번병이 곧 커피를 내오더군. 아마 미리 준비하고 있었나봐. 예전에는 나도 그런 심부름을 하던 시절이 있었는데… 언젠가는 나도 당번병을 두리라 꿈꾸던 시절이 있었는데……. 이젠 모두 지나가버렸지.

바쁜 사람 붙들고 시간을 낭비하고 싶지 않아서 곧장 본론으로 들어갔어. 상호는 못마땅한 기색으로 입을 꾹 다물고 있더군.

"그게 도대체 말이 되는 소리야? 그렇게 해서까지 결혼을 시키고 싶은 이유가 뭐야? 수민이가 임신해서? 아니면 그 집이 재벌이라서? 이유가 뭐든 그런 결혼이 행복할 것 같아?"

그런 결혼이 행복할 수 있을지 나도 자신 없어. 하지만 그런 결혼이라도 결혼 기회조차 가지지 못하는 것보다는 낫다고 생각했어. 어차피 선택은 둘 중 하나니까. 미혼모가 되거나 상호 딸이 되어 결혼하거나.

The die is cast(주사위는 던져졌다).

시저가 갈리아 총독에서 해임되고 루비콘 강을 건너기 전에 했다는 명언이야. 로마에는 원로원을 장악하고 시저를 해임한 숙적 폼페이우스가 기다리고 있었지. 폼페이우스는 갈리아를 완전히 정복한 시저의 권력과 명망이 두려워 시저가 로마에 돌아오면 죽여버리려고 음모를 꾸미고 있었어. 시저도 그 음모를 눈치챘지만 군대를 이끌고 로마에 들어갈 수는 없었어. 아무리 총독이라도 로마 경계에 있는 루비콘 강을 건너기 전에는 군대를 남겨두고 수행원 몇 명만 대동해야 한다는 법이 있었거든. 군대를 이끌고 루비콘 강을 건넌다는 건 곧 쿠데타를 의미하는 것이었지. 폼페이우스가 노린 게 바로 그거였어.

단신으로 귀임해 살해되느냐, 군대를 거느리고 가서 반역자가 되느냐. 선택은 그중 하나뿐이었지.

마침내 루비콘 강가에 도착해 부관들이 어떤 선택을 할 것인지 묻자 시저는 말했지.

"주사위는 던져졌다."

그러고는 군대를 이끌고 로마로 진격해 폼페이우스를 몰아내고 로마를 지배하게 되었지.

과연 내 판단이 맞는 건지 나도 확신이 서지 않아. 수민이에게 어떤 미래가 기다리고 있을지……. 하지만 이미 주사위는 던져졌어. 총을 들었으면 망설이지 말고 쏴야지. 아니면 내가 먼저 총을 맞을 테니까.

"이성은 밥 말아 먹었냐? 수민이가 그러겠다고 해도 말려야 할 판에 네가 나서서 이게 뭐 하는 짓이야?"

이성? 자식 일을 이성적으로 판단하고 결정할 수 있는 부모가 어디 있니? 어떤 부모는 자식을 위해 장기를 떼어내 팔고, 어떤 부모는 자식을 위해 자살까지 해. 자식을 위해서라면 뭐든 할 수 있는 사람, 그런 존재가 바로 부모지. 적어도 나한테는 그래.

하지만 아이들이 커갈수록 내가 할 수 있는 일은 점점 줄어들지. 어렸을 때는 운동화 끈 매는 것조차 내 도움을 받아야 했는데, 이젠 내 운동화 끈을 복잡하게 돌려 매주며 멋 좀 부리라고 잔소리를 하지. 아이였을 때는 간단한 숙제도 내게 물어서 하곤 했는데, 이젠 나한테 휴대폰이나 컴퓨터 사용법을 가르쳐주면서 답답해하지. 나는 뭐든 해주고 싶은데 해줄 수 있는 게 없어.

언젠가 예능 프로그램에 출연한 개그맨이 정말 재미있는 시라면서 초등학교 2학년 아이가 지었다는 '아빠는 왜?'라는 시를 낭독했어.

엄마가 있어 좋다.
나를 이뻐해주어서.

냉장고가 있어 좋다.

나에게 먹을 것을 주어서.

강아지가 있어 좋다.

나랑 놀아주어서.

아빠는 왜 있는지 모르겠다.

모두들 처음에는 폭소를 터뜨렸어. 하지만 나처럼 아빠이
거나 언젠가는 아빠가 될 사람들은 씁쓸해했지.

우리는 아빠가 아니라 아버지여야만 한다고 교육받으며 자
랐어. 아이가 잘못하면 악역을 떠맡아 아이에게 회초리를 들
고는 눈물범벅이 되어 잠든 아이를 보고 잠들지 못하는… 냉
장고를 채울 음식을 살 돈을 벌기 위해 밤늦게까지 일하느라
아이와 그 음식을 같이 먹을 수 없는… 아이가 키우고 싶어 하
는 강아지를 사주기 위해 일하다 지쳐 휴일에도 잠만 자기 바
쁜… 나는 그런 아버지였어.

하지만 이젠 아빠가 되고 싶어. 우리 딸이 세상에서 가장 예
쁘다고 칭찬해주고, 우리 딸이 좋아하는 음식을 냉장고에 채
워놓고 기다리다 딸이 집에 오면 함께 먹고, 우리 딸이 심심해
하면 놀아주고……. 그런 아빠가 되고 싶어. 하지만 수지한테

는 지금 세상에서 제일 예쁘다고 칭찬해주는 신랑이 있고, 수민이는 나보다 돈을 더 많이 벌어 비싼 음식을 살 수 있게 되었지. 이제야 딸과 놀아주는 아빠가 되고 싶은데, 아이들은 각자 바빠서 아빠가 필요 없게 되었네.

정말 아빠라고도 불리지 못하는 아버지가 왜 있는지 모르겠다는 생각이 들었어. 그런데 이제는 이유가 생겼어. 내가 수민이를 위해 해줄 수 있는 게 생겼잖아. 수민이한테 내가 왜 있는지 알려주고 싶어. 그리고 나 자신에게도…….

"너, 내 말 듣기는 하는 거야? 도대체 정신을 어디다 팔고 있는 거야? 하긴 정신 나간 놈이니 자기 딸을 남한테 입양시켜서라도 결혼을 시키겠다고 난리지."

상호는 내가 자기 말을 제대로 듣지 않는 걸 눈치채고 짜증을 부렸어.

"너, 수민이 대부야. 잊었어?"

당신이 천주교 신자였다는 게, 수민이가 모태 신앙인 게 이런 억지에 도움이 될 줄 몰랐어.

"그건 그거고 이건 다르지. 제발 정신 좀 차려."

도돌이표가 그려진 것처럼 나는 억지만 쓰고 상호는 설득만 했어. 점점 상호의 인내심이 바닥을 보일 때 수석 부관이 들어와 회의가 있다고 알렸지.

"네가 허락해줄 때까지 올 거야."

그 말에 질린 표정이라니! 이런 상황이 아니었다면 큰 소리로 웃었을 거야. 이미 승리가 내 손에 들어온 거나 다름없었으니까. 상호의 표정이 결국은 수민이를 입양할 거라고 말하고 있었어. 그러면 큰 소리로 웃어야 하는데 이상하게 눈물이 나더라.

Winner takes it all.(승자가 모든 것을 가진다.)

부속실에서 라디오를 틀어놓았는지 내가 좋아하던 아바의 노래가 희미하게 들려왔어. 상호에게 눈물을 들킬세라 나는 고개를 숙인 채 황급히 참모총장실을 나왔어. 남자는 태어나서 세 번만 울어야 하잖아. 계집애처럼 질질 짜는 내 모습이 쪽팔렸어. 승리하고도 웃지 못하는 내가 이해되지 않았어. 그러다 문득 울어도 괜찮다는 생각이 들더라.

그래, 괜찮아, 한 번쯤은 울어도. 내가 치르고 있는 전쟁은 모든 것이 반대니까 승리에 우는 게 당연하지.

Winner loses it all.(승자가 모든 것을 잃는다.)

그러니까 오늘은 조금만 울게.

3

미국 영주권을 얻고 5년이 지나자마자 제이슨은 시민권을 신청하라고 권했다. 당연한 일이었다. 가끔 영주권 갱신을 깜박하는 바람에 문제가 생기는 동료를 볼 때마다 건망증이 심한 수민도 걱정스러웠다. 평소와 달리 심각한 제이슨의 태도에 긴장했던 수민은 너털웃음을 지었다.

"난 또 뭐라고. 괜히 긴장했잖아. 그러잖아도 이번 주에 시민권 신청 때문에 연습 하루 빠져야 한다고 말하려던 참이야."

"그래? 내가 같이 가줄까?"

"그럼 더 감사하지. 그런데 왜 그렇게 조심스럽게 구는 건데? 난 큰일이라도 난 줄 알았어."

"가끔 싫다는 단원들이 있거든. 내가 말하면 아무래도 강요하는 것처럼 들릴 수 있으니 조심스럽지."

"정말? 미국 시민권이 싫다는 사람도 있어? 도대체 누가?"

"최근엔 루체가 그랬지."

루체는 이름도 들어보지 못한 작은 나라에서 온 단원이었다.

"왜? 정말 이해가 안 가네. 그 뭐라더라, 나라 이름도 까먹었네. 하여튼 그렇게 작고 힘없는 나라보다는 미국 국적으로 사는 게 훨씬 낫지 않나?"

"나도 그렇게 생각했는데 루체 생각은 다르더라고. 보잘것없다고 자기 나라를 버릴 수는 없대. 게다가 자기 나라는 워낙 인구가 적어서 자기 한 명 빠져나가는 것도 안 된다나? 이상하게 작고 힘없는 나라 사람일수록 애국심은 더 강한 것 같아."

수민은 예외였다. 국가란 사회집단일 뿐, 이미 떠나온 집단에 미련 따위는 없었다. 자신의 의지와는 상관없이 주어진 집단보다는 자신이 선택한 집단에 속하고 싶었다. 하지만 아버지는 언제나 그랬듯 수민의 결정에 반대했다.

아버지는 하루에 한 번씩 메일을 보내고 전화를 해 시민권을 포기하라고 설득했다. 한번은 전화 통화를 할 때 애국가를 틀어놓은 적도 있었다. 수민은 아버지의 유치함을 비웃었다. 하지만 저녁 6시, 국기 하강식 때 국기에 대한 경례를 하도록 세뇌당하며 자랐던 수민도 조금씩 흔들리기 시작했다.

"내가 평생을 바쳐 지켜온 나라를 버리겠다고? 그건 날 버리는 거나 마찬가지다."

보잘것없다고 해서 자기 나라를 버릴 수 없다던 루체의 말과 나라를 버리는 건 당신을 버리는 거라던 아버지의 말이 머릿속에서 번갈아 울렸다. 결국 수민은 시민권을 포기했다.

아버지를 버릴 수 없어 나라를 버릴 수 없었다. 그런데 수민이 버리지 못했던 아버지가 지금 수민을 버리려 하고 있었다.

수민은 아버지가 퇴근하기를 기다리며 거실에서 몸을 풀고 있었다. 현관문 디지털 키의 번호를 누르는 소리가 들리자마자 쪼르르 달려가 아버지를 맞았지만, 아버지는 수민을 보자마자 짜증을 냈다.

"아직도 안 가져간 짐이 있니?"

"얘기 좀 해요."

"할 얘기 없다."

"제 입양 문제인데 당연히 저랑 상의하셔야죠."

아버지는 수민을 지나쳐 안방 문을 열었다. 마치 억지로 멀리 끌려갔다 돌아온 듯 발걸음이 휘적거렸다.

"제가 동의 못하겠다면 어쩌실 건데요?"

"왜?"

아버지는 수민에게 등을 돌린 채 물었다. 어깨가 축 처져 있었다. 그러고보니 얼굴이 많이 피곤해 보였다. 거뭇한 다크서클이 맘에 걸렸지만 수민은 물러서지 않았다. 아버지가 약해져 있을 때가 수민에게는 더 유리할 수 있었다.

"내가 아버지를 버리고 결혼해서 행복할 만큼 염치없는 사람일 것 같아요?"

아버지의 굽은 등이 긴장으로 굳었다. 아버지가 척추를 서서히 바로 세우며 어깨를 힘껏 폈다. 그리고 돌아서서 수민을 빤히 보다가 갑자기 웃음을 터뜨렸다.

"너 지금 뭔가 착각하는 거 아니니?"

"네?"

"네가 날 버리는 게 아니라 내가 널 버리는 거다."

"아버지!"

"넌 날 버릴 수 없어. 이미 오래전에 날 버렸거든!"

"제, 제가 언제요?"

"네가 언제 날 아버지 대접 해준 적 있었니? 아니면 내 말을 한 번이라도 새겨들은 적 있었니? 네 생각에 난 딸이 하는 일마다 딴죽 걸고 넘어지는 권위적이고 고압적인 아버지일 뿐이지? 그런데 우스운 건 뭔지 알아? 넌 한 번도 내 말을 들은 적이 없다는 거야. 발레를 하는 것도, 미국으로 떠나는 것도 모두 네 고집대로만 했잖아. 심지어는 임신한 몸으로도 결혼을 네 맘대로 결정하려 하고 있고. 네가 보기엔 내가 한심하고 못난 아버지라서 내 말을 그렇게 무시하는 거 아니냐?"

"제, 제가 언제요?"

"아니, 넌 그랬어. 난 누가 봐도 대한민국 평균 남자라고 자부할 수 있어. 아니, 평균 이상이지. 내 가족을 부양하고 자식들 교육시키고, 내가 해야 할 의무는 다 했어. 수지 결혼시킬 때는 내가 얼마나 당당했는 줄 알아? 수지 녀석도 교사라는 안정적인 직업이 있고, 나도 제대 후에 노후 걱정 없이 연금을 탈 수 있고. 그래서 상견례 자리에서 떵떵거렸지. 그런데 이젠 아니야. 이런 식으로 결혼이 깨지면 너는 또 내 탓이라고 하겠지? 네 엄마가 죽었을 때처럼 날 원망하며 실컷 미워하겠지? 혹시 네가 원하는 게 그런 거 아니냐?"

"말도 안 되는 억지 좀 쓰지 마세요. 벌써 십 년도 지난 이야기잖아요."

"넌 항상 그런 식이야. 네가 받은 상처는 아프고 쓰려 하면서 남이 받는 상처는 조금도 신경 쓰지 않지. 십 년도 넘은 이야기라고? 아니, 나한테는 십 년 넘게 진행되고 있는 이야기다. 넌 내 전화를 한 번이라도 밝고 반가운 목소리로 받아준 적이 없었어. 귀국해서도 수지가 겨우 찾아내고 나서야 집에 들어왔지. 모두 대단한 딸 둬서 좋겠다고 하지만, 난 아니야. 내가 좋을 게 뭐가 있어? 돈? 명예? 그까짓 거 다 필요 없어. 네가 한 걸음 한 걸음 올라갈 때마다 나는 더 못나고, 초라하고, 한심한 아버지가 돼야 해. 이제 더 이상은 못 견디겠어."

아버지가 수민의 눈을 똑바로 바라보았다. 십 년도 지난 그날처럼 아버지의 눈은 차갑고 날카로웠다.

"이젠 내가 널 버릴 차례다."

아버지는 싸늘하게 등을 돌리고는 문을 닫아버렸다.

수민은 안방 문을 바라보며 한참 주저앉아 있었다. 아버지와 수민 사이에 놓인 문이 아버지와 수민의 세상을 갈라놓고 있었다. 어떻게 해야 할지 알 수 없었다.

시계의 짧은 침이 한 바퀴를 돌고 수지가 올 때까지도 수민은 그대로 앉아 있었다.

"아빠가 전화했어, 언니 데려 가라고."

수지가 수민을 부축해 일으켰다. 다리에 쥐가 나는 바람에 겨우 걸음을 뗐다. 몸을 움직이니 그나마 정신이 들었다. 수민은 차에 타자마자 분통을 터뜨렸다.

"정말 왜 저런 억지를 부리시는 거야!"

"아빠 한번 고집부리시면 어떤지 언니가 더 잘 알잖아. 패튼 장군이 했던 명언이었나? 나를 지휘해라, 아니면 나를 따라라. 둘 다 아니면 내 앞에서 꺼져라. 그게 아빠 좌우명이잖아."

"그래서 나보고 어쩌라는 거야? 아버지 말대로 해주라고?"

"이 상황에 정답이 있겠어?"

"너라면 어떻게 할 건데? 정답이 아니라도 좋으니 그냥 찍어봐."

"아빠 말대로 하겠어."

아버지와 늘 잘 지내온 수지의 대답이 당황스러웠다.

"결혼한 첫해에 아빠가 우리 집 김장을 대신 해줬어. 시누이네 김장까지 100포기가 넘는 김치를 해왔지. 그때 내가 어떻게 한 줄 알아? 고맙다는 말 한마디 없이 엄청나게 화를 냈어. 도무지 아빠가 이해되지 않았어. 부담스럽기도 하고, 불효녀 낙인이 찍히는 것도 같고. 그런데 내가 짜증을 내든 말든 아빠는 백화점 세일 때면 매번 내 옷을 사줘. 아빠는 낡고 유행 지난 옷밖에 없는데 말이야. 매번 그런 식이었지."

순간 머뭇거리던 수지의 눈이 수민의 배로 향했다.

"처음 시험관 시술에 실패했을 때 속상해하는 나를 모두 위로하더라. 무자식이 상팔자라고, 자식이 있으면 자신만의 인

생은 없어진다고, 자식을 위해 모두 희생해야 한다고. 그런데
난 그러고 싶어. 내 인생 따윈 없어져도 좋으니까. 아기 울음
소리에 잠을 못 자도 좋고 아기 물건 사느라 내 건 전혀 못 사
도 좋으니 그럴 기회라도 갖고 싶었어. 부모란 자식을 위해 희
생하는 것만으로도 행복한 존재니까. 아마 아빠도 그러시겠
지. 언니를 위해 희생해도 행복할 거야. 비록 언니를 남에게
입양시킨다 해도. 그러니까 아빠한테 행복해질 기회를 줘."

하지만 수민은 희끗희끗해진 아버지의 긴 머리카락만 떠올
랐다. 단정한 군인답게 2주에 한 번 다듬고 염색하던 아버지
의 머리카락이 처음으로 목을 덮고 있었다.

4

언제나 나를 쉽게 용서해주었던 당신에게

수혁이는 끝까지 말리더라.

"정말 꼭 그렇게까지 하셔야겠어요? 수민이 누나는 절대 동
의하지 않을 것 같던데요."

"할 거다. 걱정 마. 걔가 겉으로는 강해 보여도 속은 여리거
든. 결국 내가 하자는 대로 할 거야. 그렇게 좋아하는 발레도
나 때문에 그만두려고 했던 애야. 아니, 내가 끝까지 반대했다

면 그만뒀겠지. 걔가 그런 애야."

수혁이는 한숨만 쉬더군.

"정확히 어떤 절차가 필요해? 많이 복잡하진 않지?"

"혼인신고와 비슷해요. 양부모와 양자 될 사람이 주소지 관할 구청에 가서 입양신고서만 제출하면 돼요. 증인 두 명이 필요한데, 꼭 동행할 필요 없이 이름, 주소, 날인한 연서만 있으면 되고요."

"그럼 내가 할 일은 아무것도 없나?"

"입양동의서는 써주셔야 해요."

수혁이가 툴툴거리면서도 입양동의서를 가져다주기에 그 자리에서 금방 썼어. 아주 간단했거든.

"양부모 될 분은 동의하신 거예요?"

"동의할 거야. 넌 그냥 수민이만 설득하면 돼."

수혁이는 기가 막히다는 듯 날 보고 웃더군.

"고모부는 세월이 흘러도 참 안 변하시네요."

녀석, 내가 억지로 군대 보낸 걸 기회 있을 때마다 물고 늘어진다니까.

"아직도 불만이냐? 내가 너 라식 수술까지 시켜가면서 군대 보낸 거?"

"당연하죠. 공익 갈 수 있었는데 현역으로 간 것도 억울하고, 입영 연기가 가능한데 못하고 끌려간 것도 억울해요."

"그렇게 억울했으면 탈영이라도 하지 그랬어?"

"부대에서 나오자마자 고모부한테 붙잡히지만 않았으면 성공했겠죠. 그래서 감사드려요. 고모부 덕분에 영창도 안 갔고, 이렇게 검사 노릇도 하네요."

조금이라도 내 마음을 가볍게 해주려고 어리광을 부리기에 나도 받아줬어.

"감사드린다는 놈이 매번 꼬투리야?"

"억울한 건 억울한 거니까요."

나도 가끔 미안하긴 해. 수혁이 인생에 끼어들어 내 맘대로 조종하려고 했던 거 말이야. 모든 게 잘돼서 지금은 이렇게 웃을 수 있지만, 아무리 의도가 좋았다고 해도 그렇게 하면 안 되는 거였지. 수민이와도 나중에 지금 얘기를 하면서 웃을 날이 있겠지?

"농담이에요. 아시죠? 저, 정말 고모부께 감사드려요. 저희집 식구 전부 다요."

난 고개만 끄덕였어. 수혁이가 무슨 이야기든 계속해줬으면 좋겠다고 생각했어. 원망이든 감사든 상관없었지. 다른 이야기를 하며 시간을 끌어주길 바란 거야. 내 손에 있는 서류를 넘겨주면 이제 정말 수민이는 내 딸이 아닌 게 되니까. 그냥 조금이라도 더 수민이를 내 딸로 데리고 있고 싶었어.

"수민이 누나도 저처럼 언젠가는 고모부 마음 알아줄 거예요. 언젠가는 저처럼 감사할 거고요."

입양동의서를 쥔 손에 힘이 들어가 종이가 보기 싫게 구겨졌어. 손으로 펴보려고 했는데 잘 안되더라. 단 한 번이었는데도 구김이 펴지지가 않았어.

"다 쓰셨으면 주세요. 빠진 거 없나 확인해보게."

마침내 그 순간이 왔어. 내가 내 딸을 버리는, 내가 원하던 바로 그 순간이……. 입양동의서를 내주고 난 빈손이 떨리는 게 보기 싫어서 힘껏 깍지를 꼈어.

"이제 이수민이 아니라 김수민이 되는 건가?"

내가 힘없이 말했어.

"설마 성까지 바꾸라고 하실 생각이었어요?"

내가 준 입양동의서를 확인하던 수혁이가 놀라서 고개를 들더군. 당황한 건 나였어.

"입양하면 그렇게 되는 거 아냐? 이젠 내 딸이 아니라 상호 딸이 되는 거니까 당연히 성도 바뀐다고 생각했는데."

"친양자 입양과 헷갈리셨군요. 친양자 입양은 친부와의 법적 가족 관계를 완전히 소멸하는 거라서 양부의 성과 본으로 변경돼요. 대부분 이혼 후 어머니가 친권, 양육권을 가지고 아이를 기르다 재혼할 때 하게 되죠. 재혼 후 1년 이상 지나면 할 수 있는데 15세 미만일 때만 가능해요. 수민이 누나처럼 성인인 경우에는 일반 입양밖에 안 되죠. 일반 입양의 경우는 친부모와의 법적 가족 관계가 소멸되지 않아요. 그러니 당연히 성이 안 바뀌죠. 가족관계증명서에도 친부모와 양부모가 모두 나와요. 성씨와 본관까지 바꾸려면 관할 가정법원에 '자의 성과 본의 변경허가 심판청구'를 따로 하셔야 해요. 그러려면 성씨의 변경이 입양자의 복리와 연관된다는 걸 증명해야 하고요. 물론 성인이 되어 친부를 찾았다거나 해서 친부모를 바꿀 경우도 있지만, 그건 굉장히 복잡해요. 친생자 관계 존부 확인 소송부터 시작해서 소송을 몇 개나 해야 가능하죠. 당연히 병원에서 친자 관계를 확인할 수 있는 검사도 받고 증명 서류를 제출해야 하고요. 설마 가짜 서류까지 만들어 그렇게 하고 싶으신 건 아니죠? 그건 사기예요."

수혁이의 친절한 설명이 하나도 귀에 들어오지 않았어. 그저 한 가지 생각만으로 가득했지. 수민이가 여전히 내 딸일 수 있다는 생각, 내 바람이 현실이 될지도 모른다는 생각뿐이었어.

"그럼 이 서류를 제출해도 내가 수민이 아버지란 거야?"

혹시나 내가 잘못 이해한 걸까, 혹시나 아니라고 대답하면 어쩌나. 내 목소리가 떨리고 있었어. 그런 내 맘을 눈치챘는지 수혁이의 눈빛이 깊어지더군.

"네. 입양을 한다고 해도 고모부는 여전히 수민이 누나의 친부로 남아요. 가족관계증명서에도 그렇게 나오고요."

난 아무 말 못했어. 그저 신께 감사드렸지. 방금 전까지 원망했는데 말이지. 나한테 아무것도 주시지 않아 이렇게 보잘것없는 사람이 되게 해서 딸까지 빼앗기는 신세로 만들었다고……

"고모부, 정말 입양하고 싶으신 거예요?"

수혁이가 다시 한 번 묻더군. 고개를 끄덕이면서도 마음이 조금은 편해졌어. 대전으로 내려가는 버스 안에서 며칠 만에 설핏 잠들기까지 했으니까.

상호 사무실에 자주 찾아가면 사람들이 이상하게 생각할까 봐 오늘은 관사로 갔어. 상호는 관사 거실에 있는 나를 보고도 전혀 놀라지 않더군. 그냥 당번병한테 짜증만 냈어.

"주인도 없는데 손님을 들이면 어떡해!"

"네 와이프가 전화해서 들여보내주라고 했어."

하얗게 질린 당번병 대신 내가 변명을 해주었지. 상호가 나를 피하려고 어디에 있는지 말해주지 않아서 상호 댁한테 전화를 했거든. 다행히 상호 댁은 내 처지를 잘 이해해줬어.

당신이 수지를 임신했을 때 걸핏하면 경기를 해서 병원에 입원한 수민이를 당신 대신 간호해준 사람이 바로 상호 댁이잖아. 당신이 떠난 뒤 내가 수민이, 수지만 두고 동해로 발령 나서 내려갔을 때도 상호 댁이 우리 집에 살다시피 하며 수민이 뒷바라지를 해주었지. 그래서인지 굳이 사정을 묻지도 않고 입양을 해주겠다고 하더군.

"이젠 우리 와이프까지 괴롭히냐?"

"원래 제수씨가 너보다 말이 통하잖아. 수민이 입양하는 거 아주 좋아하던데? 같이 혼수 장만하러 다녀도 되냐고 묻더라고."

내가 '제수씨'라고 부르면 매번 '형수님'이라고 부르라며 윽박지르던 상호 녀석이 이번에는 아무 소리 없이 넘어가더군. 그저 어이없다는 듯 헛웃음만 지었어.

"정말 다 같이 미쳐가는구나."

"맞아, 다 같이 미쳤어. 그러니까 너도 왕따 당하지 말고 같이 미치자."

상호는 대답하지 않았어. 묵묵부답 작전을 쓰기로 한 모양이야. 그래서 내가 마지막 공격을 감행했어. 수혁이가 해준 설명을 되풀이했지. 상호는 그제야 입을 열더군.

"그러니까 난 그냥 양부만 되는 거고, 친부는 그대로 남는 다는 거지? 그런다고 해도 결혼식 때 성이 다른 거 들통이 날 텐데 꼭 그렇게까지 해야겠냐?"

"너 예식장 안 가봤냐? 신부 이름에 성 붙이는 데 있어? 어차피 결혼식 때는 혼주만 성과 이름을 다 쓰잖아."

그러고는 목 안에 뭔가가 꽉 들어찬 것처럼 다음 말이 나오지 않았어. 상호의 날카로운 눈이 나를 바라보는데도 입을 열수가 없었어. 등 뒤로 식은땀이 흘렀지.

"김상호의 딸 수민, 이런 식으로."

마침내, 그 말을, 가까스로 내뱉었어. 순간 상호의 눈에 서렸던 긴장이 풀렸어. 내가 이긴 거야. 드디어…….

"벌써 그런 것까지 생각하고 있었던 거냐? 너도 참, 내가 졌다, 졌어! 그래, 해줄게. 그런데 그렇게 한다고 해서 그쪽 집에서 수민이를 받아들이라는 법도 없잖아."

"일단 태훈이도 도움이 될 거라고 했고, 그쪽에서도 안면있는 사람을 함부로 대하진 못할 거 아냐. 너 방위사업청(방위력 개선 사업, 군수품 조달 및 방위산업 육성에 관한 사업을 관장하는 정부 기구)에 있을 때부터 그쪽 그룹 사람들과 안면 있잖아?"

"무슨 뜻이야?"

순간 상호가 날카로워지더군. 혹시나 일을 그르칠까 싶어 가슴이 조마조마했어.

"다른 뜻은 없어. 내가 네 성격을 잘 아는데, 군납 비리니 뭐니 그딴 소리를 하자는 게 아니야. 그저 아는 사람이니 이야기하기가 더 쉽다는 뜻이었어."

아는 사람일수록 자존심을 굽히기가 더 힘들지. 낯선 이에게는 쉽게 무릎을 꿇으면서도 가까운 사람에게는 고개조차

숙이기 힘드니까. 그걸 잘 알면서도 나는 상호가 그렇게 해주
길 바랐어. 참 염치없지만.

"부탁이다, 제발……."

결국 상호가 고개를 끄덕였어. 저녁 먹으라고 붙잡는데 차
가 많이 밀린다는 변명을 하고는 뿌리쳤지. 그러고보니 하루
종일 아무것도 못 먹었더라. 고속도로 휴게소에서 여기저기
기웃거려봤지만 입맛이 당기지 않아 못 먹었어.

언젠가 입양아가 친어머니를 찾는 다큐멘터리를 본 적이
있어. 일흔 먹은 할머니가 나와서 엉엉 울더라. 자식에게 조금
이라도 나은 삶을 살게 하려고 보냈다 해도, 자식이 용서를 한
다고 해도 자식을 버린 자신을 용서할 수가 없다고. 그렇게 우
는 어머니를 붙잡고 아들도 울더라. 이해한다고, 용서한다고
계속 중얼거리며 어머니의 눈물을 닦아주더군.

우리 수민이도 언젠가는 그 아이처럼 나를 이해하고 용서
해줄까? 그리고 나도… 언제까지나… 그 어머니처럼 스스로
를 용서할 수 없을까? 아무리 수민이가 나를 이해하고 용서해
준다고 해도…….

5

모두들 수민을 상호 아저씨의 딸로 만들지 못해 안달이었

아빠의 별 235

다. 친부모는 바뀌지 않는다는 수혁의 말에도 수민은 고집을 꺾지 않았다. 학교까지 찾아온 상호 아저씨도 반갑지 않았다. 몇 년 만에 뵙는데도 간단히 목례만 했다. 아저씨가 입양을 허락했다는 얘기를 들었지만 전화 한 통 하지 않았다. 말도 안 되는 상황이 실제로 진행되고 있다는 게 황당할 뿐이었다. 그리고 이 어이없는 상황에 어떻게 대처해야 할지 몰라 헤매느라 아저씨에 대한 배반감은 잠시 잊고 있었다.

"헛걸음하셨어요. 저 아저씨 딸 될 생각 없어요."

상호 아저씨는 수민의 거절에 오히려 흐뭇해했다.

"다행이네. 난 네가 쉽게 허락할까봐 걱정했는데. 그렇게 쉽게 부모 바꾸겠다는 딸은 싫거든."

아저씨의 말에 일말의 희망이 생겼다. 수민보다는 아저씨가 거절하는 게 아버지를 빨리 포기시키는 방법이었다.

"아저씨한테 실망했어요. 수혁이나 수지는 어려서 그렇다 쳐도 아저씨까지 아버지한테 넘어갈 줄은 몰랐어요. 아버지가 말도 안 되는 일을 벌이면 말려주셔야죠. 아버지 친구가 맞긴 한 거예요?"

"친구 맞지. 그런데 내가 네 아버지와 어떻게 친구가 되었는지 아니?"

가끔 궁금하긴 했다. 같은 동네에서 태어났다고 해도 아버지와 상호 아저씨는 어울리기에 무리가 있었다. 상호 아저씨 집안은 아직도 고향에서 지방 유지로 권세가 대단했다.

"난 늦둥이였어. 바로 위의 형이 나보다 열여섯 살이나 많았지. 집안에서 나랑 놀아줄 형제가 없어서 동네 아이들과 어울렸어. 그런데 어느 날 문득 이상하다는 생각이 들더라. 난 가위바위보에서 한 번도 져본 적이 없었어. 숨바꼭질을 할 때 술래가 되어본 적도, 술래가 날 찾은 적도 없었어. 아이들은 내가 불편했던 거야. 우리 동네 사람들은 거의 모두 우리 집 땅을 부쳐 먹고 살았지. 나머지는 우리 집 농사를 도와주고 삯을 받는 사람들이었고. 아마 아이들 부모가 단속을 했겠지. 나한테 잘해주라고, 밉보이지 말라고, 져주라고."

사실 어른들이 특별히 단속할 필요도 없었다. 아이는 어른보다 생존 본능이 강하니까. 아이들은 누가 말해주지 않아도 강자에게 고개를 숙이기 마련이었다. 수민이 그랬듯이.

"그때부터는 아이들이 불편해지더라. 그런데 네 아버지는 달랐어. 나와 동갑인 네 아버지가 학교도 그만두고 우리 집에서 일하는 게 불쌍해서 할아버지께 어른 몫의 품삯을 주라고 부탁드렸지. 그런데 그걸 알고 네 아버지는 동정 따위는 싫다면서 오히려 화를 내더라. 그때 알았지. 이 아이라면 정말 내 친구가 되어줄 수 있겠구나. 사실 그전에는 네 아버지와 어울릴 일이 없었거든. 네 아버지는 워낙 산골 깊숙이 살아서 동네에 잘 내려오지 않았으니까."

문득 궁금했다. 상호 아저씨는 왜 뜬금없이 옛날 얘기를 하는 걸까?

"네 아버지와 50년을 알고 지냈다. 치매에 걸린 우리 아버지를 모실 요양원을 알아보러 다닌 사람도, 우리 아버지를 모시고 가서 입원시킨 사람도, 잘 계신지 직접 가서 가끔씩 확인해준 사람도 네 아버지였어. 자식이 없다는 이유로 우리 어머니한테 시달리다 집을 나간 내 아내를 찾아준 사람도 네 아버지였고. 네 아버지는 내가 부탁하기도 전에 날 도와주었고, 내가 부탁하면 절대 거절하는 법이 없었어.

하지만 네 아버지는 사적인 일이든 공적인 일이든 한 번도 나한테 부탁을 한 적 없지. 다른 사람들은 어떻게든 나와 연줄을 대서 인사 청탁을 하려고 애쓰는데, 네 아버지는 아니었어. 오히려 우리가 친구 사이라는 걸 숨기려고 같은 부대에서 근무할 때는 나한테 깍듯이 경례까지 하며 모른 척했지. 진급은 못했어도 친구를 이용해 먹지 않았으니 다행이라고까지 했어. 그래서 돕고 싶어도 돕지 못했지. 네 아버지 성격에 몰래 도왔다 들키면 그날로 절교할 테니까. 그런데 그런 네 아버지가 50년 만에 처음으로 부탁을 하더라. 차마 거절할 수 없었어."

상호 아저씨가 돌아가고 난 뒤 수민은 얼굴을 감싸 쥐었다. 아버지의 말대로 하는 것은 어렵지 않았다. 친부가 변경되는 것도 아닌 데다 아버지의 부탁을 처음으로 들어줄 수 있었고, 번갈아 설득하러 찾아오는 사람들을 피할 수도 있었다. 하지만 그들이 잊고 있는 게 있었다. 수민이 입양을 허락한다고 해서 결혼을 하겠다는 뜻은 아니었다. 수민은 이런 방법까지 써야 하는 결혼이 점점 더 망설여졌다.

흔들리는 수민의 마음을 눈치챘는지 태훈은 술에 잔뜩 취해 수지의 집 앞에서 퇴근하는 수민을 기다렸다. 부축하는 대리운전 기사까지 휘청거릴 만큼 엉망으로 취해 있었다.

"도대체 왜 입양에 동의를 안 하는 거야? 입양에 동의하면 우리 엄마도 좀 달라지실 거라고! 우리 아버지는 법적으로 혼인신고를 못한 죄로 엄마한테는 약하단 말이야!"

그 순간 가슴속의 뭔가가 툭 끊겼다. 태훈만은 자기 편이 되어주기를 바랐다. 오늘 저녁 태훈과 함께 아버지를 찾아갈 생각이었다. 그러면 아버지의 억지가 달라질 거라고 기대했다. 하지만 태훈은 편한 방법으로 해결하기를 바라는 모양이었다.

"아들 없는 집에서는 성인 입양도 많이 한다더라. 그냥 형식상으로 하는 건데 어려울 거 없잖아."

태훈도 다른 사람들처럼 그렇게 설득하려들었다.

"그러면 정말 나랑 결혼도 안 하고 아기 낳을 생각이야? 네 아버지가 그 꼴 보면 좋아하실 것 같아?"

그래도 수민이 침묵을 지키자 태훈은 짜증을 냈다.

"좋아, 맘대로 해. 대신 아기를 볼 생각은 꿈도 꾸지 마."

"무슨 소리야?"

"여기 미국이 아니라 한국이야. 아직도 아버지의 친권이 더 우선시되는 곳이라고. 게다가 우리 집안의 재력과 권력이면 아기를 못 보게 하는 것쯤 아무것도 아니야."

더 이상 후퇴할 곳이 없었다. 이제는 지쳐서 버틸 힘도 없었다.

"결혼해도 발레는 계속할 거야. 춤출 수 있게 해준다고 약속할 수 있어?"

태훈의 얼굴이 환해졌다.

"그럼, 당연하지!"

6

여보, 그동안 잘 있었어? 우리 신이도 잘 있었지? 우리 신이 왜 대답이 없어? 아빠가 지난달에 안 왔다고 섭섭해서 토라졌구나? 수민이 누나 일로 바빠서 그랬으니 좀 이해해줘. 아빠가 대신 오늘은 더 예쁘게 잔디 다듬어줄게.

여보, 마침내 수민이가 입양에 동의하겠대. 태훈이 녀석이 내가 시킨 대로 협박을 하니 단번에 항복하더래. 이럴 줄 알았으면 처음부터 아기 못 보게 하겠다고 협박하라고 시키는 건데 괜히 애먼 수지, 수혁이, 상호를 고생시켰네. 혹시라도 태훈이와 사이가 나빠질까봐 끝까지 그 방법은 쓰고 싶지 않았는데, 수민이가 예상보다 끈질기더라고. 오늘 구청에 입양 신청을 하러 갈 거야.

너무 열심히 일했나봐. 가을도 다 갔는데 온몸이 땀으로 젖었네. 그래도 당신은 좋지? 내가 잔디도 깎아주고, 꽃나무도 심어주고 했으니까. 이제 한잔할 자격 있는 거지? 걱정 마, 많이 마시지는 않을 거야.

당신 먼저 한잔 줄게. 그리고 나 한잔. 카, 좋다!

아, 이렇게 당신한테 기대 누워 있으니까 옛날 생각이 난다. 당신한테 잘 보이려고 꽃다발을 사갔을 때 당신이 화냈던 거 기억나? 당신은 꽃다발을 싫어했지.

"아무리 예쁘다고 해도 사람의 얼굴만 잘라 다발을 만들면 얼마나 끔찍하겠어? 생명을 인위적으로 잘라서 보며 즐기는 거, 인간의 잔인한 이기심이야. 굳이 꽃을 선물하고 싶거든 뿌리가 있는 화분으로 해줘."

당신은 좁은 화분에 갇혀 있는 나무들도 안타까워했어. 그래서 난 나중에 커다란 정원을 갖게 해주겠다고 약속했지. 이제 그 약속은 지킨 거지? 당신을 보러 올 때마다 심었더니 웬만한 식물원 못지않게 나무가 많아졌네. 꽃들도 많고.

당신 덕분에 꽃 이름도 많이 알게 됐어. 지금 흐드러지게 피어 있는 게 은목서 맞지? 아직 봉우리만 있는 건 구골나무고. 작고 하얀 꽃이 향기는 어쩜 이리 강한지……. 따로 보살펴주는 사람 없어도 이렇게 잘 자라는 건 당신이 보살피고 있기 때문이겠지?

아, 좋다. 햇살도 좋고, 나무도 좋고, 바람도 좋고, 술맛도 좋고. 나 노래 한 자락 해도 되지? 며칠 잠을 못 잤는데, 당신이랑 같이 있어서 그런지 노곤하게 잠이 오네. 겨울도 다가오는데 여기서 잠들었다간 수민이 결혼식 보기도 전에 당신 곁으로 갈 테니 이렇게 노래 부르면서 잠을 깨야겠다.

나 태어난 이 강산에 군인이 되어
꽃피고 눈 내리기 어언 30년
무엇을 하였느냐 무엇을 바라느냐
나 죽어 이 흙 속에 묻히면 그만이지

아~ 다시 못 올 흘러간 내 청춘
푸른 옷에 실려간 꽃다운 이 내 청춘

아들아 내 딸들아 서러워 마라
너희들은 자랑스런 군인의 아들이다
좋은 옷 입고프냐 맛난 것 먹고프냐

아서라 말아라 군인 아들 너로다

아~ 다시 못 올 흘러간 내 청춘
푸른 옷에 실려간 꽃다운 이 내 청춘
(김민기 작사·작곡 '늙은 군인의 노래' 중에서)

7

상호 아저씨와 수민이 입양신고를 마치고 구청에서 나오는데, 태훈이 기다리고 있었다.

"같이 식사라도 하자고 내가 불렀다."

상호 아저씨의 말에 태훈이 싱글벙글하며 응수했다.

"언제든 불러만 주시면 달려오겠습니다, 아버님."

수민은 '아버님'이라는 단어에 움찔했다.

태훈은 우리 아버지한테도 그렇게 불렀을까?

왠지 아니었을 거라는 생각에 짜증이 치밀었다. 태훈이 아니라 아버지에게 화가 났다. 아버지는 분하고 억울한 일을 너무 잘 참았다. 가족을 위한다는 명목으로 그랬지만 그게 가족에게는 오히려 더 상처였다.

미리 예약해두었는지 저녁인데도 호텔 한식당의 룸이 비어 있었다. 잠시 나갔다 온다던 태훈은 꽤 오래 있다가 돌아왔다.

아버지와 함께였다. 텔레비전을 통해 태훈 아버지의 얼굴을 알고 있던 수민은 당황해서 일어섰다. 태훈 아버지는 어머니와 달리 수민의 인사에 간단한 목례로 답해주었다. 태훈 아버지와 상호 아저씨는 이미 아는 사이인지 안부 인사를 주고받았다.

일이 어떻게 돌아가는지, 어떻게 반응해야 하는지 수민은 알 수가 없었다. 식사가 나온 게 반가울 정도였다. 수민은 먹는 데만 치중했다. 태훈 아버지가 상호 아저씨에게 술을 권하며 입을 열었다.

"이번에 전력 증강을 위해서 KDX(한국형 구축함 개발 계획)를 다시 재개할 거라는 소문이 있더군요. 이지스함급은 아니라도 구축함급은 될 거라고 하던데……."

순간 상호 아저씨가 긴장으로 굳었지만 언제 그랬냐는 듯 금세 너털웃음을 터트렸다.

"그런 소문이 있습니까? 글쎄요, 그게 사실이라면 저희 해군으로서는 반가운 일이죠."

"아이고, 왜 이러십니까, 김 총장님. 천안함 침몰에 연평도 포격에 이래저래 북한과 문제가 생기면서 KDX-3 때 6척에서 3척으로 뚝 잘렸던 것에 대한 비난 여론이 만만치 않았다는 건 세상이 다 아는데요."

"어리석은 소리지요. 무기가 없어서 그런 일이 생겼습니까? 저희가 능력이 안 돼서 참고 있는 거 아닙니다. 희생이나 피해를 최소화하려고 그러는 거지요."

상호 아저씨도 아버지처럼 반전주의자인 모양이었다.

가끔 텔레비전에서 북한의 도발에 맞대응하자고 주장하는 사람이 나오면 아버지는 어리석은 의견이라고 반박하곤 했다. 군인이 전쟁에 반대한다니, 우스웠다. 전쟁에 대한 두려움 때문이냐는 수민의 물음에 아버지는 의외로 순순히 고개를 끄덕였다.

"맞아, 두렵지. 내가 다치거나 죽는 건 두렵지 않아. 내가 지키지 못해 다치고 죽어가는 생명이 있을까봐 두려운 거지. 그 사람들을 위해 치러야 한다고 생각한 전쟁이 그 사람들을 죽이게 될까봐 두려워. 전혀 알지 못하는 사람을, 사랑하는 가족이 있을 사람을 죽이게 될 게 두려워. 그렇게 서로에게 상처만 입힐 전쟁이 두려워. 네빌 체임벌린(영국 총리, 1869~1940)이 말했지. 전쟁에선 어느 편이 스스로를 승자라고 부를지라도 승자는 없고 모두 패자뿐이라고. 전쟁은 편을 갈라 싸우지 않았던 사람들까지 패자로 만드는 것 같아."

아버지는 끝까지 참고 견뎌야 한다고 했다. 모든 일을 군인 정신으로 즉시 반응하고 해결하던 아버지의 반응이 수민은 조금 놀라웠다.

상호 아저씨의 말투가 딱딱했는지 태훈 아버지는 상황을 무마하려 애썼다.

"누가 전쟁을 하자는 겁니까? 그저 제 말씀은 방어가 최선의 공격이다, 이런 뜻이지요."

"네, 잘 알겠습니다. 그런데 이런 좋은 날에 그렇게 무거운 이야기는 그만하죠."

태훈 아버지는 서둘러 결혼 날짜를 잡자는 상호 아저씨의 의견에 아무런 토도 달지 않았다. 게다가 호텔 정문까지 상호 아저씨를 배웅하러 나섰다.

"태훈이한테 조선소를 맡길 생각입니다. 이제 곧 사위가 될 테니 아무쪼록 잘 부탁드립니다."

"부탁은 제가 드려야지요. 사위는 백년손님이지만 며느리는 어디 그렇습니까? 그래도 한 회장님 성품이 넉넉하시니 우리 수민이를 잘 돌봐주시리라 믿습니다."

상호 아저씨는 태훈 아버지의 말뜻을 모른 척 받아치고는 차에 올라 떠났다. 아저씨의 차가 시야에서 사라지기도 전에 태훈 아버지는 수민에게 당부했다.

"내가 널 그냥 받아들였다고 생각지 마라. 엄연히 조건부 허락이다. 그나마 포기하는 마음이 거의 다고. 알아서 잘하리라 믿는다."

수민의 대답은 듣지도 않고 태훈 아버지는 대기 중인 차에 올랐다. 태훈도 급한 인사만 남긴 채 아버지를 따라 가버렸다.

수민은 곧장 상호 아저씨에게 전화를 걸었다. 상황을 전해 들은 아저씨는 한숨을 내쉬었다.

"구축함은 수천 억이 넘게 들어가는 사업이야. 이지스함은 조 단위의 돈이 들고. 사업 계획만 몇 년이 걸리지. 그러니 일단 시간을 번다 생각하고 한 귀로 듣고 한 귀로 흘려버려라."

수민이 시달리는 게 문제가 아니었다.

모든 집단이 그렇듯 군대에서도 청탁과 비리가 난무했다. 하지만 아버지는 달랐다. 어린 수민까지 답답하게 여길 만큼 뻣뻣했다. 어쩌다 엄마가 높은 사람 집에 김치를 가져다준 걸 알기라도 하면 그날은 당장 부부 싸움을 했다.

"이웃끼리도 그냥 나눠 먹는 게 우리 인심이야."

"그 사람이랑 우리가 이웃이었어? 저번에 허리 아프다고 드러누웠던 것도 그 집 김장 대신 해주느라 그랬던 거지? 당신 정말 왜 이렇게 말을 안 들어?"

"다들 그러고 살아. 남들은 진급하려고 돈까지 갖다 바친다는데 그게 뭐 대수라고 그래?"

"그래서 나더러 그런 인간이 되라고? 갖다 바칠 돈 없으니까 마누라 식모살이 시켜서라도 진급하라고?"

현실과 이상 사이의 괴리가 결코 줄어들 수 없듯 부모님의 주장도 타협점을 찾지 못했다. 아버지에게 들키지 않도록 조심하며 김치를 담그느라 엄마만 더 고생이었다.

"이렇게 고생하면 뭐 해? 아버지는 화만 내는데. 아버지 정말 너무해."

수민은 부부 싸움을 하고 난 다음 날도 김치를 담그는 엄마에게 투덜거렸다. 아버지에 대한 불평이기도 했지만 엄마에 대한 불만이기도 했다. 어린아이의 눈에도 아버지가 옳다는 게 분명해 보였기 때문에 기어이 고집을 부리는 엄마가 못마땅했다.

"아버지 말씀 틀린 거 하나도 없어. 돈 갖다 바치고, 아부하고, 그렇게 딴 방법으로 진급하면 본전 생각나서라도 아랫사람한테 똑같이 바라게 될 거야. 그러면 악순환이 반복되는 거잖아."

엄마는 아버지가 했던 말을 반복하며 툴툴거리는 수민을 달랬다. 수민은 기다렸다는 듯 본심을 드러냈다.

"그럼 엄마는 왜 김치 갖다 바치는 거야? 그것도 아버지 몰래 숨어서."

"그런 아버지가 변할까봐 무서워서 그래. 능력만으로 평가받을 수 있다는 아버지의 믿음이 깨질까봐, 청탁이나 비리 따위는 용납할 수 없다는 아버지의 신념이 깨질까봐. 이렇게 내가 몰래 갖다 바쳐서 아버지가 진급한다면 네 아버지의 생각은 달라지지 않을 테니까. 그렇게 아버지가 높은 사람이 되면 능력만으로 부하들을 진급시키겠지. 그럼 언젠가는 공정한 진급 심사가 이루어지는 날이 오지 않겠니?"

그렇게까지 해서도 진급하지 못한 아버지였다. 하지만 엄마의 우려와는 달리 아버지의 올곧은 생각은 변하지 않았다. 어쩌다 수지가 학부모에게 스타킹 한 켤레라도 받아오는 날이면 태평양 너머에 있는 수민에게까지 불똥이 튀었다.

"설마 너도 그렇게 사는 건 아니지?"

"남들이 저한테 부탁할 일이 뭐가 있겠어요? 제가 부탁한다면 모를까요."

입이 방정이었다.

"설마 발레단에서도 캐스팅 때문에 청탁하고 그러냐?"

당연한 얘기였다. 모든 집단이 그러니까. 안나 파블로바는 황제의 정부였던 크셰신스카와의 경쟁에서 밀려 결국 러시아를 떠나야 했다. 지금도 달라진 것은 없었다. 주역 경쟁에 따른 스트레스로 정신과 치료를 받거나 이적하는 무용수는 꽤 많았다. 하지만 불안한 아버지의 목소리에 수민은 솔직히 대답하지 못했다.

"그럴 리가요. 실력이 안 되는 사람을 다른 이유로 캐스팅하는 거 상상할 수도 없어요."

수민의 대답에 아버지는 한숨을 내쉬며 다행이라고 말했다. 전화를 끊을 때까지 그랬다. 다행이다, 다행이다……

교수로 임용되었다는 소식을 듣자마자 아버지는 똑같은 당부를 했다. 청탁은 하는 것도 아니고, 받는 것도 아냐.

아버지의 세뇌가 효력이 있는지 잘 부탁한다던 태훈 아버지의 말이 수민은 내내 마음에 걸렸다. 자신이 가운데 있으니 더 껄끄러웠다.

"전 괜찮은데, 혹시 아저씨까지 시달리실까봐 걱정이에요."

"걱정 마. 너 아니더라도 시달리게 되어 있으니까. 그런 식으로 인맥을 동원해 어떻게든 해보려는 인간들, 세상에 널렸어. 로비스트라는 직업이 괜히 생겼겠니? 혹시 너 때문에 내가 비리라도 저지를까봐 걱정하는 거라면, 네가 날 잘못 본 거다."

아저씨는 수민이 차마 꺼내지 못한 질문까지 눈치채고 있었다. 수민은 안도의 한숨을 내쉬었다.

"네 아버지와 내가 괜히 친하겠니? 네 아버지 진급도 끝까지 모른 척했을 만큼 나 꽤 고지식한 사람이다. 그러니까 걱정하지 마. 네 아버지가 은근슬쩍 건네는 부탁도 딱 잘라서 미리 거절했어. 아무리 네 아버지라 해도, 돈까지 싸 짊어지고 와서 대놓고 청탁한다 해도 들어줄 수 없는 일이라고 말이야."

아저씨의 목소리가 점점 멀어졌다. 아버지가 변하지 않기를 바라던 엄마의 꿈은 결국 깨졌다. 아버지가 달라지지 않아 기쁘다던 엄마의 안도도 결국 사라졌다. 모두 수민 때문이었다.

제 7 장
사랑의 절대성

1

웅장한 검은색 철문을 통과하자 탁 트인 잔디밭이 나왔다. 군데군데 서 있는 건물을 몇 개 지나치고 나자 꽤 큰 호수까지 보였다. 태훈은 붉은 사암 덩어리로 지어진 빅토리아풍 건물 앞에 얼마 전 장만한 자동차 코닉세그를 세웠다.

"그래도 운이 좋았어. 편찮으셔서 그런지 꼬장꼬장한 할머니의 성품이 좀 부드러워지셨거든. 게다가 할머니는 발레뜨망(balletomane, 발레 애호가)이니까 널 좋아할 거야."

검은 제복에 하얀 에이프런을 두른 하녀가 현관문을 열고 수민과 태훈이 들어오기를 기다렸다. '하녀'라는 단어도 생소했고, 그 단어를 떠올린 자신도 어색하고 낯설어 피식 웃음이 났다.

"왜? 여기까지 오니 다 됐다 싶어 절로 웃음이 나?"

순간 태훈 어머니의 목소리에 웃음이 싹 가셨다. 수민은 목소리가 나는 곳을 찾아 주위를 두리번거렸다. 브라질 슬레이트석 바닥과 캘거타 마블의 벽으로 이루어진 1층은 반은 로비였고, 반은 2층으로 향하는 계단이 양 갈래로 나 있었다. 태훈 어머니는 오른쪽 계단 밑의 의자에서 일어나 다가왔다. 수민이 고개를 숙여 인사했지만 본 척 만 척했다.

"한남동 사모님도 와 있다."

"그래요? 한 번에 끝낼 수 있겠네. 너무 걱정하지 마요."

태훈은 어머니의 손을 꼭 붙들며 말했다. 수민은 자신의 손이 아니라 어머니의 손을 잡아주는 태훈이 못내 섭섭했지만 티내지 않고 구불구불한 계단을 오르는 그들의 뒤를 따랐다. 2층에 올라가니 화려한 원색의 꽃무늬 천으로 장식된 트위스트 가구로 가득한 거실이 나왔다. 태훈 할머니는 취향이 소녀풍인 것 같았다.

"내가 죽었냐? 내 눈에 흙 들어가기 전에는 첩년 꼴 안 본다고 했지? 서방이 들이는 첩이든 아들이 들이는 첩이든 첩은 첩이야."

카랑카랑한 목소리가 응접실 한쪽의 문으로 새어나왔다. 태훈 어머니의 몸이 긴장감으로 꼿꼿해졌다. 곧 문이 열리고 예비 사촌 동서가 밖으로 나왔다.

"죄송해요. 오늘 기분이 안 좋으시네요."

옅은 베이지색 새틴 블라우스에 남색 치마를 입은 사촌 동서는 어쩔 줄 몰라 하며 태훈 어머니와 눈을 마주치지 못했다. 그러고는 곤란한 상황을 피하려는 듯 아래로 내려가버렸다.

태훈 어머니는 바들바들 떨다가 이를 악물고는 문 쪽을 향해 큰 소리로 말했다.

"다음에 또 올게요, 어머님."

"썩을 년! 나 빨리 죽으라는 거냐? 내 눈에 흙 들어가기 전에는 안 본다고 했지!"

태훈 어머니는 심호흡을 하며 화를 억누르려 애썼다. 태훈은 그런 어머니를 안쓰럽게 바라보며 토닥여 달랬다.

"나는 식당에 가서 기다리고 있으마."

태훈은 어머니의 손을 다시 한 번 꼭 쥐어주었다. 태훈 어머니는 입을 꽉 다물고는 손을 놓고 계단으로 내려갔다. 태훈이 그제야 수민의 손을 잡았다.

"각오 단단히 해."

태훈이 방문을 열자 안에 있던 사람들의 눈이 일제히 수민을 향했다. 혹시라도 가족이 모인 자리에서 실수를 할까봐 차를 타고 오는 내내 인터넷 검색을 통해 친척들의 얼굴을 외워야 했다. 태훈 할머니, 태훈이 한남동 어머니라 부르는 아버지의 본처, 배다른 형제자매인 태은, 태경, 태민의 표정은 가지각색이었다.

태훈과 수민이 절을 하려 하자 태훈 할머니가 말했다.

"몸 아플 때는 절 받는 거 아니다."

한남동 어머니도 그들의 절을 받지 않았다.

"우리가 예의 차릴 사이는 아니잖니?"

태훈은 고개만 까닥하고는 자리에 앉아버렸다. 수민은 나름대로 허리를 숙여 인사한 뒤 태훈 옆에 무릎을 꿇고 앉았다. 스커트 정장 차림이 벌써부터 불편했다.

태훈 할머니가 담배를 집어 들자 한남동 어머니가 재빨리 라이터를 들어 불을 붙였다. 할머니는 담배를 깊이 빨아들인 뒤 연기를 내뱉었다. 담배 연기에 구역질이 났다. 방 안에는 이미 담배 연기가 가득했다.

"첩년 안 만들고 결혼하는 걸 보니 그래도 네 아비나 할아비보다는 낫다고 해주랴?"

태훈은 대꾸 없이 웃기만 했다.

"이깟 걸로 내 점수 따려고 생각했다면 어림없다."

수민은 할머니의 손에 있는 담배를 바라보았다. 다 타려면 아직 멀었다. 구역질을 참을 수 없어 겨우 입을 열었다.

"죄송하지만 담배를 좀 꺼주셨으면 좋겠습니다."

순간, 정적이 흘렀다.

태훈 할머니의 한쪽 눈썹이 올라갔다.

"강단은 있는 애로구나. 과연 버틸지는 의문이지만."

"어머님도 맘이 너무 좋으셔서 탈이에요. 그걸 어떻게 강단으로 해석하세요? 버릇이 없는 거죠. 없는 것들은 인내심도 부족하니? 참아! 어디서 감히!"

"됐다. 그만 나가봐."

"할머니, 이 사람이 지금 몸이……."

태훈이 수민을 위해 변명하고 나섰다.

"정말 맘에 안 드는군."

태훈 할머니의 말에 수민도 가슴이 철렁했다. 할머니는 담뱃불을 끄면서 씩 웃었다.

"너무 말랐어."

"할머니 그건……."

"네가 잘못한 게지. 밥도 안 사먹였냐?"

그제야 태훈의 어깨에서 긴장이 풀렸다.

"그러니까 잔말 말고 나가서 밥이나 먹어."

할머니는 그 말을 끝으로 다시 담배에 불을 붙였다.

식당에는 이미 점심 식사를 위한 준비가 다 되어 있었다. 10인용 식탁 끝에 뾰로통한 표정으로 앉아 있던 태훈 어머니가 일어섰다. 한남동 어머니는 태훈 어머니 쪽으로는 눈도 돌리지 않고 식탁 반대편 끝에 자리를 잡았다. 태은, 태경, 태민은 당연히 한남동 어머니 쪽에 몰려 앉았고, 태훈은 어머니에게

다가갔다. 수민이 태훈의 맞은편에 앉아야 할지 옆에 나란히 앉아야 할지 망설이고 있을 때 태희가 들어왔다.

"안녕하셨어요?"

태희는 한남동 어머니에게 고개 숙여 인사를 했다.

"늦어서 죄송합니다. 외식 사업이 다 좋은데 주말에 바빠요."

태희가 변명을 하며 태훈 옆자리에 앉았다. 이젠 고민할 필요도 없었다. 식탁을 돌아 태훈 맞은편에 앉으려는데 모두의 눈이 수민을 향했다. 태훈이 눈짓으로 앉지 말라는 신호를 보냈다. 수민은 자리에 앉으려다 말고 엉거주춤한 자세로 태훈에게 소리내지 않고 물었다.

'왜?'

태훈은 곤란한 듯 주위를 둘러보았다. 그러자 태희가 한숨을 내쉬며 말했다.

"지금 우리랑 같이 밥을 먹겠다는 거예요?"

"네?"

"우리 집은 며느리랑 같이 밥 안 먹어요. 큰올케는 어디 있는 거야?"

태희가 식탁 아래 있는 벨을 연달아 누르자 사촌 동서가 급히 들어왔다.

"언니, 우리 배고파요."

"네, 지금 들어와요."

사촌 동서의 말이 끝나기도 전에 하녀 여럿이 음식 쟁반을 들고 들어왔다. 그때까지도 수민은 어떻게 해야 할지 몰라 당황하고 있었다. 동서가 슬며시 수민에게 다가와 손을 잡아끌었다. 며느리는 아마 따로 먹어야 하는 모양이었다. 하지만 다른 사람들이 식사를 시작한 뒤에도 동서는 수민의 손을 잡은 채 식탁 옆에 서 있었다. 아침에 입덧 때문에 아무것도 먹지 못해서인지 음식 냄새를 맡자 갑자기 허기가 졌다.

"저도 배가 고픈데요."

수민이 동서에게 속삭였다.

"식구들이 식사를 마치면요."

"저, 다른 곳에 가 있으면 안 될까요? 남들 먹는 거 구경하는 것도 어색하고……."

"속닥거리지 말고 시중이나 제대로 들어라. 이 접시는 벌써 다 비었잖니?"

태훈 어머니가 수민을 쏘아보며 말했다. 수민은 수업 시간에 떠들다 들킨 아이처럼 입을 다물었다.

"금방 가져올게요, 작은어머님."

동서가 반찬 접시에 손을 내미는데 한남동 어머니가 끼어들었다.

"새아기 네가 해라. 네가 아래 동서잖니?"

이해되지 않는 상황에 수민은 자신도 모르게 되물었다.

"네?"

태훈 가족들은 한심하다는 표정을 지었다.

"그래서 끼리끼리 결혼해야 한다는 거야. 문화적 차이 무시 못한다니까."

태훈의 배다른 여동생 태은이 비꼬았다. 사촌 동서가 재빨리 끼어들었다.

"아직 집안 구조도 익숙지 않은걸요. 결혼식도 하기 전이고요. 오늘은 그냥 제가 할게요."

접시를 들고 나가는 사촌 동서와 수민을 번갈아 보며 한남동 어머니가 혀를 찼다.

"없는 집에서 시집왔으면 재처럼 눈치라도 있어야지, 저렇게 둔해서야 원. 자네가 고생이겠어, 인간 만들려면."

"그래도 형이 싫증내기 전에 재빨리 임신해서 결혼까지 가는 거 보면 몸 쓰는 사람치고 머리가 좋은 거 아닌가? 교육시키면 좀 낫겠지."

태훈의 배다른 남동생 태민이 선심이라도 쓰듯 말했다.

"그래서 더 못마땅하다니까. 심성이 나쁜데 머리가 좋으면 더 큰 문제 아냐? 그래도 어쩌겠어, 이왕 일은 벌어졌으니. 얘 새아가, 좀 열심히 해봐. 혹시 아니, 발레단이라도 하나 차려주실지?"

수민은 자신이 듣고 있는 대화를 믿을 수가 없었다. 도저히 참을 수 없어 한 걸음 앞으로 나서는데 태훈이 고개를 저었다. '제발!' 태훈이 소리 없이 입모양으로 말했다. 수민은 주먹을 불끈 쥔 채 뒤로 물러났다.

"너는 유학 준비 잘되고 있니?"

태훈이 화제를 바꾸려 태민에게 질문을 던졌다. 태훈의 수가 다 보인다는 듯 태민의 입꼬리가 슬며시 올라갔다.

"유학 준비야 이미 끝났지. 갑자기 어머니가 반대하셔서 그게 문제지."

"반대라니? 너 국내 대학원에 원서 안 넣어서 유학을 안 가면 입대해야 하는 거 아냐?"

"그러게. 형 덕분에 내가 로열패밀리 최초로 군대에 가게 생겼어."

"그게 왜 나 때문이야?"

"자라 보고 놀란 가슴 솥뚜껑 보고 놀란다고, 내가 형처럼 평민 여자애 임신시킬까봐 걱정이시래."

수민은 속으로 발레리나의 이름을 꼽기 시작했다. 참아야 하는 상황에서 나오는 버릇이었다. 다행히 수민이 아는 발레리나의 이름이 동나기 전에 식사가 끝났다. 수민만 남겨두고 가는 걸 미안해하며 태훈이 마지못해 식구들을 따라 식당을 나갔다. 그러자 사촌 동서가 철퍼덕 의자에 주저앉아 다리를 주물렀다.

"동서도 앉아. 다리 안 아파?"

"네."

"힘들지?"

동서의 말에 수민은 힘없이 미소만 지었다.

"원래 시댁 식구들이란 게 인위적으로 맺어진 관계라 힘든 법인데, 재벌가는 더 그래. 잘사는 집 사람들은 배려심이 없다는 연구 결과도 있잖아. 부유층일수록 싸가지가 없다고. 남한테 뭔가를 부탁할 일이 없는 사람들이니까. 평범한 사람들은 혹시 뭔가 부탁할 일이 생길지도 모르니까 인간관계를 원만히 하려고 하지만, 재벌들은 그럴 필요가 없으니까. 그래도 참고 견디면 좋은 날 있을 거야."

"그럴까요?"

"그럼. 나도 처음에는 힘들었어. 아예 투명 인간 취급을 당했지. 그래도 아이 낳고 십 년 넘으니까 이제 그런 취급은 안 받아. 나도 성골은 아니었거든."

"네?"

"여기서도 계급이 있어. 성골은 재벌 가문 출신, 진골은 준재벌이나 정계 실세 가문 출신, 그다음이 6두품이지. 성골이 진골과 결혼하면 진골로 떨어진다고 생각해서 더 싫어하지. 참, 내 정신 좀 봐. 배고프다고 했지?"

동서가 벨을 누르자 하녀들이 들어와 식탁을 치우고 다시 상을 차렸다.

"그나마 할머님이 동서를 맘에 들어 하셨으니 큰 산은 넘은 거야. 할아버님이 사업을 이루신 기초가 할머님 친정의 재산이어서 할머님 권세가 회장님 못지않으시거든. 주식 보유량도 엄청나시고. 장남인 우리 시아버님께 회사를 물려주지 않고 차남인 회장님께 물려주는 걸 가장 반대하셨대. 그래서인지 아직도 작은아버님은 할머님을 겁내시지."

동서는 복잡한 집안 사정을 가계도까지 그려가며 친절히 설명해주었다. 하지만 수민은 사촌이나 조카 같은 가족 간의 호칭이 아니라 어떤 계열사의 직책이 붙은 방대한 가계도가 눈에 잘 들어오지 않았다.

수민은 자동차에 타자마자 한숨을 내쉬었다.

"잘 참았어."

태훈이 기특하다는 듯 토닥였지만 수민은 대답할 힘도 없었다.

"나 눈 좀 감고 있을게."

수민은 눈을 감았다. 하지만 얼마 후 누가 지켜보는 듯한 느낌에 눈을 번쩍 떴다. 자동차 뒤로 웅장한 철문이 닫히고 있었다. 수민은 드문드문 보이는 건물들을 주의 깊게 살폈다.

"왜? 좀 잔다면서?"

창문을 내리고 주위를 둘러보는 게 이상한지 태훈이 물었다.

"그냥. 누가 지켜보는 것 같아서."

"와, 너 진짜 예민하구나. 남들 시선 받는 거 싫다더니 정말 싫어하나봐. 완전히 귀신이네."

"뭐?"

"할머니 집 앞 건물에 CCTV가 있거든."

"도난 방지 CCTV는 현관문에 다는 거 아냐?"

"도난 방지용이 아니라 저 집에 드나드는 사람을 체크하려고 아버지가 단 거야. 할머니는 아직도 큰아버지가 그룹을 경영하기를 바라시거든. 할머니가 보유한 주식도 상당하니까 만약의 경우에 대비하는 거지. 큰아버지가 무슨 일을 벌일지도 모르고."

"그래도 그렇지, 어떻게 친어머니와 형을 감시할 수 있어?"

"감시가 아니라 관심이지."

태훈이 수민의 말을 정정해주었다. 수민은 대답 없이 눈을 감았다. 가족을 위해 희생하는 걸 당연하게 여기는 아버지나 가족을 짓밟고 올라서기 위해 모든 방법을 동원하는 태훈 아버지나 이해되지 않기는 마찬가지였다.

2

세상에서 유일하게 내 고집을 꺾을 수 있었던 당신에게

드디어 결혼식 날짜가 잡혔어. 시간도 촉박한데 수민이 혼자 준비하느라 힘들까봐 걱정이야. 예식장도 겨우 잡았다고 하더라. 주말에는 예약이 꽉 차 있어서 금요일로 잡은 거래. 상호 녀석이 나서준다고는 하지만 끝까지 모른 척할 수 없어서 태훈이 어머니한테 전화를 했어. 예단이나 이바지같이 신부 측에서 준비할 것들까지 상호한테 맡겨둘 수는 없잖아.

"사부인, 안녕하세요? 저 수민이 아비 되는 사람입니다."

망설이고 망설이다 전화를 한 거라서 목소리까지 떨리더라.

"아, 김 총장님!"

그 말을 듣는 순간 너무 당황해서 전화를 끊어버렸어. 금세 다시 전화가 오더라. 발신자 번호가 뜬다는 걸 깜박했어. 전화를 받자마자 사과부터 했어.

"죄송합니다, 전화가 끊겼네요."

"그랬겠죠."

내 변명을 믿어주는 척도 안 하더군. 상호의 전화로 착각하고 받았을 때와는 목소리가 완전히 다르더라.

"다음부터는 이런 불편한 전화 안 하셨으면 좋겠네요. 전 김 총장님 딸로 결혼을 허락한 겁니다. 식장에도 김 총장님 내외분이 부모님으로 참석하기로 하셨고요."

"네, 알고 있습니다. 그래도 전화는 한 번 드리는 게 도리라고 생각해서요. 혼수며 예단이며 준비해야 할 것도 많을 텐데⋯⋯."

나도 모르게 더듬거렸어.

"혼수나 예단이요? 제 아들 돈으로 맘에 들지도 않는 물건 사는 꼴 보고 싶지 않네요. 하긴 요즘에는 아기도 혼수라고 하는 모양이니 그것만 받지요. 그럼 용건 끝난 걸로 알고 전화 끊겠습니다."

상호 녀석이 나서서 모든 게 잘 마무리되었다고 생각했는데 아니었나봐. 허락이 아니라 포기더라고. 그래도 그게 어디야? 설마하니 우리 수민이를 평생 미워하기야 할까? 아이 낳으면 그래도 맘 한구석쯤은 열어주겠지. 수민이가 어떤 아인지 알면 달라질 거야. 그렇지?

그래도 혹시나 하고 기대했는데⋯ 비록 상호 딸로 결혼식을 치르는 거지만 나도 정식으로 초대받을지 모른다고. 수민이는 당연히 내가 결혼식에 참석해야 한다며 전화도 하고 찾아오기도 하는데, 아무래도 결혼식 참석은 무리겠지? 그걸 묻고 싶어 태훈이에게 전화를 했지만 결국 입을 떼지 못했어. 게다가 태훈이는 결혼식에 참석해달라는 부탁도 하지 않더라고. 아무래도 입장이 곤란하겠지.

슬그머니 태훈이한테 혼수나 예단에 대해 물어봤는데 지금 자기가 살고 있는 청담동 빌라에 그냥 들어가 살기로 했다더군. 가구나 가전제품도 다 새것이니까 장만할 필요 없다고.

침대, 장롱, 식탁, 냉장고, 텔레비전, 밥솥……. 수민이 녀석 덤벙대는 데다 발레밖에 모르고 살아서 빠뜨리는 게 있을까봐 저녁 내내 혼수 목록을 정리했는데 아무 소용이 없겠어. 저녁에 수지가 들렀는데, 식탁 위에 놔둔 혼수 목록을 보고는 막 짜증내더라.

"아빠! 정말 못 말린다, 못 말려. 그렇게 결혼시키고 싶었어요? 아빠가 아니라 상호 아저씨를 아버지로 내세우는 결혼이 정말 신나요?"

수지 녀석, 하여간 혀가 너무 날카로워. 틀린 말은 아니지만.

당신도 내가 어리석다고 야단칠 거야? 상호도 수지도 내가 말도 안 되는 소리를 한다고 난리였지만, 결국 내 고집에 지고 말았지. 그래도 그 말도 안 되는 고집 덕분에 수민이 결혼 날짜를 잡을 수 있었잖아.

그래, 그렇게라도 결혼시키고 싶었어. 수지는 이미 가정 꾸려서 살고 있지만 수민이는 내가 없으면 혼자잖아. 수민이를 아무도 없는 곳에 덩그러니 남겨놓고 싶지 않아.

참 이상하지? 어렸을 때부터 수민이는 뭐든 혼자 잘하고 수지는 언니 도움을 받아야 겨우 뭐 하나를 해냈는데도, 난 수민이가 수지보다 더 불안해. 낭떠러지 가까이에서 팔짝팔짝 뛰면서 놀다가 뚝, 떨어질 것만 같은 아이… 수민이가 그래. 세계가 인정하는 발레리나고 이젠 명문 대학 교수인데도 난 수민이가 아직도 낭떠러지 바로 옆에서 맴돌고 있는 것만 같아.

결혼 날짜를 잡고 나면 이 알 수 없는 불안감이 사라질 거라 생각했는데, 오히려 더한 것 같아. 결혼식을 마치면 이 불안감이 사라지겠지? 그럴 거라고 믿고 싶어.

3

"학교는 언제 그만둘 거니?"

태훈 할머니를 만나고 온 다음 날, 아침 일찍 수민을 호출한 태훈 어머니가 다짜고짜 물었다.

"그만두다니요?"

"그러면 계속 다닐 거란 말이야? 그러잖아도 결혼식 일정이 빠듯한데 학교까지 다니면서 신부 수업은 언제 받으려고?"

"신부 수업이라뇨?"

수민의 물음에 태훈 어머니는 혀를 찼다. 태훈이 옆에서 수민의 손을 가볍게 쥐었다. 수민은 재빨리 덧붙였다.

"뭐든 배우면 좋죠. 열심히 하겠습니다. 그래도 학교는 계속 다니게 해주세요. 절대로 신부 수업을 소홀히 하는 일 없을 겁니다."

"엄마, 애 하루라도 춤 못 추면 병나서 죽어요."

태훈이 옆에서 거들고 나섰다.

"맘대로 해라. 아마 피곤해서 네가 먼저 학교를 그만두겠다고 할 테니. 자세한 수업 스케줄은 이 비서한테 들어."

어느새 다가온 40대 중반의 여자가 수민에게 고개를 숙여 인사했다.

"얘 학교 시간표 확인하고 겹치지 않게 수업 스케줄 좀 다시 짜요. 시간 조정 안되면 영어 수업은 빼고. 뉴욕에서 살았다니까 영어는 좀 하겠지."

태훈은 집에서 나와 차에 타자마자 지갑에서 카드를 꺼내 내밀었다.

"이게 뭐야?"

"신용카드. 다음 주부터 신부 수업인지 뭔지 받으려면 스트레스 쌓일 테니까 예방주사 놔주는 거야. 쇼핑하라고. 여자들은 쇼핑하면 스트레스 풀린다며? 비행기 예약은 내가 해줄게. 홍콩으로 갈래, 아니면 도쿄?"

웃음밖에 안 나왔다.

"쇼핑을 하러 외국에 가라고?"

"요즘에는 이세탄 백화점에 많이 간다더라. 국내에 들어와 있는 명품은 한계가 있으니까."

"그건 너무……"

적당한 단어가 떠오르지 않아 망설이는데 태훈이 대신 말을 꺼냈다.

"과소비 아니냐고? 아니, 우리한테는 그게 합리적 소비야. 돈 있는 사람이 돈을 써야 경제가 돌아가는 거잖아."

수민은 아무 대꾸도 하지 않았다. 돈 문제 때문에 싸우고 싶지는 않았다.

태훈 어머니의 말은 농담이 아니었다. 수민은 사흘 만에 코피가 터졌다. 강의가 없는 시간이면 이 비서는 정확히 교수실 문을 두드렸다.

월요일, 불어와 일어 수업은 이 비서가 대학교 근처로 선생님을 모시고 왔기 때문에 수월한 편이었다.

화요일, 방배동의 가정집에서 어선이라는 궁중 요리를 만들었다. 비닐장갑을 꼈는데도 청회색의 번들번들한 도미 비늘이 느껴졌다. 계속되는 수민의 구역질에도 자신을 '최 여사'라고 불러달라던 요리 선생은 눈 하나 깜짝하지 않았다. 태훈이 해산물을 좋아한다는 이유에서였다.

수민은 화장실과 부엌을 오가며 생선 껍질을 직접 벗겨야만 했다. 껍질을 벗기는 데만 한 시간이 넘게 걸렸다. 강의 시간에 늦을까봐 안달하느라 최 여사의 말은 귀에 들어오지도 않았다. 그나마 나머지 과정은 단순한 편이어서 휴강을 하지 않아도 되었다.

차에서 내리자마자 예술대학 건물로 달렸다. 수업종이 울린 후 십 분. 수민이 들어가자 휴강을 기대했던 학생들은 실망했다는 듯 한숨을 쉬었다. 수민은 학생들의 뾰로퉁한 표정에도 아랑곳하지 않고 기어이 강의를 십 분 늦게 끝냈다. 강의가 끝나면 옥수동에서 양식요리 수업이 있었다. 어떻게든 그 수업을 미루고 싶었지만, 이 비서는 강의가 끝나고 학생들이 다 나가기도 전에 수민 앞에 서 있었다. 게다가 양식요리는 하필 솔모르네였다. 수민은 또다시 화장실과 부엌을 오가며 가자미를 손질해야 했다.

수요일은 강의가 없는 날이라 조금 여유가 있을 것으로 기대했지만 어림도 없었다. 이 비서는 승마장이 멀어서 일부러 강의가 없는 날로 스케줄을 잡았다고 했다. 수민은 겁이 많은 편이었다. 아무리 작은 강아지라도 자신을 노려보며 짖으면 걸음아 날 살려라 하고 도망쳐 뉴요커들을 당황하게 만들 정도였다. 간신히 말 위에 올라탔지만 종아리에 느껴지는 말 근육이 소름끼쳤다. 덜덜 떨면서 안장 위에서 버티느라 삭신이 쑤시는데도 골프장에서 한 시간이나 공치기를 해야만 했다.

수민은 집에 돌아오자마자 태훈에게 전화를 걸었다. 태훈은 수민의 불평을 어리광으로만 받았다.

"요리 과정도 다 네가 좋아하는 음식으로만 가득하다고! 재료가 전부 생선, 조개, 가재, 대게 이런 거라고!"

수민은 어린 시절을 바닷가에서 보냈는데도 해산물을 별로 좋아하지 않았다. 아버지도 마찬가지였다. 엄마는 해산물 가격이 싼 지역에 살면서도 해산물을 싫어하는 부녀 때문에 쥐꼬리만 한 월급으로 살림하기가 더 빠듯하다고 투덜대곤 했다. 게다가 엄마는 해산물을 좋아했다.

"어차피 배워야 하는 거잖아. 우리 엄마는 빨래나 청소는 가정부한테 시켜도 입안에 들어가는 건 절대 남한테 못 맡긴다는 주의거든. 조금만 더 견뎌. 장점도 있잖아."

"무슨 장점? 너 좋아하는 음식 먹는다는 거?"

수민은 자신도 모르게 소리를 버럭 질렀다.

"너 초보운전이라 출퇴근하는 거 걱정됐거든. 길치에다 공간감각 꽝인데, 이 비서가 운전을 해주니까 조금 맘이 놓여."

그 말에 스르르 화가 풀렸다. 수민은 전화를 끊은 뒤 몸을 풀기 위해 다리를 벌리고 바닥에 앉았다. 그리고 그대로 잠들어버렸다. 발레를 시작한 후 처음으로 하루 온종일 춤을 추지 못했다.

목요일, 오전 수업이 끝나자 수민을 데리러 온 이 비서는 청담동 고급 빌라의 주소만 받았을 뿐 무슨 수업인지는 모른다고 했다.

수민은 문을 열어준 여자를 보자마자 눈이 휘둥그레졌다. 태어나서 그렇게 예쁜 여자는 처음이었다.

"처음 뵙겠습니다. 이현서라고 해요."

"안녕하세요? 그런데 오늘 수업 내용이 뭔가요? 이 비서님도 모른다던데요."

아무리 봐도 갓 스물을 넘긴 여자에게 무엇을 배울지 가늠조차 되지 않았다.

"이런, 사모님도 너무하시네. 그럼 내가 누군지도 모르겠네요?"

혹시 연예인인데 못 알아보는 건가 싶어 대답이 망설여졌다.

"전 텐프로에서 일해요. 그게 뭔지 아세요?"

수민은 고개를 저었다. 현서는 피식 웃었다.

"모를 수도 있죠. 뭐라고 설명해야 하나, 쉽게 말하자면 고급 룸살롱이죠. 2차까지 가는 데 이삼천이나 하는, 그것도 현금으로만 계산하는 곳이죠."

"네?"

농담이라고 생각했는데, 현서의 눈빛이 무척 진지했다.

"그, 그럼 제가 도대체 뭘 배우나요?"

"일종의… 성교육이죠."

당황하는 수민 앞에서 현서는 자신의 임무를 수행하기 시작했다. 수민은 현서가 쏟아놓는 낯 뜨거운 이야기에 어찌할 바를 몰랐다. 처음에는 수치심으로 화끈거리던 얼굴이 현서가 직접 시범까지 보이자 하얗게 질렸다.

"오늘은 이만하죠."

수민은 눈을 질끈 감으며 급하게 말했다.

"눈 뜨세요."

부드러운 목소리에 눈을 뜨니 현서의 얼굴이 바로 눈앞에 있었다. 가까이에서 보니 더 예뻤다. 예쁘다는 말이 모자랄 만큼, 질투라는 감정이 스며들 수도 없을 만큼.

"이렇게 예쁜데 왜 그런 데서 일해요?"

수민은 자신도 모르게 물었고, 현서는 피식 웃었다.

"예쁘기만 하니까요. 못 배우고 돈 없는 예쁜 여자가 선택할 수 있는 길은 별로 없어요. 어렸을 때는 영화배우가 꿈이었는데, 성질머리가 더러워서 무료 서비스를 원하는 인간들을 견디기 힘들어 그만뒀어요. 아, 동정할 필요는 없어요. 그래도 이 바닥에서는 내가 최고니까. 재벌이라는 놈들도 서로 나를 차지하려고 싸울 정도죠."

"그래도 정말 좋아하는 사람과 함께하고 싶지 않아요?"

"이 바닥에 있다고 해서 연애를 못할 것 같아요? 아닌데…… 우리도 연애해요. 손님이랑 눈 맞아서 연애하는 경우도 많고, 가끔은 결혼까지 해요. 물론 빨대 꽂는 놈들도 많죠. 별 볼일 없는 연예인이나 망하기 직전인 놈들이 돈 때문에 일부러 접근하는 경우도 많거든요. 아, 빨대 꽂힌다는 건 별 볼일 없는 놈들 뒷바라지하다 버림받았을 때 쓰는 속어예요. 이 바닥에 연예인 지망생에서 돌아선 아이들이 많은데, 연습생

시절 사귀었던 남자 뒷바라지해서 톱스타 만들면 남자가 배반하는 경우가 많거든요. 다행히 저는 이런저런 더러운 경우 잘 피해 살았어요. 수민 씨는 운이 좋은 편이에요. 최고의 선생한테 배우는 거니까. 그러니까 다음부터는 부끄러움 따위는 버려두고 와요. 남편 바람피우는 꼴 보지 않으려면 부끄러워 말고 배워두는 게 좋을 거예요. 수민 씨라고 예외일 수는 없잖아요?"

현서의 환한 웃음이 태훈 어머니가 지정해준 산부인과 병원으로 가는 내내 수민의 마음을 어지럽혔다.

다행히 아기는 무럭무럭 잘 자라고 있었다. 산부인과 진료를 마치고 나오니 태훈 어머니가 기다리고 있었다. 수민이 다가가 인사했지만, 태훈 어머니는 눈길조차 주지 않고 일어나 병원을 나섰다. 수민은 한숨을 내쉬며 뒤를 쫓아갔다. 운 나쁘게도 엘리베이터에는 두 사람뿐이었다. 닫힌 공간의 침묵이 버거웠다.

"아무 이상 없대요."

묻지도 않는 말을 꺼냈지만 태훈 어머니는 상대하기 귀찮다는 듯 엘리베이터 버튼을 눌렀다. 지하 주차장이 아니라 성형외과와 피부과가 표시되어 있는 5층이었다. 무슨 일인지 묻고 싶었지만 대답해줄 리 없어 가만있었다. 태훈 어머니는 수민에게 명령을 할 때만 입을 열었다. 깔끔한 화이트 톤의 병원으로 들어서자마자 간호사가 호들갑을 떨며 맞았다.

"어머나, 사모님 오셨어요? 이리로 오세요. 원장님이 기다리고 계세요. 차는 항상 드시던 걸로 준비할까요?"

태훈 어머니는 간호사에게 고개를 끄덕이고는 원장실 문을 열었다.

"안 들어오고 뭐 해?"

태훈 어머니의 말에 수민은 원장실로 따라 들어갔다.

"제가 말씀드렸던 애예요."

태훈 어머니는 수민의 이름 따위는 입에 담기도 싫다는 듯 말하고는 소파에 앉아 다리를 꼬았다. 다행히 의사는 그런 상황에 익숙한 듯 먼저 손을 내밀었다.

"앞으로 수민 씨를 맡을 김희성이라고 합니다."

수민이 고개 숙여 인사한 뒤 앉으려는데 의사가 만류했다.

"아뇨, 아직 앉지 마세요."

의사는 어리둥절한 표정으로 서 있는 수민 주위를 한 바퀴 돌았다. 그리고 수민을 아래위로 천천히 훑어본 뒤에야 의자를 가리켰다. 수민이 자리에 앉자 의사는 가까이 다가와 수민의 얼굴을 요리조리 돌려보았다.

"어디 따로 손볼 데가 없이 완벽하신데요. 코도 오똑하고, 눈도 크고, 턱도 갸름하고, 이마도 볼록하고… 정말 미인이세요. 피부도 티 하나 없이 맑고 하얗네요."

"당연하죠. 얼굴 하나로 결혼하는 애니까."

태훈 어머니의 말에 의사는 수민의 눈을 피했다.

"그래도 피부는 꾸준히 관리해주셔야 하니까 일주일에 한 번 스파 받고, 한 달에 한 번 레이저나 마이크로 니들 같은 시술을 받으세요. 몸매는 근육으로 탄탄하긴 한데……."

의사가 말끝을 흐렸다.

"가슴 수술을 권하고 싶으신 거죠?"

태훈 어머니가 비웃으며 끼어들었다.

"아무래도 하는 게 좋을 것 같네요."

태훈 어머니가 눈을 굴리며 손가락으로 날짜를 계산했다.

"내년 겨울에 하죠. 지금은 수술할 몸 상태가 아니니까."

순간 귀를 의심했다. 발레리나에게 몸은 전부였다. 연주자의 악기나 화가의 물감처럼 함부로 할 수 없는 것이었다. 큰 가슴은 춤을 추는 데 방해가 된다. 수민에게는 여자로서의 자만심보다는 발레리나로서의 자존심이 우선이었다.

수민은 엘리베이터에 올라타자마자 가슴 수술은 받을 수 없다고 선언했다. 그리고 내친김에 현서에게 받는 요상한 교육도 그만두고 싶다고 말했다. 금속 재질의 엘리베이터 문에 비친 태훈 어머니의 입술 한쪽 끝이 말려 올라갔다.

"넌 네가 대단한 사람이라고 생각하지? 하긴 그럴 수도 있지. 유명한 발레리나시니까. 그런데 나한테 너는 그저 장난감

일 뿐이야. 내 아들이 죽어라 떼를 써서 맘에 들지 않는데도 사준 장난감. 조잡한 싸구려 장난감을 바가지까지 써서 샀으니 당연히 오랫동안 가지고 놀 수 있게 수리하고 관리해야 하지 않겠니? 한 가지 더 알려줄까? 애들은 언젠가는 장난감에 싫증을 내게 돼 있다."

말이 끝나기 무섭게 엘리베이터 문이 열렸다. 충격을 받은 수민만 남겨둔 채 태훈 어머니는 대기 중이던 자동차에 올라탔다. 수민은 쫓아가서라도 따지고 싶었지만 참았다. 이 비서가 수민을 기다리고 있었다.

그날 밤, 태훈의 전화를 받자마자 수민은 그날 겪은 일을 숨 쉴 틈 없이 토해냈다. 물론 어머니의 잔인한 말을 그대로 옮기지는 않았다. 태훈과 어머니 사이가 나빠지는 건 원치 않았다. 그저 태훈이 중재해서 가슴 확대 수술이나 피할 수 있었으면 했다. 그런데 태훈은 껄껄 웃으며 어머니 편을 들고 나섰다.

"우와, 우리 엄마 센스 있으신데? 아들 취향까지 고려해주시고 말이야. 수술 예약은 한 거지?"

"야!"

수민이 소리를 지르자 태훈은 마지못해 한 발 물러섰다.

"물론 네가 싫으면 어쩔 수 없고. 설마 널 억지로 수술대에 눕히시기야 하겠어? 아직 일어나지도 않은 일로 불평할 필요

까진 없잖아. 하여간 넌 걱정이 너무 많다니까."

틀린 말도 아니었다. 현재 벌어지고 있는 일이 더 급했다. 수민은 현서의 수업 아닌 수업은 어떻게든 그만두고 싶었다.

"혹시 텐프로라고 들어봤어?"

순간 침묵이 흘렀다.

"그런 얘기는 어디서 들었어?"

"너도 그런 곳에 가니?"

"사업을 하다보면 피할 수는 없지. 아무래도 보통 술집보다는 깔끔하거든. 새 멤버 합류하면 테이블 싹 치우고 새로 차려주지. 게다가 진짜 프랑스산 생수나 고급 양주를 갖춘 곳도 드물고."

태훈은 아무렇지도 않게 대답했다. 그리고 갑자기 화를 냈다.

"도대체 너같이 순진한 애를 누가 물들인 거야? 누가 그런 얘기를 했어?"

결국 수민은 차마 그다음 이야기를 꺼낼 수 없었다. 현서의 수업을 그만두고 싶다는 이야기는 꺼내지도 못한 채 전화를 끊었다.

4

아버지는 지금의 황당한 상황에서 기어이 쏙 빠져버렸다.

결혼 날짜를 잡았다는 소식을 전한 뒤에도 아버지는 수민과 만나는 것을 계속 피했다. 빡빡한 신부 수업 일정을 소화하면서도 수민은 짬만 나면 아버지에게 전화를 하거나 집으로 찾아갔다. 하지만 아버지는 전화도 받지 않고 문도 열어주지 않았다. 집 앞에서 기다리던 수민과 마주쳐도 모른 척했다.

수지는 포기하라고 했다.

"결혼식 마치고 오면 얼굴 보시겠대. 아무래도 안 될 것 같아."

수민도 이미 포기하고 있었다.

태훈이 아버지를 찾아가 결혼식에 참석해달라고 부탁하면 달라질 수도 있다는 생각이 들었다. 태훈은 수민의 부탁을 흔쾌히 받아들였다. 하지만 그게 다였다. 하루는 회의가 늦어져서, 하루는 접대 약속이 있어서, 하루는 행사가 있어서…, 태훈은 아버지를 찾아갈 시간이 없었다.

"시간이 없는 게 아니라 마음이 없는 거 아냐?"

수민은 참다못해 소리를 질렀다.

"아냐. 정말 내일은 꼭 찾아뵙고 결혼식에 참석해달라고 말씀드릴게. 정말이야, 약속할게. 같이 가자. 그럼 더 효과가 있을 거야."

그 내일이 오늘인데, 태훈은 하루 종일 아무 연락이 없었다. 결국 오늘도 혼자 가봐야 할 모양이었다. 태훈은 큰소리 떵떵

치며 호언장담을 해놓고도 금세 잊어버리고 말을 잘 바꾸는데, 아버지는 아무도 모르게 혼자 결정해놓고는 어떤 설득에도 넘어가지 않았다.

하루하루 두통이 심해졌다. 아기 때문에 두통약을 먹을 수도 없었지만 약을 먹어도 나아질 것 같지 않았다. 두통을 고칠 방법은 하나, 이 복잡한 상황을 정리하는 것뿐이었다. 그리고 이 복잡한 상황을 정리하는 것은 의외로 간단했다. 결혼을 포기하면 됐다.

담배 한 대가 미친 듯이 그리웠다. 무용가 중에는 흡연자가 생각 외로 많다. 폐활량에 치명적인데도 체중 유지를 위해 간식 대신 담배로 스트레스를 푸는 사람들이 많아서다. 수민도 호기심에 담배를 피운 첫날 아버지에게 들키지 않았더라면 상습적인 흡연자가 되었을지 모른다. 아버지에게 혼쭐이 나긴 했지만 스트레스가 심할 때면 가끔 담배를 피우곤 했다. 임신 사실을 알기 전 슬럼프에 허우적일 때도 마찬가지였다. 하지만 이상하게도 담배 연기를 맡자마자 구역질이 나서 담배를 피울 수 없었다. 생명이라는 게 그렇게 무서웠다. 그 생명을 위해서 참아야 했다. 담배를 피우고 싶은 유혹도, 파혼하고 싶은 마음도.

아버지는 여전했다. 현관 벨을 누르니 똑같은 얘기였다.

"결혼식 하고 나면 보자."

그걸로 끝이었다. 아무리 벨을 눌러도 아버지는 묵묵부답이었다. 계속되는 기계음 멜로디에 머리가 둥둥 울렸다. 30분쯤 현관 앞에 쪼그리고 앉아 있다 다시 현관 벨을 누르기를 몇 번이나 반복했다. 수민은 오늘까지만 하리라 마음먹었다. 내일부터는 완전히 포기할 생각이었다. 하지만 아버지는 끝내 문을 열어주지 않았다.

수지의 집으로 돌아오니 상호 아저씨가 기다리고 있었다.

"결혼식 준비는 잘돼가니?"

수민은 힘없이 웃었다.

"네 아버지는 아직도 고집이지?"

"그러시네요. 그래도 설마 딸 결혼식인데 안 오시겠어요?"

말은 그렇게 했지만 자신이 없었다. 결혼식은 당장 사흘 뒤였다.

"안 올 거다. 네 아버지 고집 대단하잖아. 그래서 하는 얘긴데……."

"무슨 말씀이신데요?"

"신부 측 부모가 아무도 없는 것도 그렇고, 다른 하객들 보기도 그렇고. 결국은 내가 혼주 노릇을 해야 할 것 같구나."

아저씨도 이렇게까지 상황이 나쁘게 전개되리라고는 예상하지 못했는지 횡설수설했다.

"그리고 신부 입장할 때도……"

수민은 잠시도 망설이지 않았다.

"그것만은 싫어요. 전 솔직히 아버지 소원대로 입양신청을 하고 나면 아버지가 좀 누그러지실 거라고 생각했어요. 또 아저씨가 대부시기도 하니까 양부도 그런 식으로 생각하고 동의한 거였다고요. 아저씨가 나서서 결혼식 날 잡은 건 이미 벌어진 일이고, 결혼식 날 혼주 노릇을 하는 것도 제가 막을 수 없으니 그냥 넘어가야겠죠. 하지만 아버지 아닌 다른 사람 손잡고 입장하진 않을 거예요. 그나마 결혼식을 하는 것도 아버지 때문이에요. 아니면 당장이라도 때려치우고 싶다고요."

너무 순식간에 대답했나 싶어, 조금이라도 망설이는 척했어야 하는 게 아닌가 싶어 미안했다.

"무례했다면 죄송해요. 저 때문에 이래저래 신경 쓰시는 거 알면서도……"

"아니다. 내 생각이 짧았다. 오히려 네가 그렇게 딱 부러지게 말해주니 다행이구나."

아저씨는 한시름 덜었다는 표정이었다.

"아버지 원망하니?"

수민은 대답하지 않았다. 거짓말을 하기는 싫었다.

"네가 아버지를 이해하려고 노력해줬으면 좋겠다."

지겨웠다. 모든 사람들이 아버지를 이해하라고 했지만 열

쇠를 쥔 사람은 수민이 아니었다. 수민도 최선을 다하고 있었다. 오늘까지만 하고 포기해야지. 날마다 똑같은 다짐을 하면서 아버지를 설득하러 갔다. 그러니 이해하려는 노력은 아버지가 해야 했다.

"네 아버지 취미가 뭔 줄 아니?"

뜬금없는 질문이었다. 그래도 대답해야 하나 싶어 입술을 달싹이긴 했지만 아버지의 취미는 전혀 가늠조차 할 수 없었다.

"없어. 군인들 발령나서 촌구석에 혼자 틀어박히면 별별 짓을 다해. 하지만 네 아버지는 아니었어. 네 아버지가 다른 남자들처럼 술 마시는 거 좋아하기라도 하냐? 아니지. 오히려 술자리 생기면 피하려고 이 변명 저 변명 대기 바빠. 동기생들끼리 모여서 벌이는 도박판에도 네 아버지는 한 번도 낀 적이 없어. 그래서 늘 외톨이였지. 사람들이 욕 많이 했다. 매일 집에 혼자 틀어박혀서 무슨 궁상이냐고. 왜였겠니? 너 발레 시키느라고. 장학금을 받는다고는 해도 여기저기 돈이 꽤 들어가니까. 콩쿠르라도 나가면 어마어마하게 돈이 들고. 그러니 어쩌겠냐? 허구한 날 혼자 텔레비전만 보며 지냈지.

전교 1등 하던 딸을 무용시킨다고 사람들이 얼마나 손가락질했는지 알아? 그런 사람들한테 네 아버지가 쏘아붙이더라. 내 딸이 행복하다는데 니들이 무슨 상관이냐고. 넌 어떻게 생각하는지 모르지만 네 아버지는 널 위해 최선을 다했다. 그러니 너도 최선을 다해줬으면 좋겠다. 쉽게 아버지를 포기하지 말고."

아버지가 선택한 인생이었다. 그 희생이 감사하긴 해도 희생을 이유로 자식의 삶을 강요할 수는 없었다.

가끔 드라마나 소설에서 아버지의 죽음을 앞두고 아버지와 가족이 화해하는 걸 보면 우스웠다. 죽음이라는 이유만으로 이해하고 용서할 수 있는 그들이 부러웠다. 하지만 어쩌면 그들도 수민처럼 이해하지 못했으리라는 생각이 들었다.

이해할 수 없어도 사랑할 수 있었다. '이성'을 잃어버리고 '감각'마저 마비되어 모든 생명체가 지닌 생존 '본능'조차 포기할 수 있게 만드는 게 사랑이니까. 그 완벽하게 순수한 절대성이 없다면 사랑이라는 이름을 붙일 수 없을 테니까. 그게 이유였다. 아버지가 강요한 인생을 선택할 수밖에 없었던 이유……

아저씨는 테이블 위에 봉투를 내려놓았다.

"네 아버지가 주더라. 그동안 네가 매달 보내준 용돈을 모았다는구나. 아무리 재벌집에 시집간다고 해도 비자금은 있어야 든든할 거라면서."

수민이 거절할 걸 알았는지 아저씨의 말투가 명령조로 바뀌었다.

"그냥 받아둬. 이거라도 해줘야 네 아버지 맘이 편할 게다.

아버지를 위해서 이것 정도는 받아줄 수 있겠지?"

5

오늘 딸을 시집보낸 당신에게

난 이제껏 당신이 세상에서 가장 예쁜 신부인 줄 알았어. 그
런데 아니더라. 당신이 섭섭해도 어쩔 수 없어. 수민이가 드레
스를 입고 입장하는데 정말… 말을 할 수가 없더라고.

끝까지 상호 손잡고 입장하는 건 싫다고 우겨서 결국 혼자
입장하는 걸 보니 이래저래 뒤숭숭하더라. 결혼식에 참석하
지 않겠다고 고집 부렸던 게 미안하기도 하고, 나 아니면 싫
다고 수민이가 고집 부려준 게 고맙기도 했어. 그래서 수민이
가 한 걸음 한 걸음 내디딜 때마다 나도 한 걸음씩 내디뎠어.
수민이는 하얀 천이 깔린 결혼식장 한가운데 통로를, 난 결혼
식장 한구석을 그렇게 같이 걸었어. 비록 딸 손을 잡고 입장
할 수 없는 못난 아비라 해도 그 정도는 할 수 있는 거잖아.
예쁜 신부를 쳐다보느라 나한테는 아무도 신경 쓰지 않았을
거야.

혹시나 누가 볼까봐 신부 입장 후 곧장 집에 왔어. 다행인지
아무도 나를 못 본 모양이야.

태훈이 부모님은 워낙 바쁜 사람들이라서인지 결혼식 전에 인사치례도 없더라. 식장 입구에서 신부 측 혼주 노릇 하느라 손님을 맞은 상호가 더 어색했을 것 같아. 물론 태훈 어머니가 미리 와 있긴 했지만 공식적으로 태훈 어머니는 회장님 사모님이니까. 회장님 내외는 결혼식 시작하기 딱 5분 전에 식장에 들어오더라고.

신랑 측이랑 하객수가 많이 차이 날까봐 걱정했는데, 다행히 신랑 측도 손님이 그렇게 많지는 않았어. 태훈 어머니가 가족들만 참석했으면 좋겠다고 상호한테 여러 번 강조했다는데, 그래도 그게 맘대로 되나? 여기저기 소문 퍼지면 사람들이 몰려들기 마련이지. 워낙 대단한 집안이잖아.

나도 고민을 많이 했어. 상호 딸로 시집가는 거니까 누구한테 알릴 수도 없고 해서. 동생들한테 연락할까 말까 망설이다 결국 못했어. 수민이 대학교수 됐다고 제 자식 그 대학에 입학시킬 방법 좀 알아봐달라는 성미도, 그 대학에 제 마누라를 취직시켜달라는 성국이도 요즘은 맘에 안 들어. 그렇게 고생해서 뒷바라지했는데 아직도 나한테 기대려고만 하는 게 힘들어서, 아직도 그렇게 비겁한 방법으로 인생을 쉽게 살려고 드는 게 미워서 연락하고 싶지 않더라고.

연락해봤자 이러쿵저러쿵 뒷말들이나 하겠지. 당신이 내 누이나 아우를 욕하면 참 싫었는데, 이젠 왜 그랬는지 이해가 돼. 언제쯤 철이 드는지 원…….

신부 측 화환이 엄청 많아서 놀랐는데, 몇 개는 처갓집에서 보낸 거였어. 장인어른이 이런 결혼을 시키는 거 아시면 노여워하실까봐 비밀로 해달라고 수혁이한테 당부했는데도, 결국 말씀드렸나봐. 그나마 우리 어머니가 돌아가신 게 다행이지. 어머니가 알면 가슴 아프셨을 테니까.

장인어른께 전화를 드리자마자 먼저 죄송하다고 말했어.

"뭐가 죄송한데?"

"수민이 결혼한다고 말씀 못 드린 것도 그렇고, 초대를 했어야 하는데……."

"내 딸 결혼식도 안 갔는데, 그 딸년이 낳은 딸 결혼식에 내가 왜 가? 부조금은 통장으로 보냈으니 그렇게 알게."

사정을 다 알면서도 모른 척해주시니까 더 민망하더라.

"장인어른, 부조금은 무슨……."

"자네가 우리 어려울 때 좀 도와줬다고 우리를 무시하나본데, 그 정도도 못하고 살진 않네."

"죄송합니다."

"후회하지나 말게."

"네?"

"난 딸년 위한다는 생각에 죽어라 결혼 반대하고, 결혼식에도 안 가고, 십 년 넘게 연락을 끊고 지냈어. 내가 누구보다 자네 맘 이해하네. 자식을 위해서라면 무슨 짓인들 못하겠나? 그런데 딸년이랑 연 끊고 살다가 장례식에서나 얼굴 보는 짓은 하지 말게. 신혼여행 갔다 오면 반갑게 맞아주란 말일세."

나도 장인어른 마음 이해한다고, 그렇게 모질게 대했던 거 다 잊었다고 말씀드리고 싶었는데, 그냥 전화를 끊으시더라. 그래도 다행이지. 부도가 났을 때 심장마비로 입원까지 하셨잖아. 지금은 사업이 잘되고 있어 건강도 많이 좋아지셨나봐. 목소리가 쩌렁쩌렁하시더라고. 전쟁이 끝나면 동지는 흩어지지만 전우는 뭉친다더니 그 말이 맞나봐.

혹시나 기자들이 몰려들까봐 걱정했는데, 그 집에서 다 막았는지 그리 많지는 않았어. 그래도 기사를 다 막지는 못했는지 몇 군데에 실렸나봐. 동생들이 들이닥쳐 한바탕했어. 내 예상대로였지. 어떻게 이런 결혼을 시키냐에서부터 시작해서 자기들이 그쪽 집안에 손이라도 벌릴까봐 연락 안 했냐는 걸로 끝났어. 다행히 수지가 와서 쫓아내버렸지.

"재벌집에 시집보내느라 우리 집 거덜 나게 생겼는데 고모랑 작은아버지는 부조금 안 내세요? 아빠가 고모랑 작은아버지 공부도 다 시켜주고, 시집보내고 장가보내고 다해줬는데 설마 모른 척하시진 않겠죠? 얼마나 보태주실 거예요?"

그 말에 다들 주섬주섬 일어나 가더라고. 거기까지만 했으면 정말 우리 수지 예쁘구나 할 텐데, 동생들이 가고 난 뒤 나한테 기어이 한마디하더라.

"호적 파내겠다고 야단이더니 그런 딸 결혼식에는 뭐 하러 오셨수?"

"수민이 챙기느라 바빠서 못 본 줄 알았는데, 봤냐?"

"밥이라도 먹고 가지. 도망치듯 가버리고… 정말 내가 속 상해서 못 살아."

다행히 더 이상은 안 했어. 한숨만 푹푹 쉬면서 밥을 차리더라고. 수지 때문에 억지로 밥을 쑤셔 넣었어.

"아빠도 이제 재혼해요."

뜬금없는 말에 황당해서 고개를 들었는데, 수지가 내 눈을 피하며 말하더군.

"언니 시집가면 재혼하겠다고 약속했잖아."

수지가 결혼하기 직전 재혼하라고 하도 닦달을 하기에 그 잔소리 피하려고 내가 했던 변명을 걸고넘어지더군.

"이렇게 매일 아빠 혼자 있는 거 나도 맘에 걸리고……."

사내자식이 대놓고 약속을 뒤엎기도 뭐해서 대답 못하고 묵묵히 밥만 먹었어. 사랑이란 건, 적어도 내가 아는 사랑은 어떤 경우에도 변치 않는 거야. 그 사람이 늙든 아프든 그리고 죽었든 어떤 이유로든 돌아설 수 있다면 그건 이미 사랑이 아닌 거지. 어떤 상황에서도 신의를 저버리지 않는 게 사랑이야.

억지로 먹은 게 체했는지 속이 영 안 좋아서 손을 따고 누워 있었어.

"어디 안 좋아요?"

설거지를 하고 들어와 수지가 걱정스레 묻더군.

"아니, 그냥 낮잠 좀 자려고."

"우리 아빠도 늙는구나? 안 자던 낮잠을 다 자고."

"새벽부터 수민이 따라다니느라 피곤할 텐데 너도 그만 가봐라."

눈을 감은 채 말했어. 수지가 부스럭거리며 일어나는 소리가 들렸어.

"나는 아빠가 자랑스러워."

뜬금없는 말에 놀라서 눈을 떴는데, 수지가 방문을 잡은 채 등을 돌리고 말하더라.

"아빠는 어려운 환경에서도 포기하지 않았잖아. 검정고시로 시작해 대학원까지 졸업했고, 하사관으로 시작해서 장교까지 되었고. 재용 씨가 그러는데 하사관 출신 중에서 중령까지 올라간 사람은 손에 꼽을 정도라더라. 언니네 시댁이 얼마나 대단한 집안인지는 모르겠어. 돈이라는 게 참 대단하다는 건 알지. 하지만 그게 전부가 아니라는 것도 알아. 돈이 있어서 위대해지는 것보다는 돈이 없어도 위대해지는 게 훨씬 더 힘든 거니까. 아빠가 그런 사람이라서 나는 자랑스러워요."

　젖은 목소리로 다다다 내뱉고는 쑥스러운지 얼른 가버렸어. 수지의 말에 체한 게 쑥 내려갔어. 나는 다시 신께 잘못했다고 빌었어. 또 잊고 있었던 거야. 신이 내게 당신과 수민이, 수지를 보내주셨다는 걸.

　감사 기도에 대한 응답처럼 수민이한테서 전화가 왔어. 목소리가 참 밝더라. 결혼식 전날까지 찾아온 걸 내쳐서 맘이 안 좋았는데, 참 다행이야. 임신한 상태로 비행기 타는 것도 꺼려지고, 태훈이가 진행하는 조선소 인수 프로젝트도 쉽게 자리를 비우기 어려워서 호텔 스위트룸에서 하룻밤 자는 걸로 신혼여행을 대신한다고 하더군.

　그 얘기를 들으니 옛날 생각이 났어. 당신은 비행기 타는 게 무섭다고 제주도가 아닌 동해로 신혼여행을 가자고 했지. 부모님이 반대하는 결혼을 거창하게 치르고 싶지 않다고 우겨서 결혼식도 부대 강당에서 했고. 그게 다 돈 아끼느라 그랬다는 거, 알면서도 모른 척했어. 나중에 돈 많이 벌면 호텔 빌려서 거창하게 리마인드 웨딩도 하고 해외여행도 시켜줘야지 마음먹었는데…….

　항상 미루기만 하면서 살았어. 당신이 출산을 하면, 수민이가 크면, 수지가 졸업을 하면, 내가 진급을 하면……. 그러면서 당신과 나는 뒷전으로 밀려나기만 했지. 항상 미래만 가정하고 꿈꾸면서 현재는 참고 견뎠어. 그런데 정작 미래는 안 오고 항상 현재만 있었지.

당신은 억울하지 않아? 당신 가고 나서 난 정말 억울했는데. 빚을 내서라도 보란 듯이 결혼식도 하고 신혼여행도 갈걸하고 후회했는데.

이제는 후회하지 않고 살 거야. 하고 싶은 건 그때그때 모두할 거야. 그래서 오랜만에 수민이한테 이메일을 썼어. 내가 모질게 굴었던 거 미안하다고, 모든 일이 다 잘될 거라고 했어. 쓰다보니 꽤 길어졌네. 예전처럼 독수리 타법으로 썼다면 며칠은 걸렸겠지. 그때 생각을 하면 아직도 웃음이 나.

수민이가 미국으로 떠난 뒤 전화요금이 너무 많이 나와서컴퓨터를 배우기 시작했지. 처음에는 컴퓨터를 끄면 답장 메일이 도착하지 않을까봐 하루 종일 컴퓨터를 켜놓기도 했어. 혹시 내가 보내는 메일 때문에 수민이가 깰까봐 시차까지 계산하면서 메일을 보내기도 했고. 지금 생각하면 얼마나 황당한지……

지금은 컴퓨터 도사가 됐어. 매일 인터넷에서 수민이 기사찾아보는 게 일이니까. 오늘도 수민이 결혼 기사를 찾아 스크랩해놨어. 인쇄해서 정리해놓고 잘 테니까 오늘은 당신 먼저자라. 딸 시집보내느라 고생 많았잖아. 모두가 당신 덕분이란거 알아. 그래서 항상 당신한테 미안하고 고마워……

제 8 장

신데렐라 그 후…

1

시어머니는 신혼집에 수민 부부보다 먼저 와서 자리를 잡고 있었다. 마치 시어머니가 주인이고 수민이 손님 같았다. 수민은 앞으로 살게 될 집을 훑어보았다. 화이트 톤의 가구에 블랙 소품이 어우러진 인테리어는 깔끔했지만 어딘지 모르게 차가운 느낌이 들었다. 사람이 사는 집이라기보다는 남들에게 보여주기 위한 모델하우스 같았다. 분명 시어머니의 작품일 것이었다.

"쓰레기만도 못한 싸구려 물건들 집 안에 넣을 생각이라면 꿈도 꾸지 마. 가구 하나, 장식품 하나 네 마음대로 바꿀 생각도 말고."

수민이 움찔하는 것을 느끼고 태훈이 끼어들었다.

"옷부터 갈아입고 올게요."

태훈은 넥타이를 풀며 수민의 손을 이끌었다. 하지만 드레스 룸에는 수민의 정장 몇 벌만 걸려 있었다.

"나머지 옷은 어디 있지? 이 비서님이 분명 어제 아침에 모두 가지고 갔는데."

"허접쓰레기 같은 옷들, 내가 다 버렸다."

시어머니가 드레스 룸 밖에 서서 말했다.

"네? 전부 버리셨어요?"

"너도 이젠 품위 지키면서 살아야 하지 않겠니? 티셔츠나 청바지 따위는 입을 생각도 하지 마. 고무 밴드로 머리 질끈 동여매는 짓도 하지 말고. 집에서도 화장은 꼭 하고. 내가 입을 만한 옷 몇 벌 주문해놨으니 곧 도착할 게다. 그걸로 입어."

그러고보니 남은 정장은 모두 명품이었다. 잊고 있었다, 시어머니는 수민의 웨딩드레스조차 미리 골라둔 사람이라는 것을. 수민은 따져 묻고 싶었지만 참았다. 하고 싶은 말을 참는 게 어느덧 일상이 되어 있었다.

"그런데 결혼반지는 어디 있니?"

수민은 자신도 모르게 두 손을 감싸 쥐며 감췄다. 결혼반지의 다이아몬드는 수민의 엄지손톱보다 컸다.

"너무 커서 부담스럽기도 하고 잃어버릴까봐 걱정돼서 못 꼈어요. 그냥 은행에 보관하는 게 안전할 것 같아요."

시어머니가 피식 웃었다.

"부담 가질 것 없다. 가짜니까."

"네?"

이젠 시어머니의 말에 '네?'라고 되묻는 게 버릇이 되어버렸다. 수민의 대답에 비웃음을 흘리는 시어머니가 얄미워 묻지 않으려 했지만 어쩔 수 없었다.

"어차피 쇼윈도 인생이야. 비싸게 보이기만 하면 되지 꼭 비싼 걸 살 필요는 없잖니? 넌 보석에 욕심도 없다며?"

보석에 욕심은 없었다. 수민은 빛나는 뭔가로 자신을 치장하는 것보다는 자신이 빛나고 싶었다. 하지만 결혼반지가 가짜라니 묘하게 섭섭했다. 가짜 반지처럼 수민의 결혼도 가짜인 것처럼 느껴졌다.

"결혼했다고 집 안에 가둬둔다느니 어쩌니 입방아를 찧는 게 듣기 싫어 대학에서 강의하는 건 내버려둘 생각이다만, 회장님 아침 식사 시중드는 건 잊지 마라."

수민은 놀라서 태훈을 바라보았다.

"여기에서 평창동까지 가는 데만 한 시간이에요. 아버지는 아침을 7시에 드시잖아요. 그러면 수민이가 몇 시에 일어나야 하는지 알아요?"

다행히 태훈이 한 발 앞으로 나서 수민의 편을 들었다.

"연주는 결혼도 아니고 약혼한 상태에서도 미국에 가기 전까지 몇 년 동안 그렇게 했어. 그런데 결혼한 며느리가 그것도 못해?"

태훈은 '연주'라는 단어에 수민의 눈치를 살피며 평소보다 더 강하게 수민 편을 들었다.

"엄마, 그런 얘기를 꼭 지금 하셔야겠어요? 연주는 직업이 없었잖아요."

"힘들면 학교를 그만두면 되잖아."

"아뇨, 하겠습니다."

수민으로서는 그렇게 대답할 수밖에 없었다.

결혼식만 치르고 나면 조금 한가해질 거라는 기대는 착각이었다. 새벽 4시 30분에 일어나 허겁지겁 준비를 마친 뒤 시부모님의 집에 6시까지 가서 아침 식사 준비를 하고, 시중까지 들고 나면 8시가 넘었다. 수민은 아침 식사를 할 틈도 없었다. 처음에는 이 비서에게 운전을 맡기고 차 안에서 김밥을 먹거나 눈을 붙이기도 했지만, 이 비서가 수민의 생활을 일일이 시어머니에게 알린다는 사실을 안 뒤로는 손수 운전을 하고 다녔다.

태훈은 거의 매일 저녁 모임이 있었고, 그중 절반은 부부 동반이었다. 말만 부부 동반이었을 뿐 남편들과 아내들은 따로 놀았다. 그리고 아내들은 수민과 따로 놀았다. 대놓고 수민을 따돌리는 건 아니었지만, 수민의 말을 못 들은 척하거나 수민이 모르는 이야기만 꺼냈다.

이미 결혼식 피로연 때 예상한 일이었다. 결혼 피로연의 주인공은 당연히 신부여야 하지만 수민은 피로연 내내 투명 인간이었다. 태훈은 친구들과 수민 사이를 오가며 신경을 쓰느라 피로연이 끝나자 완전히 뻗어버렸다.

"차츰 나아지겠지."

태훈의 말에 결혼식과 피로연으로 하루 종일 긴장했던 수민이 발끈했다.

"차츰? 그 사람들이랑 계속 어울려야 해?"

교묘하게 따돌리는 느낌이 싫었다.

"그것도 사업의 연장이니까 어쩔 수 없어. 쓸모 있는 정보는 그런 데서 흘러나오거든. 내가 조금 더 노력할게."

하지만 태훈의 노력에도 상황은 전혀 나아지지 않았다. 딱히 태훈이 해줄 수 있는 것도 없었다. 친하게 지내라고 타이를 수 있는 일곱 살 어린이들도 아니었으니까. 그나마 태훈과 친한 친구들의 아내들은 수민에게 예의상 한 번쯤 말을 걸었지만 그것이 대화로 이어지지는 않았다. 이름도 생소한 명품이나 얽히고설킨 재벌 가계에 대한 대화에서 수민이 끼어들 틈은 별로 없었다.

그 뒤 부부 동반 모임의 횟수가 점점 줄어들었다. 수민도 그리 아쉽지 않았다. 오히려 다행이었다. 수민 때문에 태훈까지 모임 때마다 신경이 날카로워지는 게 보기 싫었다. 혼자 모임에 나가는 모양인지 태훈의 귀가 시간은 늦은 편이었다. 게다가 조선소 인수 사업을 벌이고 나서부터는 얼굴조차 보기 힘들었다.

그나마 시댁에서의 아침 식사가 태훈과 함께할 수 있는 유일한 시간이었지만, 그 시간마저도 수민이 끼어들 여지는 없었다. 태훈 가족의 아침 식사는 보통 가족들의 아침 식사와는 달랐다. 소소한 일상이나 텔레비전 드라마가 아니라 그룹 경영이 대화의 주제였다. 펜 대신 수저를 들었을 뿐 회의 시간과 똑같았다.

"오늘이 조선소 인수 본입찰이지? 긴장되겠네."

태희의 말에 태훈은 별일 아니라는 듯 대꾸했다.

"긴장될 게 뭐 있어? 게임은 이미 끝난 건데. SG가 우리와 상대가 되니?"

"SG가 태산과 컨소시엄을 구성했다며? 그럼 오히려 우리보다 세지 않나?"

태희가 고개를 갸웃했다.

"그, 그게 무슨 소리야?"

태훈이 놀라서 벌떡 일어섰다. 수민도 놀라서 태희를 바라보았다. 태산그룹은 연주의 아버지가 운영하는 회사였다.

"몰랐어? 건호 오빠 와이프가 입 싸게 여기저기 말하고 다녔다던데? 저번 모임에서 여자들이 그 얘기밖에 안 했대. 오빠는 못 들었어?"

순간 태훈의 눈이 수민을 향했다. 원망이 가득 담겨 있었다.

"둘 다 따라와."

시아버지가 수저를 놓고 일어섰다. 태훈과 태희가 아버지의 뒤를 따랐다.

"내가 언젠가는 이런 일 벌어질 줄 알았지."

시어머니가 수민을 노려보며 비꼬았다.

태훈의 원망 어린 눈이 하루 종일 마음에 걸렸다. 그래서 오전 강의를 마친 뒤 곧바로 집에 왔지만, 태훈은 바쁜지 전화도 받지 않았다. 간단한 문자라도 해주면 좋을 텐데 하며 걱정만 하느라 춤 연습에도 집중할 수 없었다. 저녁 9시에는 SG와 태산의 조선소 인수가 확실시된다는 뉴스가 나왔다. 밤늦게 돌아온 태훈은 술에 취해 있었다.

"나 오늘 대기 발령 났어."

술 냄새 때문에 숨을 쉬기가 힘들었다. 목구멍 아래서 신물이 넘어왔지만, 그렇다고 태훈의 신세타령을 모른 척할 수도 없었다. 조선소 인수에 실패한 데는 자신의 책임도 있다는 생각에 죄책감마저 들었다. 태훈은 드러내놓고 수민을 원망하지는 않았지만 수민은 그런 태훈이 오히려 더 불편했다. 도저히 구역질을 참을 수 없을 즈음 태훈은 비로소 잠이 들었다.

내 생애 최고의 행운이었던 당신에게

오늘 수민이가 왔다 갔어. 힘들었는지 못 본 사이에 얼굴이 좀 야위었어. 시부모님은 해외여행 가시고 태훈이는 회사일이 바빠 혼자 왔다고 하더라고. 왜 그 말이 변명처럼 들리는 걸까? 태훈이 녀석 결혼식 직후 딱 한 번 얼굴 비치고는 안부 전화 한 통 없네. 수민이한테만 잘하면 되지 나한테까지 잘할 필요 없다고 태훈이한테 말해놓고도 정작 너무 무심하니 섭섭하네.

수민이한테 반찬 들려 보내고 나니 가슴 한구석이 휑하더라. 수민이는 태훈이도 시댁 식구들도 잘해준다고 하지만 뭔가가 자꾸 맘에 걸려. 차라리 수지처럼 시댁 식구들 욕하고 징징거리는 게 더 나을 것 같아. 그래도 수지처럼 시집살이를 하는 건 아니니까 괜찮겠지? 게다가 청담동이랑 평창동은 멀잖아.

결국 태훈이한테 내가 먼저 전화를 했어. 회식이라도 하는지 주위가 소란스럽더군.

"우리 수민이가 결혼하겠다고 한 사람은 자네가 처음이야. 잘해줘야 하네. 개가 그렇게 똑 부러지고 덧정 없어 보여도 속정 깊은 애야. 아침잠이 많아서 잘 못 일어나는데 걱정이네. 매일 자네가 깨워야 할 거야. 그리고……."

하고 싶은 말도 해줘야 할 말도 많은데, 태훈이는 건성건성 듣더군.

"어디 가세요?"

"뭐?"

"꼭 수민이 두고 어디 가실 분처럼 말씀하셔서요. 다음에 들으면 안 될까요? 지금 제가 좀 바빠서요."

전화를 끊고 나서 한참을 멍하니 있었어.

당신은 모르지? 난 당신과 함께 있는 동안 죽을 만큼 행복하기도 했지만 죽을 만큼 불안하기도 했어. 누가 나타나 당신을, 내 생애 최고의 행운을 빼앗아갈까봐 두려웠거든. 지금도 그래. 결혼만 시키면 다 해결될 것 같았는데 왠지 자꾸 마음이 불안해. 그게 뭔지 모르니까 더 불안하고 초조해. 상호 말처럼 내가 괜한 걱정을 하는 거겠지?

행복이란 건 최고점이 없잖아. 그래서 행복한 순간에도 항상 뭔가를 더 바라게 되지. 조금만 더 돈이 많았으면, 조금만 더 머리가 좋았으면, 조금만 더……. 그리고 그게 채워지면 또 '조금만 더'를 바라게 되지. 수민이가 결혼만 하면 될 거라고 생각했는데, 난 또 '조금만 더'를 바라게 되네.

당신은 모든 사람이 느끼는 행복과 불행은 공평하다고 말했지. 정말 그런 거라면 내 행복은 수민이에게 주고, 수민이가 겪어야 할 불행을 나한테 줬으면 좋겠어.

3

수민은 알람 소리에 겨우 잠에서 깼다. 몸이 무거워지면서 아침에 일어나기가 점점 더 힘들었다. 발레단에 있을 때보다 운동량이 훨씬 줄었는데도 항상 피곤하고 졸렸다.

그래도 시부모님 아침 식사 시중은 빠뜨릴 수 없었다. 수민은 한숨을 내쉬며 옆으로 몸을 굴렸다.

아, 10분만 더 자면 소원이 없겠다.

베개에 얼굴을 파묻다 뭔가 이상한 느낌에 눈을 번쩍 떴다. 태훈이 보이지 않았다. 직장에 나가지 않는 대신 태훈은 하루 종일 텔레비전과 컴퓨터에 매달려 살았다. 이왕 쉬는 거 밖에서 친구들과 어울리라고 권했지만 태훈은 고개를 저었다.

"싫어. 전부 내 상황 알고 있는데 쪽팔려."

처음에는 이해하려고 노력했다. 무엇 하나 아쉬울 것 없이 살아온 태훈이 갑자기 세상으로 내쳐졌으니 적응하지 못하는 게 당연했다. 수민은 그렇게 혼자 이해하고 스스로를 세뇌시키려 노력했다. 하지만 태훈은 아무런 노력도 하지 않은 채 석 달이 지난 지금도 그대로였다.

어젯밤 수민이 잠자리에 들 때와 마찬가지로 태훈은 거실에서 텔레비전을 보고 있었다. 수민의 인기척에도 태훈은 텔레비전에 시선을 고정한 채 고개조차 돌리지 않았다.

"설마 밤새도록 본 거야?"

"한 시즌을 통째로 다운받았는데 다음이 궁금해서 잠이 와야지."

기가 막혀 말이 나오지 않았다. 컴퓨터와 연결된 텔레비전은 수민이 서 있는 곳까지 열기를 내뿜고 있었다. 수민은 울컥치미는 화를 참으며 욕실로 향했다. 아침부터 싸움으로 시작하고 싶지는 않았다.

"밥 줘."

태훈은 화면에서 눈도 떼지 않고 말했다. '밥 먹자'가 아닌 '밥 줘'라는 명령조의 말투에 기분이 상했다. 대기 발령 후 태훈은 보란 듯이 평창동 시댁에 발길을 끊었다. 약하나마 바람막이가 되어주었던 남편이 없는 시댁에서의 아침은 항상 살벌하고 조마조마했다. 평창동 집 현관을 나설 때면 온몸의 진이 빠져 서 있기도 힘들었다.

"그냥 평창동 가서 같이 먹으면 안 돼?"

"됐어. 아침부터 기분 상하면서 하루를 시작하고 싶지는 않아."

그럼 나는?

수민은 터져나오려는 질문을 삼키며 이를 악물고 부엌으로 향했다. 냉장고에서 밑반찬을 꺼내 식탁에 올려놓았다.

"대충 밑반찬만 꺼내지 말고 뭐라도 좀 만들어봐. 너 요즘 너무 게을러졌어. 주부가 그러면 되겠어?"

순간 반찬통을 내던지고 싶었다. 처음에는 집에서 혼자 밥을 챙겨 먹어야 하는 태훈이 안쓰러워 점심까지 차려놓고 나갔다. 아침이면 더 심한 입덧 때문에 화장실에 몇 번이나 들락거리면서도 메뉴를 매일 바꿨다. 인터넷이며 요리책을 뒤져 식단을 고민하고 시장까지 봐서 퇴근하면 태훈은 음식을 데우기가 귀찮아 점심을 굶었다며 빨리 저녁을 차리라고 성화였다. 그래도 꾹 참아왔는데, 이제 인내심도 한계에 다다른 듯했다.

"나랑 얘기 좀 하자."

"무슨 얘기?"

태훈은 화면에서 눈을 떼지 않고 물었다. 마지막으로 얼굴을 마주 본 게 언제인지 기억도 나지 않았다. 수민은 텔레비전의 전원을 꺼버렸다.

"뭐 하는 짓이야?"

밤새도록 텔레비전을 봐서인지 새빨갛게 충혈된 눈으로 태훈이 노려보았다.

"언제까지 이러고 지낼 거야?"

"또 그 소리야?"

태훈은 짜증스럽다는 듯 일어서서 안방으로 향했다.

"또 그 소리라니? 내가 언제 이런 소리를 했다고?"

혹시라도 태훈에게 부담을 줄까봐 직장 문제에 관해서는 언급도 하지 못했다.

"아버님이 대기 발령 풀어줬는데도 왜 회사에 안 나겠다는 거야?"

"팀장으로 강등됐잖아. 나만 보면 벌벌 기던 애들 밑에서 일하란 말이야? 돈이 필요한 것도 아닌데 뭐 하러 그래? 너, 내 재산이 얼마인 줄 알아?"

"돈이 문제가 아니라 사람이 일을 해야……."

"그딴 잔소리 할 거면 관둬. 솔직히 뭐가 문제야? 난 오히려 네가 더 이해가 안 돼. 왜 인생을 즐기지 못하니? 왜 꼭 일을 해야 하는데?"

태훈은 방으로 들어가며 문을 쾅 닫았다. 아무 결론도 없이 서로에게 상처만 내고 이야기를 끝낼 수는 없었다. 태훈을 따라 방으로 들어가려 했지만 문이 잠겨 있었다. 언제나 이런 식이었다. 무슨 문제가 생기면 태훈은 입을 다물고 혼자 방에 틀어박혔다. 수민은 방문을 두드렸다.

"문 좀 열어봐. 얘기 좀 하자고."

"나 졸려. 나중에 해. 그리고 너도 출근해야 하잖아."

아침에 회의가 있다는 걸 깜박 잊고 있었다. 결국 수민은 그대로 출근을 했다. 하지만 회의 내내 딴생각만 하고 있었다. 회의가 끝나고 점심 식사를 할 때도 마찬가지였다.

돈 따위는 문제가 아니었다. 마고트 폰테인은 남편 로베르토 아리아스의 병원비를 마련하기 위해 환갑이 넘어서까지 무대를 떠나지 않았고, 원치 않았던 〈로미오와 줄리엣〉의 줄리엣 역할까지 연기했다. 만약 태훈이 로베르토 아리아스처럼 저격을 당해 평생 휠체어 생활을 하게 된다 해도 수민은 끝까지 보살필 자신이 있었다.

하지만 태훈은 그저 일하기가 싫은 것뿐이었다. 하고 싶은 것도 되고 싶은 것도 없는 사람이었다. 화원 주인이 꿈이었다는 고백을 태훈은 기억조차 하지 못했다. 발레를 위해 배고픔을 참고, 쏟아지는 잠을 이겨내고, 곪은 발가락에서 피를 닦아내며 살았던 수민은 그런 태훈을 이해할 수가 없었다. 결혼 전에는 여유롭고 느긋해 보이던 태훈의 태도가 이젠 신경에 거슬렸다.

결혼식 날 밤 미래에 대한 계획을 세우자는 수민의 말을 태훈이 껄껄 웃으며 비웃었을 때 눈치챘어야 했다.

"미래가 뭐가 그리 중요해? 현재를 즐기면서 살아야지. 골치 아프게 계획 짜는 건 서민이나 하는 짓이야. 돈 모아서 집 사고, 아이들은 어떻게 키우고 하는 것 따위가 계획이잖아. 우리한테는 그런 거 필요 없어. 집은 물려받은 것 중에서 고르면 되고, 아이들은 미국 사립학교에서 교육시킨 뒤 회사 물려주면 돼. 이제 계획 끝났지? 나랑 결혼하니까 정말 좋지 않냐? 이렇게 미래 계획도 간단하고. 그러니까 너도 현재만 즐기고 살라고."

그게 끝이었다. 결혼 준비로 시달려 피곤하던 수민도 그냥 태훈 옆에서 잠들어버렸다.

하지만 아무 문제도 없이 편할 거라는 태훈의 장담과는 달리 문제는 끝도 없었다. 태훈의 실직, 시대와의 불화, 태훈과의 성격 차이……. 문제는 늘어나기만 할 뿐 줄어들 기미가 보이지 않았다.

"이 교수가 불행이라는 걸 알아요?"

학과장이 무심하게 물었을 때 수민은 순간 움찔했다. 자신이 요즘 겪고 있는 고통과 상처를 들킨 것 같아 두려웠다.

"이 교수야 세계가 인정하는 발레리나잖아요. 게다가 재벌가로 시집갔으니 무슨 걱정이 있겠어요? 이 교수는 불행한 적이 한 번도 없었죠?"

타인의 세상은 그렇게 간단히 규정지을 수 있는 모양이었다.

"남편이 잘해주죠?"

"학과장님도 뭘 그런 걸 물어보세요? 당연하죠. 아직 신혼이잖아요. 깨가 쏟아지겠죠."

수민이 대답을 하기도 전에 남주가 끼어들었다.

"하긴 나도 이 교수 옆에만 가면 깨소금 냄새가 진동을 하더라고."

자기들끼리 묻고 대답하며 사람들은 그렇게 수민의 인생을 만들어내고 있었다.

"얘기 좀 해봐요, 신혼 생활이 어떤지."

모든 사람들의 눈이 수민을 향했다. 처음에는 사생활을 캐묻는 동료들의 무례함에 당황하고 불쾌했다. 그들의 몰상식을 비난하는 수민에게 수지는 충고했다.

"우린 그걸 상대방에 대한 관심의 표현이라고 생각해. 선생들은 정도가 조금 더 심하긴 하지. 학생들 사생활 캐묻는 게 업무니까. 좋게 생각해. 투철한 직업 정신이잖아. 괜히 입 닫고 있으면 이야기를 만들어낼 테니 짜증나도 조금쯤은 사생활을 얘기하는 게 좋을 거야."

그래서 수민도 어느새 자신의 인생을 만들어내고 있었다.

집 안에서는 꼼짝도 못하게 해요. 워낙 가정적인 사람이라서 술 마시고 늦는 법도 없어요. 대화 부족이요? 수다스러워서 귀찮을 정도예요…….

수민은 자신이 바라던, 현실과는 정반대의 거짓 남편, 거짓 결혼을 만들어내고 있었다. 아주 신나게, 행복하게……. 그러면 그 순간만은 자기 입에서 나오는 거짓이 현실처럼 느껴지기도 했다.

수지의 전화를 받고서야 수민은 문득 정신을 차렸다.

"언니, 혹시 내일 시간 괜찮아? 아빠 생일인데 가족끼리 모여서 밥이라도 먹자고. 아빠 생일에 십 년 동안 한 번도 못 왔잖아."

가고 싶지 않았다. 행복한 모습을 꾸며야 한다는 생각만 하면 머리가 지끈거렸고, 집에만 처박혀 있으려는 태훈을 설득하는 것도 만만치 않을 게 뻔했다. 하지만 거절할 명분이 없었다.

태훈은 오래간만에 기분이 좋아보였다. 컴퓨터 게임을 하다가 고개를 들어 퇴근한 수민에게 왔냐고 아는 척까지 했다. 다행이었다. 친정에 가야 한다는 얘기를 어떻게 꺼내야 할지 고민하느라 하루 종일 무겁던 어깨가 가벼워졌다. 태훈이 좋아하는 꽃게탕을 끓이려 시장까지 다녀온 보람이 있었다.

태훈은 내가 사랑했던 사람이다. 사랑할 이유가 충분했던 사람이다.

그런 생각을 하다 수민은 문득 멈칫했다. 자신도 모르게 과거형을 쓰고 있었다.

"이게 무슨 냄새야? 꽃게탕 끓여?"

태훈의 목소리에 놀라 꽃게탕 간을 보다 그만 혀를 데고 말았다. 태훈은 평소에는 저녁을 차려놓고 몇 번을 부르고 나서야 겨우 식탁에 와 앉았다. 게임에 열중할 때는 아예 컴퓨터 앞으로 밥을 가져오라고 할 때도 있었다. 그런 태훈이 자진해서 나온 것도 놀라운데, 냉장고에서 반찬통을 꺼내 식탁을 차리는 건 더 놀라운 일이었다. 수민은 덴 혓바닥의 쓰라림도 잊고 수저를 놓는 태훈을 멍하니 바라보았다.

어쩌다 입덧 때문에 힘드니 조금만 도와달라고 하면 태훈은 힐끗 보며 대수롭지 않게 내뱉었다.

"그냥 가정부 써."

하지만 수민은 낯선 사람이 자신의 공간을 침범하는 게 싫었다. 게다가 청소를 위해 몇 번 왔던 가사 도우미는 집 상태를 시어머니에게 시시콜콜 고해바치기까지 했다. 가사 도우미를 소개해주는 회사를 바꿔도 상황은 마찬가지였다. 수민은 시할머니 댁을 감시하던 카메라가 떠올라 소름이 끼쳤다.

둘만의 살림이라 태훈이 조금만 도와주면 해결될 텐데, 태훈은 사람을 쓰지 않겠다는 수민의 고집을 더 이해하지 못했다. 수민도 태훈에게 부탁을 하는 데 지쳤다. 가사는 공동 부담이어야 하는데 왜 부탁을 해야 하는지도 이해가 되지 않았다. 그 부탁이 싸움으로 번지는 것도 싫었다. 그런데 태훈이 오늘은 설거지까지 하겠다며 미리 나서기까지 했다. 수민은 무슨 일인가 싶어 눈치를 보며 밥만 먹었다.

"내일 토요일이라 강의 없지?"

반찬 투정을 하든가 말도 없이 후딱 먹고 다시 게임을 하러 가던 태훈이 먼저 말문을 열었다.

"응. 그래서 말인데……."

"내일부터 홍콩 세일 기간이라서 비행기 예약했어. 간만에 가서 돈 쓰면서 스트레스 좀 풀고 오자."

태훈이 꽃게 다리를 쩝쩝 빨면서 수민의 말을 끊었다.

"그, 그래?"

수민은 당황해서 겨우 그 말밖에 하지 못했다.

"우리 요즘은 싸우기만 했잖아. 생각해보니 신혼여행도 제대로 못 갔더라고. 이번 여행 다녀와서 네 소원대로 회사도 다시 나갈게."

"그, 그런데 내일 우리 아버지 생신인데……."

수민은 우물거리며 말을 내뱉었다. 더듬거리는 자신이, 주눅 드는 자신이 싫었다.

"그래서?"

"점심에 우리 집에 잠깐 갔다가……."

"비행기 시간이 오전인데?"

"그래도 잠시 들렀다가……."

"그러다 비행기 시간에 늦으면 어쩌려고?"

"지금이라도 시간 변경해서 모레 가면 안 될까?"

"월요일에는 출근해야 하잖아. 게다가 모레 가면 물건이 매진될 수도 있고. 생일이야 내년에도 있잖아? 나이 들면 생일 챙기는 것도 귀찮아. 그러지 말고 홍콩에 가서 명품 시계나 하나 사다드리자. 아버님도 그걸 더 좋아하실걸?"

태훈은 이미 결정을 내려놓고 있었다. 더 이상의 설득은 무의미했다.

"아버지한테 생신 축하한다고 전화나 한 통 해줘."

태훈은 밥을 먹으며 고개를 끄덕였다. 그리고 꽃게 살을 발라 수민의 밥 위에 놓아주었다. 다시 수민이 사랑했던 태훈으로 돌아온 것 같았다. 그 모습을 붙잡기 위해서라면 뭐든 할 수 있을 것 같았다.

4

고무신 거꾸로 신지 않고 제대를 기다려준 당신에게

새벽에 일어나 샤워를 하고 정복을 정성껏 다려 입었어. 직속상관한테 가는 내내 착잡하더라.

스무 살에 들어온 군대, 이제야 제대야. 비바람이 불어도 국방부 시계는 간다더니 정말 시간이 빠르네. 남들은 군대에 오자마자 제대 날짜를 손꼽아 기다린다는데, 난 제대가 다가올까봐 맘 졸이며 살았어. 그래도 우리 식구 밥 먹여준 군대였으니까. 나한테 제대 날짜는 설렘이 아닌 두려움이었지.

언젠가 토크쇼에 나온 연예인이 해군에 복무했다면서 배가 앞뒤로 흔들리는 피칭, 옆으로 흔들리는 롤링 때문에 고생한 얘기를 하더군. 해군들도 십 년은 지나야 뱃멀미에 적응할 수 있다면서 늘어놓는 얘기에 모두 깔깔거리며 웃더라. 난 같이 웃지 못했어. 그 사람들은 더 이상 겪지 않아도 된다는 생각에 웃을 수 있었겠지만, 나는 배 흔들림에 대한 생각만으로도 속이 울렁거렸어. 우리는 적응하는 게 아니야. 그저 견디는 데 익숙해질 뿐이지.

별을 달았으면 함대 전체를 모아놓고 국민의례까지 하며 거창하게 치렀겠지만, 내 전역식은 아주 간단했어. '전역을 명 받았기에 신고합니다. 필승!' 그 한 줄로 끝나더라고.

마지막으로 경례를 했어. 수없이 내뱉었던 말, 필승과 함께. 그런데 내 인생은… 필승이었을까?

인생은 전투와 똑같아. 규칙도 없고, 예상할 수도 없고, 누구도 원망할 수 없지. 무슨 방법을 쓰든 승리를 해야 하지. 승자가 모든 걸 가지는 거니까.

돌이켜보면 항상 숨차게 달리기만 했던 것 같아. 너무 지쳐서 인색한 신을 원망하다가도, 간혹 신이 툭 던져준 듯한 하찮은 행운에 감사했지. 보잘것없는 희망에도 나는 다시 달릴 수 있었어. 인생의 여유를 즐길 틈은 없었어. 내 옆을 스쳐가는 나무도 숲도 볼 수 없었지. 그저 귓가를 스치는 바람소리만 가득했어. 그렇게 쉬지 않고 달렸는데도 결승점은 아직 안 보이네. 아니면 너무 미친 듯이 달리느라 결승점을 이미 지나치고도 계속 달리는 건지도 모르고.

그런데 어쩌면 결승점에 꼭 도달해야 하는 건 아닐 수도 있겠다 싶어. 죽어라 달릴 필요 없이 그냥 천천히 걸었어도 되는 게 아닐까. 신선한 공기를 들이마시며 예쁜 들꽃도 보고 단풍도 즐기면서 걸었어도 나쁘진 않았을 것 같아.

그래서 수민이를 태훈이와 결혼시키고 싶었던 것 같아. 태훈이는 다 가지고 태어났으니 나처럼 신께 구걸할 필요가 없잖아. 결혼을 하면 우리 수민이도 그런 태훈이와 함께 걸을 수 있을 거라 기대했어. 꽃향기도 맡고 낙엽도 주우면서 여유롭게 천천히……. 인생은 필승이잖아. 방법이 좀 나빠도 이기기만 하면 된다고 생각했어.

송별회도 며칠 전에 마친 터라 오늘은 그냥 집에 가라고 하더군. 아침 10시에 집에 오려니 어색했어. 내가 딱히 군대에서 중요한 일을 했던 것도 아닌데, 이젠 근무하지 않아도 된다고 생각하니 이상하더라. 능력 있는 사람들은 제대 후 방위업체나 관련 기관에 취직도 잘하던데, 난 아냐. 참 못났지? 아직

환갑도 안 됐는데, 일을 놓고 살기에는 너무 젊은데, 세상은 나보고 그만 쉬라고 하네. 내가 별 쓸모가 없다고 하네.

버스 타고 돌아오는 내내 우울했는데, 다행히 수지가 집에서 날 맞아주었어. 제대 축하한다고 음식을 장만하고 있더라. 그냥 외식하자고 했는데, 기어이 제 고집대로 교장한테 지참 허락까지 받아 준비했더라고. 누가 보면 동네잔치라도 벌이는 줄 알았을 거야. 혼자 많이 힘들었는지 보자마자 불평이더라.

"도대체 언니는 얼마나 바쁘기에 아빠 생일날에 코빼기도 안 비치고 오늘도 안 왔어요?"

"내가 일부러 얘기 안 했다."

"아빠가 얘기한다고 나는 가만히 있으라며?"

"일부러 그랬어, 일부러. 저번에 보니 많이 말랐더라고. 임신한 몸으로 일하랴 살림하랴 힘든가봐."

"그렇다고 아빠 전역하는데 말도 안 했단 말이에요? 내가 당장……."

수민이한테 전화하려는 걸 막느라 혼났어.

"너, 언니한테는 입도 벙긋하지 마."

수지가 어찌나 투덜댔던지 아직도 귀가 다 멍멍해. 그래도 나한테 그렇게 해대야 수민이한테는 아무 말 안 할 것 같아서 참았어. 생일날 안 왔다고 수민이를 어찌나 달달 볶던지 보는 내가 민망했거든. 급한 일이 있으면 못 올 수도 있는 건데……. 태훈이한테까지 전화해 결혼하고 나서 처음 맞는 장인어른 생일에 어쩜 전화 한 통 없냐고 난리였어. 하여간 수지 까탈 부리는 건 알아줘야 해.

수지가 점심을 먹고 가버리니 너무 허전하더라. 겨우 반나절인데 왜 이리 지루하고 길기만 한지. 이럴 줄 알았으면 취미라도 하나 만들어둘걸 그랬어.

결국 밑반찬 몇 가지 만들어서 수민이네 집에 갔어. 저녁에 가서 마주치면 수민이가 부담스러울까봐 못 갔는데, 낮에 시간이 있으니 좋은 점도 있더라고. 가는 김에 청소와 빨래도 좀 해주려고 서둘렀지.

현관문 비밀번호를 물어보려고 태훈이한테 전화를 했어. 수민이는 수업 중일지도 모르니까. 그런데 태훈이가 집에 있다면서 문을 열어주더라고. 그냥 하루 쉬는 줄로만 알았어. 방금 잠에서 깼는지 부스스하더라고.

집 안은 엉망진창이었어. 언제 시켜 먹었는지 중국집 그릇이 거실 바닥에 뒹굴고, 맥주 캔은 구겨진 채 소파에 처박혀 있고, 먹다 남은 과자 봉지가 여기저기 흩어져 있고……. 한숨밖에 안 나오더라.

"아이고, 아무리 일하느라 바빠도 그렇지, 이게 쓰레기통이야, 집이야?"

신발 벗고 들어서자마자 이것저것 치우기 시작했어.

"자네가 이해해주게. 수민이가 힘들어서 살림에 신경 쓰기 어려울 거야. 환경이 완전히 바뀌어서 적응하기도 힘든데, 임신까지 했으니 더 그렇겠지."

"그러게요. 아무리 가정부를 쓰라고 해도 싫다고 고집이네요. 사적인 공간에 누가 침범하는 게 싫다나요?"

"걔가 워낙 남들의 시선에 상처를 많이 받아서 그래. 게다가 알뜰하기도 하고."

주섬주섬 변명을 해주었어. 딸 가진 죄인이라고, 어쩔 수 없지.

"그런데 자네는 휴가야? 어떻게 집에 있나?"

"저 일 관둔 거 모르셨어요?"

당연히 몰랐지. 수민이는 그런 말 없었거든. 아마 내가 걱정할까봐 숨겼겠지.

"왜? 뭐 다른 거 시작하려고?"

"아뇨. 아버지가 조선소 인수에 실패했다고 화가 나셔서 저 자르셨잖아요. 벌써 석 달 전 일인데, 수민이가 왜 말을 안 했지? 이상하네."

순간, 멍해지더라. 그런 일을 어쩜 그렇게 가볍게, 당당하게 말할 수 있는지 황당했어. 그리고 화가 나더라. 집에서 놀면 집안일이라도 좀 도와주지, 어떻게 집안 꼴을 그렇게 해놓고 있어? 수민이는 배불러서 일하러 나가는데, 어떻게 게임에만 매달려 있어?

태훈이가 평소에 집안일을 안 도와주는지 내가 어떻게 아냐고? 장인인 내가 청소하는데 청소기 소리 시끄럽다고 방문을 닫아버리는 인간, 빨래 널고 있는데 그제야 빨랫감 가지고 나오는 인간… 그런 인간이 수민이가 일할 때는 도와줬겠어? 순간 울컥해서 야단치고 싶었지만 참았어. 나보고 일하지 말라고, 파출부 부르겠다고 하는 걸 내가 관두라고 했으니까. 남한테 보여주기 창피할 만큼 엉망이었거든. 다 내 탓이라 생각하며 꾹 참았어.

밥 차려놓고 부르러 갔더니 한참 게임에 빠져 있더라.

"이 판만 끝내고 갈게요."

게임에 정신이 팔려 돌아보지도 않더라고.

"찌개 식기 전에 어서 먹어야지."

"먼저 드세요."

결국 찌개를 다시 데워야 했지. 밥 먹는 동안 슬그머니 무슨 계획이라도 있는지 물어봤어.

"아뇨, 어떻게든 되겠죠."

내가 수저를 들기도 전에 허겁지겁 먹으면서 내 말에는 관심도 없더라. 어느 반찬을 먹을지가 더 고민인 것 같았어.

"집에만 있으면 심심하지 않나?"

"심심하긴요. 인터넷 게임도 하고 드라마 몇 편 다운받아 보면 하루가 다 가요."

"그래도 사람이 일을 해야……."

딸 가진 죄인이라고, 말 한마디 한마디가 왜 그리 힘든지.

"어쩌면 수민이랑 똑같은 말씀을 하세요? 꼭 돈을 벌어야 하는 것도 아닌데 군이 일할 필요가 있나요? 전 오히려 힘들다고 징징대면서도 계속 학교에 나가는 수민이가 더 이해가 안 돼요."

그래, 태훈이의 입장에서는 그렇게 말할 수도 있겠지. 그래도 속으로 울화통이 터졌어. 내내 화를 참다가 수민이 집을 나왔어. 돌아오는 내내 우리 수민이도 오늘 내가 그랬던 것처럼 참기만 하고 사는 건 아닐까 궁금했어.

집에 오자마자 수민이한테서 전화가 왔는데 목소리에 힘이 하나도 없더라.

"아버지 왔다 가셨다면서요? 어떻게 낮에 시간을 내셨어요? 휴가예요?"

"그냥 시간이 좀 있어서 들렀다."

"다음부터는 빨래나 청소는 내버려두세요. 제가 다 알아서 해요."

"내가 좋아서 한 건데 뭘. 너, 몸도 무겁잖아? 앞으로는 내가 자주 가서 집안일 좀 도와주마. 참, 너 먹으라고 딸기 씻어서 넣어두고 왔다. 저녁 먹고 후식으로 먹어. 이젠 입덧을 안 할 만도 한데 계속 그래서 걱정이구나."

"딸기요?"

"그래. 냉장고 맨 아래 칸에 넣어뒀는데, 찾았니?"

잠깐 냉장고 뒤지는 소리가 들리더니 수민이가 말했어.

"아뇨, 없는데요."

"내가 분명히 거기에 넣어뒀는데?"

"이상하다? 다른 데 있나?"

"뭐 찾아?"

옆에서 태훈이 목소리가 희미하게 들렸어.

"딸기. 아버지가 씻어두고 가셨다는데……."

"아, 그 딸기? 내가 다 먹었는데."

수민이가 재빨리 수화기를 막았지만 다 듣고 말았어.

"아, 여기 있네요. 찾았어요."

그 뻔한 거짓말에 속아주는 척했어. 나도 나 자신에게 매일 거짓말을 하니까. 미혼모가 되는 것보다는 태훈이와 결혼하는 게 나았다고, 억지 부려서 결혼시킨 게 올바른 선택이었다고, 아기가 태어나면 시부모님과의 갈등도 끝날 거라고, 수민이가 그렇게 마른 건 임신 때문에 힘들어서라고……. 그렇게 나 자신에게 하는 거짓말에 속아주고 있으니까.

5

시어머니가 억지로 시킨 일 중 유일하게 수민의 마음에 든 것은 호텔의 빈얀트리 스파였다. 유명한 여자 연예인이 수억 원의 가입비를 내고도 기존 회원들의 승인을 받지 못해 다닐 수 없었다는 스파는 이름값을 했다. 컬러테라피를 시작으로 다양한 향료를 넣은 스파와 마사지까지 2시간의 풀코스를 거치면 일주일의 피로가 모두 풀렸다. 특히 금가루를 온몸에 덮고 래핑을 하는 골드래핑은 효과가 좋은 편이었다. 스파 덕분인지 배가 많이 불렀는데도 피부가 전혀 트지 않았다. 사이좋은 고부 사이로 보이기 위해 시어머니와 함께 가야 한다는 것은 문제가 되지 않았다. 어차피 스파에 오면 모두 개별 룸을 썼다.

수민이 간단히 몸을 헹구고 욕조에서 나오자 테라피스트가 가운을 내밀었다.

"이 비누향이 참 좋은데 판매도 하나요?"

"그럼요, 사모님. 한 세트 포장해둘까요?"

수민은 고개를 끄덕이고는 테라피스트에게 다시 몸을 맡겼다. 얼핏 잠들다 깨다를 반복하다보니 어느새 풀코스가 끝나 있었다. 스파 로비의 계산대에서 무심코 사인을 하고 영수증을 받아 든 수민은 자기 눈을 의심했다.

"이거 잘못된 것 같은데요?"

"여섯 개 한 세트 삼백만 원 맞는데요, 사모님."

"비누 한 개에 오십만 원이라고요?"

수민은 떡 벌어진 입을 다물지 못했다.

"당장 물러……."

채 말이 끝나기도 전에 누가 팔을 꽉 잡아 눌렀다.

"아하! 너무 싸서 놀랐나보다, 그치?"

시어머니의 손아귀에 힘이 들어갔다.

"꼭 비싸다고 좋은 건 아냐. 싸고 좋은 것도 많단다, 애야."

결국 수민은 시어머니의 손에 이끌려 스파를 나왔다. 시어머니는 미소를 지으며 잇새로 속삭였다.

"미쳤니? 거기서 그걸 무르면 무슨 망신이야? 네가 누군지 잊었어? 여기 직원들, 네가 누군지 다 알아. 어떻게 그 자리까지 올랐는지도 다 알고. 그런데 꼭 그렇게 출신 성분 티를 내서 태훈이를 망신시켜야겠니?"

"죄, 죄송합니다."

시어머니는 대답도 없이 앞서 가버렸다. 수민은 한숨을 내쉬며 그 뒤를 따랐다. 분명 집에 가서는 더 화를 낼 게 뻔했다. 스파를 마치고 나오는 길인데도 시어머니의 등은 딱딱하게 굳어 있었다.

수민은 태훈에게도 몇 번씩이나 물건 살 때 가격표 좀 보지 말라는 주의를 들었다. 수민도 주의하려고 노력했지만 계산서나 영수증의 금액을 늘 확인하던 버릇은 쉽게 고쳐지지 않았다.

저만치 앞서가는 시어머니를 따라잡기 위해 종종걸음을 치는데, 시어머니가 갑자기 멈춰 서서 수민을 돌아보았다. 이상한 일이었다.

나를 기다려줄 리는 없는데, 아는 분이라도 만나셨나?

수민도 무심코 주위를 둘러보았다. 태훈이 현서와 함께 호텔로 들어서고 있었다. 순간 스파로 노곤해졌던 몸에서 잠이 달아났다.

"모른 척해. 혹시나 저녁에라도 멍청하게 따져 묻지 마. 그러잖아도 새 사업 맡아 하느라 스트레스 심한데."

어느새 시어머니가 가까이 다가와 속삭였다.

수민은 엘리베이터를 타는 태훈과 현서를 멍하니 바라보았다.

홍콩에 다녀오고 한 달이 지나도록 태훈은 이 핑계 저 핑계를 대며 회사에 나가지 않았다. 하지만 이복동생 태민이 시아버지와 공동으로 설립한 회사가 상장되자 마음을 바꾸었다. 시어머니는 단식투쟁까지 하며 시아버지의 조치에 항의했다. 부자가 30억씩 투자해서 설립한 물류 유통 회사는 그룹 계열사들이 일감을 몰아주어 100배가 넘는 주식 가치를 보유한 것으로 평가되었다. 변칙적인 상속 수법이었지만 재벌들이 흔히 사용하는 탈세 수법이기도 했다.

"조선소 일이 적성에 안 맞는다고? 누군 적성에 맞아서 일하니?"

시어머니가 처음으로 태훈에게 목소리를 높였고, 태훈은 시어머니가 단식을 시작한 지 하루 만에 회사에 복귀했다.

다시 일을 시작하면서 태훈은 부쩍 짜증이 늘었다. 한 번 사용한 수건이 욕실에 걸려 있다거나 같은 반찬이 식탁에 두 번 올라오면 어김없이 말다툼이 시작되었고, 화해의 손을 먼저 내미는 쪽은 항상 수민이었다. 태훈은 입을 꾹 닫은 채 아무 말 하지 않고 밖으로 나가버리곤 했다.

"친구 만나서 얘기 좀 하다 갈 테니까 먼저 자."

어떤 친구? 무슨 얘기? 언제 올 건데?

묻고 싶은 말이 많았지만 꾹 참았다. 그러잖아도 스트레스가 머리끝까지 차 있을 텐데 보태주고 싶지는 않았다. 피곤해서 그럴 거라고 스스로 태훈을 변명해주며 참기만 했다. 태훈의 업무량이 많아 출근도 이르고 퇴근도 늦는 것이 그나마 다행이었다. 요즘 들어 업무에 익숙해졌는지 태훈의 짜증도 많이 줄어들었다. 수민이 고집을 꺾고 가사 도우미를 고용한 것도 도움이 되었다. 그렇게 생각했다. 바보처럼……

태훈과 현서가 탄 엘리베이터가 꼭대기 층에 도착했다는 표시등이 깜박였다. 그 층에는 태훈 가족이 사용하기 위해 항상 비워두는 스위트룸이 있었다.

　"내가 전에 말했지? 언젠가는 장난감에 싫증 낼 거라고."

　시어머니가 약 올리듯 말했지만 수민은 반응하지 않았다. 시어머니가 원하는 대로 반응해 만족감을 주고 싶지는 않았다.

　"얼마 전에 여동생 생일이었어요. 오늘 갔다 와도 될까요?"

　무엇이라도 해야 방금 본 장면을 잊을 수 있을 것 같았다.

　시어머니는 수민이 친정에 가는 것을 극도로 꺼렸다.

　"서민층 친정까진 이해해. 그런데 우리 집에 손 벌리는 건 용납 못한다. 차라리 고아가 낫지."

　수민도 친정에 가는 것이 반갑지만은 않았다. 행복한 척 꾸며대는 것도 스트레스였다. 하지만 수민의 친정을 무시하면서도 상호 아저씨 내외를 평창동까지 초대해 접대하는 시어머니의 이중적인 태도가 얄미웠다. 그런 이중성을 욕할 자격이 없다는 게 더 수민을 화나게 만들었다.

　어느새 수민도 그들의 이중성을 닮아가고 있었으니까. 수민도 다른 사람들 앞에서는 재벌가에 시집가 행복하게 사는 신데렐라처럼 행동했으니까.

　"여동생 집이 여기서 십 분 거리거든요. 친정에 다녀온 지도 꽤 오래됐고요."

시어머니는 친정이라는 말에 눈살을 찌푸릴 뿐 아무 대답도 하지 않았다.

"어머님이 친정에 갈 때는 꼭 허락을 받고 가라셨잖아요."

수민은 일부러 목소리를 높였다. 지나가던 사람들의 시선이 쏠리자 시어머니는 억지 미소를 지었다.

"어머, 내가 언제 그랬니? 친정에 갈 때는 반드시 선물을 챙겨줘야 하니까, 나한테 미리 얘기해달라고 한 거지."

때마침 스파에서 나오는 재벌가 사모님을 발견한 시어머니도 목소리를 높였다. 수민은 일부러 허리를 깊이 숙이며 시어머니에게 굽실거렸다.

"감사합니다, 어머님. 정말 감사해요."

수민은 남들이 보기에 이상하리만큼 과하게 감사 인사를 했다.

수민은 자동차를 몰고 수지의 집으로 향하며 혼자 킥킥거렸다. 다른 사람들의 시선에 당황해하던 시어머니를 생각하면 자꾸 웃음이 났다. 아마 속으로 이를 갈고 있을 터였다.

수민이 주차를 하고 차에서 내리는데, 매제 재용이 양손에 커다란 장바구니를 든 채 달려왔다. 재용은 수민의 차를 보고는 놀라서 입을 다물지 못했다.

"이거 처형 차예요?"

"네."

재용은 장바구니를 내팽개치다시피 하고는 수민의 차 주위를 한 바퀴 돌았다.

"자기야, 나, 숨을 못 쉬겠어. 내 꿈의 차가 눈앞에 있어."

재용이 숨을 헐떡이며 익살을 떨었고, 수지도 신기한 듯 자동차를 둘러보았다. 최신형 람보르기니는 태훈의 선물 중 하나였다. 태훈은 말다툼을 한 다음에는 어김없이 값비싼 선물을 했다. 하지만 미안하다는 사과의 말은 단 한마디도 없었다. 수민도 군이 사과에 의미를 두지는 않으려 노력했다. 사과한다 해도 어차피 비슷한 말다툼을 되풀이할 텐데 사과가 무슨 소용이 있을까 싶었다.

"내부 구경 좀 해도 돼요?"

재용의 말에 수민은 야멸차게 고개를 저었다.

"안 돼요."

재용이 쑥스러운 듯 고개를 주억거렸다.

"하긴 그러다 흠집이라도 내면 큰일이죠."

수민이 손가락에 자동차 키를 걸고 빙빙 돌리다 웃으며 재용에게 내밀었다.

"대신 한번 시승해보실래요?"

"정말이요?"

재용은 믿기지 않는다는 듯 눈을 휘둥그레 떴다. 자동차 키를 받아 드는 재용의 손이 덜덜 떨렸다. 시동 거는 방법을 비롯해 간단한 기능을 알려주자 재용은 신나게 차를 몰고 나갔다.

"저럴 때 보면 정말 애라니까!"

수지는 멀어져가는 자동차를 보며 고개를 설레설레 저었다. 수민은 재용이 두고 간 장바구니를 들고 수지와 함께 집으로 들어갔다.

"연락도 없이 웬일이야?"

수지가 과일과 차를 내오며 물었다.

"며칠 전이 네 생일이었잖아."

"와, 기억하고 있었네. 이건 생일 선물? 늦은 만큼 대단한 거겠지?"

수지는 쇼핑백에 들어 있던 비누 상자를 열더니 실망한 듯 입을 삐죽거렸다.

"애걔, 이게 뭐야? 비누잖아. 유명 메이커도 아니네. 이거, 재벌집 사모님께서 너무한 거 아냐?"

"꽤 비싼 거야."

"그래? 처음 보는 건데? 그래 봤자 비누가 비싸면 얼마나 비싸겠어? 도대체 얼만데?"

"오십만 원."

수지의 눈이 휘둥그레졌다.

"뭐, 뭐? 오, 오십만 원? 여섯 개에 오십만 원?"

수민이 고개를 저었다.

"그럼 비누 한 개에 오십만 원이란 말이야?"

수민은 고개를 끄덕였다. 수지는 들고 있던 비누 상자를 끔찍하다는 듯 내려놓았다.

"미쳤니? 이걸 내가 어떻게 써?"

"그냥 써."

수지는 비누 상자를 들고 요리조리 뜯어보며 신기해했다.

"도대체 뭐가 들었길래 비누 하나에 오십만 원이나 하지? 완전 금값이랑 똑같잖아. 차라리 금덩이로 줄 것이지."

수지는 입을 비죽이며 투덜거렸다.

"형부는 잘해줘? 아빠가 걱정하던데."

"걱정?"

"원래 아빠는 매사가 심각하잖아. 언니 너무 말랐다고 걱정하더라. 싸우지는 않아? 하긴 싸울 일이 뭐가 있겠어? 부부 싸움의 90% 이상, 아니 99.9%가 돈 때문에 생기는데 언니는 그럴 일 없잖아."

하지만 돈 때문에 싸우기는 수민 부부도 마찬가지였다. 7만 원짜리 생수 '블링' 한 병을 마시는 대신 그 돈으로 불우이웃을 돕는 게 낫다고 생각하는 수민과 장인의 생일날 함께 식사하는 대신 몇 억짜리 '바세론 콘스탄틴' 시계를 선물하는 게 낫다고 생각하는 태훈도 결국은 돈 때문에 싸우는 거였다. 하지만 복에 겨운 투정이라고 할 게 뻔해 누구에게도 털어놓을 수는 없었다.

"정말 언니는 완전히 딴 세상에 사는구나. 좋겠다! 이거, 너무 불공평하잖아. 누구는 태어날 때부터 은수저 물고 나오고, 누구는 일회용 나무젓가락 물고 나오고."

같은 말을 반복하던 수지는 한숨을 내쉬었다. 수지의 신세타령은 수지 시어머니가 돌아오면서 끝났다.

"이거 어쩌나, 딱 수지 것만 사왔는데……."

시어머니는 수민을 보자 곤란한 표정을 지으며 가슴에 품고 있던 종이봉투를 내려놓았다. 그 안에는 갓 구운 벨기에식 와플이 들어 있었다.

"따뜻할 때 먹어라. 도대체 그놈의 밀가루 떡이 왜 그리 비싼지 모르겠다. 여의도 친구 집에 간 김에 네가 이걸 좋아한다는 게 생각나서 사려고 들렀어. 그런데 그걸 사려고 사람들이 얼마나 길게 줄을 늘어섰는지, 30분도 넘게 기다려야겠더라고. 그래서 열 개 사가는 손님한테 하나만 팔라고 부탁해 가져왔다. 재용이 녀석 오기 전에 빨리 먹어."

수지는 와플을 잘라서 시어머니와 수민 앞에 내밀었다.

"난 됐다. 그게 얼마나 된다고 나눠 먹니? 사돈도 부잣집에 시집갔는데 이런 게 입에 맞겠냐? 너나 맛있게 먹어."

수지의 시어머니는 손사래를 치며 말렸다. 그러고는 수지가 와플을 혼자 다 먹는 걸 보고 나서야 저녁 준비를 한다며 일어섰다. 수지와 수민이 사는 세상은 정말 달랐다.

집으로 향하는 길, 수지의 수다가 귓가에서 사라진 대신 현서와 태훈의 모습이 머릿속을 파고들었다. 태훈이 다른 여자와 있었다는 사실보다는 그들을 보고도 무덤덤한 자신이 더 충격적이었다. 태훈이 다른 여자의 명함을 받아 챙겼다는 이유만으로 치를 떨던 것이 머나먼 옛일 같았다.

결국 신호 위반으로 자동차 사고를 내고 말았다. 놀라서 급히 자동차에서 내리다 발목까지 삐끗했다. 보험회사에 연락을 하고, 뒤처리를 하고, 병원에서 진찰을 받는 동안에도 태훈과는 연락이 되지 않았다.

다행히 아기는 아무 이상이 없었다. 그래도 의사는 주의하라는 당부를 잊지 않았다.

"임신했을 때는 무리하지 않는 게 좋아요. 게다가 수민 씨는 움직여야 하는 직업이니까 더 조심해야 해요. 저번에 혈액 검사 했을 때 간염 보균자라는 결과가 나온 거 잊지 않았죠? 그거 면역력이 약해져서 그럴 가능성이 많아요."

"아기한테 나쁜 건 아니죠?"

수민은 지난번에 했던 질문을 되풀이했다. 아이가 잘못될지 모른다는 두려움이 사라지지 않았다. 의사는 한숨을 쉬었다.

"아기한테는 아무 문제 없어요. 하지만 초음파 사진을 보면 아기가 항상 웅크리고 있어요. 엄마가 스트레스를 많이 받으면 아기도 스트레스를 받거든요. 아기를 생각해서라도 좀 쉬는 게 좋겠어요."

진찰을 마칠 무렵에야 겨우 연락이 된 태훈은 데리러 오라는 수민의 부탁을 한번에 거절했다. 절뚝절뚝거리며 겨우 택시를 잡아타고 집에 도착했다. 태훈이 퉁퉁 부은 발을 보고 한마디했다.

"난 크게 다친 줄 알았네. 깁스도 안 한 거 보니 별로 크게 다치진 않은 모양이군."

그 무심한 말에 꾹꾹 눌러 참아왔던 눈물이 터지고 말았다. 태훈은 당황했는지 수민을 달래려 껴안았다.

"울지 마. 많이 아파?"

태훈이 수민을 토닥이며 달랬다. 오랜만에 느끼는 포근함에 그동안 쌓인 서글픔이 쏟아졌다.

"병원으로 데리러 오는 게 그렇게 힘든 일이야? 발목이 아파서 운전도 못한다는데, 뭐라고? 그냥 택시 타고 오라고?"

"네가 그러겠다고 했잖아? 안 와도 된다며? 난 안 와도 된다고 해서 정말 안 가도 되는 줄 알았지. 다음부터는 그러지 마. 난 사람 말을 곧이곧대로 듣는단 말이야. 마음속에 있는 말을 그대로 해야 서로 오해도 안 생기지."

그 말에 용기가 생겼다.

"의사가 경고하더라. 나 저번 검사에서 간염 보균자로 결과가 나온 것도 면역력이 약해져서 그런 거라고. 무리하지 말라고. 그게 다 누구 때문인 것 같아?"

수민은 태훈에게 의사의 말을 그대로 전했다. 어깨 위의 짐을 모조리 내려놓고 싶었다. 한순간만이라도 의지하고 싶었다.

"너 오늘 어디 있었어? 내가 교통사고를 당하고 진료를 받고 하는 그 모든 순간에 어디 있었냐고! 넌 항상 그래. 항상 내가 힘든 순간에 다른 데 있잖아."

"중요한 미팅이 있었어."

"미팅? 호텔방에서? 여자랑?"

수민을 안고 있던 태훈의 팔이 긴장으로 뻣뻣해졌다.

"봤어? 그냥 우리 회사 직원이야. 계약을 위해서 극비리에 호텔에서 미팅을 했던 거고. 그 직원은 마침 호텔 입구에서 만났어. 정말이야."

태훈은 망설이지도 더듬거리지도 않고 술술 변명했다. 누구든 진실이라고 믿게 만들 정도였다. 수민도 믿고 싶었다. 거짓이라도 상관없었다. 불행한 진실 속에서 허우적대는 것보다는 행복한 거짓 속에서 웃고 싶었다. 수민은 그렇게 몇 개월간의 결혼 생활을 견뎌내고 있었다. 하지만 이제는 행복한 거짓마저도 허락되지 않았다.

"참, 이거 보고 네 생각이 나서 샀어. 예쁘지?"

태훈이 루비가 촘촘히 박힌 목걸이가 든 상자를 내밀었다.

"나처럼 선물 자주 하는 남편도 없을 거야. 그렇지?"

수민은 고개를 끄덕이며 목걸이를 걸어주는 태훈의 손길을 피하지 않으려 애썼다.

태훈이 잠든 밤, 수민은 묵직한 목걸이를 풀어버리고 학교 연습실로 향했다. 미친 듯이 춤을 추면 견딜 수 있을 것 같았다. 그렇게 해서라도 견뎌야 했다. 그래서 수민은 아픈 발목을 부여잡고 고통에 울면서도 춤을 추며 밤을 지새웠다.

6

발목이 쿡쿡 쑤시기 시작했다. 밤새도록 쉬지도 못하고 춤을 추느라 시달린 발목은 한눈에 보기에도 심각할 정도로 부어올랐다. 절뚝절뚝, 걸을 수 없을 정도로 퉁퉁 붓고 뒤틀린 발목은 수민의 결혼 같았다. 그보다 더한 상처를 입어도 춤을 출 수 있었다. 수민 자신이 선택한 인생이었으니까. 결혼도 마찬가지였다. 지금보다 더한 고통 속에서도 결혼 생활을 이어가야만 했다. 비록 수민의 발목을 보고도 예의상의 걱정조차 내뱉지 않는 시댁 식구들과 함께일지라도.

태훈과 시댁 식구들의 식사는 느렸다. 이제는 다른 사람들이 식사하는 동안 옆에 서 있는 게 당연하게 느껴졌다. 반찬 접시가 비면 재빨리 채워야 했기 때문에 사실 서 있을 시간도 없었다. 그들의 대화에도 웃음에도 수민은 끼어들 수 없었다. 발목이 부어오르는 게 느껴져 수민은 아픈 발을 조금 들어올렸다.

"참, 연주가 저번에는 고마웠다고 인사 전해달래."

연주라는 단어에 정신이 번쩍 들었다. 수민이 놀라서 바라보자 태희는 그런 반응을 기다리고 있었다는 듯 수민을 보고 씩 웃었다. 태훈은 수민의 눈치를 살폈다.

"저번이라니?"

시어머니가 끼어들었다.

"지난주에 결혼식 피로연에서 만났거든요. 파트너 없이 온 사람은 연주랑 저 둘밖에 없더라고요."

태훈의 대답에 태희가 고개를 저었다.

"에이, 그게 다가 아니던데? 즐거웠다고 전해달라던데?"

갑자기 발목의 통증이 찡, 하며 수민을 흔들어 들고 있던 접시를 떨어뜨리고 말했다. 시어머니가 벌떡 일어났다.

"이 접시가 얼마짜린 줄 알아? 로열 코펜하겐의 플로라 다니카라고!"

수민은 욱신거리는 발목을 움켜쥔 채 주저앉았다.

"엄마, 그만 좀 해요. 내가 다음에 덴마크 가면 사다줄게요."

태훈이 수민 편을 들며 다가와 접시 조각을 치우기 시작했다.

"이게 돈 있다고 그냥 살 수 있는 건 줄 알아? 한 세트에 1억 5천이 넘는데도 매번 매진돼서 못 사는 거란 말이야."

"엄마, 제발! 수민이도 최선을 다하고 있는 거예요. 몸도 안 좋은데."

"도대체 어디가 안 좋은데?"

"그러잖아도 식사 시중 좀 그만하게 해달라고 말씀드리려고 했어요. 저번 검사에서 간염 보균자라고 나왔대요. 면역력이 약해져서 그렇다니까 아침 식사 시중은 이제 그만……."

태훈의 말이 끝나기도 전에 시어머니가 끼어들어 태훈에게서 수민을 확 밀쳐냈다.

"간염 보균? 그거 옮는 거 아니니?"

인간이 인간에게 얼마나 잔인해질 수 있는 걸까.

시어머니는 황급히 가족들을 이끌고 욕실로 갔다. 그 사람들이 차례로 손 씻는 소리가 들릴 때 수민의 가슴에서 뭔가가 빠져나와 함께 흘러내렸다. 태훈의 가족은 수민의 가족과 달랐다. 수민의 가족은 식탁에 모두 모여 앉아 밥을 먹고, 누가 아프면 귀찮을 정도로 걱정을 했다.

욕실에서 나온 시어머니의 말소리가 식당까지 울려퍼졌다.

"그런 일이 있으면 진작 말했어야지, 왜 이제껏 가만있었던 거야? 지금 장난쳐? 아줌마! 아줌마! 손세척기 가져와요. 그리고 당장 집 안을 소독하고……."

수민이 잘못 생각했다. 태훈의 가족은 다른 게 아니라 틀렸다. 도저히 참을 수 없어 수민은 그냥 집으로 돌아왔다.

조금이라도 잠을 자고 싶어 침대에 누웠지만 뜻대로 되지 않았다. 불면으로 인해 멍한 상태로 수업을 하고 돌아와 다시 멍한 상태로 밤을 지새웠다. 태훈, 아기, 이혼……. 수많은 단어들이 머릿속에서 맴돌기만 했다.

딱히 무엇에 대해서 또는 어떻게 할지에 대해서 생각한 것은 아니었다. 낙태, 이혼 같은 단어들은 너무 빨리 돌아서 잡히지도 않았고 정신도 없었다.

태훈과의 결혼은 모래성 같았다. 눈물로 뭉쳐진 모래는 눈물이 마르면 금세 스르르 허물어져버렸다. 다시 눈물을 흘려야만 그 모래로 성을 지을 수 있었다. 그래서 수민은 내내 울어야만 했다. 하지만 수민도 점점 지쳐갔다.

태훈은 밤늦게 들어왔다. 술 냄새가 방 안을 가득 채웠다. 수민은 눈을 감고 자는 척했다. 태훈은 침대 옆에 한참을 서 있었다.

"그래도 내일부터 아침 시중은 들지 않아도 된다고 하시네."

"정말 눈물 나게 고맙군."

"너무 그러지 마. 우리 엄마 유난히 깔끔하시잖아."

"아, 깔끔하신 분이라 아들이 임신한 아내 내버려두고 전 약혼녀랑 어울리는 걸 두고보시나?"

"비꼬지 마. 연주네 집안은 우리와 사돈의 사돈이야. 사돈네 결혼식에 빠질 수는 없잖아. 그렇다고 널 데려가자니 연주랑 마주칠 게 뻔하고."

틀린 말은 아니었다. 그래도 미리 말해줬으면 섭섭함이 덜했을 텐데 태훈의 의도적인 무신경에 더 화가 났다.

"너희 집안의 작은 행사에는 있던 일도 취소하고 참석하면서 우리 아버지나 여동생 생일은 어떻게든 피하려고 하지. 도대체 왜 그러는 건데?"

"그런 사람들이랑 어울려본 적이 없어 어색해서 그래."

"그런 사람들이라니? 너희가 무시하는 서민층 말이야?"

"그렇게 신경 곤두세우지 마."

"한 가지만 명심해. 나도 그런 사람들 중 하나야."

태훈이 한숨을 내쉬며 침대에 주저앉았다.

"이러지 말자. 우리 노력하기로 했잖아."

태훈이 수민의 어깨에 손을 갖다 댔다. 태훈의 손이 닿자 소름이 돋았지만 수민은 태훈의 손을 맞잡아주었다. 아버지까지 버리고 한 결혼이었다. 행복해야만 했다. 행복하지 않아도 견뎌야만 했다. 그게 다시 한 번 아버지를 버리지 않는 길이었다.

제 9 장
감정의 무게에 짓눌리다

1

수민은 교수실에 앉아 있는 남주를 보며 억지로 미소를 지으려 노력했다. 잠을 설쳐서 피곤해 죽을 지경인데 출근하자마자 남주까지 상대해야 하다니 일진이 안 좋았다.

"시집살이는 할 만해?"

남주가 종이컵에 든 커피를 내밀며 물었다. 아기 때문에 커피를 마시지 않는다고 몇 번이나 말해도 남주는 교수실에 들를 때마다 커피를 들고 왔다. 커피 향기를 맡으면 마시고 싶어 짜증이 난다고까지 일렀는데도 마치 약을 올리듯 꼭 커피를 들고 왔다.

"시집살이랄 거 있나요? 시부모님을 모시고 사는 것도 아니고."

"그으래? 정말 헛소문인가?"

남주가 슬쩍 미끼를 던졌지만 수민은 그것을 물지 않았다. 입을 비죽이던 남주는 결국 참지 못하고 먼저 말을 꺼냈다.

"어제 학장님과 총장님이 얘기하는 거 들었는데, 너희 시댁에서 너 자르라고 난리도 아니라던데?"

수민은 오후 강의를 휴강시킨 뒤 당장 시어머니가 있는 미술관으로 달려갔다. 모든 걸 견딜 수 있었다. 모든 걸 참을 수 있었다. 하지만 발레만은 지켜야 했다. 지금 수민의 삶을 지탱해주는 건 발레밖에 없었다.

수민은 관장실 문을 열자마자 소리를 질렀다.

"어머님이시죠?"

"어머, 우리 새아기 왔구나."

시어머니는 문 밖의 비서에게 보란 듯이 활짝 웃으며 다가왔다. 그리고 문을 닫자 싸늘하게 물었다.

"뜬금없이 무슨 소리야?"

"어머님이 저 자르라고 대학 측에 압력 넣으신 거 맞죠?"

시어머니가 기가 차다는 듯 웃었다. 눈살을 찌푸리고 싶어도 얼마 전에 보톡스 주사를 맞아 찌푸릴 수도 없는 듯했다.

"하다 하다 이젠 정신병까지 걸렸니?"

"어머님이 그러셨잖아요! 정말 저한테 왜 이러세요? 저, 다른 건 다 참아도 춤 못 추게 하는 건 못 참아요. 아시잖아요!"

"못 참아? 감히? 난 이 나라에서 제일 좋은 대학을 나왔는데도 참고 살았어! 근데 네가 감히 뭐라고?"

"도대체 제가 뭘 그렇게 잘못했어요? 이미 결혼도 했고 뱃속에는 아이도 있는데 저를 꼭 이렇게 괴롭히셔야겠어요?"

"괴롭혀? 적반하장도 유분수지, 네가 적응 못하는 걸 왜 내 탓을 하니? 긴 말 않겠다. 그냥 헤어져라."

수민은 무의식적으로 배에 손을 갖다 댔다. 아이가 들을까 봐 겁났다. 손이 파르르 떨렸다. 수민은 치밀어오르는 화를 애써 눌렀다.

"죄송합니다."

이젠 버릇처럼 나오는 말이었다. 그 말이 억울해 덧붙였다.

"죄송하지만 이혼은 못하겠습니다."

"너 정말 독하구나. 겨우 춤 못 추게 됐다고 이렇게 난리를 치면서도 이혼은 못해? 도대체 양심이 있긴 한 거니? 솔직히 태훈이도 너한테 진작 싫증났어. 너도 알잖아? 태훈이가 워낙 착하다보니 이혼 얘기를 못 꺼내는 거야. 그러니까 헤어져!"

저도 헤어지고 싶어요! 누구보다 제가 더!

수민은 하고 싶은 말을 삼켰다.

"잊으셨어요? 아기 때문에라도 이혼은 못해요."

"지우면 되잖아!"

배를 감싼 손에 힘이 들어갔다. 아기의 발길질이 손에 느껴졌다.

"지워요? 어떻게 그렇게 간단히 말씀하세요? 어떻게 그렇게 잔인한 말을 단번에 아무렇지도 않게 하세요?"

"그럼 낳든지. 단, 아이를 낳아도 우리가 양육비를 댈 거라는 생각은 하지 마라. 호적에 올리는 것도 어림없어. 솔직히 다른 여자애들은 잘만 처리하더구나. 태훈이한테 여자가 너 하나뿐이었을 것 같니? 매일 여자를 바꿔서 자고 다녀도 너처럼 임신했다고 아이 낳겠다는 멍청한 애는 없었다. 피임을 못했으면 창피해서라도 조용히 처리할 텐데, 원."

"어머님 손자예요. 어머님 피를 물려받은 아이라고요. 그런데 어떻게 그렇게 말씀하세요? 어머님한테도 피가 흐르긴 하나요?"

수민은 자신도 모르게 소리를 질렀다. 더 이상은 참을 수 없었다.

"너… 감히!"

시어머니의 손이 수민의 뺨을 때리는 순간, 수민은 중심을 잃고 바닥에 쓰러졌다. 쓰러지면서 본능적으로 배를 감싸 안았다. 다행히 바닥에는 두꺼운 카펫이 깔려 있었다. 하지만 이마를 장식장 모서리에 부딪히면서 피가 흘러 눈앞을 가렸다.

"이러니까 평민이랑 결혼하면 안 된다고 내가 그렇게 반대를 했던 거야. 수준이 안 맞아서, 정말!"

시어머니는 문을 쾅 닫고 나가버렸다. 피와 눈물이 섞여서 흘렸다. 무릎에 얼굴을 묻고 한참 동안, 실컷, 지칠 때까지 울고만 싶었다. 하지만 아기까지 불행과 좌절에 휩싸이게 만들고 싶지는 않았다. 심장의 떨림이 아기에게 전해질까 두려웠다.

그래서 멍하니, 아무 생각 없이, 꼼짝도 하지 않고 그 자리에 주저앉아 있었다. 정신을 차리고 보니 엉덩이 아래가 축축이 젖어 있었다. 일어설 기력도 없어 결국 앰뷸런스를 불러야 했다.

"다행히 아기는 무사하네요. 임신 기간 중에 하혈을 하시는 분들이 가끔 있어요. 그래도 며칠간은 꼼짝 않고 누워 계셔야만 해요. 춤추는 건 절대 안 되고요."

의사는 수민의 팔에 링거주사를 놓으며 말했다.

"네."

자신 때문에 퇴근도 못한 의사에게 미안해 공손하게 대답하면서도 수민은 이마의 상처를 애써 가렸다. 하지만 머리카락으로 가리는 데는 한계가 있었다.

"저 이수민 씨 참 좋아해요. 뉴욕 갔을 때 암표까지 사서 볼 정도였죠. 제 꿈이 발레리나였거든요. 부모님 반대로 의사가 되긴 했지만요. 처음에 병원 오셨을 때 제가 얘기했죠?"

기억났다. 그때는 그저 인사치레로 받아들이고 사인 한 장 해주고 잊어버렸다. 의사는 정기검진 때마다 스스럼없이 자신의 사생활을 털어놓았다. 하지만 수민은 시어머니가 지정해준 의사와 가까이 지내는 게 껄끄러워 거의 단답형으로만 대답할 뿐이었다.

"네, 기억나네요."

수민은 의사가 빨리 병실 밖으로 나가줬으면 하는 마음으로 서둘러 대답했다. 하지만 의사는 링거액 속도를 조절하며 말을 이었다.

"수민 씨는 여자 친구 별로 없죠?"

"네?"

"수민 씨가 워낙 잘나서 그래요. 얼굴 예쁘지, 똑똑하지… 그런 인간 별로거든요. 나랑 비교되잖아요. 그런 인간과 누가 친구를 하고 싶겠어요?"

"갑자기 그런 얘기는 왜 하세요?"

"수민 씨가 그만큼 잘난 인간이라고요. 그동안 진료하면서 웃는 거 한 번도 못 봤어요. 다른 산모들은 초음파 사진 보고 좋아서 어쩔 줄 모르죠. 이게 발이에요? 이게 손이에요? 아들이에요? 딸이에요? 질문을 하도 해대는 바람에 피곤할 정도죠. 그런데 수민 씨는 아니더라고요. 게다가 다른 산모들과는 달리 남편 없이 늘 혼자였어요."

본능적으로 이마에 있는 상처로 손이 갔다.

"오해하시나본데 이 상처는 아까도 말했지만……."

"알아요. 어지러워서 비틀대다 가구에 부딪힌 상처죠. 믿어요. 내 영웅이 하는 말이니까. 그저 수민 씨가 잊고 있는 것 같아서 말해주고 싶었어요. 모든 반대를 무릅쓰고 자기 꿈을 선택했다는 것만으로도, 그 꿈을 위해 죽어라 노력했다는 것만으로도 수민 씨는 충분히 존중받을 가치가 있다는 거요."

링거 병이 다 비워질 때까지 수민은 아무 말도 못했다. 보호자를 대신해 곁을 지켜주었던 의사는 수민을 집까지 바래다주었다. 수민은 현관문을 열자마자 그 자리에 주저앉았다.

"우리 병원 오고 나서 얼마 후에 양수 검사 받았던 거 기억해요? 그때 유전자 검사도 해달라는 부탁을 받았어요. 아기가 친자인지 확인하고 싶다더군요."

의사는 현관문을 닫고 나가며 마지막으로 한마디 덧붙였다.

"불행한 유부녀보다는 행복한 이혼녀가 나을 수도 있어요."

의사의 말이 아파트 통로를 타고 울렸다.

감기라도 오려는지 몸이 으슬으슬 추웠다. 걸을 힘도 없었다. 수민은 신발장 전신 거울에 비친 자신을 빤히 쳐다보았다. 자신의 얼굴을 이렇게 유심히 바라본 게 언제였는지 기억도 나지 않았다.

발레단에 있을 때는 거울 속의 얼굴을 바라보는 일도 많았다. 제이슨이 항상 말했듯이 미모도 프리마 발레리나의 조건 중 하나였으니까. 성형수술에 대한 고민도 많이 했지만 망설이기만 했을 뿐이다. 영화배우처럼 아름답지는 않지만 어딘가를 인위적으로 고치고 싶을 정도의 외모는 아니라고 생각했다. 코를 성형했다거나 보톡스를 맞았다는 등의 갖은 루머 앞에서는 오히려 자신이 그런 말을 들을 만큼 예쁘다는 생각에 뿌듯하기도 했다.

수민은 이마에 난 상처를 가만히 쓰다듬었다. 희미하게 피딱지가 앉은 상처 주위가 푸르스름하게 변해가고 있었다.

"그 주제에 감히 어디서 까불고 지랄이야? 감히 어디서 잘난 척이냐고!"

시어머니는 수민이 강의 때문에 아침 식사 정리를 못하는 날이면 어김없이 욕을 했다.

"네가 돈이 있어, 빽이 좋아? 결혼을 허락해줬으면 벌벌 기면서 살아야지, 어디서 감히 기어올라?"

시아버지의 억지 또한 상대하지 않으려고 피해도 점점 더 심해졌다. 은근히 사람을 모욕하는 비아냥은 점점 더 노골적이고 원색적인 폭언으로 변해갔다.

"프리마 발레리나? 이제는 나이 들어서 춤도 못 출걸?"

시누이 태희에게는 수민이 언제나 투명 인간이었다. 어쩌다 모임에서 만나도 말 한마디 거는 법이 없었다. 다른 재벌 2, 3세들의 교묘한 모욕보다 태희의 무시가 더욱 견디기 힘들었다.

어떻게 그런 사람들이 태훈의 가족일 수 있는지 의문이 들

정도였다. 그나마 수민 편이 되어주었던 태훈도 점점 지쳐 갔다.

"제발 우리 엄마하고 있었던 일 나한테 말하지 마. 좀 현명하게 굴 수 없어? 솔직히 우리 엄마는 더한 것도 참고 살았다고."

어쩌다 시어머니에게 당한 일이 너무 억울해 하소연을 하면 태훈은 짜증부터 냈다.

그동안 태훈과 시댁 식구들에게 받은 모욕들이, 꾹꾹 눌러두었던 기억들이 스멀스멀 기어 나오기 시작했다. 거울 속의 여자가 울고 있었다. 손을 들어 거울 속 여자의 눈물을 닦아주었다. 그리고 여자에게 활짝 웃어주었다. 수민은 사랑받을 가치가 있는 사람이었다. 존중받을 이유가 있는 사람이었다. 그래서 웃으며 살고 싶었다. 자신이 바라는 삶을 살면서…….

순간 아기가 발길질을 하기 시작했다. 태훈과의 이별을 생각할 때마다 아기는 헤어짐에 대한 수민의 바람을 몰아내려는 듯 발길질을 했다.

제발 날 잊지 말아요. 날 위해서라도 조금만 더 노력해줘요.

아기의 발길질이 수민을 참고 견디게 했다. 아기의 발길질이 망설이게 했다. 그래도… 혹시나……. 헛되고 부질없고 가벼운 기대였지만 아기의 발길질 때문에 수민은 기도했다. 태훈이 달라지기를, 태훈의 부모님이 맘을 돌리기를, 그래서 이 상황이 변하기를 바랐다. 바보처럼 그 작은 기대를 접지 못했다.

태훈은 다음 날 아침에야 집에 돌아왔다. 수민은 그때까지도 현관 앞에 주저앉아 있었다. 태훈은 수민을 보자마자 소리를 버럭 질렀다.

"너 도대체 우리 엄마한테 무슨 짓을 한 거야? 지금 충격으로 병원에 드러누우셨어. 게다가 미술관에 앰뷸런스까지 불렀다며? 도대체 남의 눈은 생각도 안 하고 사니?"

"내가 왜 앰뷸런스에 실려갔는지는 안 물어?"

수민은 힘겹게 일어나 거실로 가며 물었다. 태훈은 대답하지 않았다.

"어머님이 대학 측에 나 해임하라고 압력을 넣으셨나봐."

태훈이 멈칫했다.

"그럼 겨우 그것 때문에 엄마한테 덤볐단 말이야?"

"겨우 그거라고?"

"그래, 겨우 그거."

태훈의 얼굴이 짜증으로 일그러졌다. 순간 깨달았다. 시어머니가 아니었다.

"너였어?"

태훈이 수민의 눈을 피했다.

"너였냐고?"

"그래."

"약속했잖아! 춤은 출 수 있게 해주겠다고 약속했잖아!"

"그래, 춤춰. 안 말려. 내가 어떤 발레단보다 더 좋은 무용실 만들어줄 테니까……."

"지금 농담해? 나더러 꽁꽁 숨어서 몰래 춤을 추란 말이야?"

"꼭 무대에 서야 하는 건 아니잖아. 나중에 그룹 물려받으면 아예 발레단을 만들어줄 테니까 그때까지 조금만 기다려."

태훈이 손을 내밀며 다가왔고, 수민은 고개를 저으며 뒤로 물러섰다. 수민의 어깨가 진열장에 부딪혔다. 뭔가가 쨍그랑 소리를 내며 떨어졌다. 유리 구두는 원래의 흔적을 알아볼 수 없을 만큼 산산조각이 났다. 유리 구두는 예뻤지만 무겁고 깨지기 쉬웠으며, 불편해서 신고 다닐 수가 없었다. 마치 수민의 결혼처럼…….

잊고 있었다. 태훈과 헤어졌던 가장 큰 이유를 바보처럼 까맣게 잊어버리고 있었다.

"제발 어린아이처럼 우기는 거 그만둬. 어차피 아기가 태어나면 춤추는 거 어렵잖아?"

"아니, 어린아이처럼 구는 건 너야. 그냥 계속 이대로 살자고? 지금처럼?"

"지금이 어때서?"

"지금이 어떠냐고? 끔찍해. 네가 말했잖아. 어머니 같은 불행한 삶은 만들고 싶지 않다고, 그래서 기어이 나와 결혼하려는 거라고. 아니, 틀렸어. 넌 나한테 네 어머니보다 더 불행한 삶을 살라고 강요하고 있어. 결혼도 못한 네 어머니가 겪은 희생보다 더 큰 희생을 내게 강요하면서 말이야."

"희생? 뭐가 그렇게 대단한 희생인데? 다른 여자들은 일 그만두고 집에서 쉬라면 두 팔 벌려 환영할 거야. 그런데 그게 뭐가 대단하다고 희생이래? 아침에 시중드는 거 힘들다고? 살림하는 거 힘들다고? 가정부 쓰라고 했는데 네가 사생활 방해받는 거 싫다고 안 썼잖아! 다른 여자들은 쥐꼬리만 한 월급 때문에 마음고생 할 때 너는 한도 없는 카드 쓰면서 살았어. 내가 널 때리기를 하니, 술주정을 하니? 어떻게 네 입에서 먼저 헤어지자는 말이 나와? 내가 어떤 희생을 하며 널 택했는지 알기나 해? 내 친구들은 농담처럼 아직도 이혼 안 했냐고 물어. 엄마는 매일같이 이혼하라고 닦달이고. 네 덕분에 승진은커녕 팀장으로 주저앉았는데도 네가 바라는 대로 회사에 출근하고 있잖아. 나도 양보할 만큼 했어. 그러니 네가 선택해. 가서 엄마한테 빌든지 아니면 이혼을 하든지."

"왜 그 선택을 나한테 미루는데? 네가 선택해."

"무슨 선택? 널 위해서 모든 걸 버리라고? 가족, 재산, 친구… 그 모든 걸 버리라고? 단지 너만을 위해서?"

순간 오로지 수민만을 위해 모든 걸 버린 한 남자가 스쳐 지나갔다. 아버지의 축 처진 어깨와 굽은 등은 아직도 서러웠다. 억지로 어깨를 펴며 등을 곧추세우던 모습에 눈이 시렸다.

"내가 널 왜 좋아했는지 알아? 우리 아버지랑 너무 달라서 좋았어. 우리 아버지처럼 책임감에 목매지 않고 자유로워서 좋았고, 우리 아버지처럼 옳은 것만 고집하지 않고 세상과 타협할 줄도 알아서 좋았어. 또 우리 아버지처럼 자신이 노력하지 않으면 아무것도 가질 수 없는 사람이 아니라 처음부터 뭐든 다 가지고 있는 사람이라서 좋았어."

"무슨 뜻이야?"

태훈이 멀찍감치 서서 물었다.

"엘렉트라콤플렉스던가? 딸들은 아버지를 사랑한다고 하는데, 난 아니었어. 단 한 번도 아버지 같은 사람이랑 결혼하고 싶다는 생각 해본 적 없어."

"얘기의 요점이 뭐야?"

"그런데 변하더라."

"무슨 소리야?"

"헤어지자. 아니, 그 말도 우습네. 이미 떠난 사람한테."

다른 이들은 모두 현명한 선택을 하고 거침없이 그 선택을 향해 달려가는데, 수민만 어리석은 선택을 하고 길 위에서 갈팡질팡하는 것 같았다. 잘못된 선택이었다고 해도 자신의 선택을 책임져야 한다고 생각했다. 결혼이 어리석은 선택이었던 만큼 이혼도 잘못된 선택일까봐 두려웠다. 하지만 이제는 선택의 여지조차 없었다.

2

태훈은 헤어지자는 말 한마디에 그대로 집을 나갔다. 다음 날 시어머니의 비서가 와서 태훈의 짐을 모두 챙겨 갔다. 소음이 그리웠다. 태훈의 발걸음 소리, 짜증내며 문 닫는 소리, 문 틈으로 새어나오던 게임의 총소리까지… 모든 소리들이 그리웠다. 혼자라는, 외롭다는 사실이 절실했다. 항상 텔레비전을 켜두었다. 텔레비전 속의 사람들은 수민 대신 샤워를 하고 밥을 먹고 설거지를 했다. 어쩌다 잠에서 깨면 텔레비전은 '찌이익' 하는 소음으로 수민을 맞았다. 그 소음마저 포근했다.

가끔 드라마 주인공처럼 울고 웃고 싸우고 화해해야 했던 게 아닐까 하는 생각이 들었다. 그랬으면 드라마의 결말처럼 해피엔딩일 수 있었을까? 화가 나도 혼자 삭이고 섭섭함도 혼자 달랬다. 자신의 불행이 드러날까봐 숨어서 혼자 눈물을 삼켰다. 하지만 매순간 때려치우고 싶었다. 언제나 아슬아슬했다.

"죽어라 노력해도 안 되는 게 있어. 하지만 언니는 겪어보지 않아서 그런 사람들의 절망을 이해할 수 없지?"

언젠가 수지가 했던 말을 이제는 완벽하게 이해할 수 있었다. 죽어라 노력했다. 그래도 운명은 달라지지 않았다. 희망은 금세 너덜너덜 찢겨 절망이 되었다. 더 이상은 싫었다. 그 처절한 절망을 더 이상은 온몸으로 느끼고 싶지 않았다.

이젠 수지와 아버지가 나를 이해할 수 있을까.

수민은 궁금했다. 죽어라 노력해도 안 되는 게 있다는 사실을 알고 있는 그들이 자신을 얼마나 이해하고 받아들여줄지 확신이 가지 않았다.

아버지의 집을 향해 차를 몰았다. 딸의 이혼 사실을 언론을 통해 알게 할 수는 없었다. 미루고 피하다가 비겁해지고 싶지는 않았다. 더욱이 태훈의 집에 계속 있는 것도 꺼려졌다. 호텔로 가자니 구설수에 휘말릴까봐 무서웠다. 지금 수민이 기댈 수 있는 사람은 아버지뿐이었다.

현관문을 연 사람은 아버지가 아니라 수지였다.

"연락도 없이 웬일이야?"

갑자기 뒤돌아 도망치고 싶었다. 수지는 혀가 날카로웠다. 하지만 틀린 말을 하는 법이 없기에 수지의 말은 더 아팠다. 이혼에 대한 동생의 반응까지 감당할 자신은 없었다. 수민은 허우적거리며 안으로 들어섰다. 어차피 겪어야 할 일이라면 한 번에 치르는 것도 나쁘지 않았다.

"그런데 한 서방은? 어디 나갔어?"

식탁을 차리던 아버지가 물었다. 수민은 고개를 주억거렸다. 거짓말은 아니었다. 태훈이 집을 나간 게 언제였는지 기억조차 나지 않았다. 수민의 시간은 텔레비전 속 드라마와 함께 지나갔으므로. 아주 오래전인 것, 어제인 것도 같았다.

아버지의 밥은 맛있었다. 태훈이 집을 나간 이후 처음으로 느끼는 식욕이었다. 그래서 배가 불러도 꾸역꾸역 먹었다. 아기를 위해서라도 먹어야 했다. 아버지는 수민 앞에 이것저것 반찬을 놓아주느라 바빴다. 한 그릇을 비우고 또 한 그릇을 비우고 나서야 식사는 끝이 났다.

아버지가 후식으로 먹을 과일을 내왔다.

"저 이혼해요."

순간, 사과를 깎던 아버지의 손이 멈췄다.

"뭘 한다고?"

"이혼하고 싶어요."

"뭐, 뭐라고?"

아버지는 몇 번이나 다시 물었고, 수민은 몇 번이나 똑같이 대답했다.

"어떻게 된 일인지 차근차근 애기해봐."

할 말은 많았지만 할 수 있는 말이 없었다.

"애기해보라니까."

아버지의 재촉에도 수민은 고개만 숙이고 있었다.

헤어지는 과정을 말로 설명할 수 있는 사람이 몇이나 될까? 서운함이, 서글픔이 쌓이고 쌓여 서로에게 벽이 되고, 어느새 벽 너머에 있는 상대를 더 이상 사랑하지 않는다는 것을 깨닫고, 인정하고, 헤어짐을 결정하는 그 지루한 과정을 어떻게 설명할 수 있을까?

"왜?"

수지가 끼어들었다.

"바람피웠어?"

피식 웃으며 수지가 물었다. 수민은 고개를 저었다. 그저 심증만으로 내린 결론을 꺼내고 싶지는 않았다.

"그럼 때려?"

수민은 다시 고개를 저었다. 거짓 이유를 대고 싶지는 않았다.

"술 마시고 주정해?"

수지는 다른 이유를 갖다 댔다. 수민은 계속 고개를 저었다.

"그럼 도대체 왜 이혼하겠다는 건데?"

이별의 명확한 이유를 댈 수 있을까? 술주정, 폭행, 외도… 그 수많은 이유들은 이별의 이유가 될 수 없었다. 그 모든 이유를 가지고도 이별하지 못하는 사람들이 많으니까. 그저 너무 무거웠다. 감정이 쌓이고 쌓여서 그 무게에 짓눌려 숨조차 쉴 수 없었다.

"성격도 잘 안 맞고……"

"성격 차이? 장난쳐? 아버지, 들어볼 것도 없어요. 보나 마나 뻔하지. 부부 싸움 좀 크게 했나보네. 원래 신혼 때는 많이 싸워. 싸울 때마다 이혼했으면 난 백 번도 더 했겠다."

수지가 코웃음을 치자 아버지가 수지를 나무랐다.

"넌 가만히 있어!"

아버지는 수민을 똑바로 바라봤다.

"말해봐라. 어떻게, 얼마나 성격이 안 맞는데? 예를 들어봐, 내가 납득할 수 있도록."

수민은 아버지를 바라볼 수 없어 시선을 피했다.

결혼사진은 거실 한쪽 벽면을 다 차지할 정도로 컸다. 결혼식에 참석하지 못한 아버지의 한풀이였다. 아버지가 참석하지 못한 결혼식 속에서 수민은 어색하게 웃고 있었다. 수민은 사진에서보다 더 어색한 웃음을 지으며 이야기를 시작했다. 태훈의 실직, 태훈 부모님의 냉대, 현서, 연주… 생각나는 대로 말하다보니 이야기가 뒤엉켰다. 시간도 뒤죽박죽, 앞뒤도 엉망진창인 이야기가 끝났을 때 아버지는 아무 말이 없었다. 대신 수지가 비웃으며 쏘아붙였다.

"언니, 그딴 게 이혼 사유가 된다고 생각해? 뭐? 자신이 점점 초라해진다고? 결혼이 애들 장난인 줄 알아? 다른 여자들도 다 그렇게 살아. 하루가 멀다 하고 남편이 바람피워도 모른 척 혼자 삭이고 넘어가. 주구장창 때려? 그럼 요리조리 잘 피해 다니면서 살아. 시댁에서 구박한다고? 친정 식구랑도 지지고 볶고 싸우는데 남남 사이에 당연한 거 아니야? 일하기 싫어한다고? 돈이 있는데 뭐가 걱정이야? 마누라 돈 훔쳐다 도박하고 술 퍼마시는 인간들도 많아. 그런 여자들 다 이혼하면 이 세상에서 결혼이란 제도는 벌써 사라졌어.

그 여자들은 언니보다 못난 인간이라서, 그런 대접 받아도 싼 인간이라서 참고 사는 줄 알아? 그만큼 세상눈이 무서우니까 참고 사는 거야. 오히려 남들한테 들킬까봐 겁내면서 쉬쉬하지. 그런 여자 앞에서는 안됐다고 위로하던 사람들, 뒤에 가서는 뭐라고 흉보는지 알아? 여자가 못나서 남자가 바람난 거라고 해. 여자가 잘못해서 남자가 두들겨 팬다고 해. 결국 욕 얻어먹는 건 여자란 말이야. 이혼? 미국에서 오래 살아서 이혼이 쉬워 보이지? 우리나라 이혼율 높다고 뉴스에서 떠드니까 정말 그런 거 같지? 그런데 내 주위에 이혼했다는 인간 하나도 없어. 설령 이혼했어도 숨기고 사는 거겠지. 그렇게 무서운 게 이혼이야. 어떤 이유를 대든 세상이 이혼녀를 좋게 봐줄 거 같아?"

"그만해! 세상이 어떻게 보든 상관없어. 그리고 결혼처럼 이혼도 행복해지기 위한 제도라고."

수민은 그래도 가족들만은 자신을 이해해주길 바랐다.

"웃기고 있네! 언니 너, 정말 미쳤구나? 행복? 이혼하면 행복이 어서 옵쇼, 할 거 같아? 내가 보기엔 원인 제공은 다 언니가 했네, 뭐. 여전히 참는 법 없이 하고 싶은 대로만 하고 살았지? 그러니까 매일 싸움이지."

인간관계란 일방통행이 없었다.

"왜 무조건 내가 잘못했다는 식으로 말하니?"

억울했다. 분했다.

"언니 너 잘났잖아. 너무 잘나서 다른 사람들은 다 못나 보이잖아. 제도가 어쩌고저쩌고하면서 이 상황에서도 잘난 척이잖아. 그렇게 다른 사람 무시하잖아. 형부한테도 그랬겠지. 그러니까 바람이 난 거지. 언니가 잘했으면 형부가 다른 여자 만날 생각을 했겠어?"

기대하지 않았다. 그래야 실망도 작을 테니까. 이해받을 수 있을 거라고 생각지 않았다. 위로를 기대하지도 않았다. 하지만 넘어진 수민에게 손을 내밀어주기는커녕 발길질을 할 줄은 몰랐다.

"수지 말 틀린 거 없다. 도대체 결혼한 지 얼마나 됐다고 이혼 소리가 나와? 그리고 아기는 어떻게 할 건데? 무조건 참고 살아!"

조용히 듣고만 있던 아버지가 딱 잘라서 결정지었다.

"죄송해요. 이미 결정된 일이에요."

"이미 결정됐다고? 언니는 항상 그런 식이지. 다 자기 맘대로만 해. 그럼 우리한테는 왜 얘기하는 건데? 그냥 신문에서 보게 내버려두지."

아버지와 수지가 번갈아 가며 수민을 설득했다. 수지는 잔인하게 현실을 들먹이며, 아버지는 달래듯이 미래를 들먹이며……. 수민은 듣지 않았다. 아니, 들리지 않았다. 그저 물끄러미 자신의 결혼사진만 보고 있었다. 사진 속의 어색한 웃음이 계속 신경에 거슬렸다.

사진을 찍기 전 시어머니는 수민을 토닥이며 속삭였다.

"결혼했으니까 이제 다 끝났다고 생각하지 마라. 혼인신고는 아기 태어나고 하도록 해. 멍청하게 위자료 뜯기는 일은 피하고 싶으니까. 어떻게 될지 모르는 게 인생이잖니?"

면사포를 쓰다듬으며 수민에게 속삭이는 그 모습이 다른 사람들의 눈에는 다정하게 보였을 것이다. 수민도 다른 사람들의 눈에 이상하게 보일까봐 열심히 미소를 지었다.

하지만 더 이상은 거짓 미소를 짓고 싶지 않았다. 사람들이 손가락질한다 해도 미친 듯이 펑펑 울고 싶었다.

원망스러운 당신에게

이혼만은 안 된다고 모질게 말해 수민이를 내쫓고는 한숨도 못 잤어. 태훈이는 전화번호까지 바꿔 연락도 안 되더군. 인터넷 검색으로 본가가 있는 동네를 알아내고, 그 동네에서 이 사람 저 사람에게 물어 겨우겨우 집을 알아냈어. 아무리 문제가 있다 해도 다음 달이 산달인데 그냥 헤어지게 둘 수는 없잖아.

해 뜨기 전에 찾아갔는데, 해가 중천에 뜨고 나서야 볼 수 있었어. 방금 잠에서 깼는지 부스스한 데다 술냄새가 풀풀 나더군.

"저희 부모님 아시면 큰일 나요."

첫마디가 그거더라. 난 신경도 안 썼어.

"아기를 위해서라도 다시 한 번 생각해보게. 한 번만 더 노력해보게. 원래 결혼이란 게 남자가 여자한테 져줘야 잘 굴러가는 거거든."

무슨 말을 해야 할까, 어떤 말로 설득해야 할까. 어젯밤 내내 그리고 오늘 기다리는 내내 생각했어. 그런데 막상 태훈이를 마주하니 까마득하더라. 그래서 그저 나오는 대로 말을 꺼냈어.

"저도 노력할 만큼 했습니다. 이미 끝난 얘기입니다. 저희

부모님, 제가 이혼 안 하면 빈털터리로 내쫓으시겠대요. 저한
테 이러지 마시고……."

"그러면 돈 때문에 수민이랑 헤어지겠다는 건가?"

"죄송해요. 저도 돈 때문에 제 사랑이 흔들릴 수 있다는 거
상상도 못했어요. 그래서 돈 보고 저한테 달려드는 여자들 깔
보고 무시했죠. 그런데 가난하고 쪼들리는 생활이 두려워지
는 만큼 수민이가 싫어지더라고요. 사랑 대신 돈을 택한 인간
이라고 욕하셔도 어쩔 수 없어요."

나는 태훈이의 손을 붙잡았어. 순간 그 녀석이 내 손을 확
뿌리치더군.

"아, 진짜……."

태훈이는 그렇게 한참 동안 말없이 서 있었어.

"어떻게 생각하시든 저도 나름대로 최선을 다했어요. 물론
수민이 입장에서는 다르게 보일 수도 있겠지만요. 하지만 저
도 이젠 지치네요."

그러고는 그대로 들어가버리더라. 아무리 불러도 소용이
없었지. 태훈이 대신 운전기사가 나와서 말했어.

"여기 계속 이러고 계시면 경찰을 부르겠습니다. 돌아가주
세요, 죄송합니다."

그래도 그 사람은 태훈이와 달리 꾸벅 인사까지 하고 들어
가더라. 그 꼴을 당하고 나니 겨울이 다 갔는데도 온몸이 으슬

으슬 떨렸어. 너무 추워서 얼어붙어 있었지.

그런데 태훈이가 내가 찾아간 걸 수민이한테 말했는지, 곧바로 수민이가 전화를 해서 난리를 치는 거야.

"거기는 왜 찾아가셨어요? 그 사람들 정말 경찰 부르고도 남을 사람들이란 말이에요. 그냥 빨리 오세요."

"그래도 할 수 있는 데까지 노력은 해봐야……."

차마 말을 이을 수가 없더라. 그 말이 나오는 순간 깨달았거든. 수민이가 이혼이라는 말을 꺼냈을 때는 이미 모든 노력을 다 해본 뒤라는 걸. 그런데 난 그런 수민이의 노력을 믿어주지 않았던 거야. 수민이가 아무 노력도 하지 않았다고 생각하면서 이혼이 마치 수민이 탓인 양 굴었던 거야. 수민이만 야단치고 닦달했어. 다 네가 잘못한 거다, 무조건 같이 가서 빌자……. 그게 내가 자식을 키우는 방법이었어. 무슨 일이 생기면 당연히 내 자식이 잘못한 거라고 생각했지.

수민이가 소리쳤어.

"자존심도 없어요? 뭐 하러 거기 가서 매달려요?"

나한테도 자존심은 있어. 아무것도 가진 것 없지만 자존심 하나만은 지키며 살고 싶었어. 나한테 자존심은 수민이었지. 수민이를 위해서라면, 내 자존심을 지키기 위해서라면 태훈이한테 매달리는 것쯤 아무것도 아니라고 생각했어. 그런데 아니었어. 난 수민이를, 내 자존심을 지키지 못했던 거야. 그 자존심이 무너진 걸 모른 척하고 오히려 더 짓밟아버렸어.

한 번도 당신에게 이렇게 화난 적 없었어. 당신은 다 알고 있었을 거 아냐? 한태훈이란 놈이 어떤 놈인지 다 알면서 왜 가만있었어? 당신, 대체 어디서 뭘 하고 있었니?

그래, 당신한테 화난 게 아냐. 나 자신한테 화가 나. 사실은 수민이의 이혼을 받아들일 수가 없었어. 이혼은 나와는 거리가 먼 얘기라고 생각했지. 이혼 얘기를 아무렇지도 않게 떠드는 여자들, 이해되지도 않았고 이해하려 노력한 적도 없어. 저따위로 행동하니까 이혼이나 하지, 그렇게 생각했어. 편견은 가장 무차별적인 폭력인데 말이지.

수민이가 이혼이라는 단어를 꺼냈다는 것만으로도 화가 났어. 하지만 당신 말대로 수민이가 행복할 수만 있다면 그 아이가 어떤 선택을 해도 난 반대하지 않을 거야. 그런데 만약 나중에 수민이가 후회하면 어떡하지?

어릴 때는 아무 거리낌 없이 뭔가를 선택해. 그 길이 옳다고 굳게 믿지. 나도 그랬고. 나이가 들면 조금 더 신중해질 줄 알았는데 그게 아니더라. 오히려 아집과 편견이 쌓여서 무엇이 옳은지 잘 생각해보지도 않고 선택하게 되더라고. 수민이 결혼이 그랬어. 후회하지 않을 거라고 내 선택을 확신했는데, 이렇게 또 후회하고 있어. 이혼을 받아들이기로 한 지금의 선택은 후회하지 않을까?

집에 왔는데 수지가 버티고 있다가 다짜고짜 묻더라.

"설마 이혼하는 거 그냥 둘 거예요?"

"그럼 어떻게 해? 본인이 하겠다는데."

"왜 이번에는 이렇게 쉽게 포기해요? 남의 딸로 만들면서까지 시킨 결혼을 어떻게 그냥 포기해요?"

결혼은 새로운 뭔가를 시도하는 거고, 시도해보지 않은 것에 대한 후회나 미련은 크지. 하지만 이혼은 알고 있는 무언가를 그만두는 거잖아. 완전히 다른 얘기지.

수민이 때문에 발레에 대한 책을 참 많이 읽었어. 그렇게 하면 수민이를 조금 더 이해할 수 있을 것 같기도 했고, 수민이와 함께 있는 것 같기도 했거든.

마리 탈리오니라는 발레리나 이야기를 한 적 있던가? 발끝으로 도약하는 쁘엥뜨 기법을 처음으로 선보인 사람이야. 남편인 질베르 데 부아쟁 백작이 춤추는 것을 방해한다는 이유로 이혼 소송을 해서 더 유명해진 발레리나지. 처음엔 미친 여자라고 생각했어. 그런 황당한 이유가 어디 있어?

그런데 살다보니 그럴 수도 있겠다는 생각이 들더라. 고통, 절망, 희망, 포기, 실패, 성공…… 인간의 모든 감정은 주관적이고 이기적이잖아. 당신과 함께한 시간보다 더 오랜 시간이 흘렀어도 난 여전히 이렇게 당신이 아픈데, 지난 달에 상처한 동기생 녀석은 벌써 재혼한다고 청첩장을 보냈더라. 어떤 이들에게는 죽을 때까지 견뎌야만 하는 아픔이 어떤 이들에게는 며칠 만에 낫는 상처일 수도 있겠더라고.

당신은 언제나 내가 고집 세고 주관도 뚜렷해서 사회생활을 제대로 못한다고 불만이었지. 윗사람한테 아부도 하고, 다른 사람 실수도 좀 눈감아주고, 일도 대충 마무리 짓고…… 그런데 그렇게 못하고 사니 내 인생만 들볶는다고 말이야.

그런데 수민이 때문에 내 주관이, 내 가치관이 무너지네. 공부 못하는 아이들이나 한다고 생각한 예능을 수민이가 하는 바람에, 문란한 아이들이나 한다고 생각한 혼전 임신을 수민이가 했기 때문에, 문제 있는 여자들이나 하는 거라고 생각했던 이혼을 수민이가 해야 하니까…… 하지만 괜찮아, 나는 무너져도 우리 수민이만 꿋꿋이 설 수 있다면.

"딸이 잘못된 선택을 하는데도 그냥 내버려두겠다는 거예요?"

수지는 지치지도 않고 계속 따져 물었어. 그제야 깨달았지. 수민이도 나도 잘못된 선택을 할까봐 걱정할 필요가 없었다는 걸. 우리에겐 선택의 여지가 없으니까.

"그러잖아도 아기가 안 생겨서 시어머니랑 매일 신경전인데, 언니 이혼한 거 알아봐. 날 얼마나 괴롭힐지 상상만 해도 끔찍해."

수지도 이해가 돼. 인간은 누구나 자기가 우선이니까. 하지만 맞장구칠 수는 없어서 야단을 쳤어.

"어떻게 언니가 이혼한다는데 그딴 식으로 말하니? 다른 사람이 뭐라고 하든 넌 언니 편을 들어줘야지."

"내가 왜? 언니가 나한테 해준 게 뭔데? 아니, 뭔가를 해주는 건 바라지도 않아. 피해는 주지 않고 살아야 할 거 아냐."

순간 너무 화가 나서 뭐라도 집어던지고 싶었어. 하지만 억지로 참으며 조용히 말했지.

"너 가라. 그리고 다시는 오지 마."

"아빠."

"그래, 나 네 아빠야. 그런데 난 너한테 해준 게 뭐가 있니? 나도 해준 거 없잖아. 네 뒷바라지 한 번 제대로 못했어. 이젠 늙어서 아프기라도 하면 네 도움 받아야 할 텐데, 그런 피해를 주고 싶진 않다."

"아빠!"

"해준 거 없이 바라기만 한다는 소리 안 듣고 싶다. 그러니 우리 이제 보지 말고 살자."

그렇게 수지를 보내고 가슴이 아파 울었어. 하지만 지금은 수민이 곁에 있어주는 게 맞아. 그래서 더 독하게 굴었어. 나마저 수민이 탓을 한다면 누가 수민이 곁에 있어주겠어? 수지는 재용이도 곁에 있고 다른 친구들도 많지만, 수민이 곁에는 아무도 없잖아.

재용이가 한밤중에 전화했더라. 수지가 시어머니와 텔레비전을 보는데 이혼한 탤런트가 아침 토크쇼에 나왔더래. 은근슬쩍 수민이 이혼 얘기를 꺼냈다가 시어머니한테 있는 소리 없는 소리 들었나봐. '암탉이 울면 집안이 망한다'부터 시작해서 우리 집 가정교육까지 물고 늘어졌던 모양이야. 시어머니가 수민이 욕을 하니까 수지도 참다못해 대들고, 시어머니는 쓰러지고… 아주 난리였다는 거야.

시어머니가 수지만 보면 까무러치니까 재용이가 혼자 어머니 모시고 병원에 갔대. 집에 돌아와보니 수지가 아빠는 아무것도 모르면서 자기 탓만 한다고 통곡을 하더래. 재용이가 수지를 바꿔줬는데, 울기만 하는 거야. 결국 나도 울면서 그렇게 울음소리만 듣고 있었어.

수민이도, 수지도, 나도 상처투성이네.

전쟁이 나면 총을 쏘면서 싸우는 것만 서로에게 상처를 입히는 게 아냐. 전쟁터에 있다는 것만으로도 인간은 상처를 입어. 그 끔찍한 총성을 듣는 것만으로도, 그 참혹한 광경을 보는 것만으로도 인간은 상처를 입어. 지금 우리처럼……

4

당연히 나오지 않으리라 생각했던 태훈의 모습에 수민은

당황해서 움찔했다.

"앉으시죠. 전 한태훈 씨의 변호사 김세영입니다."

태훈 옆에 있던 나이 지긋한 남자가 유명한 로펌 이름이 금박으로 새겨진 명함을 내밀었다. 수민은 엉거주춤 앉으며 명함만 바라보았다. 고개를 들면 태훈과 눈이 마주칠까봐 두려웠다. 태훈과 마주 보았을 때 느껴질 감정을 감당할 자신이 없었다.

스멀스멀 가슴속에서 뭔가가 끓어올라 터져버릴 것 같았다. 기대, 후회, 희망, 절망 같은 온갖 감정이 한꺼번에 몰려들어 아직도 혼란스러웠다. 죽이고 싶을 만큼 원망스럽기도 했고, 못 보면 죽을 것처럼 그리울 때도 있었다. 이혼이라는 단어가 후련하기도 했고 결혼에 대한 미련에 안타깝기도 했다. 그렇게 꾹꾹 눌러둔 감정들이 쏟아져나올까봐 수민은 자신도 모르게 입을 막았다.

"그런데 정말 변호사 없이 진행하실 겁니까?"

변호사가 두꺼운 서류를 내밀며 물었다. 수민은 대답 대신 고개를 끄덕이고는 펜을 들었다. 태훈은 혼인신고도 하지 않은 결혼마저 깔끔하게 끝내기를 바랐다. 혹시 나중에라도 위자료를 요구할까봐 걱정인 그들에게 수민이 원한 건 아기의 친권과 양육권뿐이었다.

"지금 머물고 계신 집은 아기를 낳을 때까지만 사용하실 수 있습니다. 친권과 양육권을 넘기는 대신 위자료는 완전히 포기한다는…….”

수민은 변호사의 말이 끝나기도 전에 서류를 잡아당겨 획획 넘기며 사인을 했다. 빨리 이 자리를 벗어나고 싶다는 생각뿐이었다. 너무 쉽게 해결되는 게 이상했는지 오히려 변호사가 당황해서 말했다.

“그래도 서류는 제대로 읽어보셔야…….”

“아뇨, 괜찮습니다. 이제 끝난 건가요?”

“네.”

변호사의 대답이 떨어지자마자 수민은 자리에서 일어섰다.

“잠깐 얘기 좀 하자.”

태훈이 말을 꺼내자 변호사는 이혼 서류를 들고 얼른 자리를 떴다.

“난 할 말 없어.”

수민은 고개를 숙인 채 문을 향했다.

“나, 너 정말 사랑했어.”

순간 놀라서 손잡이를 놓치고 말았다. 수민은 자신도 모르게 고개를 들어 태훈을 바라보았다. 태훈의 눈이 수민을 향하고 있었다.

“왜? 내가 아무것도 안 뜯어내고 헤어져줘서 고마워? 그럼 그딴 헛소리는 하지도 마.”

이제 와서 새삼 그런 소리를 듣고 싶지는 않았다. 태훈은 산뜻하고 깔끔한 이별을 바라는 모양이었다. 하지만 아름다운 이별 따위는 없다. 서로를 쥐어뜯고 너덜너덜해진 모습을 보고 나서야 맞는 게 이별이었다.

"안 믿는구나. 하긴 안 믿는 것도 당연해. 내가 한 짓이 있으니까. 그냥 한 번이라도 변명하고 싶었어."

"설명하지 않아도 돼."

설명을 듣고 이해하게 될까봐 두려웠다.

"나도 노력했어. 네가 내 친구들과 친하게 지내길, 부모님에게 인정받길 나도 바랐어. 그런데 지치더라. 엄마가 이혼하라고 압력을 가하면서부터 점점 짜증이 나기 시작했어. 넌 그대로인데 나만 모든 것을 잃은 것 같았지. 넌 네가 원하는 대로 여전히 춤을 추는데, 나는 하기 싫은 조선소 사업이나 떠맡아야 하는 게 가끔 억울하고 분통이 터졌어. 그런데 가끔이 자주가 되고 그게 또 언제나가 되더라. 자꾸 싸우게 되니까 너와 마주하는 게 더 힘들었던 것 같아. 그러면서도 끝까지 함께하고 싶었어. 네가 춤만 포기하면 예전으로 돌아갈 거라고 생각했어."

같은 경험을 했는데도 그렇게 해석이 다를 수 있다는 게 우스웠다.

"하지만 불행히도 아니었지. 그거 하나만은 자신 있게 말할 수 있어. 너에게 느꼈던 강렬한 감정은, 그게 사랑이든 증오든 그 누구에게서도 느낄 수 없었다는 거. 너와 있으면 모든 게 아주 선명하고 뚜렷해졌어. 그래서 헤어지고 싶은 마음과 붙잡고 싶은 마음 사이에서 계속 헤맸던 거 같아. 가끔 내가 널 떠난 게 아니라 이미 네가 날 먼저 떠났을지도 모른다는 생각이 들었어. 그렇게 버림받은 것 같은 느낌이 싫어서 연주와 만났다면 변명처럼 들리겠지?"

변명이 아니라 사실이라 해도 달라질 것은 없었다. 행복한 순간에는 누구와 함께해도 행복할 수 있었다. 불행한 순간에는 누구와 함께해도 불행에서 벗어날 수 없었다. 오히려 고통과 절망이 곁에 있는 사람까지 감싸 안고 불행하게 만들어버렸다. 그 불행의 늪에서 같이 허우적댈 수 없다면, 그건 사랑이 아니었다. 사랑이 아니라면, 더는 함께할 수 없었다.

알 수 없었다. 사랑이 어디에서 시작되었고 어디에서 끝나버렸는지. 이별의 이유가 모호하듯 사랑의 이유도 모호했다. 누가 누구를 떠났는지는 중요하지 않았다. 중요한 것은 그리고 남은 사실은 하나뿐이었다. 태훈과 수민이 더 이상 함께할 수 없다는 것, 그들의 사랑이 거기서 끝나버렸다는 것.

5

학교 정문 앞, 수민은 차 앞으로 뛰어든 남자 때문에 놀라서 급하게 브레이크를 밟았다. 혹시 다쳤는지 확인하기 위해 차에서 내리려는 순간, 남자가 카메라를 꺼내 들었다. 수민은 본능적으로 차문을 닫았다. 그리고 남자가 운전석 창문 쪽으로 발걸음을 떼는 틈을 타서 얼른 차를 출발시켰다. 남자가 따라오며 외쳤다.

"정말 이혼하신 거 맞아요?"

수민은 후문으로 차를 몰았다. 교수실로 들어오자마자 컴퓨터를 켜보았다. 다행히 아직 기사가 올라와 있지는 않았다. 노크 소리에 고개를 드니 조교가 들어왔다.

"무슨 일이야?"

"자꾸 신문사에서 전화가 오는데……."

조교는 눈도 못 마주치고 말끝을 흐렸다.

"무조건 없다고 해. 무조건 모른다고 하고."

"네."

조교가 대답을 하고도 뭔가 할 말이 있는 듯 우물쭈물했다.

"다른 용건 있어?"

"저, 학과장님이 오셨어요."

조교가 기죽은 목소리로 말하자마자 학과장이 굳은 얼굴로 들어왔다. 용건은 뻔했다. 아니, 더 심각했다.

"아시다시피 그 그룹에서 이 교수를 해임하라는 압력이 있었어요. 총장님이나 저나 잘 해결되기를 기다려보자는 입장이었고요. 그런데 일이 이렇게 돼서 저도 정말 유감스럽게 생각해요. 어차피 출산 문제도 있고 해서 이번 학기의 강의를 끝까지 마칠 수 없잖아요. 사실 혼전 임신도 문제가 될 수 있었는데 조용히 넘어갔던 거예요. 그러니 대학 측의 입장도 이해해주세요. 아무리 이혼이 흔한 시대라고 해도 교육자가 이혼을 하는 건 좀……."

학과장이 말끝을 흐렸다. 이혼 합의서에 사인한 지 한 시간도 채 지나지 않았다. 누가 의도적으로 알리지 않았다면 어쩌다 이혼 사실을 알았다고 하기에는 아주 빠른 시간이었다.

"신은 인간이 견딜 수 있을 만큼의 시련만 주신다고 하더군요."

수민이 싫어하는 말 중 하나였다.

사람들은 누가 시련을 겪을 때 위로랍시고 그따위 말을 내뱉는다. 신은 인간이 견딜 수 있을 만큼의 시련만 주신다. 그렇다면 그 시련을 견디지 못해 자살하는 사람은 왜 생기는 거야? 신이 착각한 건가? 이 정도면 안 죽고 견디겠지 하며 던져준 불행의 무게에 짓눌려버린 거야?

우스웠다.

엄마가 떠났을 때 장례식장을 찾아온 담임도 그렇게 수민을 위로했다. 믿을 수가 없어, 믿고 싶지 않아 눈물 한 방울 흘리지 않는 수민과는 달리 담임은 참 많이도 울었다. 마스카라가 번질세라 연방 손수건으로 눈 밑을 닦아내며 담임은 수민의 손을 붙잡았다. 수민은 검게 얼룩진 분홍색 꽃무늬 손수건만 바라보고 있었다.

"신은 견딜 수 있을 만큼의 시련만 준단다."

악! 소리를 지르고 싶었다.

그래도 넌 견디면서 안 죽고 살아 있잖아.

담임의 말은 그렇게 들렸다.

'견디다'라는 말은 그럴 때 쓰는 말이 아니었다. 그것은 사고와 이성이 있을 때나 쓸 수 있는 말이었다. 수민은 그저 '당하고' 있는 거였다.

담임은 수민의 손에 얼룩진 손수건을 쥐어준 뒤 육개장을 두 그릇이나 먹어치우고 떠났다. 그 뒤에도 많은 사람들이 위로랍시고 똑같은 말을 내뱉고 갈 때마다 수민은 소리를 지르지 않으려 이를 악물었다.

"물론 부당 해고라고 생각하실 수도 있지만, 대학 쪽에서도 그에 대해 어떻게 위로를 해야 할지 회의 중이니……."

더 이상 시끄러운 것은 싫었다. 불순한 의도로 대학 측에 이혼 사실을 알린 사람들과 더는 엉키고 싶지도 않았다.

"아뇨, 그러잖아도 그만둘 생각이었습니다."

수민의 대답에 학과장은 안도의 한숨을 내쉬며 나갔다. 수민은 조교를 불렀다.

"일단 내 수업은 권 교수님이 대신하실 거야. 수업 시간표 확인하고 조정해서 학생들한테 알려줘."

"그럼 정말 잘리신, 아니 그만두시는 거예요?"

조교가 놀라서 더듬거렸다. 수민은 애써 웃으며 고개를 끄덕였다.

"이런 경우가 어디 있어요? 무슨 범죄를 저지른 것도 아니고 이혼했다고 직장을 그만두라니, 요즘 세상에 이게 말이 돼요? 차라리 어디 여성단체나 교원노동조합 같은 데라도 호소해보는 게 어떨까요?"

조교가 열변을 토했다. 수민은 심호흡을 하고 침을 삼킨 뒤 어렵게 입을 열었다.

"그런 곳에 가입도 안 했는데, 나한테 어려운 일 생겼다고 찾아가서 부탁한다는 게 우습지 않아?"

수민은 책상 서랍을 열어 물건들을 쓸어 담았다. 길지 않은 기간에 물건들이 제법 많이 쌓여 있었다.

"자기네 회원이 아니라고 해서 불합리한 일을 보고만 있다면 그런 단체를 만든 의의나 목적이 훼손되는 거죠."

수민은 피식 웃었다. 조교라고는 하지만 대학 졸업 후 취직도 하기 싫고 집에서 놀기도 싫어서 대학원에 진학했다고 당당히 밝힌 학생이었다. 공부는 하기 싫고 명문대는 가고 싶어 무용을 시작했다고 투덜거리는 철없는 부잣집 아가씨에게 세상은 낯선 곳이었다.

"참된 교육이라든가 여성의 권익 신장 같은 의의와 목적? 그건 그 사람들만을 위해 존재하는 거야."

언어는 정신을 반영한다. 사람들은 '틀리다'와 '다르다'라는 단어를 혼동해서 쓰곤 한다. 자신과 다른 사람은 무조건 틀리다는 무의식 때문이다. 그래서 사람들은 항상 동호회, 동문회, 노조 같은 또 다른 '우리'를 만들기 위해 애쓰는지도 모른다. 하지만 그들은 잊고 있다. 그들이 또 다른 '우리'를 만드는 동시에 또 다른 '너희'를 만들고 있다는 것을. 항상 '너희'였던 수민은 그렇게 학교를 나올 수밖에 없었다.

집 앞에는 카메라를 든 기자들이 진을 치고 있었다. 도저히 기자들을 상대할 자신이 없었다. 호텔로 갈까 생각도 해봤지만, 결국 거리를 헤매다 수민이 찾아간 곳은 아버지의 집이었다. 세상에서 유일하게 수민이 '우리'가 될 수 있는……

6

나를 상심 증후군에 걸리게 한 당신에게

툭.

현관문에 신문을 던지는 소리가 들리자마자 신문을 가지러 갔어. 밤에 몇 번씩이나 수민이 방을 들여다보는 바람에 아예 밤낮이 바뀐 것 같아. 악몽을 꾸는지 가끔 비명을 지르더라고. 가위 눌려 있을 때 누가 건드려주면 괜찮아지잖아. 그래서 밤에도 몇 번씩이나 가서 확인하곤 해. 가볼 때마다 가위에 눌려 끙끙대고 있어. 나도 마찬가지로 잠들기도 힘들고, 잠들었다가도 자주 깨. 당신을 잃었던 그때처럼 숨쉬기가 힘들어.

수민이도 그때의 나처럼 상심 증후군을 앓고 있나봐. 상심 증후군은 사랑하는 사람을 잃었을 때 호르몬이 과다 분비되어서 심장의 펌프 능력이 현저히 떨어지는 병이래. 심장이 제대로 못 뛰니까 가슴이 터질 것처럼 아프고 숨 쉬는 것도 힘들어진다는군. 인간의 마음이란 게 참 무섭지? 눈에 보이지도 않고 만질 수도 없는데, 그 마음의 상처가, 아픔이 신체를 그렇게 만드는 걸 보면 말이야.

신문을 펼칠 때마다 겁이 나. 수민이 짐을 가지러 갔다가 아파트 앞에 몰려 있는 기자들 때문에 얼마나 놀랐던지……. 다행히 대단하신 집안에서 이혼 기사를 잘 막았는지 아직까지 잠잠하네.

그런데 그 대신 결혼 기사가 실렸더라. 기가 막혀서 말도 안 나오네. 이별에도 예의가 있는 거잖아. 수민이와 헤어진 지 아직 한 달도 안 됐는데, 뱃속의 아이도 아직 안 태어났는데 어떻게 이럴 수가 있을까?

도저히 믿을 수가 없어서 인터넷으로 다른 신문까지 검색해 확인해봤어. 자세한 이야기는 없고, 기껏해야 몇 줄짜리 단신 기사만 있더라. 그쪽에서도 남부끄러운 줄은 아는지 쉬쉬한 모양인데, 결혼식장이며 드레스 숍이며 여기저기서 얘기가 새어나갔나봐.

기사 밑에 달린 댓글은 기사보다 더 끔찍했어.

'언제 이혼했냐? 임신해서 발목 잡았다고 하던데, 그 재벌 남자 아기가 아닌 모양이죠?'

'제가 아는 언니 병원에서 아기를 낳았는데 흑인 아기래요.'

사람들은 진실 따위는 관심도 없어. 그저 일상을 때울 심심풀이 가십이나 스트레스를 풀 희생양이 필요할 뿐이지.

'뭐야? 이수민, 바람난 남편한테 버림받은 거였어?'

'돈만 보고 결혼할 때 그렇게 끝날 줄 예상했다니까요. 된장녀의 최후~!'

화가 치밀어서 컴퓨터를 꺼버렸어. 그 댓글을 달았을 잔인한 인간들과는 가상의 공간에서조차 연결되고 싶지 않았으니까.

아침부터 전화통에 불이 났어. 기사 내용을 확인하려는 거겠지. 집 전화의 코드를 뽑아놓고 휴대폰도 전원을 꺼버렸어.

며칠 전 처형이 밤늦게 전화를 했는데 수민이가 받았어. 그런데 처형이 나한테 묻더라. 시집간 출가외인이 왜 밤늦게 친정에 있냐고. 그래서 나도 되물었지. 그러는 처형은 왜 밤늦은 시간에 제부한테 전화하느냐고.

좋은 일도 아닌데 굳이 다른 사람들에게 말할 필요는 없잖아. 수지가 그러더라. 부끄러운 일이나 숨기는 거잖아, 잘못한 일이나 비밀로 하는 거잖아. 그래서 내가 말했지. 수민이는 잘못한 것도 없고 부끄러운 일을 하지도 않았어, 그러니까 누가 수민이 결혼에 대해 물었을 때 아무 말 하지 않는 건 숨기는 게 아니야. 수지도 나도 굳이 서로에게 변명을 했지.

그런데 나, 사실은 숨기고 싶었던 거야. 동기생들은 뭐라고 쑥덕거릴까, 수민이 자랑을 그렇게 하고 다녔는데 얼마나 비웃을까, 모두 내가 누군지 아는데 나를 어떻게 바라볼까……. 그런 게 두렵고 무서웠어. 그래서 거실 벽에 걸린 결혼사진조차 떼어내지 못했어. 혹시나 누가 와서 물어볼까봐. 홀아비 혼자 해먹고 사는 거 불쌍하다고 동기생 부인들이 반찬 해서 자주 들르는데, 그걸 어떻게 갑자기 떼어내? 분명히 왜 사진을 떼었냐고 물어볼 게 뻔한데.

수민이는 나보다 더 두렵고 무서웠겠지? 그 사진을 볼 때마다 아팠겠지? 그런데도 나한테 사진에 대해서 말 한마디 않더라. 난 비겁하게 수민이가 아무 말 하지 않는다는 이유로 모른 척하며 내버려뒀고.

당장 결혼사진을 벽에서 떼어냈어. 이기적인 내가 견딜 수 없어서 액자에다 화풀이를 했지. 사진을 갈가리 찢고 액자를 산산조각 냈는데도 분이 안 풀리더라.

수민이가 그놈 결혼 사실을 모르게 해야겠다는 생각에 인터넷 선을 늘려서 망가뜨리고 있는데 처형이 찾아왔어. 신문 기사를 봤다면서 들어와서는 한숨만 쉬다가 말하더라. 병원 예약했다고, 아기 지워야 하지 않겠냐고. 아무래도 아버지인 내가 말하기는 껄끄러울 테니 자기가 총대를 메겠다면서 말이야.

다음 달이 산달인 아기를 어떻게 지우냐며 말렸지만, 처형도 완강했어. 기어이 수민이를 불러내서 닦달하더라고.

"수술하려고 마음먹었다면 저 혼자서도 충분히 할 수 있어요. 저 이모랑 이런 얘기 할 만큼 친한 사이 아닌 것 같은데요. 그리고 이모가 무슨 자격으로 저한테 이런 말씀을 하시는 거예요? 이제 와서 엄마 노릇 대신하실 생각이라면 사양하고 싶네요."

"꼭 그렇게 모질게 말해야겠니?"

그러면서도 처형은 물러날 생각이 없어 보였어. 수민이가 고개를 빳빳이 들고 말하더군.

"죄송해요. 저, 지금 신경이 많이 날카로워서요."

"그러지 말고 우리 수술을 하자. 눈 딱 감으면 해결될 일을 왜 이리 고집을 부리니?"

둘이 실랑이를 벌이는 게 보기 힘들어 부엌에 가서 설거지를 시작했어.

수민이가 열 살 때였나? 수지가 졸라서 거북이 두 마리를 사준 적이 있지. 강아지는 아파트에서 키울 수 없었으니까. 수지는 워낙 동물을 좋아했지만, 수민이는 겁이 많아서 아무리 작고 예쁜 동물이라도 무서워했잖아. 길을 가다가 손바닥만한 강아지를 봐도 놀라서 도망치곤 했지.

그런데 수지는 금세 거북이한테 흥미를 잃어서 밥 주는 것도 잊어버리기 일쑤였어. 결국 겁 많은 수민이가 덜덜 떨면서 거북이를 수조에서 옮기고 청소하고 먹이까지 주곤 했지. 그 모습이 안타까워 결국 내가 거북이를 떠맡아야 했는데, 얼마 안 돼 한 마리가 죽고 말았어. 난 아무 생각 없이 거북이를 라면 봉지에 넣어 쓰레기통에 버렸어. 학교에서 돌아온 수민이가 그 사실을 알고 얼마나 난리를 치던지……

"어떤 생명이든 쉽게 다루면 안 되는 거예요. 그런데 어떻게 기르던 생명이 죽었는데 라면 봉지에 넣어 쓰레기통에 버릴 수가 있어요?"

틀린 말 하나 없었지. 결국 난 쓰레기 분리수거장을 다섯 시간이나 뒤져야 했어. 그리고 마침내 거북이를 찾아 화단에 묻어주었지. 남은 한 마리는 한강에 놓아줬고.

그런 수민이가 과연 뱃속의 다 자란 아기를 버릴 수 있을까? 설사 수술을 한다 해도 그 죄책감을 견디며 살 수 있을까?

설거지 끝내고 가스레인지 청소를 하고 있는데 여동생과 제수씨까지 몰려왔어. 다들 수민이를 가운데 놓고 한바탕 난리를 떨었지.

"네가 아직 세상을 몰라서 그러는 거야. 아기 키우는 게 좀 힘든 일인 줄 아니? 게다가 그 집에서 양육비도 안 준다고 했다면서?"

여동생이 말하면 처형이 맞장구를 치며 거들었어.

"좀 나쁜 일처럼 보일 수도 있겠지. 하지만 그 아이 낳아서 기르는 건 옳은 일 같니? 편모슬하에서 상처받으며 자랄 텐데, 걔가 낳아줘서 고맙다고 할 것 같니?"

보니까 수민이 눈이 퀭하더라. 어젯밤에도 제대로 못 잤겠지. 아무도 자기 편을 들어주지 않자 수민이도 지쳤는지 대꾸를 안 하더라. 자기들끼리 질문하고 받아치고… 한참을 그랬어. 그리고 입 싼 제수씨가 거든다는 게 그만 그 얘길 하고 말았지.

"아무리 혼인신고를 안 했어도 그렇지, 그딴 식으로 재혼하는 거 보면 그른 놈이야. 그런 놈 아기는 낳아서 뭐 하려고?"

"재, 재혼이요?"

잠기고 갈라진 목소리로 수민이가 물었어. 난 놀라서 거실로 뛰어나갔어. 바보처럼 제수씨가 어떤 사람인지 잠깐 잊고 있었어.

"어머나, 몰랐니? 오늘 아침 신문에 결혼한다고 실렸잖아. 그러니까 우리가 알고 온 거지. 잘못하다가는 첩 자식 취급을 받고 살 텐데, 차라리 태어나지 않는 게 아이한테도 좋지 않겠어? 그러니까 지우는 게 옳아."

제수씨는 오히려 설득할 이유가 더 생긴 게 흡족한지 신이 나서 떠들더라.

수민이는… 텅 비어버린 채였어. 그렇게 껍데기만 남은 아이를 두고 옳고 그름에 대해 얘기한다는 게 너무 화가 났어. 그래서 나도 모르게 들고 있던 수세미를 집어던지며 소리를 질렀지.

"옳고 그른 거? 좋고 나쁜 거? 난 그런 거 모른다. 지금 내가 원하는 건 수민이가 원하는 거야. 나한테는 수민이가 원하는 게 옳은 거고 수민이가 하고 싶은 게 좋은 거야. 그러니까 이제 그만들 해!"

수세미에서 떨어진 세제 거품이 공기 중을 떠돌다가 팡 터지며 사라졌어. 우리 수민이도 그렇게 거품처럼 사라져버리는 건 아닐까 두려웠어.

모두 쫓아버린 후에도 수민이는 자리에 앉아 꼼짝 안 하더

라. 사람들이 스트레스를 푸는 방법이란 게 참 뻔하지. 줄담배를 피우고, 꼭지가 돌 때까지 술을 퍼마시고, 지칠 때까지 몸을 혹사시키고……. 그런데 수민이는 아기 때문에 그 뻔한 방법 어느 것도 쓸 수가 없어. 그래서 그냥 비우기로 했나봐. 상처, 고통, 절망, 그리고 희망까지도.

수민이의 텅 빈 눈에 뭐라도 채워줘야 할 것 같은데, 내가 해줄 수 있는 게 너무 없네.

아이들이 어렸을 때는 빨리 자랐으면 좋겠다고 생각했어. 혼자 화장실도 갈 수 있고, 밥도 먹을 수 있고, 잠도 잘 수 있을 테니까. 그러면 내가 조금 편할 수 있을 테니까. 내가 뭔가를 해주지 않아도 될 테니까. 그런데 이젠 그 시절이 그리워. 아이들이 자랄수록 내가 해줄 수 있는 것도 점점 사라져. 이젠 내가 뭔가를 해주겠다고 해도 귀찮아하거나 맘에 안 들어 하지.

혹시나 하는 마음에 서점에 가서 만화책을 사왔어. 수민이가 어렸을 때 좋아하던 만화가의 신작이었지. 우리 동네 서점에는 없어서 대형 서점까지 가서 겨우 사왔는데, 제발 우리 수민이가 그걸 읽고 웃어줬으면 좋겠어.

제 10 장

운명을 뿌리치다

1

혼자 아기를 낳았던 당신에게

여보, 지금 우리 수민이가 아기를 낳고 있어. 벌써 세 시간째 진통인데 아기는 아직도 나올 생각을 안 하네. 수민이 비명을 듣기가 힘들어 분만실에서 멀리 떨어진 대기실로 와버렸어. 사실, 스스로 온 게 아니라 수지한테 쫓겨났지.

수지 그 가시나가 얼마나 싸가지 없게 말하던지…….

"아빠 혈압 높잖아요. 이 상황에서 아빠까지 쓰러지면 어떻게 하라고? 그냥 대기실 가서 한숨 자고 있어요. 아기 나오면 곧바로 알려줄 테니까. 어차피 여기 있어도 아빠는 할 일 없잖우."

틀린 말은 아니지만 좀 예쁘게 말하면 어디가 덧나나? 내가 해줄 수 있는 게 아무것도 없다는 게 분통 터지고 억울해 미치 겠어. 그래도 가까이 있어주고 싶었어. 요즘은 다들 남편이나 친정엄마가 분만실에 같이 들어가던데, 우리 수민이는 혼자 잖아. 머리카락 잡아 뜯을 남편도, 손 잡아줄 친정엄마도 없이 혼자서 얼마나 외로울까.

그래서 옆에 있어주고 싶었는데, 결국 그것도 못하는군. 여 기까지 비명이 들리는 듯해 뭐라도 하지 않으면 미쳐버릴 것 같아 당신한테 편지를 쓰는 거야.

그나마 일찍 발견했으니 다행이야. 어제가 그 나쁜 놈 결혼 식 날이었잖아. 평소보다 밥도 많이 먹고, 드라마를 보면서 깔 깔거리더라. 기억력이 좋아서 한 번 본 드라마의 대사까지 줄 줄 외우던 아이였는데, 재방송까지 본 드라마를 전혀 기억 못 하고 또 보는 거야. 봤다는 것조차 잊어버렸더라고. 나도 당신 을 보냈을 때 그랬지. 아직도 그때의 일들은 희미해. 드문드문 기억나는 것들도 사실은 누가 이야기해줘서 끼워 맞춘 거야.

속이 훤히 들여다보이는 살얼음판 위를 걷는 것 같았지. 언 제라도 얼음판이 깨져 풍덩, 그 차가운 물속에 빠질 것 같은 아슬아슬한 느낌이 싫었어. 그래서 차라리 내가 그 얼음을 깨 고 물속에 뛰어들고 싶었어.

결혼식장에 휘발유라도 뿌리고 확 불을 질러버릴까, 신랑 이 입장할 때 뛰어들어 두들겨 패줄까… 별별 생각이 다 들었어. 어차피 난 더 잃을 게 없는 사람이야. 우리 수민이가 저렇게 됐는데 내가 겁날 게 뭐가 있겠어?

하지만 수민이가 참으니까 나도 참았어. 혹시 수민이가 나쁘게 마음먹고 무슨 일이라도 저지를까봐 수민이 곁에 붙어서 떨어지지 않았어. 밤에도 몇 번이나 수민이 방을 들락거렸지. 다른 때처럼 수민이가 가위 눌려 신음하고 있기에 살짝 흔들어주고 일어서려는데 발바닥에 뭐가 미끄덩거리더라고. 혹시나 해서 불을 켜보니 이미 양수가 터졌는지 이불이 흥건히 젖었더라.

처음 겪는 일이라 너무 무서워서 덜덜 떨리기까지 했어. 정신없이 전화기를 붙잡고 무작정 119를 눌렀어. 그러고는 앰뷸런스 기사한테도 수지한테도 핀잔을 들었어. 아기 낳으려면 아직 멀었는데 앰뷸런스까지 불렀다고, 유난 떤다고.

난 그저 놀라고 당황스러웠어. 아기 낳는 걸 처음 보니까. 당신 고소하지? 나하고 사는 동안 가장 섭섭한 게 아기 낳을 때 옆에 있어주지 않았던 거라고 내내 구시렁거렸잖아.

수민이 때는 출산 예정일 전에 들어오기로 되어 있었는데, 하필이면 교대하는 배가 고장이 나서 못 들어왔었지. 당신한테는 말 못했지만 나 사실 그때 배에서 뛰어내리기까지 했어. 차가운 겨울 바다를 헤엄쳐서라도 당신 곁에 있어주고 싶었거든. 그런데 너무 추웠어. 헤엄칠 겨를도 없이 몸이 얼어붙더라고.

갑판병이 발견하지 않았으면 아마 얼어 죽었을 거야. 다행히 금세 구조돼 응급치료를 받았지. 그리고 치료 끝나자마자 귀항할 때까지 내내 기합을 받아야 했어. 내 평생 그렇게 얼차려를 세게 받은 건 처음이었지. 유난 떤다고 놀림도 많이 받았고.

당신한테 이 얘기를 해줬다면 당신이 조금 덜 섭섭했을까? 아마 그랬을 거야. 당신은 맘이 아주 약한 사람이니까. 그런데 민망해서 얘길 못하겠더라고. 헤엄쳐서 당신 곁에 간 것도 아니고 괜히 얼어 죽을 뻔한 얘기, 나만 바보 되는 것 같아서. 수지 낳을 때라도 곁에 있어줬으면 그나마 체면이 섰을 텐데, 수지는 태어날 때도 성질 급하게 보름이나 빨리 나와서 내 체면을 구기게 했지. 그렇게 항상 무기력한 남편이었던 것 같아서 당신한테 미안해. 그리고 이렇게 무능력한 아버지라서 수민이한테 또 미안해.

수민이가 낳는 아기에겐 좋은 할아버지가 될 수 있을까? 사실 자신이 없어. 어쨌든 모든 일의 시작이 그 아기였으니까. 그래, 솔직히 말할게. 난 그 아기가 미워. 내 딸을 괴롭힌다는 것만으로도 미워.

수민이 가졌을 때도 내가 그 말을 했다고? 그땐 정말 당신 뱃속의 아이가 미웠어. 입덧하느라 제대로 먹지도 못하고, 조금만 움직여도 피곤해하는 당신을 보면…….

"그래도 아기 태어나면 달라질걸? 피는 물보다 진하다고,

난 쳐다보지도 않고 아기만 좋다고 할걸?"

당신이 입을 삐죽이며 말할 때 난 큰소리를 쳤지.

"난 아냐. 무조건 아기보다 당신이 먼저야. 당신하고 아이가 물에 빠지면 망설이지 않고 당신부터 구할 거라니까. 맹세해!"

이건 비밀인데, 그 맹세는 열흘도 안 돼 깨져버렸어. 수민이가 날 보고 웃던 날.

당신은 태어난 지 열흘밖에 안 된 애가 어떻게 웃느냐고 코웃음을 쳤지만, 분명히 날 보고 웃었다고! 그 순간부터 마음속으로 갈등했지. 당신과 수민이가 같이 물에 빠지면 어떻게 할까. 결론은 뭐였냐고? 그냥… 전부 다 같이 빠져 죽자.

지금 당신 웃는 거야? 당신 웃음소리가 들리는 것 같아.

정말 요즘은 당신이 많이 그립다. 아마 수민이는 더하겠지? 제발 우리 수민이 곁에서 나 대신 손 좀 잡아줘. 수민이가 힘낼 수 있게.

2

"조금 빨리 나오긴 했지만 아기는 정상이에요. 그래도 혹시 몰라서 인큐베이터에 며칠 있어야 할 것 같아요. 지금쯤이면 자궁수축 주사 효과도 떨어졌을 테니까 수유도 할 수 있어요.

아기가 보고 싶으시면 신생아실에 가셔서……."

수민은 의사의 말을 잘랐다.

"수유 안 해도 되죠?"

"그래도 초유는 먹이시는 게 좋을 텐데……."

의사는 말끝을 흐리더니 슬그머니 병실 밖으로 나갔다.

지금은 아기를 보지 않는 게 나았다. 아니, 보고 싶지 않았다. 태훈을 닮은 아기를 보면서 아물지도 않은 상처를 헤집고 싶지는 않았다.

아기가 발로 배를 찰 때마다 배를 한 대씩 치고 싶었다. 태훈이 수민에게 상처를 입혔듯이 아기도 수민에게 상처를 입히려고 일부러 그러는 것 같았다. 모두가 낙태를 권할 때 못 이기는 척 수술을 할걸 하는 후회까지 밀려들었다.

하루하루를 춤추면서 버텨냈다. 망막박리수술을 받고 1년간 침대에 누워 있어야 했던 알리시아 알론소처럼 수민도 상상 속에서 춤을 추었다. 아무것도 보이지 않고 고개를 흔들 수도 없었던 알리시아 알론소가 상상 속에서 스스로에게 지젤을 가르친 것에 비하면 수민은 훨씬 나은 편이었다. 하루는 〈잠자는 숲 속의 미녀〉의 오로라였고, 하루는 〈백조의 호수〉의 오데트였다. 어제는 〈말괄량이 길들이기〉의 리제였고, 오늘은 〈코펠리아〉의 스와닐다였다. 수민은 그렇게 춤을 추며 견딜 수 있었다.

난 괜찮아. 견딜 수 있어, 극복할 수 있어.

그렇게 모른 척했다. 자신이 받은 상처를, 자신이 겪은 아픔을 잊으려 애썼다. 하지만 아기가 수민의 몸에서 빠져나오는 순간부터 그 상처와 아픔이 꾸역꾸역 밀려나오기 시작했다.

아침 신문에 스무 살의 스타가 자살했다는 기사가 실렸다. 뛰어난 외모와 모두가 인정하는 능력을 갖추고 만인의 사랑도 받았던 스타의 자살이 이해되지 않았다. 스무 살, 모든 가능성이 남아 있는 나이에 끝내버린 인생이 안타까웠다. 그리고 우스웠다. 수민 자신도 스무 살에 프리마 발레리나로 성공한 뒤 그랬는데 이해가 안 된다니 이상했다. 그때는 모든 게 두려웠고 부질없어 보였다. 차라리 그 순간에 죽으면 성공한 인생으로 끝낼 수 있으니 좋을 것 같기도 했다. 이해할 수 없었던 스무 살의 자신이었다.

마흔이 되면 또 이해가 안 될까? 스물아홉, 아직 모든 가능성이 열려 있는 지금 이 나이에 불행해한다는 게……

병실 창에서 바라본 하늘은 별 하나 없이 깜깜했다. 어둡기만 한 하늘이 수민을 부르는 것 같았다. 뛰어내리고 싶었다. 그렇게 중력에 몸을 맡기고 땅바닥에 떨어지는 그 고통의 순간이 오히려 행복할 것 같았다. 피를 흘리는 아련함에, 그 큰 충격에 아무 생각도 할 수 없을 테니까. 육체의 고통이 크면 오히려 마음은 아프지 않을 테니까.

이젠 할머니가 된 당신에게

수민이가 미역국을 좋아하더라. 당신이 해산했을 때 곁에 있어주지 못한 게 미안해서 산후 조리를 하는 동안 내가 미역국을 끓여줬잖아. 그 솜씨가 녹슬지 않았나봐. 병원에서 나온 미역국은 완전히 맹탕이더라고. 물에 미역 넣고 삶은 것 같았어. 오늘은 방앗간에 가서 들깻가루도 빻았어. 남해에서 근무하는 후배 녀석한테 최상급 기장 미역을 보내달라고 부탁했는데, 그걸로 끓이면 더 맛있을 거야.

아기는 아들이야. 그 많은 아기들 틈에서도 수민이 아기는 유난히 눈에 띄더라. 하긴 부모가 둘 다 인물이 훤하니까. 태훈이, 그 나쁜 놈 인물은 훤했잖아.

그런데 의사 말로는 아기 심장에 작은 구멍이 있대. 그래서 인큐베이터에 들어가 있어. 수민이한테는 말하지 말아달라고 당부했어. 산후 조리하는데 신경 쓰일까봐. 괜한 걱정이었지. 수민이는 아기 얼굴도 보고 싶어 하지 않았어. 산후우울증에 걸려 자기 아기를 베란다에서 밖으로 던지는 여자도 있다던데, 수민이는 이래저래 사정이 나쁘니까 더 걱정이야.

그래도 그렇게 천사 같은 아기가 빈 이름표 달고 보러 오는 사람 하나 없이 외롭게 아파하는 걸 보면 안쓰러워. 수민이가 받은 상처를 아기도 알았던 걸까? 그래서 수민이 대신 자기 심장에 구멍을 뚫고 나온 걸까? 엄마와 함께 가슴 아파하려고? 자꾸 그런 생각이 들어. 그래서 엄마 얼굴 한 번 못 본 아기가 더 안타깝고.

"우리는 전투에서 졌지만, 전쟁에는 아직 지지 않았다!"

제2차 세계대전 당시, 독일군에게 포위되었다가 전멸 직전에 간신히 탈출한 드골이 그렇게 말했지. 비록 결혼이라는 전투에서는 졌지만 인생이라는 전쟁은 아직 끝나지 않았다는 걸 수민이가 깨달았으면 좋겠어. 그리고 끈질기게 저항해 프랑스를 되찾은 드골처럼 수민이도 자기 인생을 되찾았으면 좋겠어. 발레라는 꿈을 위해 다시 저항했으면 좋겠어.

4

"이수민 산모님, 큰일 났어요. 빨리 신생아실로 가보세요."

간호사의 다급한 말에 수민은 자다 깨서 신생아실로 뛰어내려갔다.

태훈 어머니와 남자들 몇 명이 아버지를 구석으로 몰아붙이고 있었다. 아버지는 아기를 꼭 안고 있었다.

"아니, 내 손자 내가 데려가겠다는데 왜 이러세요?"

태훈 어머니의 목소리가 복도를 울렸다.

"분명히 친권, 양육권 다 포기한다고 했으면서 이제 와서 왜 이러는 겁니까?"

몇 마디로도 상황이 충분히 파악되었다. 하지만 수민은 그저 멀리서 지켜볼 뿐이었다. 발걸음이 떨어지지 않았다.

과연 내가 나서서 말리는 게 옳은 걸까? 어쩌면 저 아이도 나와 헤어지는 게 더 낫지 않을까?

"나중에 맘이 변해 양육비니 뭐니 난리칠 게 뻔한데 어떻게 이대로 두고 봐요?"

"그럴 일 절대 없으니 애를 데려가겠다는 말도 안 되는 소리 그만하고 돌아가십시오."

"솔직히 애도 우리한테 와야 훨씬 좋은 환경에서 자랄 수 있을 거고……."

"돈으로 살 수 있는 건 다 사주시겠죠."

"맞아요. 돈으로 살 수 있는 건 다 사줄 거예요. 돈으로 해결될 수 없는 게 이 세상에 어디 있어요?"

아버지는 무슨 일이 있어도 아기를 빼앗기지 않겠다는 듯 태훈 어머니와 맞서고 있었다.

"지금 뭐 하시는 거예요?"

날카로운 목소리가 아버지와 태훈 어머니 사이에 끼어들었다. 연주였다.

"지금 뭐 하시는 거냐고요!"

"연, 연주야."

연주가 다가가자 태훈 어머니가 당황해서 뒷걸음질을 쳤다.

"분명 양육권은 수민 씨한테 주는 걸로 알고 있는데요."

"하, 하지만……."

"괜히 사람들 입에 오르내리고 싶으세요? 김 비서, 당장 어머님 모시고 가."

우스웠다. 수민한테는 그렇게 고압적이었던 태훈 어머니가 연주에게는 꼼짝도 못했다. 연주는 아기를 꼭 껴안고 있는 아버지에게 다가가 물었다.

"아기가 놀라지는 않았나요?"

"아뇨, 괜찮습니다. 그런데 누구신지?"

아버지에게 연주의 정체를 알리고 싶지 않아 수민이 앞으로 나섰다.

"오래간만이네요."

수민의 인사에 연주가 눈인사를 했다. 아버지는 아기를 지킨 게 다행스러운 나머지 더 묻지 않았다. 수민은 연주와 병실로 돌아왔다.

"여기는 어떻게 왔어요? 아니, 어쩜 그렇게 시간을 딱 맞춰 나타났는지 궁금하네요."

"마침 저도 친자 확인 검사를 하러 병원에 와 있었거든요.

김 비서의 전화를 받고 얼른 달려왔죠."

"친자 확인이요?"

"너무 빨리 임신을 해서인지 친손자인지 확인하고 싶어 하시는 것 같아서요. 제가 딴 남자 아이를 가진 채 태훈 오빠와 결혼해서 복수하는 거라고 오해하셨나봐요."

연주는 아무렇지도 않다는 듯 말했다.

"왜요? 이해가 안 돼요? 수민 씨, 아직도 순진하시네. 그렇게 당하고서도……."

연주는 웃음 끝에 한숨을 내쉬었다.

"어차피 한 번 오려고 했어요, 이것 때문에."

연주가 탁자 위에 통장을 올려놓았다. 수민은 아무 말 없이 물끄러미 보고만 있었다.

"멍청한 자존심 때문에 거절하지 말아요. 이건 수민 씨한테 주는 게 아니라 아기한테 주는 거니까."

"합의할 때 양육비는 안 받기로 했는데요."

"알아요. 나도 합의서 초안 작성할 때 옆에 있었으니까."

"그런데 왜요?"

"자기 자식 양육비조차 대지 않는 인간 같지 않은 남편과 똑같고 싶지 않거든요."

"마치 그 사람을 증오하는 것처럼 말하는군요."

의외였다. 파혼까지 하며 자신을 버리고 다른 여자와 결혼

했던 남자와 다시 결혼할 때는 그만한 사랑이 있어서라고 생
각했다.

　"증오? 그것도 감정이 있을 때나 하는 말이죠. 난 그 사람한
테 아무 감정 없어요. 증오라, 어쩌면 조금은 감정의 찌꺼기가
남아 있을 수도 있겠네요. 어쨌든 나를 배반했던 사람이니까
요. 그리고 언제 또 배반할지 모르는 사람이기도 하고요."

　"행복해요, 그 결혼?"

　"꼭 걱정하는 것처럼 들리네요. 내가 행복하기를 바라나요?
아니면 태훈 씨가 행복하기를 바라나요?"

　수민은 대답하지 않았다. 연주는 고개를 갸웃했다.

　"수민 씨가 아기를 낳기도 전에 재혼한 사람, 나 같으면 평
생 용서할 수 없을 거예요. 그 사람과 행복이란 단어를 같이
생각한다는 것조차 상상할 수 없을 만큼. 그런데 수민 씨는 벌
써 그 사람을 용서한 것 같군요. 용서는 하되 잊지는 마라, 뭐
그런 말도 있으니까."

　용서할 수는 있어도 잊지 않겠다는 말은 모순적이었다. 상
처 입은 것조차 기억하지 않아야 진정한 용서였다. 잊지 않았
다는 건 용서하지 않았다는 뜻이었다. 용서라……. 태훈을 용
서하는 것은 쉬웠다. 수민이 용서할 수 없었던 건 그렇게 어리
석은 선택을 했던 자신이었다.

　"그러면 나도 용서를 받은 건가요?"

수민은 이번에도 대답하지 않았다.

"수민 씨 입장에서는 내가 가해자겠죠? 하지만 내 입장에서는 다르다는 것도 좀 알아줬으면 좋겠어요. 어쨌든 내 약혼자 빼앗아 결혼한 건 수민 씨니까요. 하지만 사람들은 내가 돈이 많다는 이유로 날 나쁜 사람 취급하더군요. 재벌집 딸로 태어나 무엇이든 맘껏 할 수 있는데 왜 남의 남자를 빼앗느냐고 말이죠. 그 무조건적인 열등감과 시기심이 우습기도 하지만, 그런 비난 받는 거 별로 기분 좋지는 않아요."

상처는 꼬리를 물고 이어졌다. 연주, 태훈, 수민…… 수민은 연주의 입장을 충분히 이해했다. 하지만 이해한다고 해서 원망하는 감정마저 없어지는 것은 아니었다.

"내가 원망하지 않는다고 말해주길 바라나요?"

"아뇨. 그런 걸 강요할 만큼 뻔뻔하지는 않아요. 하지만 동생분한테 그런 일을 당할 정도로 나쁜 짓을 한 건 아니라고 생각하죠."

"네?"

수지와 수민은 여전히 냉전 중이었다. 어쩌다 수지가 집에 들러 같이 식사를 하게 되면 어색한 분위기 때문에 아버지만 분주해졌다. 수민에게 말을 시키고, 수지에게 말을 시키고…… 그렇게 아버지를 사이에 둔 채 식사를 마치면 수지도 수민도 서로 피했다. 수민도 수지도 먼저 다가갈 마음이 없었다. 수지를 볼 때마다 수지가 전에 했던 말들이 귓가에 울렸다.

"보나 마나 뻔하지. 언니가 꼬장꼬장하게 성질부리고 짜증 내서 형부가 질린 거잖아. 얼마나 성질을 부렸기에 그렇게 언니를 좋아하던 사람이 변해서 바람까지 피우니? 다 언니가 잘못한 거야."

가족이라도 약점을 이용해 공격할 권리는 없었다. 서로를 이해하지 못하는 상황에서 같이 있어야 한다는 것은 서로에게 상처였다.

"수지 씨 내 결혼식장에 왔었는데, 설마 몰랐어요?"

"정말 수지였어요?"

혹시 결혼식장에서 난동이라도 부린 걸까.

수지라면 그러고도 남았다. 하지만 난동을 부렸다면 조용히 넘어가지는 않았을 것이다.

"정말 몰랐나보군요. 걱정하지 말아요. 난동을 피우거나 한 건 아니니까. 그냥 내 친구인 척하고 신부 대기실로 와서 귓속말만 하고 갔어요."

연주는 허리를 굽히더니 수민의 귓가에 입술을 대고는 수지의 목소리를 흉내 내며 속삭였다.

"행복하길 바랄게요. 당신 싫다고 버리고 가서 다른 여자하고 결혼까지 한 사람과 결혼하다니, 그 사랑이 대단해서라도 행복하길 바랄게요. 그런데 후처 자리에 들어가는 거 자존심 상하지 않아요?"

연주는 다시 몸을 꼿꼿이 세웠다.

"그렇게 말하더군요, 결혼식 5분 전에. 그러고 나서 곧장 신부 입장을 했는데, 눈물이 뚝뚝 떨어지던데요."

몰랐다. 수민도 태훈과 연주의 결혼식 날 복수를 상상하며 하루를 견뎠다. 하지만 상상 속의 복수를 실현할 용기도 이유도 부족했다.

그날 저녁을 먹으러 온 수지는 유난히 혼자 킥킥댔다. 아버지가 기분이 좋은 이유를 묻자 수지는 자랑스럽게 말했다.

"난 상상력은 부족해도 실천력은 끝내주거든."

엉뚱한 대답에 아버지와 수민은 그냥 넘어갔다. 그날은 그게 무슨 말인지 따져 물을 힘도 남아 있지 않았다.

"동생과 별로 가까운 사이는 아닌가봐요? 하기는 그런 게 가족이겠죠. 평소에는 물어뜯을 듯 싸우다가도 다른 사람이 괴롭히면 그 꼴은 절대로 못 봐주는 거. 어쨌든 의외군요. 그 이야기를 하면서 같이 깔깔거렸을 거라고 생각했는데."

지금도 깔깔거릴 수가 없었다. 수지는 교사였다. 시끄러운 일이 생기면 곤란했다.

"수지를 고소할 건 아니죠?"

다급한 질문에 연주가 고개를 저었다.

"아뇨, 한 번은 봐주려고요. 그리고 이왕 봐주는 김에 수지 씨 남편까지 봐줄게요."

"네?"

"수지 씨 남편이 우리 회사 다니거든요. 하필이면 그것도 제 직속 부서예요. 수민 씨 뒷조사를 할 때 알았죠. 그래서 수민 씨가 태훈 씨와 결혼한 뒤에 나름대로 열심히 구박을 했는데도 꿋꿋이 버티더라고요. 힘들어도 밥줄 놓기는 어려웠겠죠. 하도 꿋꿋하게 잘 버텨서 재미도 없고, 유치한 거 같기도 해서 그만뒀어요. 그런데 막상 신혼여행을 다녀와 출근했더니 사직서를 제출했더군요. 동생분도 사고를 친 게 걸리긴 했나봐요."

전혀 몰랐던 일이다. 결혼과 이혼, 그 모든 결정의 선택권은 수민에게 있었고, 그 선택으로 인한 결말이 새드엔딩이든 해피엔딩이든 자신의 몫이라고만 생각했다. 그 결말을 지켜보며 울고 웃는 사람들을 잊고 있었다.

"아직까지 다른 직장을 잡지 못한 모양이던데, 그 나이에 쉽지 않을 거예요. 일단 휴가로 처리해놓으라고 지시했어요. 부서도 옮겨줄 테니 돌아오고 싶으면 빨리 결정하라고 해요. 내 맘 바뀌기 전에."

"왜 그런 호의를 베푸는 거죠?"

"호의라… 정확히 호의라기엔 좀 그렇네요. 그냥 남들이 수

군대는 게 짜증날 뿐이에요."

"그런 거 신경 쓰는 사람 아니잖아요."

수민은 연주를 빤히 바라봤다.

"혹시 호의 뒤에 칼을 숨기고 있을까봐 그러는 거예요? 걱정 말아요. 그저 나와 싸운 건 수민 씨였는데 엉뚱한 사람이 나가떨어지는 거 보고 싶지 않을 뿐이에요. 상처는 우리 모두 받을 만큼 받았으니까요."

이혼은 단지 잘못된 선택을 바로잡기 위한 또 다른 선택이라 생각했다. 부끄럽지 않았다. 잘못된 선택을 한 것일 뿐 죄를 지은 것은 아니었으니까. 누구나 살면서 실수를 할 수 있는 것이라고 떳떳하게 변명할 수 있었다.

억울한 적도 있었다. 살면서 나쁜 짓 한 적도 별로 없는데 벌을 받는 것 같았다. 비이성적이고 비논리적이라 생각하면서도 그 불행의 원인을 찾고 싶었다. 비록 말도 안 되는 이유일지언정 이유라도 있다면 견딜 수 있을 것 같았다.

하지만 이혼은 죄였다. 결국 수민의 잘못된 선택으로 다른 사람들이 상처를 받고 있으니까. 그리고 사랑하는 사람들이 자신으로 인해 고통당하는 것을 봐야 하는 것은 수민에게 내려진 벌이었다. 아버지, 수지 그리고 아기……

"얼굴이 창백하네요. 좀 누울래요?"

연주가 걱정스럽다는 듯 수민을 바라보았다. 수민은 고개를 저었다. 연주는 한숨을 내쉬다 피식 웃었다.

"우스운 일이죠? 난 왜 이렇게 수민 씨가 걱정되는 걸까요?"

"승자의 여유 아닐까요? 어쨌든 한 남자를 사이에 두고 싸웠는데 결국에는 차지했으니까요."

"아뇨. 그보다 훨씬 전부터 난 수민 씨를 염려했어요. 태훈 씨와 멋모르고 결혼할 때도, 땡전 한 푼 안 받겠다고 우기며 헤어질 때도. 사람을 믿고 사람이 하는 사랑을 믿는 수민 씨의 순수함이 부럽기도 하고 한심하기도 했어요. 난 철이 들면서 한 번도 사람을 믿어본 적이 없거든요. 오히려 나한테 다가오는 사람이 무슨 목적이 있어 접근하는 건 아닌지 항상 경계하죠. 그래서 사랑도 우정도 재벌이라는 담장 안에서만 했어요."

부잣집 아가씨의 투정을 받아주고 싶은 마음은 없었지만, 연주는 차분한 목소리로 말을 이었다.

"용감한 우리 큰언니는 대학교 동아리에서 만난 평범한 서민 남자와 결혼했어요. 부모님 반대에 자살 소동까지 벌여가며 죽어라 사랑한 결과였죠. 엘리베이터 승진이니 남자 신데렐라니 사람들이 뭐라고 하든 둘의 사랑이 정말 행복해 보여 나도 은근히 부러웠어요. 그런데 둘째를 낳고 형부가 바람피운 걸 알게 됐죠. 형부와 시부모님, 그쪽 친척들이 모두 무릎 꿇고 빌고 별수를 다 썼죠. 다 우리 회사 덕에 사는 사람들이었으니까. 아이들도 있고 세상의 눈도 무서워서 언니는 결국 주저앉았어요. 하지만 한 번 깨진 믿음을 돌이킬 수는 없었죠. 결국 일 년도 안 돼서 언니는 목을 맸어요."

뚝, 연주의 말이 끊겼다. 뭐라고 말을 해야 할 것 같은데 막상 할 말이 없었다. 세상에는 위로할 수 없는 것도 있었다.

"맘에 드네요, 억지로 위로하려 하지 않는 거. 그딴 거 필요 없어요. 동정 따위로는 덮을 수 없는 상처니까. 내가 피 흘렸으면 그 사람은 나보다 더 피 흘리게 만들어라, 그게 내가 상처를 극복하는 방법이에요. 그래서 내가 그 집안을 사돈의 팔촌까지 완전히 망가뜨려줬죠."

연주의 목소리는 날아오를 듯 가벼워졌다.

"대체 그런 얘길 왜 나한테 하는 거죠?"

"혹시나 해서요. 다시 수민 씨한테 뒤통수를 맞고 싶지는 않거든요."

그러니까 연주도 불안했던 것이다. 결혼은 M&A라 말하면서도 감정을 숨길 수 없을 정도로⋯⋯.

"그럴 일 없을 테니 걱정 마세요."

연주는 고개를 끄덕이고는 자리에서 일어섰다.

"사랑을 즐기긴 하되 믿지는 마라, 이게 내 좌우명이에요. 수민 씨도 그걸 좀 배워야겠어요."

연주는 마지막으로 한마디 던진 뒤 병실을 나갔다.

"아뇨, 난 사랑을 믿어요. 사랑이 영원하리라는 걸 믿지 않을 뿐……."

수민이 닫힌 문을 향해 대꾸했다.

그것이 사랑의 운명이었다. 인간은 불안과 초조를 감추기 위해 운명을 믿고 싶어 한다. 수민이 그랬던 것처럼……. 시련이 닥쳐 나약해졌을 때 인간은 더욱더 운명에 매달린다. 운명이라서 어쩔 수 없었던 거야, 그게 팔자인가봐. 그렇게 운명이라는 이유로 포기하고 자신을 위로한다.

하지만 아직 운명 따위에 질 수는 없었다. 운명 따위는 뿌리쳐야 했다. 다시 붙잡히는 한이 있어도. 그래서 수민은 옷을 갈아입고 병실을 나섰다.

제 11 장
별은 어둠 속에서 더 빛난다

1

노점상 할머니는 소주병이 달그락거리는 비닐봉지 안에 구운 계란 한 줄을 슬그머니 집어넣었다. 멍하니 서 있던 수민이 계란을 꺼내며 말했다.

"이건 안 살 건데요."

"덤으로 주는 기다. 빈속에다 이런 것만 쑤셔넣으면 강철이라도 부서질 기라."

술, 담배, 아이스크림. 수민이 노점상에서 사는 목록은 늘 같았다. 동네로 들어가면 편의점이나 슈퍼마켓도 있었지만 수민은 꼭 좌판에서 물건을 샀다. 아버지처럼.

"이왕이면 노점상에서 사야지. 어려운 사람들끼리 돕고 살면 좋잖아."

깔끔하고 가격도 저렴한 할인마트 대신 지저분한 좌판에서 물건을 사며 아버지는 변명했다. 수민은 무한경쟁시대에 어울리지 않는 말이라며 아버지를 비웃었고, 그 생각은 지금도 변함이 없었다. 하지만 과거의 자신과 억지로라도 달라지고 싶었다.

"그럼 이것까지 계산할게요."

"내가 그냥 주는 거라 카이 와 케쌌노?"

단골손님에 대한 인심인 모양이었다.

"이런 촌구석에서 좌판이나 벌이고 있다고 무시하는 기가? 내도 세상 돌아가는 건 다 보고 산다."

할머니가 턱으로 옆에 놓인 잡지를 가리켰다.

'단독 취재! 발레리나 이수민, 재벌 3세와의 결혼과 이혼 풀 스토리!'

시뻘건 색깔의 제목에 멈칫하며 주위를 둘러보았다. 사람이라고는 멀리 모래사장 파라솔 밑에서 맥주를 마시는 노인뿐이었다. 혹시 노인과 눈이라도 마주칠까봐 재빨리 고개를 돌리며 모자를 더 푹 눌러썼다. 할머니는 그런 수민을 보며 혀를 찼다.

"쯧쯧, 걱정 말그래이. 우리 마을에 들어온 사람 뒷말할 정도로 나쁜 사람은 이 동네에 없다. 해수욕장도 철 지나서 손님이 끊겼고. 그러니끼네 마음 편하이 먹고 몸이나 추스리라. 이래 술만 마셔가 몸이 남아나겠나? 산후 조리도 제대로 못하고."

오랜만에 듣는 잔소리였다. 염려해주는 목소리가 따뜻해 좋았다.

"자슥이고 남편이고 다 필요없다. 지만 잘 살면 되는 기라. 바람피우고도 잘났다꼬 내를 죽어라 패는 남편 견디면서 삼 남매를 키웠다. 전부 다 명문대 가고 결혼도 잘했는데, 내한테 는 남은 게 아무것도 없드라. 그놈의 자식새끼들 다 지가 잘나 서 그래 된 줄 알고, 어미는 촌구석에서 죽었는지 살았는지 관 심도 없다."

할머니의 눈에 어느새 눈물이 괴었다. 수민은 꾸벅 인사를 하고는 얼른 등을 돌렸다. 할머니는 신세타령을 끊어버린 수 민의 인사에 당황해서 입을 벌린 채였다. 수민은 모른 척하고 바닷가로 향했다. 예의 따위를 차리기에는 너무 지쳐 있었다. 자신의 불행만으로도 버거운데 누군가의 불행까지 더하고 싶 지는 않았다.

불행은 이불솜과 같아서 눈물이 많을수록 무거워지는 법이 다. 자신의 눈물만으로도 이불솜이 흥건히 젖었는데 다른 이 의 눈물까지 보태고 싶지는 않았다. 그리고 무엇보다 자신의 불행을 아는 사람과 함께 있고 싶지 않았다.

수민은 바닷가에 앉아 소주 한 병을 비웠다. 해가 지면서 바 닷바람이 제법 쌀쌀하게 불어왔다. 바다 너머에 희미하게 남 아 있던 노을이 사라지고 나서야 수민은 민박집으로 돌아왔다. 수돗가에 있던 주인 아주머니가 수민을 맞았다.

"무신 일인지 또 정전이네예. 일단 이거라도 켜고 있으소."

양초를 받고 나서야 돌아오는 길이 평소보다 더 어두웠다는 걸 깨달았다. 가로등이 많지 않아서인지 시골의 밤은 더 짙었다. 수민은 그 짙은 어둠이 좋았다. 그 속에 숨어 있으면 아무도 찾을 수 없을 것 같았다. 노점상 할머니까지 아는 수민의 불행한 과거도 어둠 속에서는 보이지 않을 것 같았다.

이상하게도 시간이 흐를수록 이혼의 아픔보다는 남들이 자신의 실패를 안다는 게 더 신경 쓰였다. 슬픔은 나누면 반이 된다는 말 따위는 믿지 않았다. 타인의 실패와 절망은 지루한 일상의 위안거리에 불과했다. 불행은 다른 이들에게 흥미가 될 때 그 칼날을 더 날카롭게 세운다. 수민은 자신의 불행이 다른 이들의 흥밋거리가 되고 다른 이들에게 그렇게 가볍게 느껴질 수 있다는 게 아팠다.

가끔 그 본성을 숨기고 있을 뿐 삶이란 원래 잔인하다. 그것을 알기에 항상 행복하기를 바랄 정도로 뻔뻔하지는 않았다. 그저 세상에 남아 있을 이유가 되는 가끔, 아주 가끔의 행복은 누려도 되지 않을까 하는 생각이 들었다.

수민은 양초를 켜고 어둠 속에서 술을 마셨다. 정전은 어렸을 때부터 익숙한 일이었다.

오래된 관사는 걸핏하면 말썽이었다. 예고도 없이 정전이 되기 일쑤였고, 수돗물은 한참을 틀어놓고 있어야 누런 녹기가 가셨다. 아파트 전체에 정해진 시간에만 제한적으로 공급되는 온수는 어찌나 빨리 떨어지는지 한겨울이면 온수를 쓰기 위해 새벽같이 일어나야 했다. 전기도 계급에 따라 들어오는지 수민이 사는 아파트가 정전될 때도 장성 관사의 불은 환히 빛나곤 했다.

한번은 시험 기간에 예고도 없이 정전이 되었다. 자정이 넘은 시각, 관리실은 수리 중이라는 말뿐이고 30분이 넘도록 전기가 들어오지 않았다. 발레 때문에 벼락치기로 시험공부를 할 수밖에 없었던 수민은 짜증이 나서 발까지 굴렀다. 공부할 분량은 어둠만큼이나 까마득했고, 더욱이 양초까지 떨어지고 없었다.

결국 아버지가 양초를 사오겠다며 옷을 걸쳐 입고 집을 나섰다. 당시에는 24시간 편의점도 흔치 않았다. 수민은 날씨도 춥고 자가용도 없는데 새벽 1시도 넘은 시간에 어딜 가냐며 아버지를 말리는 엄마를 노려보았다. 아버지는 두 시간이 지나서야 양초를 사들고 들어왔다고 한다. 수민은 아버지가 들어오는 것을 보지 못했다. 정전 시간이 길어지자 우선 자고 새벽에 일어나 공부하기로 결정했기 때문이다.

다음 날 아버지는 출근도 못할 정도로 열이 났다. 엄마는 추운 겨울날 몇 시간이나 양초를 사려고 헤매다 그렇게 됐다며 수민에게 한소리를 했다. 하지만 엄마의 원망도 그날 볼 사회 과목의 요점 정리를 하느라 바쁜 수민의 귀에는 들어오지 않았다.

그 시절에는 어쩜 그렇게 당당하고 뻔뻔했을까.

현재의 자신이 싫어 도망쳤는데, 과거의 자신까지 곁에서 휘몰아쳤다. 수민은 소주와 함께 수면제를 삼켰다. 다행히 수면제는 강해서 먹으면 십 분 안에 저 세계로 향할 수 있었다. 기억나지 않는 그 세계가 수민은 좋았다. 기억할 수 없는 그곳에서 나오고 싶지 않았다.

수민은 잠에서 깨어서도 눈을 뜨지 않았다. 몸이 너무 차갑게 식어 두꺼운 빙하처럼 무거웠다. 수면제 부작용이었다. 서서히 피가 돌면서 묵직한 서늘함이 몸에서 빠져나가기 시작했다. 술을 마시면 온기가 빨리 돌아왔다. 베개 옆에 있던 술병을 집어 드는데 옆에서 기침 소리가 들렸다. 아버지였다.

몇 번 눈을 깜빡여보았다. 꿈을 꾸고 있는 건지 술에서 덜 깬 건지 구분이 가지 않았다.

"여기 있다는 건 어떻게 알았어요?"

"수혁이가 전화 추적을 해줬거든. 진해는 좁으니까……."

아버지의 목소리를 들으니 그제야 꿈이 아니라 현실이라는 게 확실해졌다.

　며칠 전 술에 취해 아버지에게 전화를 걸었다. 공중전화 부스에서 깨어나지 않았다면 전화를 걸었는지도 알 수 없을 만큼 취해 있었다. 기억은 드문드문했다.

　"다른 사람은 모두 날 손가락질해도 아버지만은 내 곁에 남아 있어야 하는 거 아니에요? 아버진 항상 그런 식이에요. 엄마가 떠났을 때도 그랬으니까. 내가 죽도록 힘들 땐 내 곁을 떠나버렸죠. 좋을 때 같이 있는 건 누구나 할 수 있어요. 힘들 때 같이 있어주는 게 가족이잖아요. 그런데 아버지는 같이 있어주기는커녕 다른 사람보다 더 날 비난하며 발길질까지 하네요……."

　무슨 생각으로 공중전화까지 갔는지, 누구에게 전화를 걸고 싶었는지조차 기억나지 않았다. 그저 '힘들지?' 하고 누가 물어주기를 바랐는지도 모르겠다. 그 한마디에 펑펑 울어버릴 수 있도록.

　아버지를 원망하려던 것은 아니었다. 곁에 있어주지 않았다고, 손을 내밀어주지 않았다고 원망하지는 않았다. 그저 전에는 그랬으니까, 지금이라도 늦지 않았으니까 도와달라는 뜻이었다. 도저히 혼자서는 일어설 수 없을 것 같아 두려웠다. 그런데 아버지는 원망의 뜻으로만 들었다.

"그래. 나 나쁜 아버지다. 너 힘들 때 그거 보기 싫어서 더 야단치고 짜증냈어. 그래서 지금 나 원망하는 거니? 그래서 그렇게 도망쳐버린 거야?"

그 뒤는 생각나지 않았다.

문득 수민도 아버지와 같았다는 생각이 들었다. 엄마가 떠났을 때 수민도 아버지를 위로하기는커녕 자신의 상처가 너무 아파 으르렁거리며 아버지를 물어뜯었다. 두 사람은 언제나 자신과 같은 삶을 살지 않는다는 이유로 경계선 밖에 서로를 놓아두고 있었다. 다가가기엔 경계선이 너무 선명했다. 그래서 그들은 함께할 수 없었고, 가족일 수 없는 사이였다.

"걱정하지 마세요. 괜찮아질 거예요."

꽤 오랜 시간이 흘렀는데도 괜찮아지지 못한 수민이 자신을 위로하며 매일 중얼거리는 말이기도 했다. 나이가 들수록 시간은 빨리 간다. 나이와 시간의 속도가 같다고 했던가. 그런데 이상하게도 나이가 들수록 상처는 더디게 아문다. 흉터는 오랫동안 벌겋게 남아 있었다.

"당연하지. 당연히 괜찮아져야지."

목소리가 잠겨 있었다.

아버지의 눈물을 본 적이 있던가.

엄마가 떠난 그 순간조차 아버지는 울지 않았다. 엄마가 죽었다는 생각은 하지 않았다. 그저 먼 곳에 가서 볼 수 없을 뿐이라고 생각하며 살았다. 그렇게라도 하지 않으면 미쳐버릴 것 같았다. 그래서 수민은 자신이 엄마를 잃었듯이 아버지도 아내를 잃었다는 생각은 미처 할 수 없었다.

너무 미워서 헤어졌는데도 이렇게 힘이 드는데, 너무나 싫어서 헤어졌는데도 미칠 듯이 보고 싶은 순간이 있는데, 아버지는 어땠을까? 망설이고 망설이다 헤어짐을 결정하고, 헤어짐의 순간을 예상하고, 그렇게 오랜 시간을 거쳐 이루어진 헤어짐도 이렇게 아픈데, 아버지는 어땠을까?

아버지는 잘 웃지도 울지도 않는 사람이었다. 가끔 드라마에 나오는 아버지를 소망했다. 웃고 떠들고, 울고 화내는 감정을 지닌 아버지를 원했다. 하지만 지금 수민 앞에서 감정을 보이는 아버지는 어색하고 낯설었다. 남자는 눈물을 보이지 않는 법이라던 아버지가 울고 있었다. 딸을 대신해 울어주고 있었다.

"저, 방금 지옥에서 빠져나왔어요. 겨우겨우. 그런데 지옥불이 너무 뜨거워서 상처를 많이 입었어요. 지금은 그 상처를 치유하느라 아픈 것뿐이에요. 그러니 너무 걱정하지 마세요."

"알았다. 먼저 밥부터 먹고 얘기하자. 술을 마셔도 밥은 챙겨 먹어야 몸이 덜 상하지."

자신도 모르게 피식 웃음이 나왔다. 아버지는 술 마시는 사람이라면 질색이었다. 더구나 여자가 술에 취해 이성을 잃고 실수한다는 건 아버지의 기준으로는 용납할 수 없는 일이었다. 그런 아버지가 '술을 마셔도' 라고 말하다니, 수민은 믿을 수가 없었다.

아버지는 얼마 뒤 밥상을 차려 왔다.

"고춧가루 듬뿍 넣고 훌훌 마셔라. 속 좀 풀리게."

콩나물국이었다.

"주인 아줌마한테 부탁하셨어요? 처음 민박 들어올 때부터 밥은 못 준다고 했는데……."

"걱정 마라, 내가 끓였으니까."

콩나물국이 들어가자 아침에 깨면 술로 해장하던 위가 뜨끈해졌다. 차갑게 식었던 몸이 데워지면서 땀이 나기 시작했다.

"북엇국 끓이려다가 재료가 없어서 못 끓였다. 내일은 북엇국을 끓여주마."

"오늘 안 올라가세요?"

"그래. 내일도 안 올라간다. 너 여기 있는 동안은 나도 여기 있을 거야. 주인이 방 하나 더 내준다고 했다."

"하, 하지만……."

순간 아기가 떠올랐다. 얼굴도 보지 않고 도망친 주제에 아기를 떠올리는 게 죄스러워 꾹꾹 참아왔는데.

"아기 걱정은 하지 마. 수지 내외가 잘 보살피고 있을 테니까. 재용이 녀석, 사업 준비한다고 회사를 그만둬서 낮에도 시간이 남아돈다고 하더라."

제부는 결국 복직을 하지 않은 모양이었다. 수민이 내려오는 길에 휴게소에서 전화를 걸어 복직을 하라고 당부했을 때도 건성으로 대답했었다.

"정말 처형과는 아무 상관 없이 제가 사업을 하고 싶어 그만둔 거니까 믿어주세요."

그렇게 우길 때만 심각했다.

"장인어른은 사정을 모르시니까 비밀로 해주셔야 해요. 절대 말하시면 안 돼요."

그렇게 당부할 때만 진지했다. 수민은 자신이 전화를 걸었다는 사실을 수지에게는 비밀로 해달라고 당부하며 전화를 끊었다.

"죄송해요."

그 말에 아버지는 수저를 놓고 수민을 빤히 쳐다보았다.

"뭐가?"

"모두 다요. 제가 살면서 잘못한 게 참 많더라고요. 아버지한테도, 수지한테도, 다른 사람들한테도. 그래서 벌을 받나 봐요."

"그럼 난 무슨 죄를 지었는데?"

아버지의 목소리가 너무 낮아 알아듣기 어려웠다.

"네?"

"난 무슨 죄를 지어서 네 엄마를 그렇게 보낸 건데? 넌 그래도 선택의 여지라도 있었잖아. 하루하루 그렇게 준비할 시간이라도 있었잖아. 그런데 난 하루아침에 네 엄마를 잃었어. 아침에 멀쩡하게 얼굴 보고 출근했는데, 저녁에……."

아버지는 차마 말을 잇지 못했다.

"처음에는 태훈이 원망 참 많이 했다. 나쁜 놈이라고. 그리고 하나님이고 부처님이고 내가 아는 신이란 신은 다 원망했지. 그런데 이젠 아냐. 누구의 잘못도 아니라는 생각이 들어. 내가 아무런 잘못을 하지 않은 것처럼 너도 잘못한 거 없어. 태풍에 배가 흔들려 죽을 것 같다고 해서 자기가 무슨 죄를 지었나 생각하는 해군은 아무도 없어. 그저 태풍이었을 뿐이라고 생각해."

아버지는 갈치를 발라 수민의 밥그릇 위에 올려주며 덧붙였다.

"그리고, 태풍은 반드시 지나가."

2

진해의 벚꽃을 좋아했던 당신에게

'마음 좀 정리하고 올게요.'

병원 로고가 찍힌 메모지는 너덜너덜해져서 글씨도 희미해졌어. 이해할 수 있었어. 나라도 도망치고 싶었을 테니까. 모두 다 버리고 실컷 아파하고 맘껏 울고 싶을 테니까. 그래도 가끔 연락이라도 해주면 좋을 텐데, 가족들이 걱정한다는 생각은 하나도 안 하는지……

걱정하고 화내다가 무서워졌지. 혹시 수민이가 나쁜 선택을 할까봐. 수혁이가 매일 경찰서에 들어온 사건 사고를 다 살펴보고 있다며 걱정 말라고 했지만, 그래도 난 무서웠어.

항상 뭔가를 이루기 위해 안달하며 살았어. 아무것도 못 이룬 나와는 달리 뭔가가 된 수민이가 자랑스러웠어. 삶의 목적을 달성한 거니까.

하지만 내가 잘못 알고 있었어. 뭔가를 이루거나 어떤 누군가가 되는 것보다는 그저 살아내는 게 더 중요한 것 같아. 어려움을 극복하지 못했다고 해도 상관없어. 고난과 역경에 발버둥 치다 결국 포기하거나 실패한다 해도 괜찮아. 슬픔을 이겨내지 못하고, 절망에서 빠져나오지 못해도 충실한 삶일 수 있어. 삶의 목적은 단순히 살아남는 거니까. 그저 무사히 살아냈다는 것만으로도 신의 뜻에 따른 삶이니까. 수민이가 그걸 알게 되길 빌면서 하루하루를 기다렸어.

제대를 하고도 왜 관사를 비워주지 않느냐고 매일 관리실에서 전화가 오는데도 무시했어. 벌금을 내는 한이 있어도 이사를 할 수는 없었어. 수민이가 돌아올 곳은 여기밖에 없으니까.

혹시 수민이가 어디에 있는지 알 수 있을까 싶어 수민이 짐을 뒤지다 그 서류를 발견했어. 태훈이 그놈, 참 대단하더군. 그놈 돈은 거저 준다고 해도 안 받을 우리 수민이한테 기어이 그런 서류에 서명을 하게 했더라고.

'친자인지청구의 소를 제기하지 않겠다'라는 조항에서 멈칫했어. 혹시나 해서 사전을 찾아봤더니 역시 내 생각이 맞더군. 인지(認知)는 법률상 부부 사이의 출생자가 아니라 혼인 외에서 출생한 자가 자기의 자(子)임을 인정하는 의사표시래. 그러니까 그놈은 자기 자식도 버리겠다는 거야. 아무 이유도 없이, 그저 자기 편하자고.

처음으로 수민이가 이혼하길 잘했다는 생각이 들었어. 그런 패륜아 따위와 사는 것보다는 이혼녀가 훨씬 나아. 그 집에서 아기를 빼앗으려 할 때 지키길 잘했어. 그 인간들한테 아기는 자기들 돈 우려먹을지 모르는 걱정거리밖에 안 될 테니까. 그런 집에서 아기를 잘 키우겠어? 어디 구석에 내팽개치고 지들 사느라 바쁘겠지. 인간 말종들 같으니라고!

그런데 수지가 입양 얘기를 꺼냈어.

"언니는 아기 얼굴 한 번도 안 봤어요. 그건 보고 싶지 않다는 뜻 아닐까? 솔직히 언니 인생을 위해서도 아기 인생을 위해서도 입양하는 게 나아. 아기는 행복한 가정에서 자랄 수 있을 거고, 언니도 하고 싶은 일 하면서 자유롭게 살 수 있을 테니까. 또 언니가 다시 결혼을 하게 될지도 모르고. 언니 성격에 절대로 아기를 버리지 못할 테니 우리가 할 수밖에 없어요. 언니가 이렇게 도망친 게 우리로서는 차라리 다행이지. 그러니까 언니 없을 때 입양을 서두르자고요."

수지가 입양 단체까지 조사해 왔는데, 난 아무 말 못했어. 방금 전까지도 태훈이를 저주하고 있었으니까. 자식 버리고 얼마나 잘사는지 두고 보자며 이를 갈고 있었으니까.

만약 예전에 누가 내게 물었다면, 난 서슴없이 비난했을 거야. 자식을 버리고 자기 인생을 사는 인간들, 인간이라 부를 수도 없다고. 기준 미달, 자격 미달이라고.

하지만 지금 난 내 딸이 날 수 있기를 원해. 내 딸이 벗어나길 원해. 의무, 책임 그런 거 다 버리고 엄마가 아닌 인간으로 다시 서길 바라고 기도해……

수민이와 수지, 자식이라는 이름으로 내 곁에 있는 그 아이들은 나한테 축복이기도 하지만 굴레이기도 했어. 가끔 조용한 집에 혼자 있고 싶기도 했고, 훌쩍 여행을 떠나고 싶기도 했지. 그리고 가끔은 아이들이 없다면 구질구질한 직장을 때려치우고 뭔가를 새로 시작할 수 있다는 생각에 아이들이 밉기도 했어.

그럴 때면 내가 아버지로서 자격이 없는 것 같아 미안했어. 그런 상상이 아이들을 사랑하지 않는 증거인 것만 같아서 죄스러웠어. 내 사랑에는 그 정도 흠집조차 용납이 안 됐어. 누구나 그럴 거야. '만약 아이들이 없었더라면' 이라는 가정은 천국과 지옥을 오가다가 죄책감으로 끝맺는 것 같아.

난 끝내 결정을 못 내렸어. 어쩌면 희망이나 행복을 줄 수도 있는 아기잖아. 차마 남에게 떠맡길 수는 없었어. 내가 키우면 된다는 생각도 들었고. 그러면 수민이는 무거운 책임감에서 해방돼 가벼워지고 행복만 누리며 살 수 있잖아. 수만 가지 방법이 떠오르는데, 어떤 게 옳은지 아직 판단이 서지 않네.

당신은 결벽증이 있다고 늘 나를 구박했지. 맞아, 난 그래. 모든 게 깔끔하게 정리되길 바랐지. 불가능한 걸 바랐던 거야. 인생은 구질하고 찜찜하고 답이 없는 것인데, 난 몰랐어.

동기생 아들이 결혼을 한다고 해서 결혼식장에 갔어. 몇 달 동안 결혼식, 장례식 다 빼먹고 살았는데, 이제 더 이상 피하고 싶지 않았어. 그런데 수지는 말리더라.

"똥이 무서워서 피하나? 더러워서 피하지. 사람들이 얼마나 잔인한지, 남의 일이라고 얼마나 막말을 하는지 알아요? 알지도 못하면서 아는 척하고, 위로하는 척하면서 남의 상처를 헤집고……."

흥분한 수지의 목소리에 아기가 뒤척였어. 아기를 토닥이는 수지 눈에 눈물이 고여 있더라. 그 마음 나도 안다고 얘기하면서 수지를 토닥여주고 싶었어. 학교란 데가 얼마나 말이 많은 곳인데, 철없는 학생들이며 개념 없는 선생들이 얼마나 말을 해대겠어? 학교 옮긴 지 얼마 안 됐는데 또 옮기겠다고 하는 걸 보면 뻔하지, 뭐.

그래도 언제까지 피할 수는 없다는 생각에 아기를 수지한테 맡기고 나서긴 했는데 정신이 없었어. 사람 많은 곳, 정말 오랜만이었거든. 아기 때문에 병원 가는 것 빼고는 집 밖으로 나온 적이 없었으니 그럴 만도 하지. 부조금을 내고 혼주에게 인사하자마자 식당으로 향했어. 아기가 눈에 밟혀 빨리 집에 가고 싶었거든. 정 주지 말자고 다짐하는데도 아기가 어찌나 이쁜지. 입매가 태훈이를 많이 닮았는데, 그 입매조차 별로 밉지 않네.

마침 동기생 녀석들이 한 테이블을 차지하고 있어서 다가가 인사하려다 멈칫했어.

"그러니까 그런 결혼은 시키는 게 아니었어. 첫 단추를 잘못 끼웠는데 제대로 될 리 있겠어? 멀쩡히 살아 있는 아버지를 바꿔치기해서 하는 결혼이 제대로 되면 말이 안 되지."

수민이 얘기였어.

"너무 욕심을 부린 거지."

"딸 잘났다고 그렇게 자랑을 하더니만."

"임신해서 시킨 결혼인데 별수 있겠어?"

예상도 했고, 상상도 했고, 나름대로 마음의 준비도 했는데, 그래도 아프더라. 그 많은 사람들 앞에서 소리치고 싶을 만큼.

그때 수혁이가 전화를 하지 않았다면 정말 소리를 질렀을지도 몰라. 수혁이가 주소를 알려주자마자 곧바로 출발해서 새벽에야 도착했어. 차에서 내리자마자 몰려오는 바다 내음에 구역질이 났어.

당신은 바다도 수영도 좋아해서 언제나 바닷가에 가자고 졸랐지.

"혹시 수영을 못하는 거 아냐?"

당신이 아무리 놀려도 난 바닷물에 발가락 하나 담그지 않았지. 훈련을 받을 때면 하루 종일 바닷속에서 헤엄을 쳐야 했어. 일렬로 나란히 군함을 따라가면서. 휴식 시간이면 군함에서 사과 같은 간식을 던져줬지. 짠 바닷물이 섞인 사과를 씹어 삼키면서도 물에 떠 있으려면 발길질을 멈출 수가 없었어.

바다가 좋아서 헤엄치는 게 신나서 선택한 해군인데, 어느 순간 소름이 끼칠 정도로 바다가 끔찍해지더라. 그 정도로 해군의 삶은 고달프고 서글펐어.

그런데도 왜 아무 말 없이 당신과 매일 바닷가에 나갔냐고? 당신이 바다를 좋아했으니까. 남편 덕분에 바닷가에 살 수 있다고 신나 했으니까. 나 때문에 그 기쁨을 망치긴 싫었어. 파도 소리에 머리가 아파도 당신이 웃으면 참을 만했지.

좁은 동네라 수민이를 찾는 게 어렵지는 않았어. 민박집 주인이 방문을 두드려도 수민이는 아무 대답이 없더군. 결국 주인이 보조 열쇠로 방문을 열어줬지.

열이 펄펄 나서 눈도 못 뜨고 누워 있더라. 어릴 때도 그랬잖아. 나쁜 일이 있으면 잘 넘기는 것처럼 보이다가 그 일을 잊어갈 때쯤이 되어서야 열이 끓곤 했지. 차가운 물수건 가져다 수민이 이마에 얹어주고 다시 물수건 갈아주고… 그러면서 밤을 샜어.

어떤 게 더 나쁠까? 사랑했던 당신을 하루아침에 갑자기 잃었던 나? 아니면 사랑했던 사람에게 배반당하고 만신창이가 된 수민이?

난 지금도 당신을 떠나보낸 그때를 제대로 기억하지 못할 정도로 처참하게, 많이 아팠어. 그래도 당신과 사랑했던 기억으로 살 수 있었지. 게다가 내 곁에는 당신의 분신인 수민이와 수지가 있었고. 하지만 수민이는 배반의 기억밖에 없잖아. 추억마저 쓰리고 아파야 하잖아. 헤어진 남자의 분신인 아기를 보는 게 또 상처가 되잖아.

내가 어떻게 해야 할까? 내가 무엇을 해줄 수 있을까? 모르겠어. 돈도 권력도 명예도 그 아무것도 없는데, 딸의 아픈 가

슴 위로해줄 재주조차 없네. 왜 이렇게 초라하고 볼품없는
지…….

　할 수 있는 게 아무것도 없어서 울기만 했어. 수민이 대신 아
플 수가 없어서, 대신 겪어줄 수가 없어서 그냥 울기만 했어.

　나이가 들수록 감정은 금세 사라져. 나이를 먹을수록 느낌
은 무뎌지기만 해. 신나게 웃었던 일도, 눈물 참느라 애쓴 일
도 어느새 다 잊어버려. 맛있는 걸 먹어도 갖고 싶던 걸 가져
도 무덤덤하기만 해. 그런데 수민이만은 안 그래. 오히려 나이
가 들수록 더 아프고 쓰려. 내 모든 감정이 점점 더 수민이한
테만 향해 가나봐.

　내가 우는 걸 보고 수민이가 당황하더라. 처음이었으니까.
다른 사람들에게는 쉽게 나약한 모습을 보이면서도 수민이한
테는 그러고 싶지 않았어. 굳세고 강한 아버지이고 싶었지.

　내 딸을 그렇게 외롭게 내버려둔 나 자신한테 화가 나더라.
그런데 막상 수민이 곁에 함께 있으면서도 수민이를 홀로 버
려둘까봐 겁이 나. 당신이 떠났을 때처럼…….

　그땐 정말 미칠 것 같았어. 매일매일 죽고만 싶었어. 모든
사람이 미웠고, 모든 것이 짜증났고, 나에게만 일어나는 듯한
불행에 화가 났어. 수민이가 엄마를 잃은 것보다 내가 아내를
잃었다는 게 더 아팠어.

　가족도 잘돼야 가족이라고 하지. 가난하거나 아프면 가족

들도 외면한다고. 내가 그런 놈이었어. 어쩌다 수민이 얼굴에 물기가 있으면 이유도 묻지 않고 화를 냈지.

"대체 뭐가 불만이어서 그렇게 징징거리니? 짜증나게!"

내 짜증을 수민이가 받아치면 건방지다고 또 화를 냈어. 묵묵히 참고 있으면 내 말을 무시한다고 화를 냈고.

언젠가 눈물을 뚝뚝 흘리더군. 힘들다고, 아프다고, 엄마가 보고 싶다고 그랬던 것 같아. 정확히 뭐라고 했는지는 기억이 안 나. 그저 내 잔인한 대답만 뚜렷이 기억날 뿐.

"그런 얘기 하지 마. 나까지 우울해지고 힘드니까. 그냥 너 혼자 힘들어 해."

난 그저 모든 걸 견디기 힘들었을 뿐이야. 수민이가 힘든 것도 싫었고, 우는 것도 짜증스러웠어. 그 아이의 불행이 내 불행에 무게를 더하는 게 싫었어. 내가 너무 힘들고 아파서 그 아이까지 내게 기대면 무너져버릴 것 같았거든. 겨우겨우 서 있는데 수민이마저 기대면 무너져버릴 것 같아서 모른 척하고 무시했지.

아버지란 자식이 기대도 끄떡없는 꿋꿋한 나무가 돼줘야 한다고 생각했어. 그런데 어리석은 생각이었어. 수민이가 나한테 기대서 나까지 무너지면 그냥 둘이 함께 무너져버리면 되는 거야. 수민이가 무너지는 걸 보며 내가 똑바로 서 있은들 그게 무슨 의미가 있겠어? 같이 쓰러져야 했는데 그걸 못한 거야.

베트남전 당시, 해롤드 무어 중령은 죽음의 계곡이라 불리는 이아드랑에서의 전투를 앞둔 시점에서 대대원들에게 이렇게 말했지.

"제군들 모두를 무사히 귀환시키겠다는 약속은 할 수 없다."

전투 경험이라고는 없는 어린 군인들은 불안과 두려움으로 떨고 있었어. 아군은 395명에 불과한데 적군은 2천 명이나 되었고, 게다가 모두 정예군이었지.

"하지만 제군들과 전지전능한 하나님 앞에서 이것만은 맹세할 수 있다. 전투에 투입되면 적진에 첫 발자국을 내디디는 사람은 내가 될 것이고, 적진에서 마지막 발자국을 거두는 사람도 내가 될 것이다. 이것만은 약속할 수 있다. 어느 누구도 내 뒤에 남겨두고 오지는 않겠다. 살아서든 죽어서든 우리 모두는 다 함께 고국으로 돌아갈 것이다."

아군 진지까지 무차별적으로 폭격하는 브로큰애로우를 요청하는 최악의 상황에서도 전세를 뒤집고 승리할 수 있었던 원동력은 무어 중령이 불러일으킨 병사들의 용기였어. 무어 중령은 약속대로 끝까지 수색 작전을 펼쳐 전사자의 시신을 수습한 뒤 적진을 떠나는 헬기에 마지막으로 올랐지.

나도 당신에게 맹세할게. 인생이라는 전쟁터에 수민이를 절대 홀로 남겨두지 않겠다고. 수민이와 함께 고난과 맞서 싸우고 역경을 헤쳐나가겠다고.

무어 중령의 마지막 말은 '신이 나를 도와주시길 빈다' 였어. 당신도 나를 도와줄 거지? 비록 뒤늦게 딸을 구하려고 달려가는 못난 아버지라도 도와줄 거지?

굳세고 바른 나무 같은 아버지가 되는 건 포기할 거야. 이제야 깨달았어. 혼자 똑바로 서려고 하는 나무보다는 어이없는 발길질에 같이 짓밟히고, 거센 바람에 서로를 기대고 버티다 같이 쓰러져주는 풀 한 포기 같은 아버지가 차라리 낫다는 걸.

당신에게 미리 고백할게. 수민이가 기대면 쓰러져서 일어나지 못할지도 몰라. 그래도 수민이와 함께라면 기꺼이 무너지고 쓰러질게. 그게 가족이니까.

3

아버지의 헛기침 소리에 수민은 일어나 앉았다.

"깼니?"

"네."

수민의 대답에 아버지가 밥상을 들고 방으로 들어왔다. 어느새 익숙해진 모습이었다. 처음에는 서울로 올라가라고 설득도 해봤지만 아버지는 막무가내였다. 그렇다고 딱히 수민의 생활에 참견하거나 간섭을 하는 것도 아니었다. 끼니때마다 함께 밥을 먹어야 한다고 우기는 것 외에는 말을 걸거나 다가오는 법도 없었다.

하지만 아버지가 곁에 있다는 것을 늘 느낄 수 있었다. 밤에 바닷가에 앉아 있다 집으로 돌아올 때면 희미한 손전등이 수민의 등 뒤에서 빛을 뿜어 앞길을 밝혀주었다. 방에 널브러져 있던 술병이 치워지고 안줏거리가 놓여 있기도 했다.

오늘은 맑은 동탯국이었다.

어제는 술도 많이 안 마셨는데 또 해장국이네.

그러고 나서 생각해보니 아버지가 오기 전에는 늘기만 하던 술의 양이 점점 줄어들고 있었다.

"오늘 서울 올라갔다가 모레 오마. 볼일이 좀 있어."

"아뇨, 안 오셔도 돼요. 저도 좀 나아지면 올라갈 거예요."

예전 같으면 '언제?' 하고 닦달했을 텐데, 아버지는 잠깐 아무 말이 없었다.

"내일이 아기 백일이다. 그래서 올라가는 거야."

몰랐다. 언젠가부터 날짜 세는 일을 하지 않았다.

"출생신고를 할까 생각 중이다. 계속 미룰 수는 없으니까. 아직 이름은 못 지었는데, 지금은 일단 신이라고 부르고 있다. 네가 싫다면 다른 이름으로 지어도 되고."

막냇동생의 이름이었다. 이순신 장군의 반이라도 닮으라는 뜻에서 지은 이름이었다. 모두가 기다렸는데 세상에 나오지 못한 아이의 이름을 모두가 원치 않았던 아이에게 붙이다니, 아버지다웠다.

"참 예쁘다. 너나 수지보다 훨씬 더 예뻐. 그래도 네가 키우기 힘들다면 수지도 있어. 둘 다 아무 이상도 없는데 아기가 안 생겨서 입양도 생각 중인 모양이야. 수지도 모르는 아이를 입양하는 것보다는 나을 것 같고, 너도 완전히 모르는 곳으로 입양 보내는 것보다는 나을 것 같고……"

아기를 버렸다는 죄책감을 안고 평생 아기의 얼굴을 봐야 한다고?

그건 아니었다. 차라리 아이가 자신이 찾을 수 없는 곳으로, 그리워할 수 없는 곳으로 가버리는 게 나을 것 같았다.

"무조건 네 결정에 따르마. 네가 어디 먼 곳으로 입양을 보내겠다면 그럴 거고, 나더러 키우라면 내가 키워주마. 네가 일어서지도 못하면서 다른 누군가를 책임질 수는 없는 거니까."

아버지는 수민 대신 모든 일을 할 수 있었다. 입양 절차를 문의해 입양 보내는 악역을 할 수도 있었고, 자기 자식으로 신고해 대신 키워주는 희생적인 역할도 할 수 있었다. 그리고 어떤 경우에도 분명 최선을 다할 터였다. 하지만 수민 대신 결정을 내릴 수는 없었다. 단순한 선택이 항상 가장 어려운 법이다.

"내가 왜 네 이혼에 대해 아무 말 안 했는지 아니?"

그저 모르는 척하는 것으로만 생각했다. 아버지에게 이혼은 낙인, 굴레, 멍에 따위와 동의어였다. 자식의 경우라고 해서 달라질 것이라고는 기대하지 않았다. 차마 딸의 이혼을 인정할 수도 없고, 그렇다고 딸을 모른 척할 수도 없으니 그냥 이혼에 대해 입을 다문 것이라고 생각했다.

"수지가 나더러 미쳤다고 했지. 미혼모 되는 건 죽어도 안된다고 했으면서 그보다 더 나쁠 게 뻔한 이혼녀가 되는 건 어떻게 그냥 내버려둘 수 있냐고. 왜냐고? 네가 행복한 거, 그게 내가 원하는 전부였으니까. 결혼도 그래서 우겼던 거고, 이혼도 그래서 받아들일 수 있었어. 그러니 너도 다른 건 아무것도 생각하지 마. 오로지 너만, 네 인생만 생각해. 네가 뭘 원하는지만 생각해라."

아버지는 수민이 며칠 동안 먹을 반찬까지 꼼꼼히 챙기고 나서야 서울로 향했다. 수민은 다시 좁은 방에 혼자 남았다. 자신이 원하는 것, 자신도 모르는 그것 때문에 수민도 미칠 것만 같았다.

수민이 두고 온 아기지만 버릴 수는 없었다. 처음 아기를 가졌을 때부터 그건 분명했다. 아기를 원한다는 것. 발레 외에 뭔가를 원한 적이 없었는데, 발레는 이미 수민의 것이 되어 있었다. 그렇게 간절히 무언가를 원하는 마음이 좋아서 아기를 원했는지도 모른다. 그 절실함을 태훈에게 입은 상처 때문에 잠시 잊고 있었다.

이젠 일어서야 했다. 아버지의 말처럼 수민이 일어서야 아기를 안아줄 수 있을 테니까. 먼저 이 방에서 나가야 했다. 수민은 자신을 가둬놓았던 작은 감옥을 처음으로 찬찬히 둘러보았다. 구석에서 뭔가가 반짝였다.

토슈즈. 아버지가 놓고 간 모양이었다. 분홍색의 매끄러운 토슈즈는 수민의 것이라고 하기엔 너무 작고 싸구려였다. 수민은 한참을 보고 나서야 자신이 처음으로 신었던 토슈즈라는 걸 알았다.

어떻게 아직까지 이걸 보관하고 있을까?

수영을 하는 방법이나 자전거를 타는 방법은 잊지 않는다고 한다. 몸이 기억하는 것은 머리가 기억하는 것보다 무섭다. 수민은 아직도 굳은살이 박인 발끝을 만져보았다.

과연 다시 춤을 출 수 있을까?

남들이 사춘기 시절에 하는 진로 고민을 수민은 한 번도 해본 적이 없었다. 무얼 해야 하는지 고민할 필요가 없었다. 수민의 미래는 하나밖에 없었다. 발레! 다른 것은 눈에 보이지 않았다. 그래서 오히려 힘들었다.

무모하고 절대적인 열정은 인간을 극단적으로 몰고 가기 마련이다. 수민에게는 두 갈래 길밖에 존재하지 않았다. 춤을 출 수 있는 천국과 춤을 출 수 없는 지옥. 그 두 길은 아주 가까워서 한 발만 잘못 디디면 다른 길로 접어들었다. 그래서 발걸음이 항상 조심스러울 수밖에 없었다. 프리마 발레리나의 자리에 올라서도 하루 열 시간씩은 연습해야 겨우 잠들 수 있었다. 춤출 수만 있으면 행복할 것 같았는데 춤추는 게 힘들고 싫어서 운 적도 있었다. 노력, 희생, 눈물은 성공 없이는 인정받을 수 없었다. 성공하지 못하면 박수 대신 손가락질을 받는 세상이었다.

태훈과 헤어지고 임신 사실을 알게 되기 직전 처음으로 겪었던 슬럼프가 떠올랐다. 수많은 이유 때문에 태훈의 손을 잡았다. 아기, 슬럼프, 아버지…… 그 모든 게 이유였다. 모든 게 이유가 될 수 없는데도. 그래서 태훈의 손을 놓았다. 돌이켜보면 모든 일이 태훈과의 결혼을, 그리고 태훈과의 이혼을 향해 가고 있었다는 게 소름끼쳤다.

다시 돌아갈 수 있을까?

다시 돌아가고 싶었다.

다시 춤을 출 수 있을까?

다시 춤을 추고 싶었다.

하루하루 다시 죽음이 반복되는 상황이라도 다시 춤을 출 수만 있다면 살아낼 수 있을 것 같았다.

제 12 장

별의 아이

1

아버지는 돌아온 수민을 보고 딱 한마디만 했다.

"왔니?"

마치 그날 아침 출근했다 퇴근한 딸을 맞는 것 같았다. 예전처럼 무뚝뚝한 아버지가 수민은 오히려 반가웠다.

다음 날, 아침을 먹고 있는 수민에게 열쇠 꾸러미를 주면서도 아버지는 딱 한마디만 했다.

"연습실 거다."

열쇠고리에 매달린 종이에 주소와 약도가 있었다. 찾아간 곳은 예전에 태권도장으로 쓰였는지 벽에 태권도복을 입은 사람들의 사진이 걸려 있었다. 수민은 바를 설치하고 바닥을 바꾸는 동안에도 춤을 췄다. 미치도록 춤을 추면 미래에 대한 불안감도 잊을 수 있었다. 그렇게 춤을 추고 나면 아기가 밤에

울 때도 깨지 않을 수 있었다.

춤을 추다보니 어느새 날이 어두워져 있었다. 뒷정리를 해야 할 시간이었다. 빗자루로 연습실을 쓸고 있는데, 언제 왔는지 수지가 수민의 뒤를 따라오며 대걸레질을 했다.

청소를 끝내자 수지는 연습실 바닥에 신문지를 깔고 도시락을 펼쳤다. 엉거주춤 서 있는 수민의 배에서 꼬르륵 소리가 났다. 그 소리를 듣고 피식 웃는 수지의 배에서는 더 큰 소리가 울렸다. 쿡쿡, 입을 막고 웃음을 참던 수민과 수지는 동시에 깔깔거리며 웃기 시작했다. 마치 아무 일도 없었던 것처럼. 그게 가족이었다. 긴 시간 죽어라 싸우다가도 순식간에 어이없이 화해하는.

수민도 수지도 허겁지겁 밥을 먹었다. 배가 어느 정도 부르자 수지가 그대로 바닥에 드러누웠다. 그리고 물끄러미 수민을 바라보았다.

"언니는 미팅 해본 적 없지? 대학 축제에서 신나게 놀아본 적도 없고?"

뜬금없는 질문에 고개를 끄덕이고 수민도 바닥에 드러누웠다.

"스무 살, 참 예쁜 나이인데, 인생의 황금기인데. 그때도 매일 연습실에 처박혀 있었겠지?"

"당연한 걸 뭘 물어봐?"

수지가 천장을 바라보며 길게 한숨을 내쉬었다.

"전에는 언니가 정말 부러웠는데 이젠 아니야. 난 이렇게 좁은 연습실에 갇혀서는 못 살아. 그렇게 외롭게 힘들게 사는 건 죽어도 못 할 것 같아."

"내가 부러웠어? 어떤 점이?"

"발레라는 꿈에 대한 믿음, 신뢰, 절대성… 그런 게 정말 부러웠어. 난 뭘 선택해야 할지 망설이고 어떤 결정을 내려야 할지 확신이 없었는데, 언니는 아니었잖아. 불안한 인간들은 확신하는 인간을 미워할 수밖에 없어. 그러면 그 불안함이 없어지는 것 같거든. 그래서 부럽기도 밉기도 했던 거지."

수민은 오히려 수지를 부러워했다. 사회적으로나 경제적으로나 수지보다 훨씬 성공했으면서도 한 번도 현실에서 어긋난 적 없는 수지가 부러웠다. 수민은 항상 꿈만 꾸며 꿈에 매달려 살아야 했다. 게다가 가끔은 그 꿈이 악몽이었다.

"전혀 몰랐어. 난 정말 타인에 대한 이해심이나 배려심이 결핍된 불량 인간인 것 같아."

"누구에게나 결핍은 있어. 결핍이 없는 인간은… 인간이 아니라 신이지. 완벽한 건 신밖에 없으니까. 그런데도 난 언니가 완벽한 인간으로 남길 바랐나봐. 그래서 언니의 이혼이 싫었어. 내가 부러워했던 완벽함이 깨지면 언니를 미워할 변명도 사라져버리니까."

"미안하다."

"완벽하지 못해서?"

수지가 웃으면서 바닥을 데굴데굴 뒹굴었다. 마침내 수민의 옆으로 굴러왔을 때 수지는 수민의 손을 잡았다.

"내가 대학 갈 때 수학과랑 과학과 사이에서 망설였던 거 알아?"

수민은 고개를 저었다. 그러고보니 수민은 자기 인생만 생각하며 살아왔다. 자신이 힘들 때 가족이 함께 있어주지 않는다고 원망하면서 정작 자신도 가족들에게 무관심했다.

"수학은 정답이 있는 학문이잖아. 풀어내지 못했을 뿐 정답이 바뀌는 학문은 아니지. 하지만 과학이라는 건 기술이 발달할수록 계속 정답이 바뀌는 거야. 그게 짜증이 났어."

"그런데 왜 과학을 선택했어?"

"과학은 인간의 삶과 닮았거든. 조건에 따라 정답이 바뀌기도 하고, 진실이라 여겼던 게 거짓으로 밝혀지기도 하지. 우리가 알 수 없는 것투성이지만, 우리가 밝히지 못한 것투성이지만 딱 한 가지는 확실해. 결국 공정하고 공평한 결말로 향해 가지. 그게 과학의 가장 큰 매력이야. 오늘은 하루 종일 일의 원리에 대해 가르쳤어. 일은 '힘 곱하기 거리' 거든. 어떤 도구를 사용하면 힘이 적게 들지만 거리가 길어져. 어떤 도구를 사용하면 힘은 많이 들어도 거리가 짧아지지. 힘들게 노력할수록 목표와의 거리는 줄어들고, 힘이 덜 들면 갈 길이 멀어져. 어떤 방법을 쓰든 일의 양은 변하지 않아. 얻는 게 있으면 잃는 것도 있는 거지. 일의 원리, 에너지 보존의 법칙, 질량 보존의 법칙… 모든 법칙이 그렇게 말해. 무질서해 보이는 우주조차 손해도 이득도 없다고. 불행도 행복도 똑같은 무게라 결국 아무것도 없는 것과 마찬가지가 되는 게 이 세상의 유일한 법칙일지도 몰라. 세상에 완벽함이란 존재하지 않아. 그러니까 완벽한 행복은 바라지 말자, 우리. 조금 모자라도 주어진 행복에 감사하면서 살자. 그냥, 살기만 하자."

울컥했다. 아직도 자신의 마음속에 남아 있는 '자살'이라는 간단한 선택에 대한 미련을 들킨 것 같아 수민은 화제를 돌렸다.

"학생들이 네 말을 알아들어?"

"중 3 말썽꾸러기들한테 그런 걸 기대해? 그 수업 끝나자마자 무단 외출해서 담배 피우다가 학생부 선생한테 잡혀왔더라. 내가 얼마나 열이 받던지……."

수지는 방금 전 한 말은 잊어버리고, 학생들 때문에 못 살겠다며 열변을 토했다.

집에 들어오자마자 아기 울음소리가 들렸다. 수민은 못 들은 척하고 욕실로 가서 샤워기를 틀었다. 물소리에 아기 울음

438

소리가 묻혔다. 어디가 아픈 건 아닌지 걱정스러웠지만 아버지가 알아서 하리라고 믿었다. 그런데 샤워를 마치고 난 뒤에도 울음소리는 그치지 않았다. 아기를 달래는 아버지의 목소리도 들리지 않았다.

결국 수민은 아기가 있는 안방 문을 열었다. 얼마나 울었는지 얼굴이 벌겋게 달아올라 있었다. 기저귀를 살펴보았지만 기저귀는 말라 있었다. 우윳병을 입에 대주었지만 아기는 고개를 돌렸다.

대체 뭐가 잘못된 거지? 열이 나는 건가?

수민이 이마에 손을 대보는데 아기가 조그마한 손으로 수민의 손가락을 꼭 잡았다. 단순한 반사작용이었다. 중학교 가정 시간에 배운 것처럼. 하지만 아기가 수민의 손을 일부러 붙잡은 것처럼 느껴졌다. 그래서 아기의 손을 뿌리치지 못했다. 수민의 손가락을 잡은 후, 아기의 울음소리는 점점 잦아들었다.

'가족이란 건 언제나 같이 있어줘야 하는 거 아닌가요?'

자신이 아버지에게 했던 말이 어디선가 들리는 것 같았다. 수민은 아기의 눈가에 맺힌 눈물을 닦아주었다.

순간 흔들림이 멈추었다.

항상 흔들렸다. 발레라는 가는 줄 하나에 매달려 흔들흔들… 언젠가는 그 줄이 끊어질지도 모른다는 불안감과 두려움에 흔들흔들……. 그래도 수민을 세상에 붙들어줄 수 있는 것은 발레밖에 없기에 그 가는 줄 하나에 모든 것을 지탱하고 있었다.

아기는 또 다른 줄이었다. 수민은 그 줄이 자신의 발목을 붙잡아 옴짝달싹 못하게 할까봐 두려웠다. 모두들 자식 때문에 산다고, 자식을 위해 산다고 말한다. 하지만 수민은 아니었다. 수민이 원한 아이이기는 했지만, 그렇다고 그 아이 때문에, 그 아이만을 위해 살 자신은 없었다. 우스운 일이었다. 자신의 부모는 당연히 자식을 위해 희생해야 한다고, 그게 부모의 의무이자 권리이며 자격이라고 그렇게 단정하고 원망해놓고는 정작 자신은 그러지 못했다.

아기를 보는 것도 두려웠다. 태훈을 닮은 아기를 사랑할 수도, 수민의 모습을 닮은 아기를 미워할 수도 없다고 생각했다. 하지만 아기는 그저 또 다른 수민의 가족이었다.

그때 현관문 열리는 소리와 함께 아버지의 목소리가 들렸다. 하지만 수민은 아기에게서 눈을 떼지 않았다.

"네가 신이 보고 있었니? 미안하다. 이 사람이 전화로 집이 어디냐고 묻는데, 말이 안 통하니 알려줄 수가 있어야지. 그래서 잠깐 나갔다 온다는 게 그만… 혹시 많이 울었니?"

수민은 아기만 바라보며 고개를 저었다. 아버지를 보자마자 아기는 아버지에게 가려고 바둥거렸다. 왠지 섭섭했다. 아

440

버지에게 아기를 건네주는데 불쑥 누가 끼어들었다.

"와, 수우 너하고 똑같이 생겼다!"

제이슨이었다. 수민은 소스라치게 놀라서 고개를 들었다.

"너, 너, 어떻게?"

"그냥 지나다가 들렀어."

당황한 수민과는 달리 제이슨은 어깨를 으쓱했다. 발레단 연습이 없을 때 수민의 집에 놀러왔던 예전 그날처럼.

근처 카페에 앉자마자 제이슨은 캐러멜 마끼아또를 연거푸 마셔댔다. 여전했다. 달콤한 커피향이 유혹적이었다. 수민은 자신도 모르게 커피향을 깊이 들이마셨다.

"너도 마실래?"

제이슨이 커피잔을 내밀었지만 수민은 고개를 저었다.

"불면증 때문에?"

제이슨이 언제나처럼 정곡을 찔렀다.

"아니, 다이어트 중이야."

제이슨은 미심쩍다는 표정을 지었지만, 더 이상 묻지는 않았다.

"나랑 결혼할래?"

뜬금없는 말에 푸하하, 수민은 오랜만에 진짜 웃음을 터뜨렸다. 그런 수민의 반응이 당황스러운지 제이슨의 말이 빨라졌다.

"왜 웃니? 난 나름대로 신중하게 생각해서 내린 결정이란 말이야. 미혼모나 미혼모의 자식이 한국에서 어떤 대접을 받는지 아니까."

그게 일 년 넘게 연락도 없다가 갑자기 나타난 이유였다.

"그래서 결혼하자고? 꽃 한 송이 없는 이런 성의 없는 프러포즈에 넘어갈 정도로 절박하지는 않아."

농담처럼 가볍게 거절을 하고 싶었다. 제이슨은 어렵게 내린 결정이었을 테니까. 그런데 문득, 상처가 되살아났다. 그런 프러포즈조차 없이 했던 결혼이, 그 결혼으로 받은 상처들이 다시 아프고 쓰렸다. 이젠 아물었다고 생각한 상처는 그렇게 쉽게 터져 다시 피를 토했다.

"그러면 아기랑 같이 뉴욕으로 와. 넌 아직도 NYCB 소속이야. 충분히 재기할 수 있어. 소문에는 너 한국에서 완전히 매장 당했다던데? 그런 모욕을 당하면서까지 한국에 남아 있을 이유가 없잖아."

수민은 대답하지 않았다.

"수우, 그렇게 고집 피우는 건 어리석은 일이야."

하지만 수민은 이를 악물었다. 한국에서, 수민을 짓밟은 이곳에서 재기하고 싶었다. 수민의 고집을 아는 제이슨은 더 이상 설득하려들지 않았다.

442

강수진은 한 인터뷰에서 말했다.

"나는 모든 작품마다 넘어졌다. 발레는 최선을 다하면 넘어지게 되어 있다. 인간이니까."

수민도 넘어졌다. 인간이니까. 하지만 결코 이대로 바닥에 널브러져 있지는 않을 것이다. 알리시아 알론소는 눈이 멀어서도 지젤이 되어 무대에 올랐다. 마야 플리세츠카야는 67세의 나이에도 모스크바의 붉은광장에서 〈빈사의 백조〉를 추었다. 수민도 충분히 춤을 출 수 있었다.

제이슨은 다음 공연 일정과 발레계의 새로운 소식에 대해 한참 동안 떠들었고, 수민은 가만히 듣고만 있었다. 문득 제이슨이 말을 멈추고 이상하다는 듯 수민을 바라보았다.

"왜 그렇게 빤히 봐?"

"마치 옛날 같아서. 아무 일도 일어나지 않았던 것 같아서……."

아주 긴 다리를 건너온 기분이었다. 하지만 가끔은 두려웠다. 문득 사소한 말 한마디에 되살아나는 상처에 의문이 들었다.

정말 다리를 완전히 건너온 것일까? 아직도 그 다리 한가운데 서서 어디로 가야 할지 방황하고 있는 건 아닐까? 자신이 다리 위에 서 있다는 사실조차 잊은 채…….

하지만 괜찮았다. 그렇게 다리 위에 서 있는 것도 나쁘지 않았다. 어쨌든 다리를 건너고 있는 것이니까. 그제야 가슴 아래 뭉쳐 있던 뭔가가 쑥 내려가는 기분이 들었다.

"행복해?"

제이슨이 수민의 손을 잡으며 물었다. 순간 아기의 얼굴이 떠올랐다. 여전히 아기는 수민을 붙잡고 있는 줄이었다. 발레 와는 달리 세월이 흐른다고 해서 끊어질까봐 불안해하지 않아도 되는, 수민을 세상에 붙들어줄 가족이라는 밧줄이었다.

수민은 제이슨의 손을 맞잡았다.

"아직까지 행복이 뭔지 잘 모르겠어. 하지만 적어도 불행하지는 않아. 괜찮아. 그래, 정말 괜찮아. 지금은……."

마침내 고통을 몸 밖으로 몰아냈다는 느낌이 들었다.

2

아이 둘을 혼자 키운 존경스러운 당신에게

국군의 날 기념 공연에 수민이가 피날레를 장식하기로 했어. 정식 공연은 아니지만, 어쨌든 빨리 무대에 다시 서는 게 좋을 것 같아서 내가 마음대로 상호와 계약해버렸어.

아버지가 사기꾼 되게 생겼다는데 수민인들 별수 있겠어? 이미 끝난 싸움이지. 싫다고 난리치더니 공연 안무 짜고 연습

하느라 정신없어. 잠도 서너 시간밖에 안 자고 하루 종일 연습실에 처박혀 있어.

어떤 이에게 전부가 되는 것의 의미를 난 몰랐어. 당신은 모든 걸 버렸다고 말했지. 수민이가 발레 하는 걸 반대하는 나를 설득하며 말했어.

"난 당신이 전부라고 생각해서 친구도, 가족도 모두 버렸어."

그리고 물었지.

"내가 후회할 것 같아?"

대답 없는 나 대신 당신이 대답했지.

"난 후회하지 않아. 인생의 전부가 될 수 있는 뭔가가 있다는 것만으로도, 모든 걸 버리고 선택할 수 있다는 것만으로도 충분하니까. 수민이가 발레로 성공하지 못할 수도 있어. 어쩜 그럴 가능성이 더 많겠지. 그래도 난 수민이 편을 들래. 설사 그 선택이 잘못되었다고 해도 인생의 전부를 빼앗을 수는 없으니까."

인생의 전부가 될 수 있는 뭔가가 수민이한테 남아 있는 게 다행이라 생각하면서도 안됐다는 느낌을 떨칠 수가 없어. 전에는 잘나고 유명한 수민이가 자랑스러웠는데, 지금은 연습실에 처박혀 인생을 즐길 여유도 없는 게 안타까워. 내가 그렇게 말했더니 수민이가 피식 웃더라.

"전 발레 때문에 들뜨고, 신나고, 행복해요."

수민이 인생의 전부를 지켜주기 위해 나도 스스로를 가두기로 했어. 신이를 봐줘야 하거든.

사실 어디 갈 힘도 없어. 아이 보는 게 어찌나 힘든지 조금이라도 틈만 나면 잠자기 바빠. 당신은 어떻게 아이 둘을 키웠을까? 아이 하나 키우는 게 이렇게 힘들 거라고는 생각도 못했어. 분유 타고, 기저귀 갈고, 재우고, 시장 보러 가고… 하루가 24시간인 게 신기하다니까. 신이 보느라 뱃살도 다 빠졌어. 그렇게 운동을 해도 끄떡없던 뱃살이었는데 말이야.

요즘은 기어 다니기 시작하면서 더 힘들어졌어. 조금만 한눈팔면 무슨 짓을 저지를지 몰라. 기어 다니면서 이것저것 건드리다 다칠까봐 걱정하다가도, 힘없이 누워 있기만 하면 그게 오히려 더 걱정이야. 혹시 심장에 이상이 있어서 그런 건 아닌가 하고.

오늘 병원에 갔다 왔는데, 다른 애들보다 많이 작더라. 그래도 어린 게 어찌나 의젓한지 별별 검사에도 주사에도 안 울어. 의사 말로는 자라면서 심장의 구멍이 메워지는 경우도 있다고 하던데, 우리 신이도 그랬으면 좋겠어.

수민이는 아직도 신이를 어색하게 대해. 같이 있는 시간이 적어서 그런 것 같기도 해. 그래도 춤추기 시작하면서 많이 밝아진 것 같아. 아니다, 어두운 기색이 많이 가셨다고 하는 게 정확하겠군.

발끝으로 서는 쁘엥뜨 기법은 '현실을 잊고 꿈을 꾼다'는 느낌을 주기 위해 만들어진 거래. 우리 수민이도 매일 발끝으로 서면서 현실을 잊고 꿈을 꾸며 살았으면 좋겠어.

제가 인간의 진실됨을 믿게 하소서.

제가 인간의 선함을 믿게 하소서.

제가 인간의 아름다움을 믿게 하소서.

제 믿음이 부족하더라도 제가 인간을 사랑하게 하소서.

그럼에도 불구하고

거짓되고 악하며 추한 인간을 마주했을 때는

제가 그 인간을 용서하게 하소서.

신이가 낮잠을 자는 동안 수민이 결혼사진이 걸려 있던 자리에 장인어른이 직접 써주신 액자를 걸었어. 신이가 좀 크면 나도 장인어른께 서예를 배워야겠어.

몸에 생긴 상처는 하루에 1mm씩 아문다고 하더라. 아무리 좋은 연고를 발라도 상처가 아무는 속도는 그다지 차이가 없대. 반드시 일정한 시간이 필요하대. 정신적인 상처도 마찬가지인 것 같아. 그러니까 너무 안달하지 않으려고. 수민이의 상처가 아무는 데도 내 상처가 아무는 데도 아직은 시간이 필요하니까. 더딘 것 같지만 조금씩조금씩 아물 테니까.

상처를 극복하기 위해 다른 데서 방법을 찾지도 않을 거야. 반창고를 붙이면 상처가 아무는 데 필요한 산소가 공급되지 못하니까 반창고를 붙이지 않는 게 좋다는 말은 거짓이래. 사실은 상처가 아무는 데는 몸속에 있는 산소만으로도 충분하대. 결국 정신적인 상처도 우리 마음속에 있는 뭔가가 치료할 수 있는 거겠지.

흔히 실연의 상처를 극복하는 데는 새로운 사랑이 도움이 된다고들 하지. 하지만 엄마를 사랑한다고 해서 아빠를 사랑하지 않게 되는 건 아니잖아? 새로운 사랑이 생겼다고 해도 실연의 상처가 낫는 건 아냐. 다른 뭔가가 상처에 바르는 연고처럼 진통을 잠시 잊게 해줄 수도 있고, 상처가 덧나지 않게 도움을 줄 수도 있지만, 아물게 할 수는 없는 것 같아.

우리가 할 수 있는 건 그저 고통이 사그라지고 상처가 아물기를 기다리는 것뿐이야. 지금처럼……

3

무대로 나가기 직전 몰래 살펴본 관객석은 암울했다. 당연히 군인 제복을 입은 사람들이 대부분이었고, 사회자도 군인 제복을 입고 있었다. 클래식 공연이 지루한지 하품을 하는 관객이 절반쯤, 중요한 전투를 앞두고 작전 회의라도 하듯 심각해 보이는 관객이 절반쯤이었다. 군인다운 꼿꼿한 자세는 불편해 보였고, 공연이 끝난 뒤 치는 박수도 우스울 정도로 뻣뻣했다.

과연 저 사람들이 내 춤을 이해해줄 수 있을까? 태어나서 발레 공연을 처음 보는 사람이 대부분일 텐데…….

세계적인 발레 평론가들과 발레 애호가들이 관객이었던 첫 무대와는 완전히 반대였다. 수민은 몸을 가득 채우는 긴장과 불안을 몰아내려 스트레칭을 시작했다. 무대 준비를 위해 스태프들이 분주하게 움직였다.

어렸을 때 국군의 날은 어린이날, 크리스마스와 함께 3대 공휴일이었다. 국군의 날 전에는 아버지가 기념으로 받은 과자 종합선물세트를 들고 퇴근했다. 빨간 플라스틱 부츠에 들어 있던 과자를 수지와 함께 나누며 즐거워하던 기억이 생생했다. 오늘도 그저 즐기기로 했다. 결과가 어찌 되든.

"그리고 다음 순서는, 여러분이 직접 확인하시기 바랍니다."

미리 짜인 각본대로 사회자는 수민을 전혀 소개하지 않았다. 수민은 무대 중앙에서 눈을 감고 심호흡을 했다. 앞에 드리워져 있던 커튼이 순식간에 젖혀지면서 수민은 모든 것을 잊었다. 수민은 이제 별을 쫓는 소녀였다. 시내를 건너고 산을 넘고 바다를 향해 가는 소녀였다. 마침내 수민이 높이 매달려 있던 하늘의 별을 따는 순간, 공연장 전체에 별 모양의 금박지가 휘날렸다.

"네, 정말 아름다운 공연이었습니다. 피날레 공연을 해주신 이수민 씨께 다시 한 번 감사드립니다."

사회자의 멘트에도 관객들의 박수는 멈추지 않았다. 내려진 커튼 뒤에서 관객들의 환호가 들려왔다. 커튼이 다시 올라갔고, 수민은 다시 인사를 했다. 그리고 사회자에게 다가갔다. 사회자는 수민이 여유분의 마이크를 집어 들자 당황한 표정을 감추지 못했다.

"제가 하고 싶은 얘기가 있는데 시간을 좀 주시겠습니까?"

"네? 아, 네."

사회자는 말을 더듬었고 관객들은 술렁이기 시작했다.

"제복을 보니 해군이시군요. 계급이 어떻게 되세요?"

"주, 중위입니다."

사회자는 무대감독에게 눈짓으로 신호를 보냈지만 무대감독도 어쩔 수 없는 상황이었다.

"나이는요?"

"스물일곱입니다."

"만약 우리 아버지가 그 나이 때 중위님을 만났다면 우리 아버지의 경례를 받으셨겠군요."

"네?"

"그때 아버지 계급이 중사였거든요."

술렁이던 관객석이 차츰 조용해졌다. 모두 대체 무슨 일이 벌어질까 숨죽인 채 바라보고 있었다. 수민은 무대 중앙으로 다시 걸어가며 말을 이었다.

"전 어렸을 때 우리 아버지도 시간이 흐르면 맥아더 장군처럼 별 다섯 개를 주렁주렁 달 줄 알았어요. 나중에야 별 다섯 개인 원수는 전시에나 볼 수 있고, 평상시에는 별 네 개, 대장이라고 하나요? 하여튼 별 네 개가 최고 계급이라는 걸 알았죠."

관중석에서 희미한 웃음소리가 들렸다.

"네 살 때였나, 아버지가 담배 사러 간다기에 신이 나서 따라나섰어요. 엄마는 절대 군것질을 못하게 해서 과자 하나 사주는 법이 없었거든요. 그런데 아버지는 달랐어요. 먹고 싶다고 하면 과자든 아이스크림이든 모두 사주셨죠. 그래도 엄마 잔소리가 무서워서 겨우 세 개쯤 과자를 집는 게 다였지만요. 그날도 쭈쭈바를 입에 물고 양손에 과자를 하나씩 들고 가게를 나왔어요. 어찌나 신이 나던지 팔짝팔짝 뛰었어요.

군인 아파트 정문에 다 왔을 때쯤 아버지가 쭈뼛하는 게 느껴졌어요. 참 이상한 일이죠? 전 아버지보다 훨씬 앞서 걷고 있었는데, 마치 아버지 뒤에 서 있던 것처럼 아버지가 멈칫하던 그 망설임의 순간이 아직도 생생하게 가슴에 남아 있어요. 이상한 느낌에 뒤를 돌아본 순간, 아버지가 지나가는 오빠한테 경례를 하더군요. 아마 아버지는 제가 앞에 있기 때문에 그 장면을 못 볼 거라고 안심했나봐요. 그런데 그만 뒤를 돌아본 저와 눈이 마주치고 말았죠. 사실 전 어려서 무슨 일이 벌어진 건지 잘 몰랐어요. 하지만 아버지의 그 눈빛은, 자식한테 결코 보여주고 싶지 않은 순간을 들켰다는 그 눈빛은 제 어린 마음에도 상처였어요. 이상하게도 아버지의 눈빛 때문에 아팠어요. 너무 아파서 들고 있던 쭈쭈바를 떨어뜨릴 정도였죠. 아마 그때 처음으로 '계급'이란 것에 눈을 뜬 것 같아요. 네 살이었는데, 참 조숙했죠?

우린 '평등 사회'라고 교과서에 써놓고 그 평등이라는 것에 대해 떠들죠. 하지만 현실은 반대예요. 어떤 식으로든 인간에게 계급을 매기죠. 회사에서는 사장, 이사, 과장… 경제에서는 빈민층, 서민층, 중산층……. 아마 '계급'이라는 개념이 포함된 말은 이것보다 훨씬 더 많겠죠. 사회에는 어차피 계급이라는 게 존재할 수밖에 없는 것이 현실이죠. 그런데 우리가 계급장을 떼어내는 순간이 있어요. 아버지, 어머니, 딸, 아들……. 가족이라는 이름의 울타리 안에서는 우리 모두 평등한 것 같아요. 회사에서는 만년 과장이라도, 군대에서는 말단 하사관이라도, 정리 해고를 당해 길거리에서 물건을 팔고 대리운전을 해도 아마 '아버지'라는 이름은 아내에게는 든든한 동반자, 아들딸에게는 당당한 의지처일 거예요. 그러니까 지금 여러분이 달고 있는 계급장이 무엇이든 여러분 모두가 가족에게는 별 넷의 참모총장보다 더 높은 계급이라는 걸 잊지 마셨으면 합니다. 그리고 여러분 모두 자신만의 별을 찾으시기를 바랍니다."

엄청난 박수 소리가 강당을 울렸다.

"감사합니다. 사실 박수를 받아야 할 사람은 제가 아니라 제 아버지인 것 같은데요?"

여기저기서 '맞아요' 라는 함성이 터져나왔고, 나이가 지긋한 사람들은 고개를 끄덕였다.

"전 한 번도 아버지에게 제 공연을 보여드린 적이 없어요. 해외에서 활동했기 때문이라는 핑계를 대기엔 참 부끄러운 일이죠. 오늘 처음으로 아버지가 제 공연에 오셨어요. 딸이 하는 공연인데도 앞자리가 아닌 무대 뒤를 고집하셨어요. 한 사람이라도 더 제 공연을 봤으면 좋겠다고요. 그래서 이 자리에, 제가 섰던 이 무대에 제 아버지를 모시고 싶습니다. 괜찮겠죠? 괜찮으시면 더 큰 박수 부탁합니다."

박수와 휘파람 소리로 강당이 떠나갈 듯했다. 무대조명이 일제히 커튼 뒤의 아버지를 향했다. 아버지는 신이를 안고 어쩔 줄 몰라 발까지 동동 굴렀다.

"나와라! 나와라!"

함성이 점점 커지자 무대감독이 아버지의 품에서 신이를

빼앗아 들며 아버지의 등을 떠밀었다. 아버지는 무대로 밀려 나와서도 어쩔 줄 모른 채 미동도 하지 않았다. 결국 수민이 무대 구석의 아버지에게 다가갔다.

"이게, 이게 무슨……."

너무 놀라서인지 아버지는 숨조차 제대로 쉬지 못했다. 수민은 부들부들 떨리는 아버지의 손을 잡았다. 아버지는 그제 야 숨을 후, 몰아쉬었다. 손을 어찌나 세게 붙잡았던지 수민은 튀튀에 달려 있던 브로치를 한 손으로 떼어내느라 고생했다.

"대통령님, 국방부 장관님, 참모총장님. 여기 이 자리에 우 리나라의 높으신 분들이 모두 와 계시네요. 그런데 그 높으신 분들보다 아버지는 제게 더 대단한 분입니다. 그래서 비록 진 짜 계급장은 아니라도 아버지에게 별 여섯 개의 계급장을 달 아드리고 싶네요. 제겐 별 다섯 개의 원수보다 더 위대한 분이 니까요."

수민이 아버지의 어깨에 계급장을 달아주는 순간 관객들은 숨을 죽였다. 간간이 눈물을 흘리는 사람도 눈에 띄었다. 아버 지의 눈물이 무대조명에 반짝였다.

"대통령이 달아주는 별은 가짜지만 이건 진짜야. 순금이라 고. 요즘 금값이 얼마나 비싼 줄 알아?"

수민의 농담에 아버지는 비로소 웃었다. 그리고 박수를 치 는 관객을 향해 차려 자세로 똑바로 섰다.

454

"필승!"

아버지의 경례에 관객들이 하나둘 일어서기 시작했다. 아버지는 반듯한 경례 자세로 박수를 받았다. 군인처럼 발레리나에게도 인사법은 중요하다. 레베랑스(révérence, 춤이 끝난 뒤 관중의 갈채에 무릎과 상체를 굽히고 하는 인사). 수민은 발끝을 편 채 오른발을 옆으로 뺐다가 뒤로 돌리고, 왼손 손바닥을 아버지를 향해 들어 올리며 살짝 무릎을 굽혔다. 휘파람과 박수 소리 가운데 익숙한 단어가 울렸다.

"필승!"

해군 제복의 젊은 군인이 일어나 경례를 하고 그 자세로 멈추었다.

"필승!"

해병대 제복의 늙은 군인은 눈물을 흘리면서도 꼿꼿한 경례 자세를 취했다.

"필승!"

여기저기서 일어난 군인들이 아버지를 향해 경례를 했다.

"필승!"

상호 아저씨가 일어나 아버지를 향해 경례를 했다.

"필승!"

마침내 대통령까지 일어나 아버지를 향해 경례를 했다.

아버지는 당황해서 부동자세로 서 있었다. 어느 누구도, 대통령조차 먼저 손을 내리지 않았다.

"아버지, 아버지가 먼저 내려야 할 것 같아요."

그제야 아버지가 엉거주춤 손을 내렸다. 대통령을 시작으로 하나둘 손을 내렸고 그 손으로 다시 박수를 치기 시작했다. 천천히 커튼이 닫혔지만 박수 소리는 줄어들지 않았다.

고지식하고 보수적인 아버지가 싫었다. 하지만 자식을 위해 자신의 신념을 굽히고 가치관을 바꾸는 아버지에게 미안했다. 평생 가족을 위해 힘들다는 내색 한 번 안 하고 일했으면서도 더 많이 해주지 못해 미안하다는, 더 잘나지 못해 죄스럽다는 아버지가 싫었다. 그리고 못난 아버지의 자책에 가슴 아파야 하는 자신이 싫었다. 예쁘다고, 대단하다고, 잘났다고 자랑스러워하는 아버지의 기대에 미치지 못한 채 실패하고 절망하는 못난 자신의 모습이 더 죄스러웠다.

수민은 드라마가 싫었다. 음모, 오해, 그 모든 것들로 시작되는 비극, 그게 싫었다. 음모를 파헤쳐 해결하고 오해를 깨닫고 화해하는 결말이어도 마찬가지였다. 고통스럽고 험난한 과정의 여운은 해피엔딩을 즐길 수 없게 만들었다.

칼을 맞았던 자리는 칼을 뽑아내면 더 많은 피를 토해낸다. 상처가 아물어 더 이상 아프지 않아도 흉터는 그 자리에 남아 날카롭던 칼날의 흔적을 되새겨준다. 그래서 가끔은 억지스럽고 때로는 유치한 해피엔딩이 오히려 더 싫었다. 차라리 완벽하게 처절한 새드엔딩이 좋았다.

하지만 어쩌면 유치해도, 조금은 어설퍼도, 간혹 억지스러워도 아버지와는 해피엔딩이고 싶었다.

4

별 여섯 개짜리 계급장을 단 남편을 둔 당신에게

당신도 봤겠지? 환한 조명에 눈이 부셔 관객석이 잘 보이지 않는 게 그나마 다행이었어. 얼마나 떨리는지 그 자리에서 기절하는 줄 알았다니까. 내 평생 그렇게 많은 사람들 앞에 서보는 건 처음이었으니까.

당신에게만 말하는 건데, 수민이가 공연하는 동안 실수라도 하지 않을까, 공연에 대한 평가가 안 좋으면 어쩌나 하고 아침부터 초조하고 떨렸어. 게다가 수민이 녀석하고 아침부터 한바탕한 게 후회돼서 더 신경이 곤두섰어. 발레 공연이 얼마나 힘든데 아무것도 안 먹겠다고 하잖아. 몸이 무거우면 엘레바시옹(élévation, 도약)이 가볍지 않다나? 초콜릿이나 사탕이라도 먹으라고 했지만 죽어도 안 먹겠다고 우기더라. 다들 그런다면서.

발레단은 '환상적인 정신병원'이라고 하더니 정말인가봐.

달래도 보고 윽박질러도 봤는데 결국 내가 졌어. 수민이는 리허설을 해야 한다면서 나가버렸지. 수민이가 가고 나서야 후회했어. 그러잖아도 공연 때문에 신경이 예민한 애를 왜 괴롭혔을까? 며칠 전부터 공연이 걱정돼 잠을 제대로 못 잤더니 판단력이 흐려진 모양이야.

앞에서 보면 맘 졸이는 거 들킬까봐 무대 뒤에서 볼 수밖에 없었어. 신이도 돌봐야 했고.

어두운 무대, 수민이는 검은색 튀튀를 입은 채 덩그러니 홀로 남겨져 있었어. 멀리서 늑대 울음소리가 들려오며 어두운 음악이 시작되고, 수민이는 두려움에 떨며 눈물을 흘렸지. 그때 어둠을 가르며 한 줄기 빛이 수민이를 향했어. 부드럽고 따뜻한 느낌의 조명에 이끌려 수민이는 고개를 갸웃하며 일어나더군. 그리고 별을 향해 손을 내밀며 다가갔지. 다음 순간 무대 전체를 뒤덮는 푸른 천이 펼쳐지고 바람이 불며 펄럭이기 시작했어. 수민이는 파도에 휩쓸려 쓰러지면서도 포기하지 않고 바다를 건넜어. 수민이가 푸른 파도를 뛰어넘을 때마다 관객들도 나도 숨을 죽였어. 파도가 너무 거대하고 거칠어서 수민이가 걸려 넘어질 것만 같았지. 하지만 수민이는 가볍게 날아올라 파도를 뛰어넘고 바다를 건넜어.

그런데 별은 여전히 수민이의 손이 닿을 수 없는 높은 곳에 있었어. 수민이가 한 걸음 다가가면 별은 두 걸음 더 멀어졌지. 그 안타까운 상황에 관객들도 저절로 신음 소리를 냈어. 바다를 건너느라 지친 수민이가 포기라도 할 것처럼 무대 위로 쓰러져버렸거든. 난 주먹을 꼭 쥐고 수민이를 응원했어. 모두 똑같은 심정이었을 거야. 마침내 수민이가 높은 산을 뛰어 올라갈 때 박수를 치느라 바빴지. 그리고 수민이가 하늘로 날아올라 무대 천장에 매달린 별을 품에 안는 순간, 수민이가 입은 튀튀가 하얀 빛깔로 바뀌면서 무대 전체가 빛으로 넘쳐났어.

현실과 환상의 경계를 자유롭게 넘나드는 무대에 나도 한참을 멍해 있었어. 발레를 잘 모르는 내가 보기에도 아주 아름다운 무대라서 눈을 뗄 수가 없었지. 거기 온 군인들 중에서 발레에 대해 아는 사람이 몇이나 되겠어? 아마 대부분은 발레 공연을 처음 봤을걸? 그런데도 모두 일어나서 박수 치고, 휘파람 불고……. 얼마나 대단했다고! 우리 수민이가 얼마나 자랑스러웠는지 몰라.

그런데 오히려 우리 수민이는 내가 자랑스럽대. 무능하고 못나서 부끄러워할 줄 알았는데 내가 자랑스럽다는 거야. 수민이가 계급장을 달아주는 순간, 소리를 지르고 싶었어. 다 웃기지 말라고 해! 대통령이 뭐라고! 대통령한테 계급장 받은 사람은 많겠지만 딸한테 계급장 받은 사람은 나뿐이라고! 감히 대통령을 어디 내 딸이랑 비교해! 그렇게 소리를 지르고 싶었는데, 너무 당황하고 놀라서 입이 안 떨어지더라.

대통령까지 나한테 경례를 할 줄 내가 어떻게 알았겠어? 내가 손을 내릴 때까지 모두 기다릴 거라고 내가 어떻게 상상했겠어? 까무러치지 않은 게 다행이었지. 차마 꿈조차 꾸지 못했던 일을 우리 수민이가 이루어준 거야.

그런데도 난 바보처럼 고맙다는 말 한마디도 못했어. 커튼이 내려가고 난 뒤에는 그 많은 사람들 앞에서 괜한 일 벌였다고 오히려 화까지 냈다니까. 난 정말 어쩔 수 없이 못난 아버지인가봐. 잘나고 착한 우리 딸한테는 한참 모자라는, 그래서 미안한······.

놀라서 다리까지 굳어버렸는지 걸을 수도 없었어. 그저 커튼이 내려진 무대에서 꼿꼿한 차려 자세로 서 있었지. 그런 나를 보고 수민이가 묻더라.

"아버지는 내가 비비안 리보다 못생겨서 싫어요?"

난 놀라서 고개만 저었어.

"아버지는 내가 아인슈타인 같은 천재가 아니라서 짜증나요?"

놀라서 고개를 저으며 눈살까지 찌푸렸지.

"아버지는 내가 도널드 트럼프처럼 재벌이 아니라서 화나요?"

이번에는 놀라서 고개를 저으며 손사래를 쳤지. 수민이가 씩 웃더라.

"그러면 나도 미안해하지 않아도 되죠?"

도대체 무슨 소리를 하는 건지 알 수가 없었어.

"네가 뭘 미안해?"

"사실 하나도 미안하지 않아요. 누구처럼 예쁘지도 않고, 똑똑하지도 않고, 돈도 많이 못 버는 거⋯⋯. 세상 사람들이 손가락질하는 이혼녀에다가 아이는 아버지한테 맡겨놓고 신경도 안 쓰고, 학교에서도 잘리고, 이젠 한국에 있는 발레단에서도 나를 거절하죠. 이렇게 못났는데도 미안해하지 않을 거예요. 그러니까 아버지도 더는 미안해하지 마요. 아버지가 내 아빠라는 거⋯⋯."

처음이었어, 수민이가 날 아빠라고 부른 거. 예의 바른 아이로 키우고 싶어서 어릴 때부터 아버지라 부르라고 시킨 게 나였으면서도 아버지라는 호칭이 너무 멀게 느껴져서 싫을 때가 있었어. 똑같은 잔소리를 듣고 자랐는데도 수지는 아빠라고 부르잖아. 수지와는 잘 지내는데 수민이와 잘 지내지 못하는 게 호칭 탓인 것 같기도 했거든.

"이제 우리 신이 보러 가요, 아빠."

수민이가 팔짱을 끼자 그제야 굳었던 다리가 움직이기 시작했어.

무대에서 내려오자마자 기자들이 달려들어 인터뷰를 하자

고 난리 법석이었어. 수민이가 아니라 나한테 달려들어서 얼마나 놀랐던지……. 수민이 덕에 정말 내가 스타가 됐다니까. 대통령까지 나한테 와서 인사를 하더군. 난 어쩔 줄 몰라서 덜덜 떨기만 했어.

"그게 말입니다. 참 민망하지 말입니다. 각하까지 제게 경례를 하시다니 말입니다."

순식간에 다시 졸병이 된 것 같았지.

"겨우 예비역 병장 주제에 별 여섯 개 단 분한테 경례를 안 하면 그게 하극상이죠. 전 하극상은 싫거든요."

대통령은 농담을 하며 수민이와 나를 청와대로 초대하고 싶다고 하더라. 난 긴장해서 입도 못 떼고 고개만 끄덕였지. 모두들 부러워서 어쩔 줄 모르더라고. 상호 녀석은 배가 아프다며 뒹구는 시늉까지 했다니까.

집에 와서도 하루 종일 여기저기서 걸려오는 전화를 받느라 바빴어. 그 와중에도 수민이가 준 계급장만은 꼭 쥐고 있었지. 여섯 개의 별이 내 손 안에서 빛났어.

사실 말하고 싶었어. 난 이런 계급장 따위 필요 없다고, 별이 몇 개든 중요하지 않다고.

나한테는 수민이가 별이니까.

그 별은 얼마나 밝은지 다른 별은 보이지도 않게 만드니까. 그 별은 어찌나 큰지 다른 별은 다 가려버리니까. 그 별은 단

하나지만 충분히 내 인생을 밝고 환하게 비추니까. 그러니까 다른 별은 필요 없다고 말하고 싶었어.

수민이 네가 내 별이라고 말하고 싶었는데, 쑥스러워서 못했어. 내일은 꼭 말해주고 싶어. 당신이 좀 도와줄래?

당신은 말했지. 개개인이 느끼는 불행과 행복의 무게는 같다고. 난 지금 행복해. 수민이는 자기를 받아준다는 발레단을 찾아 헤매고, 수지는 불임 치료를 받느라 고생이고, 신이는 언제 심장병이 심각해질지도 모르고, 난 실업자 신세인데도 행복해. 가진 것 하나 없이 까마득한 이 상황에서도 난 행복할 수 있어. 더 이상 떨어질 곳이 없으니까. 그러니 이젠 올라갈 일만 남았잖아. 지금 겪는 불행만큼 미래에는 행복이 주어질 테니까 괜찮아.

언젠가는 내게 주어질 행복을 기다리는 이 시간까지도 행복하고 싶어. 아직은 까마득한 어둠 속에 있는 지금 이 순간에도 나의 별빛은 쏟아지고 있으니까……

〈끝〉

최문정 신작소설

아빠의 별

지은이 | 최문정
펴낸이 | 황인원
펴낸곳 | 다차원북스

신고번호 | 제313-2011-248호

초판 1쇄 발행 | 2011년 11월 18일
초판 2쇄 발행 | 2012년 2월 18일

우편번호 | 121-897
주소 | 서울특별시 마포구 독막로 10(합정동 373-4) 성지빌딩 510호
전화 | (02)333-0471(代)
팩시밀리 | (02)334-0471
E-mail | dachawon@daum.net

ISBN 978-89-967221-0-6 03810

값·12,000원

이 도서의 국립중앙도서관 출판시도서목록(CIP)은
e-CIP 홈페이지(http://www.nl.go.kr/ecip)와
국가자료공동목록시스템(http://www.nl.go.kr/kolisnet)에서
이용하실 수 있습니다.
(CIP제어번호: CIP2011004618)